- Das Monster in mir -

Von J. M. Weimer

J. M. WEIMER

DAS MONSTER
IN MIR

INVISIBLE

INK

DARK ROMANCE

Bibliografische Information der Deutschen Nationalbibliothek:
Die Deutsche Nationalbibliothek verzeichnet diese Publikation in der
Deutschen Nationalbibliografie; detaillierte bibliografische Daten sind
im Internet über dnb.dnb.de abrufbar.

IMPRESSUM:
Lektorat:
Zeilenkarussel Verlag – Sarah Meinhardt
Korrektorat:
Theresa Busse, Simone Weidner
Umschlaggestaltung: Désirée Riechert, www.kiwibytesdesign.com
Illustrationen: Lina J. @lina.m.artist und J. M. Weimer
Buchsatz: Julia Tauwald DESIGN; www.juliatauwald.de
unter Verwendung von Motiven von Adobe Stock
1. Auflage
Copyright © 2022 J. M. Weimer
Alle Rechte vorbehalten.
Herstellung und Verlag: BoD – Books on Demand, Norderstedt
ISBN: 9783756294404
Sie finden mich auf Instagram: j.m.weimer_autorin

Potenzielle Trigger:
Blut, Erbrechen, Gewalt, Untergewicht/Bodyshaming,
psychische Folter, BDSM, Tod/Mord.

TRIGGERWARNUNG

Fürchte mich, oder ich werde es dich lehren.
Ich bin keiner, mit dem man spielt.
Reize mich und ich werde dich bestrafen.
Manches wird dir gefallen, doch übertreibe es
und ich füge dir Schmerzen zu.
Sei gewarnt!
Und ich sage dies nur einmal.
Sobald du zu tief in dieses Buch einsinkst,
wird es dich fesseln und nicht mehr loslassen.
Dann gehörst du mir.
Und glaube mir, wenn ich sage, dass ich nicht
der Prinz in der strahlenden Rüstung bin,
den du vielleicht erwartest.
Ich bin das Monster
und du bist so gut wie mein!

ASTRODOMAS
2137

PLAYLIST

Dangerous Woman – Ariane Grande

Horns – Bryce Fox

River – Bishop Briggs

Earned It (Fifty Shades of Grey) – The Weeknd

Go Fuck Yourself – Two Feet

I See Red – Everybody Loves an Out-law

Love Is a Bitch – Two Feet

Watch Me Burn – Michele Morrone

Break My Baby – KALEO

Survivor – 2WEI, Edda Hayes

Toxic – 2WEI

Drink Me – Michele Morrone

1

MARIYANE

ie Tür ging auf und mein Blick fiel auf ihn. Ich erkannte ihn trotz des Hutes, den er sich ins Gesicht gezogen hatte. Seine krumme Haltung und der wiegende Gang waren unverkennbar.

»Dexter! Was tust du hier?«, brüllte ich über das Gemurmel im Schankraum hinweg. Er stoppte und fluchte leise. Langsam drehte er sich herum und sah unter seiner Krempe zu mir hinauf.

»Hallo, Mariyane. Hab dich gar nicht gesehen«, rief er mir zu und grinste schief.

»Sehr witzig, Dexter. Du weißt, du hast hier nichts zu suchen!«, blaffte ich ihn an und machte Anstalten, hinter meiner Theke hervorzutreten.

»Ich erinnere mich daran, dass du so etwas Ähnliches gesagt hast«, druckste er herum und machte ein paar Schritte vorwärts. »Aber bitte denk doch an meine Frau und die Kinder. Wie soll ich die versorgen, wenn du mich nicht …«

»Du hast keine Kinder!«, unterbrach ich ihn forsch. Mit einer Hand griff ich unter den Tresen nach der darunter versteckten Waffe. Sie stammte noch aus der Zeit vor den Kuppelstädten und dem Virus.

Kurz sah ich mich um. Die *Wachtel* war heute gut besucht, an die fünfzig Menschen drängten sich auf das halbe Dutzend Bänke, tranken ihr Bier und beobachteten uns. Es herrschte eine unheimliche Stille, die mir die Nackenhaare aufstellte. Alle Augenpaare lagen auf Dexter und mir.

»Du hast mich erwischt«, erwiderte er nervös kichernd und hob die Arme. Ich trat hinter der Theke hervor, das morsche Holz unter mir knarzte bedrohlich, doch es hielt stand. Den Lauf der Waffe richtete ich auf Dexter, bereit abzudrücken. Eine Hand umschloss meinen Oberarm, hielt mich zurück.

»Tu das nicht, M. Du willst dich nicht mit ihm anlegen, du weißt doch, für wen er arbeitet?«, flüsterte eine dunkle Stimme. Ich wandte mein Gesicht einem blonden Mann mit kantigen Gesichtszügen zu. »Noch kannst du dich dagegen entscheiden und mit ihm zusammenarbeiten. Überleg doch mal, wie viel Geld du verdienen könntest!« Ben sprach hartnäckig auf mich ein, aber seine Worte bewegten mich nicht.

»Lass mich los«, zischte ich ihm zu. Ich konnte kaum fassen, was er da zu mir sagte. Hatte er vergessen, warum ich das tat? Warum ich seit Jahren das Ungeziefer von meiner Bar fernhielt?

Kurz trafen sich unsere Blicke und Ben sah mich aus seinen blauen Augen abschätzend an. Dann zuckte er mit den Schultern und ließ mich los.

»Wie du willst«, brummte er und machte es sich auf dem Barhocker bequem. Das Holz protestierte bei der Bewegung. Ich richtete meine Aufmerksamkeit wieder auf Dexter.

»Sieh zu, dass du verschwindest!«, rief ich ihm zu und ruckte mit dem Lauf Richtung Tür.

»Mariyane, tu mir das nicht an. Du weißt, wie ungern Mister Har...«

»Ich scheiß auf ihn!«, brüllte ich ihm entgegen. »Ich scheiß auf ihn, ich scheiß auf die Oberstädter und ich scheiß auf dich!« Wut kochte in mir hoch und es brodelte in meinem Inneren. »Solange ich die *Wachtel* führe, vertickt hier keiner dreckiges Seratos!«

»Dann können wir ja nur hoffen, dass du bald nicht mehr da bist«, murmelte Dexter leise, doch ich hatte ihn gehört.

»Wie bitte?«, pflaumte ich ihn an und trat einen Schritt auf ihn zu. Die Luft im Raum lud sich elektrisch auf und knisterte auf meinen Armen. Ich entsicherte die Flinte und das Geräusch hallte laut von den steinernen Wänden wider. Dexter machte erschrocken einen Satz zurück und sah mich mit großen Augen an.

»So war das nicht gemeint, Mariyane. Ich ..., ich ...«, stammelte er, »sollte jetzt wohl besser gehen.«

»Ja, das solltest du«, stimmte ich ihm zu und beobachtete, wie er langsam den Rückzug antrat. Erst als sich die Tür hinter ihm schloss, atmete ich auf. Mein Herz schlug mir bis zum Hals und das Adrenalin rauschte durch meine Adern. Trotzdem zitterte ich nicht und ließ mir meine Nervosität nicht anmerken.

Hier unten hieß es fressen, oder gefressen werden. Viele sahen mich als junge Frau unter zwanzig mit drahtiger Figur eher als Opfer denn als würdigen Gegner, doch der Schein trog! Ich konnte kämpfen und hatte es oft bewiesen.

»Hier gibt es nichts zu sehen. Weitermachen!«, herrschte ich meine Gäste an. Augenblicklich erfüllten Gespräche den Schankraum, Stühle wurden gerückt und es kehrte wieder Leben ein. Ich sicherte die Waffe, ließ sie schlaff an meiner Seite hinab hängen. Gelassen schlenderte ich zurück hinter die Bar. In meinem Rücken konnte ich die bohrenden Blicke spüren. Sie suchten nach einem Zeichen von Hilflosigkeit, nach einer Schwachstelle, doch sie würden nichts dergleichen finden. Ich war in der Unterstadt aufgewachsen, hatte die tiefsten Abgründe der Menschen erlebt und das Leben – oder besser gesagt das *Über*leben – hier gelernt. Da machte mir Dexter mit seinem Mister Hardington keine Angst.

»Das war übertrieben, M«, kommentierte Ben mein Verhalten. Ich schnaubte.

»Solange ich lebe, werden keine Drogen in der *Wachtel* verkauft! Du weißt, was mit denen passiert, die das Zeug nehmen?« Die Frage schwebte in der Luft zwischen uns und blieb unbeantwortet. Das war auch nicht nötig, Ben wusste genau, warum ich den Verkauf von Seratos in meiner Kneipe nicht duldete. Jede Diskussion in diese Richtung war daher aussichtslos und überflüssig.

Ben fuhr sich durch die blonde Mähne und seufzte laut. »Ich wollte ja nur sagen, dass dir da eine große Geldsumme entgeht.«

»Lass es, B«, fuhr ich ihm über den Mund. Nichts lag mir ferner, als von einem Mann erklärt zu bekommen, wie ich *meine* Bar zu führen hatte.

Zarren hatte mir alles Wichtige beigebracht, darunter auch den Gebrauch der antiken Handfeuerwaffe. Er war mein Ziehvater gewesen, durch den ich erst zur *Wachtel* gekommen war. Und nach dem sein Wissen erschöpft war, brachte ich mir die Dinge selbst bei. Wie man mit einem Messer umging, jemanden tödlich verletzte oder – etwas harmloser – eine gute Suppe kochte. Seitdem hatte ich mein Leben selbst bestimmt und das würde auch weiterhin so bleiben.

Die Flinte verstaute ich wieder in ihrem Versteck unter dem Tresen und nahm wahllos Gläser aus dem Regal heraus, um sie zu polieren. Ich wollte meine Finger in Bewegung halten, mich ablenken, damit meine Hände nicht zitterten. Es war keine Angst oder Furcht, die mich durchfuhr, sondern das Adrenaalin. Ich verspürte es jedes Mal, wenn ich die Waffe in der Hand hielt. Es war ein berauschendes Gefühl. Jetzt jedoch klang es langsam ab, hinterließ ein flaues Gefühl im Magen und verursachte weiche Knie.

»Ein Bier bitte, Mariyane«, sprach mich jemand vom anderen Ende der Theke an. Dankbar für die Beschäftigung wandte ich mich mit einem Lächeln im Gesicht dem Gast zu.

»Geht klar, Jon.« Das Glas, das ich gerade eben noch poliert hatte, stellte ich zurück ins Regal und schnappte mir stattdessen einen Krug, den ich mit Bier füllte. Den vollen Becher schob ich ihm zu, ohne ihn loszulassen. Abschätzend musterte ich Jon. Er sah schlimmer aus als beim letzten Mal. Die feinen Adern, die sich wie Spinnennetze über seine Nase zogen, waren mehr geworden. Die Tränensäcke unter seinen Augen hingen tiefer und seine Lippen waren aufgeplatzt.

»Das macht zwei Coins«, erklärte ich ihm, ohne ihn oder den Krug aus den Augen zu lassen.

»Danke«, sagte mein Gegenüber, griff nach dem Becher.

 12

»Wo ist das Geld von den letzten zwei Bieren?«, fragte ich hartnäckig und er hielt in der Bewegung inne. Seine trüben Augen fixierten mich. Ich hob die linke Braue und spürte meine Narbe ziepen.

»Schreib es an. Ich habe das Geld zurzeit nicht, aber ich bringe es dir morgen.« Schnell wie eine Schlange schlug er zu und schnappte nach dem Bier. Ungerührt hielt ich den Becher umklammert und zuckte nicht einmal mit der Wimper.

»Das hast du schon beim letzten Mal gesagt, und dem Mal davor. Jon, ich brauche das Geld jetzt. Morgen steht mein Vermieter auf der Matte und wenn ich ihm nicht die 215 Coins bezahlen kann, fliege ich hier raus und muss die *Wachtel* schließen. Willst du, dass der Laden geschlossen wird?«, provozierte ich ihn und zog den Krug in meine Richtung.

»Nein, natürlich nicht! Du weißt, wie gern ich hier herkomme.« Jon zerrte nun seinerseits an dem Getränk und die Flüssigkeit schwappte hin und her. Mein Griff wurde fester und die Knöchel traten weiß hervor.

»Dann bezahle deine Schulden! Ich komme schon so kaum über die Runden. Was glaubst du, wieso ich sonst jeden Sonntag dem Schwarzmarkt meine Pforten öffne?«

Mit seinen tränenden Schweinsäuglein starrte er mich an und leckte sich über die Lippen. Ich rümpfte die Nase. Er sah aus, als hätte er seit Wochen kein Bad genommen – so roch er auch.

»Ich bin momentan nicht besonders flüssig, weißt du. Die Leute von der Kanalisation haben mir mein Gehalt noch nicht überwiesen«, klagte mir Jon sein Leid und ich verdrehte die Augen.

»Ich will dein Gejammer nicht hören!«, sagte ich mit kalter Stimme und setzte eine bedrohliche Maske auf. »Du schuldest mir vier Coins, mit diesen hier sechs. Ich kann nicht länger auf mein Geld warten!« Ruckartig entriss ich den Bierkrug aus seinen gierigen Händen, wobei etwas von der Flüssigkeit überschwappte.

»Aber Mariyane, ich ...«, begann er zu stottern und sah mich wehleidig an.

»Nein, Jon«, unterbrach ich ihn bestimmt, wischte mir die Hand an meiner Schürze ab. »Du bezahlst deine Schulden, oder du gehst!« Um meine Worte zu unterstreichen, deutete ich mit dem Finger auf den Ausgang, durch den Dexter nur wenige Minuten zuvor verschwunden war.

»Können wir uns nicht anderweitig einig werden?«, fragte Jon und zog dabei seine Augenbrauen zusammen. Ich überlegte kurz.

»Was hast du anzubieten?« Es war nicht unüblich, dass in der Unterstadt mit Waren statt mit Coins gehandelt wurde. Das Geld war bei den meisten knapp und ging gern für Essen, Wohnung oder Seratos drauf.

Jon tastete sein zerschlissenes Hemd ab und griff in eine verborgene Tasche. Hervor brachte er etwas Glitzerndes und ich öffnete erstaunt den Mund. Brauner Dreck verkrustete die Oberfläche, trotzdem blitzte die Taschenuhr golden auf. Ich schnappte sie mir und hielt sie hinterm Tresen versteckt. Es fehlte mir noch, dass einer das glänzende Ding sah und es mir abnehmen wollte.

Mir fiel sofort auf, wie schwer die Uhr war und wie fein die Glieder der Kette gearbeitet waren. Es musste sich dabei um hochwertiges und vor allem teures Gold handeln. Kleine Ornamente umrahmten das Glas, bildeten Rosen und Dornen. Die Ziffern bestanden aus geschwungenen Formen, die sich in einer Spitze wie die eines Pfeils vereinigten und so die Zeit anzeigten. Ich drehte die Uhr um und entdeckte einzelne Buchstabe unter dem Dreck. Mit dem Nagel meines Daumens kratzte ich den Schmutz ab, wodurch zwei Sätze zum Vorschein kamen.

Wie unnütz doch meine Augen für dieses Spektakel waren. Ich kannte weder die Buchstaben noch die Worte, die sie bildeten.

»Kannst du das lesen?«, fragte ich Jon, ohne den Blick von dem Objekt zu lösen.

Ein Finger legte sich auf das erste Wort und Jons kratzige Stimme las vor: »*An meine Geliebte. Unsere Liebe wird ewig halten.*« Sein Finger war beim letzten Buchstaben angekommen und blieb dort für eine Sekunde liegen.

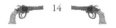

»Würgh!«, stieß ich aus und tat so, als müsste ich mich übergeben. »Liebe! Ist doch nur etwas für Reiche«, höhnte ich und sah Jon zynisch an. Ein verkrampftes Lächeln legte sich auf seine Lippen und er kicherte verhalten.

Schnell sah ich wieder auf die goldene Uhr, um sie weiter zu untersuchen. Die Oberfläche war glatt und zeigte kaum Gebrauchsspuren. Bis auf den Schmutz sah sie tadellos aus. Doch eine Sache machte mich stutzig.

»Die ist kaputt«, stellte ich laut fest und deutete auf das stillstehende Uhrwerk.

»Wenn du da oben drehst, ziehst du sie auf. Dann läuft sie wieder«, erklärte er hektisch und leckte sich erneut über die Lippen. Er zeigte auf ein kleines Rädchen, das sich oberhalb der Zwölf am Goldrand befand. Ich drehte daran. Kurze Zeit später konnte ich das Ticken hören und der Sekundenzeiger schwebte elegant über das Ziffernblatt.

»Okay, ich akzeptiere.« Bevor Jon etwas erwidern konnte, verschwand die Uhr in einer meiner Hosentaschen und ich stellte in derselben Bewegung den Bierkrug vor ihm ab. Verdutzt zuckte er zurück und wäre fast hintenübergefallen. Sein Gesichtsausdruck veränderte sich innerhalb eines Bruchteils, wütend funkelte er mich an.

»Hey! Die ist mindestens zehn Coins wert«, protestierte er und langte hinter die Theke. Ich hatte mit seiner Gegenwehr gerechnet. Daher zückte ich mein Messer und ließ es direkt vor Jons Finger niedersausen. Die Spitze bohrte sich tief in das alte, dunkle Holz. Angst flackerte in seinen Augen auf, sie huschten zu meiner anderen Hand hinüber und die Pupillen weiteten sich. Ich hielt meine Handfeuerwaffe umschlossen, bereit sie zu benutzen.

»Nimm deine Finger weg! Oder willst du, dass ich dir ein hübsches Loch in den Schädel puste?«, zischte ich ihm entgegen. Schweiß rann mir den Nacken hinunter und ich schluckte schwer. Keiner wusste, dass die Waffe nutzlos war. Ich besaß nicht eine einzige Kugel mehr. Die Letzte hatte ich vor etwa einem Jahr verschossen, um einen Nichtsnutz von Dieb zu vertreiben. Seitdem diente sie als Einschüchterung und es war nur noch eine Frage der Zeit, bis mein Bluff aufflog.

Die Zeit verging quälend langsam, das Ticken der Uhr untermalte jede Sekunde. Jon schien nicht abrücken zu wollen und ich befürchtete, dass heute der Tag der Wahrheit gekommen war. Ich überlegte fieberhaft, wie ich mich aus der Zwickmühle befreien könnte. Mit dem Messer konnte ich umgehen, bevor er wüsste, wie ihm geschah, hätte ich die Klinge bereits in sein Auge gebohrt. Aber seine Freunde waren hier, die würden das nicht auf sich sitzen lassen. Ich musste eine Schlägerei verhindern, die ich nicht gewinnen konnte. *Mist!*

»Schön«, tönte Jon und zog sich zurück. Ich versuchte, mir meine Überraschung und Erleichterung nicht anmerken zu lassen. »Trotzdem ist die Uhr mindestens zehn wert«, murmelte er.

Ich stieß die angehaltene Luft aus und entspannte meine kalten Hände. Mit einer fließenden Bewegung ließ ich den Dolch wieder in seiner Scheide verschwinden und richtete das Wort wohlwollend an Jon: »Du hast noch zwei Bier bei mir gut.« Lieber gestand ich ihm diesen kleinen Sieg ein, als nachts von ihm oder sonst wem erstochen zu werden.

Jon erstrahlte und sagte: »Danke, Mariyane.« Er griff sich sein Getränk, stand auf, um sich zu seinen Kollegen vom Klärwerk zu gesellen. Ich folgte ihm mit den Augen, bis er platzgenommen hatte. Erst dann löste ich meine kalten Finger von der Handfeuerwaffe. Ich hatte es mal wieder geschafft, eine Katastrophe abzuwenden. Wie lange würde das noch gut gehen? Ich lebte jeden Tag ein Risiko und hatte mir schon den ein oder anderen Mann zum Feind gemacht, da waren Jon und Dexter noch die harmlosesten.

War es an der Zeit, Bens Angebot anzunehmen? Als Frau allein im Schlammviertel hatte man es nicht leicht. Daher suchten sich viele einen Partner.

Und die *Wachtel* konnte einen neuen Anstrich vertragen. Der Putz bröckelte bereits von den Wänden, Wasser tropfte von der Decke und der Fußboden hatte auch schon bessere Tage gesehen. Allein konnte ich das alles kaum stemmen. Aber wenn ich Ben als Geschäftspartner akzeptierte, würden hier bald die Drogendealer ein- und ausgehen. Das konnte ich nicht zulassen. *Nur über meine Leiche!*

2

HAMILTON

*H*ör auf mir etwas vorzuheulen!«, blaffte ich Dexter an. Seine weinerliche Art ging mir gehörig auf die Nerven.

»Aber, Mister Hardington«, winselte er und knetete nervös seine Hutkrempe durch.

»Halt die Schnauze! Du lässt dir also von einem kleinen Mädchen dein Gebiet streitig machen?«, höhnte ich und meine Männer lachten gehässig.

»Ja, aber … sie hatte eine Waffe«, stammelte er und sah mich aus großen Augen an.

»Eine Waffe?«, lachte ich. »Eine wie die hier?« Ich richtete meine Glock 45X auf ihn und augenblicklich wich alle Farbe aus seinem Gesicht. Das schwarze Metall glänzte im Schein der schummrigen Lampe, hinterließ einen bedrohlichen Eindruck.

»Ne-ein, Mi-ister Ha-ardington«, stotterte er. »Die sie hatte, sah schon etwas älter aus.«

»Ha!«, stieß ich laut aus und Dexter zuckte zusammen. »Sicher stammte die noch aus der Zeit vor dem großen Krieg! Du hast dich von der Kleinen verarschen lassen. Nie im Leben funktioniert die noch! Da kannst du eher jemanden mit einem silbernen Teelöffel ermorden als mit so einem antiquierten Drecksding!« In dem kleinen Raum klang das Gelächter der Männer doppelt so laut. Die Wände vibrierten regelrecht.

»Aber das konnte ich ja nicht ahnen. Sie hat die Waffe auf mich gerichtet und wollte mich erschießen. Was hätte ich denn anderes tun sollen?«, verteidigte er sich.

»Vielleicht es drauf ankommen lassen?«, brummte ich und kniff mir mit Daumen und Zeigefinger in die Nasenwurzel. Lange würde ich das Gejammer dieses Wichts nicht mehr aushalten. »Bist du ein Mann oder eine Ratte?«, richtete ich das Wort wieder an ihn und hob den Blick.

Sein Adamsapfel hüpfte nervös auf und ab. »Ich verstehe nicht«, stammelte er und seine Augen huschten in ihren Höhlen nervös hin und her. Acht Männer hatte ich rechts und links neben ihm postiert. Eigentlich waren sie nicht nötig, ich konnte meine Geschäfte auch allein regeln. Aber sie hinterließen Eindruck und jagten dem Idioten eine Heidenangst ein.

»Männer kämpfen offen, scheuen keine Konfrontation und siegen. Ratten verstecken sich in der Dunkelheit, greifen nur an, wenn sie sich bedroht fühlen und werden doch am Ende zerquetscht. Also, was bist du?«, fragte ich ihn erneut und beugte mich über meinen Schreibtisch. Ich beobachtete, wie er sich wand, ohne zu bemerken, dass sich die Schlinge um seinen Hals immer weiter zuzog.

»Ich weiß nicht«, stotterte er und fummelte an seinem Hut herum. Seine Augen waren bei der kleinen Ledercouch angelangt und blitzten für einen Moment lüstern auf. Wer könnte es ihm verübeln? Die dunkelhäutige Schönheit, die sich darauf räkelte, raubte einem Mann mehr als den Verstand.

»Denk nach, streng dein Köpfchen an«, erwiderte ich und zeigte mit dem Lauf der Waffe auf meine Schläfe. Dexter schluckte angestrengt und starrte auf die Erde.

»Ich bin eine Ratte, Sir«, flüsterte er kaum hörbar.

»Wie bitte?« Ich tat so, als hätte ich ihn nicht gehört und hielt eine Hand hinter mein rechtes Ohr.

Dexter drückte den Rücken durch, reckte das Kinn und wiederholte lauter: »Ich schätze, ich bin eine Ratte, Mister Hardington.«

»Das denke ich allerdings auch«, erwiderte ich, richtete die Waffe wieder auf ihn und drückte ab.

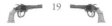

19

Der Knall explodierte in meinen Ohren und ließ sie klingeln. Rauch stieg aus dem Lauf auf und der Rückstoß fuhr mir den Arm hinauf. Blut spritzte aus seinem Schädel, traf die Tür hinter ihm. Zwei Sekunden später lief eine dunkle Spur aus Dexters Stirn seine Nase hinunter und er klappte in sich zusammen.

»Was für ein Idiot«, gab ich von mir und meine Männer stimmten mir hämisch zu. Die dunkle Schönheit stand elegant von der Couch auf und umrundete mit wiegenden Hüften den massiven Schreibtisch. Sie ließ sich auf meinem Schoß nieder, mit nicht mehr als einem knappen, gelben Outfit bekleidet.

»Und wer macht jetzt die Schweinerei weg?«, fragte sie mit einem Lächeln auf den Lippen. Ich strich Cassy ihre braunen Locken hinters Ohr und stahl mir einen Kuss.

»Das soll nicht unsere Sorge sein«, säuselte ich an ihrem Mund. Der Duft von Zedernholz umnebelte meinen Verstand und ich sog ihn tief ein.

»Mister Hardington«, rief jemand meinen Namen und ich löste mich widerwillig von Cassy. »Glauben Sie nicht, das könnte zu einem Problem werden? Das ist schon der dritte Mann, den wir an die *Wachtel* verlieren.« Ron war aus der Masse herausgetreten und sah mich forschend an.

»Sprich weiter!«, ermunterte ich ihn.

»Vielleicht sollten wir uns um die Lady kümmern?«, schlug er vor und zog dabei die Augenbrauen hoch. Ich ließ mich in meinen Sessel zurückfallen und schob Cassy vom Schoß. Mein Schwanz presste sich gegen den Hosenschlitz, verlangte nach mehr, aber das musste bis später warten.

»Was schwebt dir vor?«, fragte ich ihn und ging ein, zwei Ideen im Kopf durch. Er hatte recht. Die Geschäfte im Schlammviertel liefen schlecht. Daran war diese Margret, Maggie? *Verfickte Scheiße, wie hieß die Kleine noch gleich?* Sie war daran schuld. Jeden Mittelsmann vergraulte sie, keiner wagte es, sich mit ihr anzulegen. Einerseits empfand ich Respekt für sie. Als Frau in der Unterstadt war es schwer, sich durchzusetzen. Andererseits verabscheute ich sie. Diese Göre versaute mir meine Geschäfte. *Ich bin nicht zum erfolgreichsten Unternehmer unter dreißig gekürt worden, weil ich mich von kleinen, störrischen Mädchen aufhalten lasse.*

»Vielleicht sollte einer von uns bei ihr vorbeischauen und das Problem aus der Welt schaffen?« Dabei fuhr er sich mit dem Finger demonstrativ über die Kehle.

»Mmh«, brummte ich und rieb mir das stoppelige Kinn. »Prinzipiell gefällt es mir, wie du denkst. Aber das würde eine falsche Botschaft vermitteln.« Ron nickte mir zu und trat wieder in den Schatten zu seinem Bruder. Sie waren Zwillinge. Beide breit gebaut, groß, rundes Gesicht und Glatze. Doch ihre Charaktere unterschieden sich wie Tag und Nacht. Einer schlau, weltgewandt und ein Macher. Der andere eher dümmlich, einfach gestrickt und ein Mitläufer. Aber sie zählten zu meinen ältesten und besten Kameraden und würden daher immer einen Platz in meiner Mitte finden.

»Der Tod einer einzelnen, jungen Frau sorgt vielleicht für ein, zwei Tage für Aufsehen und Gespräche. Ich brauche etwas, damit jeder versteht, dass man sich nicht mit Hamilton Hardington anlegt!« Ich fuhr mir durch mein Haar, strich über meine kurzen Stoppeln an der Seite und überlegte. »Ich brauche eine elegantere Lösung. Eine, die nicht direkt auf mich zurückzuführen, aber dennoch klar zu verstehen ist.« Abwesend sicherte und polierte ich meine Glock. »Andere Vorschläge?«

»Wie wäre es, wenn die Stadtgarde für dich die Drecksarbeit erledigt?«, säuselte Cassy hinter mir und legte ihre feingliedrigen Finger auf meine Schultern. Sanft drückte sie zu und massierte mich. Ich ließ die Waffe, Waffe sein und entspannte mich etwas.

»Wie stellst du dir das vor?«, fragte ich sie und schloss genüsslich die Augen.

»Dexter hat doch erzählt, dass die Kleine von der *Wachtel* eine Flinte oder etwas Ähnliches besitzt. Ist das nicht für Unterstädter verboten?« Sie traf mit ihrem Daumen eine empfindliche Stelle und ich stöhnte leise auf, löste ihre Hände von meinen Schultern, um ihre Knöchel zu küssen.

»Habe ich dir schon einmal gesagt, was für ein Genie du bist?«, murmelte ich. Sie schenkte mir dafür ein bezauberndes Kichern und entriss mir ihre Hand. »Willst du meinen Männern deinen Plan nicht erklären?« Ich umschlang ihre Hüfte und zog sie zurück auf meinen Schoß. Mein Gesicht vergrub ich zwischen ihren prallen Brüsten, biss sanft zu, was ihr ein Kreischen entlockte. Sie packte meine Haare und zerrte mich so aus ihrem BH. Ich feixte mit ihr und ließ meine Kiefer zuschnappen.

Während sie mich krampfhaft auf Abstand hielt, erläuterte sie ihren Plan. »Ihr solltet der Stadtgarde den Verstoß stecken, damit sie dort richtig schön aufräumen und die Kleine einkassieren. Soll sie doch hinter der Mauer sehen, wie sie klarkommt.«

»Oh, bist du böse«, lobte ich sie und raubte mir einen Kuss von ihren vollen Lippen. Sich nicht selbst um sie kümmern zu müssen, würde mir einiges an Schmiergeldern und Arbeit ersparen. Sie hatte ihr Privileg als Reinblüterin mit ihrem Widerstand gegen mich aufgegeben und würde das eher früher als später mit ihrem Leben bezahlen.

»Ihr habt die Dame gehört. Leitet alles Nötige in die Wege. Enttäuscht mich nicht«, brüllte ich meinen Befehl und erhob mich mit Cassy auf den Armen. »Ich werde mich jetzt um dieses Prachtstück hier kümmern.« Ich umrundete meinen Schreibtisch, machte um die Blutlache und die Leiche einen großen Bogen.

»Und seht zu, dass ihr den Dreck wegräumt«, rief ich und stieß mit der Schulter die Tür zum *Lucinda* auf. Laute Musik, tanzende Menschen und der Gestank von Schweiß begrüßten mich. Die Tanzfläche meines Clubs war gerammelt voll. Die Gäste bewegten sich zu elektronischer Musik, ließen sich mit Alkohol volllaufen und zogen Lines von Seratos. *Ein ganz normaler Samstagabend eben.*

Ohne zurückzublicken, wusste ich, dass mir meine Bodyguards Ron und Bob folgten. Zusammen schoben wir uns durch die zappelnde

Meute. Die Strahlen des Stroboskops erhellten wie Blitze die Dunkelheit und tauchten die Tanzfläche in ein unheimliches Licht. Es war kaum zu erkennen, in welche Richtung wir uns bewegten. Aber es war mein Club, ich kannte den Weg zu den Séparées in- und auswendig.

Meine Arme wurden schwer und ich positionierte Cassy neu. Dabei quietschte sie entzückt und ihre Brüste wippten verführerisch auf und ab. Mein Schwanz war lattenhart und ich konnte es kaum erwarten, mich mit ihr zu vergnügen.

In Windeseile stieg ich die Treppe hinauf, gelangte auf die Galerie und schritt sie in kürzester Zeit ab. An der letzten Tür stoppte ich. Ron schob sich an mir vorbei, um sie für mich zu öffnen. Ich trat in den Raum. Rotes Licht erhellte das Zimmer, erzeugte eine erotische Stimmung.

»Ihr wartet draußen«, rief ich den Zwillingen über die Schulter zu und schloss die Tür hinter mir mit einem Tritt. »Jetzt sind wir allein.«

»Endlich«, wisperte sie und küsste mich. Sie schmeckte nach Alkohol und Orangen. Blind lief ich durch den Raum und hielt auf das Kingsize Bett zu. Dort angekommen legte ich sie auf die Matratze, löste mich von ihr. Sie sah mich aus ihren großen, braunen Rehaugen erwartungsvoll an. Eine Hand verdrehte sie auf ihrem Rücken und im nächsten Moment rutschte der Stoff von ihren Brüsten.

Mein Schwanz presste sich schmerzhaft gegen die Hose, forderte seine Freilassung. Ich konnte mich nicht schnell genug meiner Kleider entledigen und schleuderte erst das Jackett, dann Hemd und Anzughose zu Boden.

»O Baby, du machst mich verrückt«, knurrte ich und stürzte mich auf sie. Mit den Zähnen zog ich ihren String aus, der sich unter einem Rock aus gelben Federn versteckte. Mein Mund legte sich auf ihre Schamlippen, was ein Stöhnen bei ihr auslöste.

Ich werde dich die ganze Nacht ficken und am Morgen noch einmal. Es wird hart sein, es wird heiß sein, doch du wirst es lieben und mehr wollen. So ist es immer. Sie wollen alle mehr.

3

MARIYANE

*I*ch stützte mich auf der Theke ab und stellte mich auf die Zehenspitzen. So fiel es mir leichter, über die Köpfe der anwesenden Marktbesucher hinweg zu sehen. Irgendwo hier musste sich ein Schmuckhändler aufhalten. Ich kannte den ein oder anderen, der schon des Öfteren meinen Schwarzmarkt genutzt hatte, um seinen Tand an die Menschen der Unterstadt zu verscherbeln. Meistens irgendein billiger und wertloser Plunder.

Wenn ich Glück hatte, könnte ich sogar mehr als die geschätzten zehn Coins herausschlagen und mir mit dem restlichen Geld eine Schüssel warme Brotsuppe kaufen. Die würde mir für einen Abend den Bauch wärmen. Ich konnte nicht mehr sagen, wann ich das letzte Mal etwas anderes als Ratteneintopf oder braune Suppe gegessen hatte, bei Letzterem wollte ich lieber nicht wissen, welches Fleisch hier als Beilage gedient hatte.

Mein Blick wanderte über die Anwesenden und blieb an einem dicklichen Mann hängen, der mir bekannt vorkam. Sein Name war George und er gehörte zu den schmierigeren Gestalten der Unterstadt. Unsere letzte Auseinandersetzung lag nicht lange zurück, in der es um nicht bezahlte Standmiete ging. Bisher hatte ich mich jedes Mal friedlich mit ihm geeinigt und meine Waffen ruhen lassen. Daher hoffte ich, dass er mir wohlgesonnen war und einen fairen Preis für die Uhr zahlte.

»Würdest du kurz aufpassen?«, fragte ich Ben, der wie an jedem anderen Tag auf demselben Barhocker saß.

»Klar, M«, antwortete er hastig und schenkte mir ein breites Lächeln. Ein Grund, warum ich ihn mir als meinen Bettgefährten ausgesucht hatte, waren seine schneeweißen, geraden Zähne. Die sah man hier unten selten. Entweder färbte das schlechte Essen und das viele Bier sie schwarz, oder sie schrumpften aufgrund des gepanschten Seratos zu ekligen, braunen Stümpfen zusammen. Die Droge fraß sich durch alles. Durch Haut, Knochen, Gehirn, Zähne, Haare. Am Ende sah man furchteinflößender aus als die Infizierten außerhalb der Kuppel.

Ich wischte mir meine Hände an der Schürze ab, öffnete die Schleife am Rücken und streife sie mir vom Körper. Nachdem ich sie achtlos auf meine Arbeitsfläche geworfen hatte, hob ich ein Stück der Theke an und die Scharniere gaben quietschend nach. Ich schlüpfte schnell hindurch und sowie ich auf der anderen Seite stand, senkte ich flink die Platte ab, bis sie wieder mit dem Rest des Tresens verschmolz.

»Die könntest du mal wieder ölen«, scherzte Ben und fuhr sich durch das blonde Haar. Immer fielen ihm ein paar Strähnen ins Gesicht.

»Da gebe ich dir recht«, stimmte ich ihm zu, strich liebevoll über seinen muskulösen Arm. »Halt die Stellung für mich.« Dabei berührte ich absichtlich mit meinen Lippen sein Ohr. Er schüttelte sich und ich wandte mich grinsend von ihm ab. Kaum war ich im Gedränge untergetaucht, wurde der Lärm ohrenbetäubend und brachte mein Trommelfell zum Klingeln.

»Schrauben, nur ein Bit für vier!«

»Stoffe, Hemden, Hosen! Nur hier für einen Coin das Stück!«

Am liebsten würde ich mir die Hände auf die Ohren pressen, um den Lärm auszuschließen, doch die brauchte ich im Moment, um mich durch die Menge zu kämpfen. An anderen Tagen war meine Kneipe voll mit Arbeitern, die aus dem Klärwerk, den Lüftungsanlagen oder der Färberei kamen. Sie saßen an den Tischen, an denen bis zu sechzig Gäste Platz finden konnten, und tranken gemütlich ihr Feierabend Bier. Doch jeden Sonntag quetschten sich geschätzte hundert Personen in diesen Raum, tauschten und handelten, was der Raum hergab.

Eine Minute später drückte ich mich an einer massigen Frau mit zwei schreienden Bälgern vorbei und stand in der nächsten Sekunde vor dem Schmuckhändler. Erleichtert atmete ich aus und strich meine Haare glatt. Ich hatte das Gefühl, eine Schlacht geschlagen zu haben.

»Na, schöne Dame. Darf es für Sie etwas Hübsches sein?«, schmeichelte mir George, kaum dass er mich erblickte.

»Nein! Ich will deinen Tand nicht«, erwiderte ich und verschränkte die Arme vor der Brust. Er sah mich abschätzend an und kniff die Augen zusammen. George griff nach der Brille, die an einer Kette um seinen Hals hing, und hielt sie sich vor seine trüben Augen.

»Ach, du bist es, Mariyane.« Plötzlich klang der Verkäufer nicht mehr so schmeichelnd und seine Körperhaltung veränderte sich innerhalb einer Sekunde. Zuvor stand er tief gebeugt über seiner Ware und hatte jeden potenziellen Kunden ein breites Grinsen geschenkt, das mir bloß eine Gänsehaut bescherte. Vielleicht wäre es für sein Verkaufstalent von Nutzen, wenn er den Mund geschlossen hielt. Keiner wollte seine braunen, vergammelten Stümpfe sehen.

»Ja, ich bin es«, erwiderte ich forsch. »Hast du jemanden anderen erwartet?« Ich sah ihn herausfordernd an. Mit Freuden beobachtete ich, wie sich kleine Schweißperlen auf seiner Stirn bildeten und er sich über die aufgesprungenen Lippen leckte.

»Nein, nein! Es ist nur, ich meine …«, stotterte er und knetete seine Hände. »Was kann ich für dich tun?« Schnell hatte er sich wieder gefasst und setzte eine professionelle Maske auf.

»Schon besser«, erklärte ich ihm und zog die Uhr aus ihrem Versteck. »Sieh dir bitte dieses Schmuckstück an und sag mir, was es wert ist.« Ich reichte ihm die Taschenuhr und erwartete seine Reaktion. Jede Regung seines Gesichtes beobachtete ich eingehend. Schon das kleinste Zucken eines Mundwinkels würde mir nicht entgehen und Aufschluss darüber geben, wie viele Coins ich dafür verlangen könnte. Denn George war geübt darin, seine Kunden übers Ohr zu hauen. Er hatte sein Handwerk hervorragend gelernt und lebte nicht schlecht, soweit es in der Unterstadt möglich war.

Sein Blick ruhte auf der Uhr, während er sie hin und her drehte. Ein paar Mal hob er seine Brille an, um die Ziffern oder Ornamente genauer betrachten zu können. Doch nichts ließ darauf zurückschließen, wie kostbar die Taschenuhr war.

Plötzlich zuckte sein Augenlid und ich hätte schwören können, dass er lächelte. Nur für eine Sekunde, schneller als ein Wimpernschlag, aber ich hatte es gesehen. Sie war also mehr wert, wie die anfänglich gedachten zehn Coins.

»Ich gebe dir fünfzehn Coins für diese schäbige Uhr. Sie läuft nicht einmal richtig«, sprach er tonlos und verschränkte die Arme vor der Brust.

»Ha!«, lachte ich laut auf. Einerseits als Ausdruck meiner Freude darüber, dass fünfzehn schon einmal mehr wie zehn waren und andererseits, um ihn zu verunsichern. Es funktionierte und er schürzte die Lippen.

»Sie ist mindestens zwanzig wert«, sprach ich den Bluff selbstbewusst aus. Diese Summe war hoch gepokert, doch ein Versuch schadete nie.

»Pff, hast du gesehen, in welchem erbärmlichen Zustand sich die Uhr befindet? Ich muss sie reinigen, öffnen, alle Zahnräder überprüfen und die Gravur abschleifen. Weißt du, wie viel mich das am Ende an Zeit und Geld kosten wird?« Er sah mich erbost an und zog seine buschigen Augenbrauen zusammen. Seine Einschüchterungstaktik klappte womöglich bei andern, aber nicht mit mir!

»Die Gravur beinhaltet keinen Namen, daher kannst du die Uhr, ohne sie abzuschleifen, weiterverkaufen. Und ich bin mir sicher, dass du für die in der Oberstadt fünfzig Coins bekommst. Also ist das schon ein echt guter Deal.« Nun verschränkte ich die Arme vor der Brust und verengte meine Augen. Ich würde mich nicht tiefer als achtzehn Coins handeln lassen. Das stand fest.

»Du kannst lesen?«, fragte George verächtlich und mir wurde heiß und kalt.

»Ja!«, log ich.

Der Schmuckhändler zog daraufhin eine Augenbraue hoch und schnalzte lautstark mit der Zunge. »Sechzehn Coins«, presste er aus zusammengekniffen Zähnen hervor. Meine Taktik funktionierte einwandfrei. Zwei Coins mehr und ich würde heute Abend mit vollem Magen ins Bett gehen.

»Achtzehn, oder ich nehme sie wieder mit.« Um meine Worte zu verstärken, hob ich die Hand, um nach der Uhr zu langen, doch George zog sie ruckartig zurück. Ich unterdrückte ein triumphierendes Grinsen. Er hatte angebissen. *Perfekt!*

»Okay«, stimmte mein Verhandlungspartner missmutig zu und griff nach meinem linken Unterarm. Ich ließ ihn gewähren und drehte ihn so, dass mein Handrücken nach oben zeigte. George führte eine wischende Bewegung über meinen Arm hinauf zu meiner Ellenbeuge aus. Auf meiner Haut, unterhalb des Handgelenkes, leuchtete blau eine Zahl auf. *215.00.* Eine Sekunde später veränderte sich die Zahl und blieb bei *233.00* stehen.

Erleichtert stieß ich die Luft aus. Ich hatte endlich genug zusammen, um den Vermieter zu bezahlen. Damit wurde mir eine schwere Last von den Schultern genommen und ein Knoten löste sich in meinem Bauch.

Ich zog mich von George zurück, schob meinen Ärmel hinunter und verabschiedete mich hastig. »Danke, wir sehen uns.« Ich war gerade auf dem Weg zurück zu Ben, um ihn auf ein heißes Getränk und eine Brotsuppe einzuladen, da wurde mit einem lauten Knall die Tür zu meiner Kneipe aufgetreten. Das alte Holz zersplitterte in hundert Teile. Unzählige Soldaten der Stadtgarde in voller Ausrüstung ergossen sich in den Schankraum, erhoben ihre Waffen und brüllten lautstark Befehle.

»Hände hoch!«

»Auf die Knie!«

»Keine Bewegung!«

Mein Herz setzte einen Schlag aus und mein Verstand brauchte mehrere Sekunden, um die Situation zu erfassen. Innerhalb eines Augenblickes verwandelte sich die Stimmung von heiter in verängstigt, und wie ein Funken sprang die Furcht von einem zum anderen über. Sie entfachte ein loderndes Feuer aus purer Panik, das sich durch die Masse fraß. Die Menschen stoben auseinander, schubsten andere zur Seite und flohen vor der Staatsgewalt.

Wie angewurzelt stand ich im Raum, verängstigte Menschen rempelten mich an und ich fühlte mich wie ein Punchingball. Geschockt beobachte ich, wie die ersten Besucher des Schwarzmarktes zu Boden geworfen wurden und Handschellen klickten. Die Masse trug mich mit sich fort. Es gab kein richtiges Ziel, alle versuchten bloß, so viel Raum zwischen sich und die bewaffneten Polizisten zu bringen wie möglich.

Jemand rammte einen Ellenbogen in meine Seite und mir blieb die Luft weg. Ich krümmte mich vor Schmerz und wäre beinahe gestürzt. Doch die geballte Flut an Menschen und Gliedmaßen hielt mich aufrecht, sodass ich den Halt nicht verlor. Mit kleinen Atemzügen sog ich so viel Luft in meine Lunge, wie es meine schmerzenden Rippen erlaubten. Kaum konnte ich wieder frei atmen, schlug ich um mich und kämpfte mich vorwärts. Ich hatte ein genaues Ziel vor Augen: Meine Bar! Denn für solche Fälle besaß ich eine geheime Falltür, unter der sich ein kleiner Unterschlupf befand, der gerade groß genug war, um zwei erwachsene Menschen aufzunehmen.

»Passt doch auf! Lasst mich durch! Verschwinde!«, schrie ich und quetschte mich verzweifelt durch die Menge.

»Mariyane! Mariyane!«, rief jemand meinen Namen und ich horchte auf.

»Ben!« Er war keine zwei Meter von mir entfernt, kniete auf einem Barhocker und sah sich panisch um. Kaum trafen sich unsere Blicke, da hellte sich sein Gesicht auf und er streckte mir seine Arme entgegen.

»Komm her!« Das ließ ich mir nicht zweimal sagen. Ohne Rücksicht auf Verluste schob ich mich zu ihm durch. Mit jedem Zentimeter, dem ich ihm näher kam, stieg in mir die Hoffnung, dass wir uns gemeinsam in Sicherheit bringen konnten. Unsere Fingerspitzen waren nur wenige Millimeter voneinander entfernt und ich schmeckte bereits die süße Freiheit auf meiner Zunge.

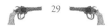

»Ben«, flüsterte ich glücklich und wollte mich ihm in die Arme werfen. Da packten mich unvermittelt zwei kräftige Hände von hinten, umschlangen meine Hüfte und zogen mich ruckartig zurück. Angst spiegelte sich auf Bens Gesicht wider, die mir die Kehle zuschnürte. Während ich weiter nach hinten gezogen wurde, beobachtete ich, wie Ben über die Theke sprang und dahinter verschwand. Mit Sicherheit würde er in diesem Moment die Luke zum Versteck öffnen und darin abtauchen.

»Du verdammter Feigling!«, schrie ich ihm verzweifelt hinterher. In der nächsten Sekunde legte sich ein Handschuh auf meinen Mund und erstickte weitere Schimpftiraden. Mir wurde heiß und kalt zugleich. Adrenalin schoss durch meine Adern und ich bäumte mich auf. Den Kopf warf ich hin und her und versuchte vergeblich, die Arme abzuschütteln.

Unentwegt wurde ich aus der *Wachtel* gezerrt und egal wie ich auch um mich trat, die Hände verschwanden nicht. Kaltes Metall legte sich um meine auf dem Rücken verdrehten Handgelenke und als ich es Klicken hörte, wusste ich, es war zu spät.

4
HAMILTON

Aus sicherem Abstand beobachtete ich, wie die Stadtgarde die *Wachtel* stürmte. Es war ein befriedigendes Gefühl, die Menschen schreien und die Soldaten brüllen zu hören. Auf meiner Zunge schmeckte ich Triumph und Sieg – ein süßer Geschmack nach Metall und Schokolade.

»Hast du dir schon eine Lösung überlegt?«, fragte eine tiefe Stimme und ich drehte mich zum Sprecher um.

»Natürlich, Bob! Ich habe für alles einen Plan B«, erklärte ich meinem leicht beschränkten Freund. »Sobald die Kleine uns nicht mehr im Weg steht, wird ein anderer die *Wachtel* übernehmen. Ich stehe dahingehend bereits mit jemanden in Kontakt, der an einer Zusammenarbeit interessiert ist.«

Gleichgültig wandte ich mich wieder der Szene zu und beobachtete, wie die ersten Gefangenen aus der Tür geschleift wurden. Ich musterte jedes Gesicht eingehend und hoffte, den kleinen Störenfried ausfindig zu machen. Ich wollte mich an ihrem Leid ergötzen und freute mich schon auf ihren Anblick.

»Und was machen wir jetzt, Boss?«, fragte Bob und ich atmete tief ein und aus. Warum hatte ich eigentlich den Dümmeren der Brüder mitgenommen?

»Ich habe dir schon hunderte Male gesagt, du sollst mich in der Öffentlichkeit Mister Hardington nennen«, wies ich ihn seufzend zurecht. Den scharfen Ton hob ich mir für jemanden anderen auf, bei meinem Freund würde ich damit auf taube Ohren stoßen.

»Entschuldigung, Sir, Boss, Mister Hardington«, erwiderte Bob und wirkte dabei so ungeschickt wie ein tollpatschiges Kind.

»Schon gut«, erwiderte ich und winkte mit einer Hand ab. »Bei dir ist Hopfen und Malz verloren gegangen.«

»Malz? Meinen Sie Ohrenschmalz, Sir? Mister Hardington, Sir?«, fügte er schnell hinzu und ich kam nicht drumherum, mir frustriert die Stirn zu reiben.

»Nein, Bob«, stöhnte ich und versuchte, meine Ungeduld im Zaun zu halten. »Ich meinte das, womit man Bier braut. Hopfen und Malz.«

»Ach so«, antwortete er und ich hatte das Gefühl, dass er nicht verstand, was ich meinte.

»Das ist eine Redewendung, ach, nicht so wichtig.« Ich beließ es dabei, konzentrierte mich lieber auf die Situation. Immer noch kam ein seichter Strom an Menschen aus der *Wachtel* und die Transporter füllten sich. Mein Blick sprang von einem zum anderen, doch keiner erweckte mein Interesse. Jedem schenkte ich nur eine Sekunde meiner Beachtung und ich fing an, mich zu langweilen. *Wie lange soll das hier noch dauern?*, fragte ich mich im Stillen und stützte mich träge auf meinem Stock ab.

Eine hektische Bewegung und lautes Geschrei erweckten meine Aufmerksamkeit und ich schaute auf. Eine schwarzhaarige, junge Frau wurde von der Stadtgarde aus dem Lokal geführt, strampelte, trat um sich und schrie die Luft aus ihrer Lunge. Ihre helle Haut reflektierte das diffuse Sonnenlicht und war ein starker Kontrast zu ihrer verdreckten Kleidung. Sie wirkte so wild und ungezähmt, dass ihr Anblick etwas in mir bewirkte.

Mit einem gezielten Tritt in die Kniekehle des vorderen Soldaten brachte sie ihn zu Fall und er landete mit den Händen voran im Matsch. Das schmutzige Wasser bespritzte ihre braunen Stiefel und die schwarze Leinenhose.

Mit dem Fuß trat sie auf den Schuh des Soldaten hinter ihr, der vor Schmerz zusammenzuckte. Den kurzen Moment der Unsicherheit nutzte sie, befreite sich aus der Umklammerung und lief ein paar Schritte vorwärts. Ihre Hitzigkeit zauberte mir ein schiefes Grinsen aufs Gesicht und in meinem Magen begann es zu prickeln.

»Ist sie das?«, richtete ich die Frage an Bob.

»Wer, Sir?«, fragte er mich. Eine Erwiderung verkniff ich mir, zu sehr nahm mich der Anblick der Frau in Besitz. Sie kämpfte wie eine ungezähmte Katze, biss und kratzte jeden, der ihr auch nur zu nahe kam. Die Flucht würde ich ihr gönnen, doch einer der Soldaten, der wie die anderen im Halbkreis vor der Taverne im Matsch kniete, stand auf, hob seine Waffe, zog sie ihr über den Schädel. Die Schwarzhaarige schrie vor Schmerz auf, sackte in sich zusammen und fiel wie ein Baum zur Erde. Sie landete auf ihrer linken Schulter und brüllte erneut. Ich sah Tränen der Wut in ihren Augen aufblitzen und umfasste meinen Stock fester. Mein Herz begann heftig zu pochen und das Blut rauschte mir heiß durch die Adern. Irgendetwas gefiel mir an dieser Frau, ihre Stärke und Intensität erregten mich.

Nun gab es für mich keinen Zweifel mehr, bei dieser Person musste es sich um die Inhaberin der *Wachtel* handeln. Bis vor wenigen Minuten hatte ich nur Abneigung für sie empfunden, aber nun verstand ich, wieso sich Dexter nicht getraut hatte, ihr die Stirn zu bieten. Sie war eine Furie, ein Feuerwerk an Temperament, jemand, den man lieber nicht zu seinen Feinden zählen wollte. Ich beobachtete sie weiterhin mit unverhohlener Neugierde.

Sie lag zu einem Häuflein Elend zusammengerollt auf der Erde und ihre Brust hob und senkte sich in einem rasanten Tempo. Der dritte Soldat, der ihr seine Waffe gegen die Stirn gerammt hatte, näherte sich und wollte nach ihr greifen. Doch sie riss ihr rechtes Bein hoch und traf ihn unerwartet unterhalb der Kniekehle. Er verlor das Gleichgewicht und fiel mit dem Rücken voran in den Matsch.

Kurz lachte ich auf und sah belustigt zu, wie sich der Mann hektisch aufrappelte.

»Boss, alles okay?«, riss mich Bob aus meinen Gedanken und ich löste meinen Blick von der Gefangenen.

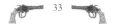

»Mir geht es hervorragend, danke der Nachfrage«, erwiderte ich. Danach richtete ich meine Augen wieder auf dieses faszinierende Wesen und mir kam eine diabolische Idee.

»Bob, findest du nicht auch, dass es eine Verschwendung wäre, diese Grazie ihrem Tod zu überlassen?«

»Ich weiß nicht, was Sie meinen, Boss, Mister Hardington.«

»Das macht nichts, Bob. Ich habe eine Aufgabe für dich.« *Hamilton, du brillantes, bösartiges Genie,* lobte ich mich selbst und unterdrückte ein diabolisches Grinsen.

»Was immer du wünschst, Boss.«

Anstatt ihn erneut zu korrigieren, sparte ich mir die Energie lieber und zeigte mit einem Finger auf das kleine Biest, das just in diesem Moment an den Handfesseln hochgezogen wurde.

»Hol sie mir!«, forderte ich, wie man es einem Hund befehlen würde. Augenblicklich setzte sich Bob in Bewegung und stapfte auf die Meute zu. Ich hoffte, er würde sie noch rechtzeitig erreichen, bevor einer von diesen grobschlächtigen Kerlen ihr einen Arm oder Schlimmeres brach.

Trotz seiner breiten und stämmigen Statur schnitt sich Bob durch die Masse wie ein heißes Messer durch Butter. Lag sicher daran, dass die Soldaten – kaum hatten sie meinen Freund erblickt – panisch zur Seite sprangen, um nicht von ihm zerdrückt zu werden.

Wie ein schweigender Riese hielt er auf die zwei Soldaten mit der Gefangenen zu. Sie kämpften noch immer mit der kleinen Wildkatze und bemerkten meinen Freund erst, als er direkt vor ihnen stand. Kaum fiel ihr Blick auf ihn, schrumpften sie in sich zusammen.

Leider stand ich zu weit weg, um bei der Unterhaltung Mäuschen zu spielen, daher begnügte ich mich mit Beobachten. Ich sah dabei zu, wie Bob erst auf die junge Frau zeigte und dann mit dem Daumen hinter sich. Die Männer schielten an ihm vorbei und erkannten mich augenblicklich. Wie könnte es auch anders sein? Meine äußere Erscheinung war mein Markenzeichen.

Die Angst, die in ihren Augen aufflackerte, schenkte mir für einen Moment innere Befriedigung. Ich verkniff mir ein Grinsen und setzte eine ausdruckslose Maske auf. Meiner Erfahrung nach machte ich damit einen bedrohlichen Eindruck auf mein Gegenüber und konnte mir seines Gehorsams sicher sein. Denn welcher arme Teufel wollte sich schon mit Hamilton Hardington anlegen?

Ohne Widerworte überreichten die Soldaten die Gefangene an meinen Handlanger, der sie sich mit einer beneidenswerten Leichtigkeit über seine Schulter warf und auf dem Absatz kehrtmachte.

Selbst auf Bobs Rücken gab die Schwarzhaarige ihren Kampf nicht auf und trat mit ihren Beinen um sich. Ihre spitzen Knie trafen ihn gegen seine Brust und mussten ihm gehörig zusetzen, aber er verzog nicht einmal das Gesicht.

»Gut gemacht«, lobte ich ihn, kaum dass er in Hörweite war.

»Lässt du mich gefälligst runter! Ich habe zwei gesunde Beine und außerdem gar nichts getan! Das ist ein riesiges Missverständnis! Hörst du mich überhaupt, du grobschlächtiger Kerl, oder haben deine Muskeln deine Hirnmasse verdrängt?«

»Du bist also unschuldig?«, höhnte ich und das Mädchen verstummte. Sie ruckte mit ihrem Kopf hin und her und versuchte, durch den schwarzen Vorhang ihrer Haare, etwas zu erkennen.

»Wer spricht da? Zeig dich, Feigling!«, zeterte sie und ihre Worte entlockten mir ein spöttisches Glucksen.

»Ab in den Wagen mit ihr. Mal sehen, ob sie dann immer noch so große Töne spucken wird«, befahl ich Bob und öffnete ihm die Tür. Er kam meiner Aufforderung nach und legte das verschnürte Päckchen auf der Rückbank meiner schmucken Limousine ab.

»Was wollt ihr überhaupt von mir? Ich habe nichts verbrochen«, beteuerte sie weiterhin. Ich zog belustigt die Augenbraue hoch. *Wenn du wüsstest.*

Die Tür schlug ich mit einem lauten Knall zu und ein Ruck ging durch das Fahrzeug. Der Lärm wurde von den hohen Häuserwänden zurückgeworfen und nahm einen unheimlichen Klang an.

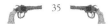

»Lass uns zurückfahren. Hier gibt es nichts mehr zu sehen«, richtete ich meine Worte an Bob, der zustimmend nickte. »Du sitzt hinten und passt auf, dass sie nicht mein Leder zerkratzt. Das hat mich ein halbes Vermögen gekostet.« Kaum hatte ich das gesagt, wandte ich mich von ihm ab und ließ mich kurze Zeit später auf dem Beifahrersitz nieder. Wenig später wackelte das gesamte Fahrzeug und das Zuschlagen der Tür verkündete mir, dass Bob ebenfalls eingestiegen war.

»Wohin soll es gehen, Mister Hardington?«, fragte mein Chauffeur freundlich und rückte seinen Hut zurecht.

»Zurück ins *Pentagramm*«, verkündete ich und klemmte mir meinen Stock zwischen die Beine.

»Sehr wohl«, antwortete Joseph und drehte den Schlüssel im Schloss. Im nächsten Augenblick schnurrte der Motor, und er gab Gas. Langsam fuhren wir die Straße entlang und in meinem Rückspiegel wurde die *Wachtel* immer kleiner.

Durch die dünne Wand, die den Fahrer von seinen Passagieren trennte, konnte ich noch immer das junge Ding schimpfen hören. Ich hatte ihr Gesicht nur kurz gesehen, aber ich schätzte sie anhand dessen nicht älter als neunzehn. Dafür hatte sie aber ein ganz schön vorlautes Mundwerk. Das würde ich ihr austreiben und sie zähmen. Lange genug hatte sie meine Geschäfte behindert und Pläne durchkreuzt. Es wurde Zeit, dass sie lernte, Gehorsam zu leisten. Niemand legte sich mit mir an und kam ungeschoren davon.

»Hatten Sie einen erfolgreichen Tag, Mister Hardington?«, fragte mich Joseph beiläufig.

»Und was für einen!« Ich grinste in mich hinein. Wer hätte gedacht, dass der Tag solch eine Wendung nehmen würde?

»Willkommen zurück, Mister Hardington«, begrüßte mich die blonde Schönheit hinterm Empfang. Ich schenkte ihr ein strahlendes Lächeln. »Ich danke dir, Sharon.« Und zwinkerte ihr zu.

Sie klimperte auffordernd mit den Wimpern und biss sich auf die Unterlippe. Verdammt war sie ein heißes Fahrgestell! Ich bereute keine Sekunde, die ich mit ihr im Bett verbrachte.

Nach wenigen Schritten lag das Foyer hinter mir und ich erreichte den Fahrstuhl. In aller Ruhe betätigte ich den Knopf, umfasste mit beiden Händen meinen Stock und wartete geduldig. An meiner rechten Schulter spürte ich eine Präsenz, die ich, ohne hinzusehen, Bob zuordnete.

»Ich bin doch kein Mehlsack, ich kann selbst laufen.« Ihre Stimme war zu einem Murmeln verkommen, da sie anscheinend bemerkt hatte, dass hier Meckern und Zetern keine Früchte tragen würde. *Braves Mädchen! Dir werde ich beibringen, sich zu benehmen.*

Mit einem glockenähnlichen Ton öffneten sich die Türen des Fahrstuhls und helles Licht flutete den Boden der Empfangshalle. Ich trat hinein, dicht gefolgt von Bob. Die Türen schlossen sich wieder und eine liebliche Melodie wurde gespielt. Ich summte sie mit und wippte mit dem Fuß.

»Was für ein glorreicher Tag, nicht wahr«, sprach ich euphorisch und erwartete doch keine Antwort.

»Arschloch!«, hörte ich das kleine Biest flüstern und ein Mundwinkel hob sich. Das Fluchen würde ich ihr ebenfalls austreiben.

Es dauerte einige Minuten, bis wir den dreiundzwanzigsten Stock erreichten und sich die Schiebetüren fließend öffneten. Das Licht ergoss sich auf schwarzen Marmor und ein langer Flur tat sich vor mir auf. Die wenigen Schritte zu meiner Wohnung überwand ich mit eiligen Schritten. Ich konnte es kaum erwarten, mein Geschenk auszupacken und zu sehen, was sich unter all diesem Schmutz und den spitzen Bemerkungen verbarg.

Kaum hatte ich meine Hand auf die Klinke gelegt, da entriegelte sich die Tür schon und ich konnte sie öffnen. Mit einem Hochgefühl, als hätte ich gerade den Mount Everest bestiegen, betrat ich das Appartement und entledigte mich meines Stockes und meiner Melone.

»Wohin mit ihr, Boss?«, ertönte Bobs gelangweilte Stimme, und ich wandte mich ihm zu.

»Ins Bad mit ihr. Sie soll sich waschen. Sonst ruiniert sie mir die Möbel.« Bob nickte und durchschritt die Wohnstube, bog links ab, und ich folgte ihm schweigend, den Blick fest auf das hin und her wippende Wesen gerichtet.

Im Schlafzimmer angekommen, hielt Bob auf die Schiebetür zum Badezimmer zu. Durch das milchige Glas schien sanftes Licht und beleuchtete das dunkle Parkett.

»Halt!«, rief ich und Bob stoppte augenblicklich. »Lass sie schon hier herunter. Ich will sie sehen!«

Mein Handlanger tat wie ihm befohlen und stellte die junge Frau kaum einen Meter vor mir auf die Füße. Sie warf ihre Haare zurück und ihr Blick bohrte sich tief in meine Seele. Für eine Sekunde blieb mein Herz stehen, um in der nächsten doppelt so schnell zu schlagen.

Ihr Anblick fesselte mich und meine Augen wanderten über ihr spitzes Kinn, hinauf zu ihren vollen Lippen, blieben an ihren kakaobraunen Iriden hängen und ich verlor mich in ihnen. Nun konnte ich ihr Gesicht aus der Nähe betrachten – mit neunzehn schien ich nicht danebenzuliegen.

Plötzlich war es wieder da, dieses Verlangen sie zu zähmen, sie besitzen zu müssen. Ich trat einen Schritt vor und wollte sie berühren. Doch in ihrem Blick flackerte Angst auf und huschte zwischen mir, den Fenstern und dem Ausgang hin und her. Daher besann ich mich eines Besseren und ließ die Hand wieder sinken.

»Da drinnen kannst du dich waschen.« Meine Stimme klang tiefer als gewöhnlich und ließ sie zusammenfahren. Ihre Augen weiteten sich kaum merklich und sie schluckte. Ich jagte ihr Angst ein. Gut so!

»Löse die Fesseln«, befahl ich Bob. Der Hüne beugte sich zu dem Mädchen hinunter und fummelte für einen Augenblick an den Handschellen herum. Kurz darauf konnte ich es klicken hören und ihre Schultern sackten nach vorn. Sie rieb sich ihre Handgelenke und sah von mir zu Bob.

Erneut trat ich einen Schritt auf sie zu und öffnete den Mund: »Du kan...« Doch die Worte erstarben auf meinen Lippen, als sich ein stechender Schmerz in meinen Weichteilen ausbreitete. Das kleine Biest hatte mir ihr Knie in die Eier gerammt und mir so die Luft abgeschnürt. Hektische rang ich um Atem und beugte mich nach vorn. Ich spürte meine Ader am Hals pochen und mein Mund stand zu einem stummen Schrei geöffnet. *Fuck!* Sie hatte mich überrumpelt.

Bewegungsunfähig beobachtete ich, wie Bob augenblicklich reagierte und nach ihr schnappte. Doch seine große Pranke fischte ins Leere, da sie ihm mit einer Drehung um die eigene Achse auswich und so an ihm vorbei schlüpfte. Auf einmal stand sie hinter ihm und brachte den Riesen mit einem gezielten Tritt in seine Kniekehle zu Fall. Genau wie den Soldaten vor der *Wachtel*.

Eine Erschütterung ging durch das gesamte Zimmer, als Bob mit seinem Gesicht das Parkett küsste. Die Furie sah ihre Chance gekommen, flitzte an mir vorbei. Doch ich hatte mich wieder halbwegs im Griff und hechtete ihr hinterher. Mein Gesicht war vor Wut und Schmerz verzerrt. Ich brüllte laut meinen Frust hinaus.

Sie warf einen schnellen Blick zurück, bevor sie in die Wohnstube flüchtete. Panik glomm in ihren Augen auf. Ich hielt mich am Türrahmen fest, nahm so die Kurve scharf, und beschleunigte, indem ich mich vom Boden abstieß. Sie hatte es fast bis zur Wohnungstür geschafft, als ich ihre Haare mit einer Hand erwischte und kräftig daran zog. Mit einem lauten Schrei wurde sie zurückgeschleudert.

»Du verdammte Schlampe!«, brüllte ich sie völlig außer Atem an. Mir lief der Schweiß den Nacken hinunter und ich fühlte, wie heiß meine Wangen waren. Sie zeigte keine Reaktion, hielt sich bloß den Kopf und wimmerte leise.

»Erbärmlich«, zischte ich ihr zu und schleifte sie an den Haaren hinter mir her. Ihr Jammern wurde lauter, doch es berührte mich nicht. »Du hast selbst Schuld«, schrie ich sie an. »Was versuchst du auch abzuhauen? Weißt du denn nicht, wer ich bin?!« Meine Wut kochte hoch und es war mir gleich, welches Leid ich ihr mit meinen Worten und Taten zufügte. Auch scherte es mich nicht mehr, dass sie sich vor mir fürchtete. Sie wollte die Samthandschuhe nicht? Schön! Ich konnte auch anders.

»Fick dich! Lass mich los!«, schrie sie und sog eine Sekunde später unkontrolliert die Luft ein.

»Das kannst du vergessen!« Um meine Worte zu unterstreichen, zog ich ein letztes Mal kräftig an ihren Haaren und schleuderte sie mit einer Bewegung Richtung Badezimmertür. Ihr Körper prallte hart gegen den Holzrahmen und das eingefasste Milchglas wackelte bedrohlich, doch es hielt stand.

»Du kannst es dir jetzt aussuchen, entweder wäschst du dich freiwillig oder ich zwinge dich dazu.« Ich spie ihr die Worte entgegen und kleine Tropfen spritzten ihr ins Gesicht. Verängstigt drehte sie sich von mir weg und schmiegte ihre Wange an das Glas. Ihre Abwehrhaltung machte mich nur noch wütender und ich trat näher an sie heran.

»Hast du mich verstanden?!« Meine Stimme war bloß noch ein Knurren und hatte alle Menschlichkeit verloren. Daraufhin rollte sie sich zu einer Kugel zusammen und ihr winziger Körper wurde von heftigem Schluchzen geschüttelt.

Bevor ich erneut auf sie zugehen konnte, und gegebenenfalls etwas Dummes getan hätte, stellte sich Bob zwischen uns und sah aus seinen kleinen Augen auf mich hinab. »Boss, soll ich es versuchen?«

»Herr Gott, Bob! Wie oft habe ich dir schon gesagt, dass du mich Mister Hardington nennen sollst?!«, fuhr ich ihn wutschnaubend an und warf meine Arme in die Luft. Ich nutzte dankbar die Gelegenheit, die sich mir bot, wirbelte herum und kehrte beiden den Rücken zu. Ich ertrug mich selbst nicht, wenn ich so aus der Haut fuhr.

»Ich brauche einen Drink«, murmelte ich und hielt auf den Servierwagen zu. Hoffentlich würde der meine Nerven beruhigen. Dieses kleine Biest war unausstehlich. *Was habe ich mir da bloß ins Haus geholt?*

»Darf ich es probieren, Boss, Mister Hardington?«, korrigierte sich Bob und ich zuckte mit den Schultern.

»Sie gehört dir. Mach mit ihr, was du willst!«

5
MARIYANE

Meine Schultern bebten und Schluchzer drangen gedämpft zwischen meinen Fingern hervor, die ich mir verzweifelt auf den Mund presste. Verzweiflung legte sich schwer um mein Herz.

Große Hände legten sich auf meine Schultern und ich wurde sanft nach vorn geschoben. Die Badezimmertüren wurden geöffnet und Licht fiel auf dem Boden vor mir. Tränen kullerten mir noch immer die Wangen hinunter und tropften von meinem Kinn auf die Fliesen. Ich hörte, wie hinter mir die Schiebetüren wieder zugezogen wurden und ließ meine Arme sinken.

»Warum bin ich hier?«, flüsterte ich in den Raum. »Warum bin ich nicht im Gefängnis?« In Astrodomas kriegte man nichts geschenkt, und nichts geschah ohne Hintergedanken. Mein Herz schnürte sich zu und ich hob den Blick. Der Glatzkopf, der von meinem Peiniger Bob genannt wurde, sah mich aus ruhigen Augen an und schien unschlüssig zu sein. »Werdet ihr mich …« Die Worte blieben mir im Hals stecken und ich musste schlucken.

Endlich kam Leben in ihn und er schob sich an mir vorbei. »Du findest hier die Dusche.« Er zeigte auf eine kleine Kabine, die sich in der linken Enke des Bades an die Wand schmiegte. »Mit diesen Handtüchern kannst du dich abtrocknen.« Sein Finger ruckte zu einer einfachen Holzbank, die sich mitten im Raum befand und so gar nicht zu den restlichen luxuriösen Einrichtungsgegenständen passte. Darauf lagen zwei schneeweiße und feinsäuberlich zusammengelegte Bündel. »Falls du sonst etwas brauchen solltest, ich bin vor der Tür.«

Und schon wandte er sich von mir ab und ließ mich links stehen. Wut flammte in mir auf, ich wollte ihn zur Rede stellen. Ich erwischte seinen linken Arm und zwang ihn zum Halt.

»Was ist hier los?«, fragte ich ihn mit flehendem Unterton. »Was will dieser Clown von mir? Und ist das wirklich Hamilton Hardington?« Als der Name vorhin gefallen war, hatte ich es kaum für möglich gehalten. Ich wusste nicht wieso, aber immer, wenn ich den Namen gehört hatte, stellte ich mir einen alten, weißen Mann in einem beigen Anzug vor. Der raue Kerl mit seinem jugendlichen und unterkühlten Auftreten wäre mir nicht im Traum eingefallen. Jedoch verstand ich nun die Gerüchte, dass er sich durch die halbe Oberstadt geschlafen haben soll. Bei seinem Aussehen …

Der Glatzkopf sah mich nicht an, starrte bloß auf seine Schuhe. Doch er zögerte. »Bitte, Bob.« Ich nannte ihn beim Namen, um zu ihm durchzudringen. »Ich muss es wissen«, flehte ich und hoffte, ihn so zu erweichen.

»Ich weiß nicht, ob ich dir das sagen darf«, flüsterte er und sein Blick fixierte die Tür. Scheinbar fürchtete er sich genauso sehr vor seinem Arbeitgeber wie ich mich in diesem Moment.

»Was will er von mir? Und … wann kann ich wieder nach Hause?« Endlich schaute er mich an und kniff seine Augen zusammen. »Bitte«, flehte ich mit Nachdruck.

Sein Blick lag starr auf mir, keine Gesichtsregung verriet, was er vielleicht dachte. Anstatt zu antworten, befreite er sich aus meiner Umklammerung und trat auf die Tür zu.

»Antworte mir!« Meine Stimme brach und Tränen brannten in meinen Augen, schon wieder. Ich hasste es, wie schwach und hilflos ich mich in dieser Situation fühlte.

Noch immer schwieg Bob und ließ den Kopf hängen. Als er die Türen aufschob, traf mich sein mitleidiger Blick, bevor er sie wieder schloss.

Verzweifelt heulte ich auf und fuhr mir mit den Händen durch die Haare. Hoffnungslosigkeit machte sich in mir breit und schnürte mir die Kehle zu.

Der Raum begann sich zu drehen, ich verlor den Halt und sackte neben der Holzbank zusammen. Ich zog die Knie an und versuchte zu Atem zu kommen. Aber noch immer drückte das Gewicht der Panik auf meinen Brustkorb und erschwerte mir das Luftholen.

Es dauerte mehrere Minuten, bis ich mich so weit beruhigt hatte, dass der Untergrund nicht mehr schwankte. Erst dann nahm ich mir die Zeit, mein luxuriöses Gefängnis näher unter die Lupe zu nehmen.

Weiße Fliesen reflektierten das Licht und blendeten mich beinahe. Ich legte den Kopf in den Nacken und entdeckte Dutzende Lampen, die in die Decke eingelassen waren. Langsam erhob ich mich und ließ den Blick weiter schweifen.

Kronleuchter waren links und rechts neben dem pompösen Spiegel angebracht und spendeten ein beruhigendes Licht.

Wie prahlerisch doch alles wirkte, so viel Gold und verchromte Wasserhähne. Eine Badewanne stand an der rechten Wand direkt neben einer kleinen Kammer. Gegenüber davon war eine Duschkabine zu finden, die ich so auch aus der Unterstadt kannte. Nur mit dem Unterscheid, dass diese hier viel neuer und gepflegter aussah. Auch eine Toilette aus weißem Keramik entdeckte ich, direkt neben einer niedrig angebrachten Schüssel, deren Sinn sich mir nicht erschloss. Mein Entführer musste verdammt wohlhabend sein, wenn er sich so eine Wohnung leisten konnte. Vielleicht handelte es sich bei ihm doch um den waschechten Hamilton Hardington. Aber wenn dem so war, konnte ich mein Todesurteil direkt unterzeichnen. Ich hatte mich mit ihm angelegt und das nicht zum ersten Mal. Vielleicht war auch das der Grund, warum ich hier war – Rache.

Mit meinen Fingern strich ich über das Holz der Bank, die Handtücher und wunderte mich über ihre Schlichtheit in all diesem Prunk und Protz. Alles glänzte in Weiß und Gold, als wäre hier vor einer Minute erst geputzt worden.

Kurz inspizierte ich die Duschkabine und freute mich darauf, das saubere, warme Wasser auf meiner geschundenen Haut zu spüren.

Doch zuvor wandte ich mich dem Doppelwaschbecken und dem gigantischen Spiegel zu. Die Kronleuchter spendeten ein beruhigendes Licht. In meinem bisherigen Leben hatte ich nie eine so perfekte und glatte Oberfläche gesehen. Denn bis zu diesem Moment hatte ich mit der Rückseite von Löffeln oder Pfützen vorliebgenommen, um mein Gesicht zu betrachten. Daher staunte ich nicht schlecht, wie gestochen scharf jede einzelne Wimper zu erkennen war, wie glänzend doch mein schwarzes Haar und tiefbraun meine Iriden wirkten. Vorsichtig strich ich über meine linke Augenbraue und spürte die kleine Narbe, welche die buschige Linie durchbrach.

»Gott, du hast auch schon mal besser ausgesehen«, erklärte ich meinem Spiegelbild und legte die Stirn in Falten. Meine Haut war über und über mit Schlamm und Dreck verkrustet und meine Kleidung hing mir locker am Körper und meine Augen waren vom Weinen gerötet. Mein Anblick erinnerte mich an eine Gruselgeschichte, die mir meine Mutter als Kind über die Infizierten erzählt hatte, damit ich mich von dem Schutzwall fernhielt.

Einmal atmete ich tief ein und aus, gab mich der Situation geschlagen. Dort draußen stand Hamilton Hardington – oder er war es doch nicht, wobei ich mir langsam eingestehen musste, dass er es wohl war – und wartete darauf, dass ich wieder aus dem Bad trat. Flucht war unmöglich, das Zimmer besaß keine Fenster und mein erster Versuch war kläglich gescheitert. Meine Kopfhaut prickelte noch immer von seinem festen Griff.

Ich trat einen Schritt zurück, mit dem Blick auf mein Spiegelbild, und zog mir mein vor Dreck starres Hemd über den Kopf. Es fiel achtlos auf die Erde und ich schluckte schwer, als ich die abgemagerte Gestalt vor mir sah. Ein blauer Fleck zeichnete sich an meiner linken Schulter ab und setzte sich bis über meinen Rippenbogen fort. Vorsichtig drückte ich darauf und quittierte es mit einem stechenden Schmerz.

»Aah«, stieß ich aus und verzog das Gesicht. »Verflucht!« Der Sturz hatte mich stärker getroffen, als gedacht. Nachdem das Pochen

etwas abgeklungen war, öffnete ich den Knoten an meiner Hose und sie rutschte mir von den schmalen Hüften. Ich stieg mit meinen Füßen aus der Leinenhose und trat den Lumpen zur Seite. Er rutschte über die hellen Fliesen und kam neben der Bank zum Stehen.

Die letzten harten Jahre hatten Spuren auf meinem Körper hinterlassen. Die Muskeln spannten sich unter der hellen Haut und meine Gelenke traten spitz hervor. Ich wagte es nicht, mich herumzudrehen, zu sehr grauste es mich vor dem Anblick meines Rückens. Daher senkte ich lieber den Blick und hielt auf die Duschkabine zu.

Eine Hand legte ich um den Metallgriff und zog die Glastür auf. Mit einem Schritt war ich in der Kabine, die ausreichend Platz für mindestens zwei, wenn nicht sogar drei Menschen bot, und schloss die Tür hinter mir wieder. Die Stille legte sich auf meine Ohren und schnitt mich von den Geräuschen der Außenwelt ab.

Das Innere der Dusche verschlug mir die Sprache. Die dunkelblauen Fliesen und die winzigen Lampen, die in die Fugen eingelassen waren, hinterließen bei mir den Eindruck eines Sternenhimmels. Mit meinen Fingern fuhr ich über eine silberglänzende Armatur, die scheinbar die Wassertemperatur und Stärke regelte. Jedoch war ich etwas verwundert, da ich keinen Duschkopf fand. Wo kam das Wasser denn sonst raus?

Ich sog alles in mich auf. Wer konnte schon sagen, wann ich jemals wieder etwas so atemberaubend Schönes zu Gesicht bekommen würde? Vermutlich sollte die Frage nicht *wann*, sondern *ob* lauten.

Nach ein paar Minuten, die ich mich der Ruhe und der stimmungsvollen Atmosphäre hingegeben hatte, testete ich den Regler aus und war neugierig darauf, aus welcher Öffnung das Wasser kommen würde.

Etwas Kaltes tropfte auf meine Schultern, den Kopf und den Rücken. Erschrocken schrie ich auf und zuckte zusammen.

»Kalt! Kalt«, keuchte ich und probierte schnell den anderen Regler aus, nur um wenige Sekunden später meine Schultern sinken zu lassen und entspannt auszuatmen. Ich schielte nach oben und erkannte erst jetzt winzige Löcher in der Decke, aus denen das Wasser drang. Die

Temperatur fühlte sich nun warm, fast heiß auf meiner Haut an. Ich genoss das Gefühl, wie dicke Tropfen meine Muskeln massierten und die Wärme meinen steifen Gliedern neues Leben einhauchte. Wann hatte ich das letzte Mal gebadet oder richtig ausgiebig geduscht? Ich konnte mich nicht mehr daran erinnern, so lange lag es schon zurück.

Heißer Dampf stieg vom Fußboden auf und umhüllte mich. Ich hob meine Arme über den Kopf und fuhr mir durch die Haare. Meine Augen schloss ich und legte den Kopf in den Nacken. Das heiße Nass prasselte mir aufs Gesicht, lief mir in den offenen Mund und ich schluckte. Nie hatte ich etwas so Köstliches gekostet wie das klare, frische Wasser.

Meine Mutter hatte recht behalten, als sie zu meinem achtjährigen Ich sagte: »*Wasser, das den Berg hinab rinnt, reißt alles mit sich. Sand, Steine, Bäume, Ängste und Sorgen.*« So erging es mir in diesem Moment, der Stein, der in meiner Magengrube lag, wurde fortgerissen. Meine Gedanken klärten sich und wurden davon gespült.

Kaum verließ ich die Duschkabine, da quoll der Dunst in den Raum und beschlug den Spiegel. Auf nassen Sohlen stakste ich zur Bank und schnappte mir ein sauberes Handtuch. Ich trocknete mir damit grob die Haare ab und schlang es mir dann um den Oberkörper.

Die Zeit unter der Dusche hatte mich davon abgelenkt, wo ich mich gerade befand. Nun stürzte die Realität erneut auf mich ein. Es sah für mich ziemlich aussichtslos aus. Es stand zwei gegen eins und Flucht schien unmöglich. Abwesend fasste ich mir an den Kopf, wo die Haut noch immer kribbelte.

Die Männer mögen diesen Sieg vielleicht davongetragen haben, das hieß aber nicht, dass ich einfach aufgab. Das war ich nicht! Ich war eine Kämpferin, schon immer, und ich würde nicht so leicht aufgeben. Sollte sich dieses Arschloch die Zähne an mir ausbeißen, ich würde nicht nachgeben. Und vielleicht wäre er dann irgendwann so genervt von mir, dass er mich einfach gehen lässt. Ich würde es ihm schon zeigen, egal wer er war, egal wie sein Name oder sein Ruf lautete. Ich war im Schlammviertel geboren, habe Straßenschlachten und Grippeepidemien überlebt. Da konnte mir ein Kerl wie er doch nichts anhaben!

Im Kopf ging ich einmal durch, was ich über Hamilton Hardington gehört hatte. Alles nur Gerüchte, aber in jeder Lüge steckte auch ein Quäntchen Wahrheit. Es hieß, er wäre ein grausamer Geschäftsmann, der auch gern die eine oder andere Gespielin hatte. Ich hoffte nur, dass er keine in mir sah. Allein bei dem Gedanken, wie seine Hände meine Haut berührten, wurde mir schlecht. Aber das würde ich schon zu verhindern wissen. Eine Frau aus der Unterstadt wusste sich zu verteidigen.

Daher raffte ich all meinen Mut zusammen, den ich in irgendwelchen Ecken meines Seins fand, klaubte meine zerschlissene Kleidung vom Boden und presste sie an meine Brust wie einen Schild. Ein letztes Mal sog ich meine Lunge mit der warm-feuchten Luft voll und öffnete danach die Türen zum Schlafzimmer.

Während ich mich im Bad gewaschen hatte, war es draußen dunkel geworden und ich konnte nur noch Schemen erkennen. Das Licht des Mondes und der Dutzenden Hochhäuser drangen durch die riesige Fensterfront und formten lange Schatten.

Bob hatte rechts neben der Tür seinen Posten bezogen und ich lächelte ihn verhalten an.

»Wo ist dein Boss? Hatte er keine Lust mehr auf eine Revanche?«, provozierte ich ihn scherzhaft, doch damit verbarg ich bloß meine Unsicherheit. Eigentlich hatte ich eine Scheißangst vor diesem Mister Hardington, wohl besser gesagt Mister Arsch. Denn nichts anderes war er! Ein verdammter Scheißkerl!

Bob blieb stumm und seine blauen Augen ruhten auf mir. Ich musste meinen Kopf weit zurücklehnen, um zu ihm aufzuschauen.

»Besonders gesprächig scheinst du nicht zu sein«, witzelte ich und kicherte, um meine Nervosität zu verdrängen.

Anstatt mir zu antworten, drehte er sich weg und starrte geradeaus in eine dunkle Ecke. Die Schwärze herrschte dort allumfassend und ich konnte nicht erkennen, wen oder was er anglotzte. Ich kniff meine

Augen zusammen und versuchte, etwas zu erkennen. Doch da war nur Dunkelheit. Als ich mich schon abwenden und Bob fragen wollte, was er so anstarrte, löste sich plötzlich ein Schatten aus dem Schwarz und ich stieß einen spitzen Schrei aus.

»Bist du fertig mit deinen schlechten Witzen?«, knurrte mir die tiefe Stimme von Mister Arsch entgegen.

»Ich schätze schon«, sprach ich kleinlaut und schluckte hörbar. Meine Hände wurden feucht und ich rieb sie unauffällig über das Handtuch. Allein seine Anwesenheit strahlte eine solche Düsternis aus, dass es mir die Kehle zuschnürte. Meine Nackenhaare stellten sich auf und ein Schauer jagte mir den Rücken hinunter.

»Bist du wirklich *der* Hamilton Hardington?« Ich konnte meine Zunge nicht davon abhalten, die Worte zu formulieren. Es war eine Art Schutzmechanismus – das Reden hatte mir schon immer geholfen, nicht nervös zu werden.

Der anfängliche Mut hatte mich bei seinem Anblick verlassen. Ich fühlte mich nackt, mehr als nackt. Ich fühlte mich verletzbar. Nur mit einem Badetuch bekleidet stand ich vor ihm und seine Blicke schienen selbst den dicken Baumwollstoff zu durchschauen. Seine grünen Augen bohrten sich tief in meine Seele und ließen sie gefrieren.

Ohne mir zu antworten, streckte er eine Hand aus, mit der offenen Handfläche nach oben. Verwirrt starrte ich erst auf seine Finger und dann ihn an.

»Was ...?«, setzte ich an, wurde aber harsch von ihm unterbrochen.

»Handtuch!« Nur dieses eine Wort ließ tausende Bilder in meinem Kopf aufflackern und nicht eins davon wollte ich jemals wirklich erleben.

»Nein!«, keuchte ich, umklammerte das Tuch fester und trat einen Schritt zurück. Doch er ließ nicht von mir ab und verstärkte seine Forderung mit einer rollenden Handbewegung.

Hilfesuchend blickte ich zu Bob, doch der ignorierte mich eiskalt. Was waren das für Menschen? Wo war ich hier bloß gelandet? Er hatte mich aus meiner Welt geraubt, mir meine Freiheit genommen und in dieses – zugegebenermaßen – atemberaubende Appartement verschleppt und nahm mir nun auch noch das sprichwörtlich letzte Hemd? Ich hasste ihn bis aufs Blut! Was für ein Widerling!

Meine Hand zitterte, als ich ihm zuerst meine Kleidung überreichte. Ich hatte die Hoffnung, dass ihm das womöglich reichte. Jedoch sah ich etwas in seinen Augen aufblitzen, was ich lieber nicht gesehen hätte. Es war Gier, Lust und Erregung. Mir drehte sich der Magen um und ich hatte das Gefühl, mich übergeben zu müssen.

Lieber Gott, hilf mir!

6
HAMILTON

*J*hre Verletzbarkeit erregte mich nur weiter und mein Schwanz schmerzte süß in meiner Hose. Hungrig beobachtete ich, wie ihre Schultern ergeben nach vorn fielen und sie mir ihre schmutzige Kleidung überreichte. Jetzt konnte sie diese nicht mehr als Schutzschild verwenden. Sie schrumpfte in sich zusammen und ich hatte fast Mitleid mit ihr, aber nur fast.

»Nimm das für mich«, bat ich Bob und reichte den Müll an ihn weiter. Er löste sich von seiner Position und überwand die geringe Entfernung mit zwei Schritten. Ich hielt meinen Blick gebannt auf die Schwarzhaarige gerichtet und sog jede Faser ihres Körpers in mich auf.

Ihre Gegenwehr war erloschen und ihr Kampfgeist schien besiegt. Mir gefiel ihr unterwürfiger Anblick und am liebsten hätte ich sie auf die Knie gezwungen, damit sie meinen Schwanz lutschte. Aber da war wieder diese Stimme in meinem Kopf, die mir zuflüsterte: *Sie ist noch nicht bereit.*

Es bedurfte all meiner Selbstbeherrschung, um mich nicht auf sie zu stürzen. Sie erschien mir zu verführerisch, zu verlockend. Auch ein Mistkerl wie ich hatte seine Regeln! Und die erste und wichtigste davon lautete: Die Frauen schliefen ausschließlich freiwillig mit mir!

Diese Vorgabe gefiel meinem Schwanz nicht sonderlich, der sich hart gegen den Stoff der Hose drückte. Wenn es nach ihm ginge, hätte er sich längst in ihr versenkt. Doch das musste warten!

Da fiel mir etwas ein, ich kannte den Namen meines neuen Spielzeuges gar nicht. Ich wusste zwar, *wer* sie war, aber ich hatte es nie für nötig gehalten, ihren Namen zu erfahren. Meine Stimme klang heiser, als ich das Wort an sie richtete: »Wie heißt du?« Sie zuckte leicht zusammen und schaute zu mir auf. Ihre Augen waren geweitet, Zorn und Unsicherheit flackerte in ihnen. Sie presste die Lippen trotzig aufeinander und machte dicht.

Sie benahm sich wie ein kleines Kind. Nun denn, wenn sie es so wollte, dann behandelte ich sie auch wie eins. »Name!« Ich erhob meine Stimme und ein Grollen mischte sich darunter. Augenblicklich senkte sie den Blick.

»M-ariy-yane.« Der Name schmerzte in meinen Ohren. Er klang wie Mary-Jane, nur zog sie das ›J‹ in eine unangenehme Länge und verschandelte ihn so.

»Was für ein schrecklicher Name! Ich werde dich Mary nennen«, entschied ich kurzerhand und war mit ihrem neuen Namen überaus zufrieden.

»Aber ich heiße ...«, setzte sie an, doch meine Hand schoss blitzschnell vor und ich umklammerte ihren Kiefer. Die Worte erstickten in ihrer Kehle und sie quiekte überrascht.

»Laff miff lof«, protestierte sie und in ihren Augen flackerte ihre anfängliche Wildheit wieder auf. Ihr Mut imponierte mir, auch wenn ich ihn mit Dummheit gleichsetzen würde. Sie schien nicht begriffen zu haben, dass sie nicht in der Position war, Forderungen zu stellen.

Ich beugte mich nah an sie heran und hob ihr Kinn an. Ihr Atem traf heiß mein Gesicht und mir wurde schwindelig. Lag es am Alkohol oder doch an ihrem verführerischen Duft? Ich wusste es nicht.

»Du wirst mich gefälligst mit Mister Hardington ansprechen!«, flüsterte ich ihr mit bedrohlichem Unterton zu und beantwortete so indirekt ihre Frage. Sie schluckte schwer und das Geräusch hallte im Raum wider. Ich löste mich von ihr und Mary trat einen Schritt zurück, gewann dadurch etwas Abstand zu mir.

Meine Mundwinkel hoben sich und ich grinste sie fies an. »Das Handtuch«, wiederholte ich meine Worte. Sie hatte mich mit ihren alten Lumpen ablenken wollen, doch mein eigentliches Ziel hatte ich noch immer vor Augen.

Sie presste ihre Kiefer hart aufeinander und ich könnte schwören, sie mit den Zähnen knirschen zu hören. Ihr Blick ruhte fest auf mir, schien mich durchdringen zu wollen, doch ich blieb hart. Ich drückte den Rücken durch und baute mich vor ihr auf, wenn sie rebellieren wollte, sollte sie es ruhig versuchen. Ich wartete nur auf den Moment, wenn sie sich mir widersetzte und ich sie bestrafen konnte. Im Kopf ging ich bereits durch, ob ich die kleine oder lieber die große Peitsche nehmen sollte. Nur kam ich nicht sonderlich weit, denn sie atmete einmal tief durch und erwiderte: »Schön!«

Vielleicht wäre ich sanfter mit ihr umgegangen, wenn sie mir nicht meine Geschäfte versaut oder in die Eier getreten hätte. So empfand ich es als ausgleichende Gerechtigkeit, sie zittern zu lassen.

Selbstbewusst griff sie nach dem Rand des Handtuches, löste den Knoten, der Stoff fiel hinab und auf einmal stand sie nackt vor mir. Ihr entblößter Körper raubte mir den Atem und ließ mein Gemächt zucken. Das Loch in meinem Bauch wurde immer größer und verdrängte die umliegenden Gedärme. Ich leckte mir über die Lippen und musterte sie.

Auch wenn sie sich selbstsicher gab, erkannte ich die Röte in ihrem Gesicht – Scham. Heimlich versuchte sie, ihre Mitte mit der freien Hand zu verdecken, erreichte jedoch nur, dass ich mich mehr und mehr von ihr angezogen fühlte. Ich sollte das Spiel lieber schnell beenden, bevor ich noch etwas tat, was ich später selbst bereuen würde.

Ich nahm das Handtuch entgegen und augenblicklich legte sie den anderen Arm auf ihre Brüste. Ihr Blick lag starr auf mir, als würde sie etwas beweisen wollen.

»Bob, nimm es«, ich hielt ihm das Handtuch entgegen und er ergriff es, »und bring es in die Wäsche. Die anderen Sachen kannst du wegschmeißen, die braucht Mary nun nicht mehr.«

»Geht klar, Boss.« Ich verdrehte innerlich die Augen.

»Du kannst dann gehen. Ich brauche dich für heute nicht mehr«, erklärte ich ihm und sah kurz auf. Der Hüne nickte mir zu und entfernte sich dann von Mary und mir.

»Nacht, Boss.«

»Mister Hardington, verdammt«, flüsterte ich. Wenn ich nicht einmal meinen Mitarbeitern Höflichkeitsfloskeln beibringen konnte, wie sollte ich es dann bei Mary schaffen? »Oh, Bob. Bevor ich es vergesse«, sprach ich meinen nächsten Gedanken aus. »Bitte lass die Handschellen hier.«

Gehorsam kramte er den Gegenstand aus seiner Hosentasche hervor und übergab ihn mir. »Jetzt kannst du gehen.« Bob nickte erneut und machte auf dem Absatz kehrt. Das kühle Metall lag schwer in meiner Hand und es juckte mir in den Fingern, sie Mary anzulegen. Das Bild, wie sie willig und wehrlos in meinem Bett lag und sich genüsslich räkelte, drängte sich in meinen Verstand und verstärkte das Ziehen im Bauch. Ich musste das schnellstens beenden. Das Monster in mir drängt immer weiter an die Oberfläche. Bald wäre von dem Gentleman, der noch immer in mir steckte, nichts mehr übrig – zerfressen von meiner dunklen Seele.

Das Zuschlagen der Tür holte mich aus meiner Fantasie und ich wandte schnell den Blick ab, bevor ich meine Tagträume doch noch umsetzte. Aus dem Augenwinkel konnte ich sehen, wie Mary leicht zittert, ob vor Kälte oder Angst konnte ich nicht sagen. Vermutlich war es eine Mischung aus beidem.

Mit langen Schritten entfernte ich mich von ihr und hielt auf den Kleiderschrank zu, der sich links neben der Badezimmertür an die Wand schmiegte. In den Fächern lagen ordentlich sortiert meine Kleidungsstücke, alle in einheitlichen Grau- oder Schwarztönen.

Nach kurzem Suchen fand ich ein abgetragenes Shirt sowie eine knappe Hose und warf sie achtlos in Marys Richtung.

»Zieh dich an!«, befahl ich ihr und fixierte sie mit einem kalten Gesichtsausdruck. Sie warf mir einen kurzen Blick zu und stürzte sich dann auf die Kleider, wie ein Hungriger auf ein Stück Brot. Für einen winzigen Moment waren ihre nackten Brüste zu sehen und für mich blieb die Zeit stehen.

Die Brustwarzen standen stramm und wuchsen wie Knospen aus großen, dunklen Vorhöfen hervor. Ihr kleiner Busen hob sich

schüchtern von ihrem Oberkörper ab und würde perfekt in eine Hand passen. Das Verlangen, sie zu berühren, verzehrte mich regelrecht. Erneut ballte ich die Hände zu Fäusten, grub meine Nägel ins Fleisch, um mich zurückzuhalten.

Das Shirt versperrte mir die Sicht und endlich konnte ich mich aus meiner Starre lösen. Ihre zarte Gestalt verschwand unter meiner ausladenden Kleidung und versteckte ihre Kurven.

Meine Hoden schmerzten und gaben mir zu verstehen, dass ich noch heute Erleichterung bräuchte, sonst würden sie explodieren. Appetit hatte ich mir bereits geholt, doch essen würde ich woanders müssen.

»Setz dich.« Meine Stimme war ein einziges Krächzen. Ich klang heiser vor unterdrücktem Verlangen.

Für einen Moment zögerte sie, wog ihre Optionen ab und kam am Ende wie ein braves Mädchen zu dem Schluss, dass sie keine Chance gegen mich hatte. Zufrieden beobachtete ich, wie sie meiner Aufforderung nachkam. Ich versuchte mir jede Pore, jedes Haar, jedes Muttermal einzuprägen, um das Bild später abrufen zu können. Für mich würde es eine harte Nacht werden, neben diesem entzückenden Wesen einzuschlafen, ohne sie berühren zu können. Ich *durfte* es nicht, auch wenn ich wollte. Denn wie hieß es so schön: Der Weg ist das Ziel. Und ich wollte nichts mehr als das.

Bevor ich zu ihr trat, fuhr ich mir mit einer Hand durch die Haare und holte tief Luft. So stand ich eine geschlagene Minute neben meinem Schrank und atmete bloß. Meine Erregung war so weit abgeklungen, dass sich die Beule in meiner Hose zurückgebildet hatte. Der Nebel in meinem Schädel lichtete sich mit jedem Atemzug und ich war wieder bei klarem Verstand.

»Streck deine Arme aus«, befahl ich ihr und trat an sie heran.

»Vergiss es«, spuckte sie mir entgegen und reckte das Kinn.

Hatte sie denn noch nichts gelernt? Noch nicht genug? Bisher hatte ich ihr meine nette Seite gezeigt, aber ich konnte auch anders.

»Du tust lieber, was ich sage, bevor ich dich dazu zwinge.« Ich ließ die Worte im Raum stehen und die Frage offen, wie ich es anstellen

würde. Sie sollte sich die schlimmsten Szenarien ausmalen, ich wollte sie leiden sehen.

Sie schluckte, und Angst huschte über ihr Gesicht. Nur für einen Moment, in der nächsten Sekunde funkelten ihre Augen wieder wütend.

»Nein!«, erwiderte sie mit fester Stimme.

»Hör zu, denn ich sage das nur einmal!« Ich baute mich vor ihr auf, sodass sie den Kopf in den Nacken legen musste, um zu mir aufzusehen. »Solange du tust, was ich dir sage, wird dir nichts passieren. Aber fordere mich weiter heraus und du wirst es bitter bereuen!«

Meine Worte schienen Früchte zu tragen, denn nach einem winzigen Augenblick streckte sie mir widerwillig ihre Handgelenke entgegen.

»Woher hast du überhaupt den Code?!«, fragte sie mich.

Überrascht hob ich die Augenbrauen und ließ die Handschelle an ihrem linken Gelenk einrasten. »Ich habe Kontakte.«

»Du meinst, du schmierst die Stadtgarde?«

Ihre direkte Art hätte mir fast ein Schnauben entlockt, das ich unterdrückte. »So kann man es wohl auch nennen.«

Ein leises Klicken ertönte, als die Falle zuschnappt. Sie war nun an mein Bett gefesselt, würde ohne mich nicht weit kommen.

Mit einer inneren Ruhe und Zufriedenheit sah ich auf mein Werk hinab. Es gab nur noch eine Sache zu sagen, bevor das Spiel endlich voll und ganz begann – sie musste die Regeln kennen.

»Ich werde dich nur auf deine ausdrückliche Erlaubnis hin berühren. Und erst wenn du mich darum anflehst, werde ich dich ficken.«

»Und was ist, wenn ich dich nie bitten werde?« Ihre Stimme klang trotzig, sie wich meinem Blick nicht aus und ihre dunklen Augen funkelten vor Zorn.

»Vertrau mir, du wirst!« *Die Mädchen vor dir waren alle scharf darauf gewesen, meine Finger in ihrer Pussy zu spüren*, fügte ich in Gedanken hinzu.

Zur Demonstration hob ich meine Hand und ließ sie neben ihrer Wange schweben. »Darf ich?«, fragte ich mit gelangweiltem Unterton,

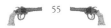

da ich die Antwort bereits kannte. Die Frage war reine Formsache, um ihr zu zeigen, dass ich ein Mann war, der zu seinem Wort stand.

»Nein!«, zischte sie und ich ließ die Hand wieder sinken.

»In Ordnung«, antwortete ich und wandte mich ab. »Ich werde kurz duschen. Lauf nicht weg!« Hinter mir hörte ich ein Schnauben und drehte mich zu ihr um. »Zu früh für schlechte Witze? Dabei ist das doch deine Königsdisziplin«, reizte ich sie und kassierte dafür einen giftigen Blick. »Schon gut, schon gut.« Ich hob meine Arme ergebend und ging ein paar Schritte rückwärts, bis ich gegen das kalte Glas der Badezimmertür stieß. »Ich merke, du bist ein zähes Publikum. Aber dich bekomme ich auch noch weichgekocht.«

»Niemals!«, rief sie mir hinterher.

»Wir werden sehen.« Ich zwinkerte ihr zu, öffnete die Tür und gerade, als ich sie wieder schließen wollte, hörte ich Mary leise murmeln: »Wichser!« Die Schiebetüren schlossen sich vor meinen Augen und ein Mundwinkel hob sich zu einem schiefen Grinsen.

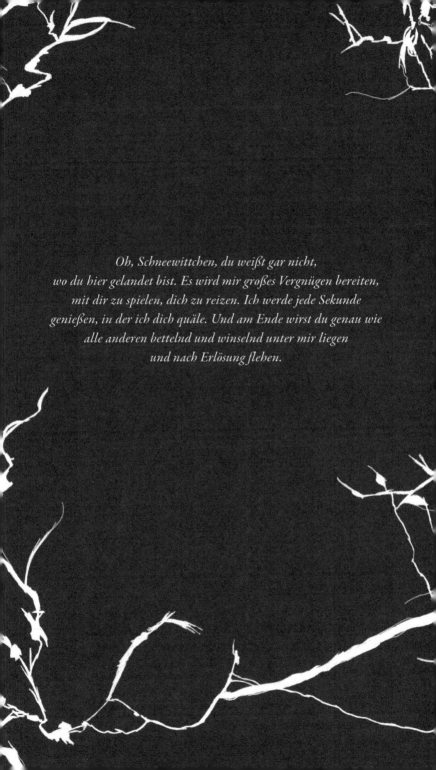

*Oh, Schneewittchen, du weißt gar nicht,
wo du hier gelandet bist. Es wird mir großes Vergnügen bereiten,
mit dir zu spielen, dich zu reizen. Ich werde jede Sekunde
genießen, in der ich dich quäle. Und am Ende wirst du genau wie
alle anderen bettelnd und winselnd unter mir liegen
und nach Erlösung flehen.*

7

MARIYANE

olken umgaben mich. Ich lag auf ihnen und fühlte mich schwerelos. Die Welt unter mir erschien mir klein und weit weg. Das sanfte Licht der Sonne küsste meine Lider und ich streckte mich.

Ein stechender Schmerz fuhr meinen rechten Arm hinauf und ich änderte die Position. Doch ich wurde zurückgehalten und etwas Kaltes schnitt in mein Handgelenk. Das Licht veränderte sich, es liebkoste mich nicht mehr, sondern brannte sich durch meine Lider.

Ich stöhnte auf und öffnete die Augen. Anstatt auf Wolken lag ich in einem Nest aus Decken und Kissen auf dem Fußboden. Schlagartig fiel mir wieder ein, wo ich mich befand, und ich schreckte zusammen. Dabei ruckte ich erneut an meinem rechten Arm und stieß ein Keuchen aus.

Noch immer war ich an das Bett gefesselt, aus dem ich nachts gekrabbelt war. Mein Arm fühlte sich kalt und taub an. Ich rutschte so weit ans Bett heran, wie es eben ging, und veränderte meine Haltung. Ein unangenehmes Kribbeln stieg meinen Oberarm hinauf bis in die Fingerspitzen. Ich pumpte mit der Hand mehr Blut in meine Extremität und kleine Nadeln stachen mir ins Fleisch.

Mein Blick wanderte durch den Raum. Die Sonne war bereits aufgegangen, fiel durch die große Fensterfront und erhellte das Schlafzimmer. Die andere Betthälfte war leer, aber zerwühlt. Er hatte neben mir geschlafen! Dieser Wichser! Ich erinnerte mich daran, wie er sich noch nass von der Dusche neben mich gelegt und ich das Schlimmste erwartet hatte. Doch entgegen meiner Erwartung hatte er sein Versprechen gehalten – ohne meine ausdrückliche Erlaubnis hatte er mich nicht ein einziges Mal berührt. Und dass ich es ihm niemals erlauben würde, sollte selbst einem Vollidioten wie ihm klar sein.

Das Plätschern von Wasser erregte meine Aufmerksamkeit und ich starrte auf die Badezimmertür vor mir. Durch das milchige Glas zeichnete sich eine Gestalt ab, die sich ein Hemd oder etwas Ähnliches anzog.

Wie lange war er schon wach? Wie spät war es? Ich hatte mein Zeitgefühl verloren. Schnell sah ich mich um. Ich hoffte auf eine Uhr, einen Kalender, ein Messer, irgendetwas, was mir mehr Sicherheit geben könnte. Doch da war nichts. Das Zimmer war karg eingerichtet und bis auf das Bett, den Kleiderschrank, einen großen Spiegel, einen Ohrensessel und einen komischen Wagen voller Gläser gab das Zimmer nichts her.

Frustriert pustete ich mir eine Strähne aus dem Gesicht und taxierte die Tür zum Bad. Ich war ihm ausgeliefert und das gefiel mir überhaupt nicht! Ich hatte genug über den berühmten Hamilton Hardington gehört, dass mir klar war, dass ich mich hier in der Höhle des Löwen befand. Dazu kam noch, dass ich seinen Hehler Dexter aus meiner Kneipe vertrieben hatte, was ihm sicher nicht schmeckte. Vermutlich war auch das der Grund für meine Anwesenheit hier. Und wer wusste schon, wie er es mir heimzahlen würde? Ich musste einen Weg hier rausfinden, daher wäre es wohl am besten, wenn ich die Schüchterne, Verletzliche spielte. Vielleicht ergäbe sich so für mich ein Moment, in dem ich ihn überrumpeln und fliehen könnte.

Wie aufs Stichwort öffneten sich die Türen und sein eiskalter, grüner Blick traf mich. Mein Herz machte einen Satz und ich klammerte mich an meine Decke wie an ein Rettungsseil. Das lief schon mal gut. Wobei ich mich selbst darüber ärgerte, dass ich so schreckhaft auf ihn reagierte, ohne es spielen zu müssen.

»Du bist wach«, sagte er mit tiefer Stimme, die mir eine Gänsehaut bescherte.

»Offensichtlich«, antwortete ich und biss mir augenblicklich auf die Zunge. Ich sollte meine Spitzfindigkeiten lieber für mich behalten, wenn ich die Schüchterne mimen wollte.

Die Andeutung eines Lächelns legte sich auf seine Lippen und er wandte sich von mir ab. »Schön, dass du deinen Humor nicht verloren hast.« Seine Lederschuhe klackerten auf dem Parkett und das Geräusch hallte von den Wänden wider. Ich nahm mir einen Moment, um ihn eingehender zu mustern.

Er trug einen schwarzen Anzug mit Bügelfalten und ein strahlend weißes Hemd, das seinen Look perfekt abrundete. Der Stoff und der Schnitt zeugten von hoher Qualität und hatten sicher an die zweihundert Coins gekostet. *Seltsam.* Normalerweise trugen die Bewohner der Oberstadt bunte, verrückte Kleider, aber er war in Schwarz-Weiß gekleidet.

»Joseph? Fährst du den Wagen vor?«, durchbrach seine Stimme die Stille im Raum. Eine Hand ruhte an seinem linken Ohr und ich runzelte die Stirn.

»Mit wem redest du?«, fragte ich ihn. Er drehte sich zu mir um und hob eine Augenbraue. Der Drei-Tage-Bart malte dunkle Schatten auf sein Gesicht und ließ ihn bedrohlich erscheinen.

»Offensichtlich nicht mit dir. Außerdem, was habe ich gesagt? Wie sollst du mich ansprechen?« Seine Stimme troff vor Zynismus und mir wurde übel. Wie konnte ein Mann bloß so selbstverliebt und von sich überzeugt sein?

Ich biss mir auf die Innenseite der Wange, um mich daran zu hindern, etwas Dummes zu sagen. Er trat einen Schritt auf mich zu und mein Herz begann zu rasen. Womöglich sollte ich nicht mit einem Stock im Wespennest bohren, wenn ich nicht gestochen werden wollte.

»Wie du möchtest. Schweige ruhig weiter. Ich muss jetzt los und mich um meine Geschäfte kümmern. Wir sehen uns dann heute Abend wieder.« Mit diesen Worten wandte er sich von mir ab und verließ das Zimmer.

Verdutzt starrte ich ihn an. Ließ er mich hier etwa zurück? Allein? Gefesselt?! »Hey!«, schrie ich ihm hinterher und sprang umständlich auf die Beine. »Du kannst doch nicht einfach so gehen!«

Er reagierte nicht, stattdessen blieb er in der Wohnstube verschollen. »Was ist, wenn ich auf Toilette muss? Soll ich dann mein Geschäft auf deinem Bett verrichten?«, setzte ich nach und hoffte, ihn so zu kriegen. Doch noch immer zeigte er sich nicht und ich fürchtete schon, er wäre einfach gegangen. »Komm zurück!«, brüllte ich. »Ich tu auch alles! Wirklich!« *Fast alles*, setzte ich in Gedanken nach. Es blieb weiterhin still. Meine Ohren waren gespitzt und ich lauschte. War er da? Oder hatte ich die Tür nur nicht zufallen hören?

Verzweifelt drehte ich mich zum Kopfende um und zog an der Handfessel. Das Metall hinterließ rote Striemen auf meiner Haut, aber das war mir egal. Ich wollte nichts weiter, als diese elendigen Dinger loszuwerden.

Mein Kopf wurde heiß vor Anstrengung und mein Herzschlag verdoppelte sich. Mir blieb die Luft zum Atmen weg, trotzdem machte ich weiter.

Mit einem Mal verlor ich den Halt und fiel ungeschickt auf die Matratze. Tränen der Wut und Frustration bahnten sich ihren Weg aus meinen Augen und verschleierten meine Sicht.

»Wie lautet mein Name?«

Seine Worte ließen mich zusammenfahren und ich richtete mich ruckartig auf. Auf dem Bett kniend starrte ich ihn aus großen Augen an. »Da bist du ja«, stieß ich zu erleichtert aus. Wieso freute ich mich, dass er nicht einfach verschwunden war? Sollte ich jetzt auch noch dankbar dafür sein, dass er mich gefesselt hatte?

»Wie lautet mein Name?«, stellte er mir mit bedrohlichem Unterton erneut die Frage. Auf seinem Kopf ruhte der schwarze Filzhut, den er auch schon gestern getragen hatte. Er legte sein Gesicht in Schatten und nur die dunklen Augen blitzten mir entgegen.

Ein Kloß bildete sich in meinem Hals und erschwerte mir das Schlucken. Er trat einen Schritt auf mich zu und sein Stock schlug auf der

Erde auf. Das Geräusch ließ mich zusammenfahren und der Schweiß brach mir aus.

»Mi-ister Ha-ardington«, stammelte ich und ergab mich damit der Situation. Aber ich würde mich nicht vollends geschlagen geben. Mein Blick war starr auf ihn gerichtet und ich verfolgte jede kleine Regung seiner Kiefermuskulatur.

»Sehr gut«, lobte er mich wie ein kleines Kind. »Und jetzt in einem vollständigen Satz.« Er war so nah herangetreten, dass mich nur die Matratze von diesem Bastard trennte.

»Würden Sie mir bitte diese Handschellen abmachen, Mister Hardington?«, fragte ich und senkte den Kopf. Diese Schlacht hatte er vielleicht gewonnen, aber den Krieg noch lange nicht.

Aus dem Augenwinkel nahm ich eine Bewegung wahr und hörte Schritte auf mich zukommen. Ich rutschte so weit weg von der Kante, wie es mein gefesselter Arm zuließ. Die Schritte stoppten plötzlich und er blieb regungslos vor mir stehen.

»Darf ich?«, fragte er mit kratziger Stimme, die mir die Haare im Nacken aufstellte. Verwirrt sah ich zu ihm auf.

»Du fragst um Erlaubnis?«

»Sie«, korrigierte er mich forsch und ich schluckte.

»Sie fragen um Erlaubnis?«, wiederholte ich die Frage.

»Selbstverständlich! Ein Gentleman steht zu seinem Wort.« Ernst sah er auf mich hinab und spannte seine Kiefermuskeln an.

Ich wusste nicht recht, was ich davon halten sollte, verkniff mir daher einen möglichen Kommentar. Zaghaft nickte ich und erst dann umfasste er mein Handgelenk und löste die Handschelle mit einer einzigen Berührung.

Kaum war ich frei, wandte er sich im nächsten Augenblick von mir ab. »Ich lasse dir Bob da. Er ist ab sofort dein Beschützer.« *Wohl eher mein Babysitter.* »Er wird für deine Sicherheit sorgen und dir jeden Wunsch erfüllen. Du kannst dich in meiner Wohnung frei bewegen.«

Er war bereits am Türrahmen angekommen, da hielten ihn meine Worte zurück: »Auch den Wunsch, nach Hause zurückzukehren?«

Ich wusste, dass dieser Gedanke dumm von mir war, dennoch konnte ich nicht anders.

In einer fließenden Bewegung drehte er sich zu mir um und sah mich ausdruckslos an. »Aber du bist doch schon zu Hause«, erwiderte er, ohne die Miene zu verziehen.

Das machte mich so sprachlos, dass mir eine Erwiderung im Halse stecken blieb.

Einen Wimpernschlag später kehrte er mir den Rücken zu und seine Schritte entfernten sich von mir. Wenig später fiel eine Tür ins Schloss.

Völlig verunsichert und verstört ließ er mich zurück. Eine unheimliche Atmosphäre baute sich auf und ich traute mich kaum zu atmen. Seine Worte geisterten mir im Kopf herum: »*Aber du bist doch schon zu Hause.*«

Mir wurde schlagartig klar, dass er nicht vorhatte, mich gehen zu lassen. Weder heute noch in einem Monat. Ich war hier eingesperrt, mit ihm, und würde vielleicht nie wieder die frische Luft schmecken. Diese Erkenntnis suchte mich wie ein Donnerschlag heim und plötzlich prasselte alles auf mich ein. Tränen brannten in meinen Augen, die ich zurückdrängte. Wütend wischte ich mit dem Arm unter meiner Nase entlang.

Eine geschlagene Minute blieb ich auf dem Bett sitzen, bis meine Füße einschliefen. Erst als ich es nicht länger aushielt, kletterte ich hinunter und tapste mit nackten Füßen zum offenen Türrahmen. Ich wollte mich davon überzeugen, dass er wirklich weg war. Und tatsächlich, das Wohnzimmer war leer. Ich war allein.

Frustration packte mich und ich entschied, endlich etwas zu unternehmen. Mein erster Fluchtversuch war vielleicht gescheitert, aber nun war hier keiner, der mich aufhalten konnte. Daher ballte ich meine Hände zu Fäusten und hielt auf die Wohnungstür zu. Ich riss sie mit einem Ruck auf und wollte hinausstürmen. Ein massiger Körper versperrte mir den Weg in die süße Freiheit. Der Fleischberg drehte sich um und das gedrungene Gesicht von Bob erschien.

Ohne ein Wort schlug ich die Tür wieder zu und blieb erstarrt stehen. Mein Herz schlug mir bis zum Hals und ich konnte mich nicht bewegen. In mir keimte die Angst auf, dass Bob zu mir kommen und mich wieder fesseln würde. Doch nichts geschah.

Gestern war noch alles normal gewesen. Ich hatte in meiner *Wachtel* gestanden, Bier ausgeschenkt und mit meinen Gästen gescherzt. Heute stand ich fast unbekleidet in einer Wohnung, die mir nicht gehörte, und meine Zukunft hing von den Launen eines selbstverliebten Mistkerls ab. Wie bin ich bloß in diese Situation geschlittert?

Wie in Trance drehte ich mich um die eigene Achse und mein leerer Blick richtete sich auf die Fenster. Genau wie im Schlafzimmer reichten sie auch hier vom Boden bis zur Decke und das Licht flutete die gesamte Wohnstube.

»Was zum Teufel ...«, flüsterte ich und brachte den Satz doch nicht zu Ende. Mechanisch lief ich ein paar Schritte und hielt auf das Samtsofa in der Mitte des Raumes zu. Meine Hand suchte Halt an der Lehne und ich stützte mich auf ihr ab. Ich hatte das Gefühl, etwas oder jemand würde mir den Brustkorb zerquetschen, und das Atmen fiel mir schwer. Mein Bauch hob und senkte sich rasant und ich versuchte, die Lunge mit Luft zu füllen.

Der Druck an meinen Rippen erhöhte sich und es stach mir in die Seite. Ich hatte meine Blutergüsse schon fast vergessen, wurde aber schmerzhaft an sie erinnert.

Punkte tanzten vor meinen Augen und mir wurde schwindelig. Ich stand kurz vor einer Panikattacke. Dieses Gefühl kannte ich, hatte es schon zu oft erlebt. Das erste Mal an dem Tag, als meine Mutter starb.

Ich bohrte meine Nägel in das Sitzpolster und atmete konzentriert durch die Nase ein und aus. Mir würde es nichts bringen, jetzt in Panik zu verfallen. Ich brauchte einen kühlen Kopf, um mich aus dieser Lage zu befreien!

In Gedanken zählte ich von Hundert rückwärts und stellte nach der Achtzig zufrieden fest, dass sich mein Herzschlag langsam beruhigte. Mein Blickfeld klärte wieder auf und der Knoten in meinem Hals löste sich. Nervös schluckte ich meine Angst hinunter.

Nach einer weiteren Minute konnte ich meine verkrampften Finger von dem Samt lösen und bewegte die steifen Gelenke durch.

Ein Klopfen an der Tür ließ mich zusammenfahren und mein Puls schoss erneut in die Höhe. Ich hatte geahnt, dass der Frieden nicht lange währen würde. Ängstlich wich ich vor der Tür zurück. Wer stand wohl dahinter? Mein Entführer? Bob? Die örtliche Stadtgarde, die mich jetzt doch ins Gefängnis stecken würde?

Es klopfte erneut und mir dämmerte langsam, dass weder Bob noch Mister Arsch oder die Polizei klopfen würde. Jeder von ihnen würde entweder die Tür eintreten oder sie einfach öffnen.

»Herein!«, rief ich und verfluchte mich für meine zitternde Stimme. Ich war doch sonst nicht so! Nervös beobachtete ich die Tür, wie sie sich langsam öffnete. In meinem Kopf betrat Mister Hardington das Zimmer und erklärte mir, was für eine dumme Gans ich doch sei, dass ich seinen Worten Glauben geschenkt hatte. Dann lachte er mich aus und zog mich erneut an meinen Haaren hinter sich her. Der Horror war so real, dass meine Knie zitterten.

Ein Servierwagen rollte in die Wohnstube und die Reifen quietschten. Das Geräusch weckte mich aus meinem Wachtraum und erst dann realisierte ich die Frau, die das Metallgestell vor sich herschob. Aus einem herzförmigen Gesicht strahlte sie mich freundlich an, ein falsches Lächeln auf die Lippen gepinnt.

»Guten Morgen, Miss Mary«, flötete sie und grinste noch breiter, falls es überhaupt möglich war. Ihre weißen Zähne blendeten mich regelrecht und ich konnte die Augen nicht von ihr abwenden.

Ihr Körper war in ein enges, rosafarbenes Kleid gepresst, das jede ihrer Rundungen betonte. Ich kam nicht drumherum, ihr pralles Dekolleté geschockt anzustarren. Ich hatte mit allem gerechnet, nur nicht mit ihr.

»Guten Morgen«, erwiderte ich haltlos überfordert mit der Situation. Die Angestellte stoppte den Wagen vor meinen Füßen und ein himmlischer Duft stieg mir in die Nase.

»Was ist das?«

»Ihr Frühstück«, antwortete sie kokett.

Fassungslos starrte ich das üppige Mahl an. Ich entdeckte Croissants, Weintrauben, Orangen, Brot, Butter, Marmelade und vieles mehr. Manches davon konnte ich nicht einmal benennen. Es war eine solche Masse an Essen, dass es für eine vierköpfige Familie gereicht hätte. *Weintrauben*, wiederholte mein vernebeltes Gehirn und meine Hand hob sich wie automatisch.

Ich liebte diese Früchte und hatte sie bisher nur zweimal kosten dürfen. Das Wasser lief mir im Mund zusammen und mein Magen knurrte auffordernd. Den Hunger hatte ich seit Tagen nie vollständig stillen können und dementsprechend groß war das Loch in meinen Gedärmen.

Ein warnender Gedanke schoss mir durch den Kopf. *Was ist, wenn das Essen vergiftet wurde?* Bevor ein Finger die verbotene Frucht berührte, zuckte ich zurück und fixierte die Blondine misstrauisch.

»Hat dich Mister Hardington geschickt?« Allein den Namen freiwillig auszusprechen, jagte mir die Galle hoch.

»Wer denn sonst?«, erwiderte sie kichernd und schnappte sich selbst eine Traube. »Haben Sie noch mehr Wohltäter?« Ihre vollen roten Lippen umschlossen die grüne Perle und mit einem Plopp verschwand sie in ihrem Mund. Genüsslich kaute sie darauf herum und sah mich spöttisch an. »Guten Appetit«, flötete sie, warf ihre helle Mähne zurück und wackelte mit ihrem prallen Hintern wieder zur Wohnungstür. Kaum war die Tür ins Schloss gefallen, da machte ich mich bereits über das Essen her.

Mit beiden Händen stopfte ich mir Trauben, Käse, Brot und alles, was mir sonst zwischen die Finger kam, in den Mund. Die anfängliche Sorge war wie weggeblasen.

Ich tunkte die noch warmen Backwaren in Butter und Marmelade und quetschte sie mir zwischen die Zähne. Ich kam kaum mit dem Kauen hinterher, da steckte ich mir bereits das nächste Stück in den Mund.

Meine Finger klebten und ich leckte sie ab. Mit beiden Händen ergriff ich die große Kanne und setzte sie an meine Lippen. Heißer

Kaffee rann in meinen Mund und an ihm vorbei. Er verbrannte mir die Zunge und den Rachen, trotzdem hatte ich nie etwas Besseres getrunken. Ich seufzte laut auf, als ich das Getränk absetzte und die Kanne auf den Wagen knallte. Der Kaffee wärmte mich von innen und vertrieb meine düsteren Gedanken. Nur der Hunger und die Lust auf mehr blieben.

Ich wischte mit dem Handrücken über mein Gesicht und Krümel, Marmelade und andere Reste klebten an meiner Haut. Immer noch hungrig stürzte ich mich erneut auf den Wagen. Es sah aus wie ein Schlachtfeld und die Konfitüre wie das Blut der Opfer.

Nach kurzer Zeit war mein Magen gefüllt, doch ich aß weiter und stopfte immer mehr in mich hinein. Es schmeckte einfach zu gut. Ich fühlte mich wie im Himmel auf Erden. Selbst mein Gefängnis und die gestrige Nacht vergaß ich vollständig. Bloß das Essen und die Geschwindigkeit, mit der ich es mir einverleibte, spielte eine Rolle.

Plötzlich veränderte sich der Hunger und ich hielt inne. Mein Bauch tat weh und es drückte und zwickte mich. Übelkeit stieg in mir auf und ich hielt die Hand vor den Mund.

Blind stürzte ich am Wagen vorbei, rannte ins Bad. Gerade rechtzeitig erreichte ich die Toilette und übergab mich. Mein Magen krampfte sich zusammen, ich spuckte, würgte und kotzte das köstliche Essen wieder aus. Tropfen blieben an meinen Haaren hängen, die ich mir schnell aus dem Gesicht strich.

Galle brannte in meinem Hals, dem Mund und der Nase. Doch der Verlust der Nahrung schmerzte mich mehr.

Eine gefühlte Ewigkeit hing ich über der Schüssel, bis sich mein Mageninhalt vollständig entleert hatte. Und selbst dann würgte und spuckte ich weiter. Als ich es endlich überstanden hatte, lehnte ich mich erschöpft gegen die Wand und betätigte die Spülung. Das Wasser rauschte die Toilette hinunter und spülte mein Erbrochenes fort. Zurückblieb ein bitterer Geschmack auf der Zunge und ein flaues Gefühl in meinem Bauch.

8
HAMILTON

Grelles Sonnenlicht stach mir in die Augen und ich kniff sie zusammen. Eine Hand schälte ich aus der Decke und legte sie mir schützend übers Gesicht. Mit Daumen und Zeigefinger rieb ich mir den Schlaf aus den Augen und ein tiefes Brummen drang aus meiner Brust.

Wie spät war es? Welcher Tag?

Benebelt vom Schlaf der vergangenen Nacht schlug ich die Decke zurück, schwang meine Beine über die Bettkante. Ich öffnete den Mund zu einem herzhaften Gähnen und blinzelte mehrfach. Die Häuser der Stadt bauten sich majestätisch vor meinem Fenster auf. Die Sonne ließ sie in ihrem schönsten Glanz erstrahlen.

Ich kratzte mir mit der linken Hand über den Ausschnitt meines Shirts und gähnte erneut. Erst dann erhob ich mich, um das Bett zu umrunden. Mein Blick fiel auf die linke Betthälfte. Sie war leer.

Warte! Was? Sie war leer? Ruckartig blieb ich stehen und starrte auf das blanke Bettlaken. Mary war weg! Wo verdammt war sie?

Adrenalin schoss durch meine Adern und mir wurde flau im Magen. Ich machte einen Satz nach vorn und wäre beinahe über das Knäuel am Boden gefallen. Im letzten Moment konnte ich mich fangen, bevor ich auf das Nest aus Decke und Kissen gefallen wäre.

»Fuck!«, fluchte ich laut und fuhr mir mit einer Hand durch die Haare. Wie hatte ich vergessen können, dass sie lieber auf der Erde schlief, als mit mir das Bett zu teilen? Das hatte sie bereits in der ersten Nacht getan. Und schon da hatte ich einen Herzinfarkt bekommen, kaum dass ich ihre leere Bettseite erblickte.

»Du dämlicher Idiot«, beschimpfte ich mich selbst und trat einen Schritt zurück. Ich rieb mir energisch über das Gesicht. Scheinbar war ich noch nicht richtig wach und sollte schleunigst etwas gegen diese Müdigkeit tun, bevor ich noch von Unreinen und Zombies halluzinierte.

Erst jetzt bemerkte ich den hängenden Arm, der noch immer an das Bettgitter gefesselt war, und den schwarzen Haarschopf, der unter der Decke hervorlugte. Ich sog die Luft tief durch die Nase ein und mit jedem Atemzug beruhigte sich mein Herzschlag.

Ich ließ sie links liegen, ging ins Badezimmer hinüber. Dort erledigte ich meine Morgentoilette, klatschte mir kaltes Wasser ins Gesicht und kehrte erfrischt ins Schlafzimmer zurück. Noch immer lag Mary regungslos auf der Erde, ihr Kopf auf dem Arm abgelegt. Unter einem Vorhang aus Haaren erkannte ich ihre feinen Gesichtszüge, die schlanke Nase und die hohen Wangenknochen.

Sie sah friedlich, ... wunderschön aus. Wie sie da lag, erinnerte sie mich an eine Figur aus einem Märchen – die Haut so weiß wie Schnee, das Haar so schwarz wie Ebenholz ...

Einem Impuls folgend zog ich mein Shirt über den Kopf und warf es ihr zu. »Aufwachen, Schneewittchen!« Das Knäuel aus Stoff traf sie an ihrem erhobenen Arm, fiel auf ihr Gesicht und rutschte dann an der Decke hinab auf den Boden.

Schon die erste Berührung ließ sie zusammenzucken und ich unterdrückte ein Grinsen. Sie schreckte aus ihrem Schlaf hoch und sah sich panisch um. Ihre Augen waren vor Angst geweitet und ihr Atem beschleunigt.

»Hast du gut geschlafen?«, fragte ich sie beiläufig und kehrte ihr den Rücken zu. Ich spürte ihren Blick in meinem Nacken und meine Haare stellten sich auf. In aller Ruhe fischte ich mir ein frisches Hemd und eine dunkelblaue Krawatte aus dem Schrank, legte mir beides feinsäuberlich über den linken Unterarm.

Gemächlich drehte ich mich zu ihr um und unsere Blicke trafen sich. Ihre Augen waren auf mich gerichtet. Ich konnte sehen, wie sie mit sich kämpfte. Mein Körperbau ließ sie nicht kalt und ich glaubte, eine Rötung auf ihren Wangen zu entdecken. Ein Mundwinkel hob sich wie automatisch und ich kratzte mir abwesend über die Brust.

»Gefällt dir, was du siehst?«, provozierte ich sie. Ich konnte es einfach nicht lassen, es machte zu viel Spaß. Als Antwort warf sie mir einen giftigen Blick zu. In ihren dunklen, fast schwarzen Iriden brannte ein Feuer. Mit einem Mal war der schlafende Engel verschwunden und hatte ein kleines Teufelchen zurückgelassen. Sie gefiel mir von Tag zu Tag mehr.

»Ich würde dich ja einladen, mit unter die Dusche zu kommen, aber ich schätze, ich kenne deine Antwort schon«, sagte ich im gleichgültigen Ton und machte einen Schritt auf das Badezimmer zu. »Von daher, lauf nicht weg, ich bin gleich wieder da.« Ich zwinkerte ihr verschmitzt zu und war bereits hinter die Schiebetüren getreten, die ich langsam zuzog. Da traf etwas Großes und Weißes die Scheiben, und der ganze Rahmen vibrierte.

»Arschloch!«, hörte ich sie noch murmeln, bevor sich die Türen schlossen. Ein tiefes Lachen, das eher wie ein Grollen klang, drang aus meiner Brust und ich musste grinsen. Ich überlegte mir schon, wie ich sie für das geworfene Kissen bestrafen würde. Vielleicht ein paar Schläge auf den Hintern? Eine Nacht nackt im Bett? Oder sollte ich lieber als Wiedergutmachung einen Kuss verlangen?

Während ich mir weitere Methoden überlegte, Mary zu bestrafen, entledigte ich mich meiner Kleidung und schlüpfte unter die Dusche. Ich stellte den Regler auf kochend heiß und drehte am anderen Ende voll auf. Keine Sekunde später prasselte das Wasser auf meine Schultern und ich ließ den Kopf in den Nacken fallen. Die dicken Tropfen massierten meine verkrampften Muskeln und die Hitze vertrieb die düsteren Gedanken. Nur unter dem harten Strahl konnte ich mich vollends entspannen und all die Sorgen um mein Unternehmen vergessen. Das war das Los eines Drogenhändlers und Zuhälters, man musste immer auf der Hut sein.

Ein tiefer Seufzer entfuhr meinen Lippen und ich strich mir mit einer Hand durch das nun nasse Haar. Mit geschlossenen Augen ließ ich meine Gedanken schweifen. Aus der Schwärze meines Verstandes stieg Nebel empor und färbte die Umgebung weiß. Eine Gestalt drängte sich in meine Gedanken und ich erkannte sie sofort: Mary!

Sie stand nackt vor mir, ihre Haare verdeckten ihre festen Brüste und sie klimperte kokett mit den Wimpern. Ich sehnte mich danach, meinen Mund um ihre steifen Brustwarzen zu legen und daran zu saugen. Ich würde sie zum Schreien bringen und sie erst besteigen, wenn sie mich darum anflehte.

Ganz selbstverständlich war eine Hand zu meinem steifen Schwanz gewandert und die Finger schlossen sich um den Schaft. Allein die Berührung entlockte mir ein leises Stöhnen. Wie lange war es her, dass ich mir Erleichterung verschafft hatte, egal ob durch mich selbst, eines meiner Mädchen oder Verehrerinnen hervorgerufen? Was war heute für ein Tag? Sonntag? Nein! Dienstag war heute! Das bedeutete, dass ich seit knapp vier Tagen weder Sex noch mir einen runtergeholt hatte. Ich schob den deprimierenden Gedanken beiseite und konzentrierte mich wieder auf Mary, die süße, unschuldige Mary.

In Gedanken wanderte mein Blick von ihren Augen, hinab zum Kinn, zu den kleinen Brüsten, weiter hinunter zu ihrem Bauchnabel und blieb an ihrer Scham hängen. Mein Puls pochte hart und mein Schwanz zuckte rhythmisch. Erst langsam, dann immer schneller fuhr ich mit der Hand auf und ab. Ein Stöhnen drang aus meiner Brust und ich biss mir auf die Lippe, um es zu unterdrücken. Meine Knie gaben leicht nach und ich suchte mit der freien Hand an der Wand Halt. Ich lehnte meine Stirn gegen die kühlen Fliesen und stellte mir vor, Mary am Hals zu küssen, an ihrem Ohrläppchen zu knabbern. Sie würde kichern, sich unter mir winden, aber mich gewähren lassen. Meine Lippen würden weiter ihren Körper erforschen, ihre Knospen liebkosen, ihre Haut verbrennen, ihren Bauchnabel erkunden und zwischen ihren Schenkeln enden. Sicher wäre sie längst klitschnass und könnte es kaum noch erwarten, dass ich in sie eindrang. Allein der Gedanke an

ihre feuchte Mitte machte mich verrückt. Meine Bewegungen wurden immer hektischer und meine Atmung unkontrollierter.

Wie gern würde ich meine Zunge zwischen ihren Schamlippen versenken und von ihr kosten. Mit der Spitze würde ich ihre Perle reizen, sie penetrieren, bis sie sich ans Laken klammert und nach mehr schrie. Ihr Mund würde offenstehen und sie käme aus dem Stöhnen nicht mehr heraus. Erst dann würde ich einen Finger nehmen, um ihr Befriedigung zu schenken.

Meine Beine zitterten und ein Druck baute sich zwischen meinen Lenden auf. Beide Hoden schmerzten vor Lust und ich war kurz vorm Explodieren. In meiner Vorstellung drehte ich Mary brutal herum, sodass sie mit dem Bauch auf dem Bett lag und ihr Gesäß mir einladend zugewandt war. Sie streckte es mir entgegen und ich drang mit einem Stoß in sie ein.

Der Gedanke an ihre enge, feuchte Pussy gab mir den Rest und der Druck schoss mir zwischen die Beine. Mein Schwanz zuckte, ich stöhnte und mein Po verkrampfte sich. Weißer Saft spritzte aus der Spitze meines Gliedes und mischte sich unter das Wasser. Ich biss mir auf die Unterlippe und kniff die Augen zusammen. Krampfhaft versuchte ich, das Bild der nackten Mary festzuhalten, doch es entglitt mir und rann mit meinem Saft und dem Wasser den Abfluss hinunter. Als in meinem Kopf nur noch Schwärze vorhanden war, ließ ich meine Hand sinken und öffnete die Augen. Es mir selbst zu machen, war nicht halb so befriedigend, wie wenn es eines meiner Mädchen oder gar Mary gemacht hätte. Doch bis sie mich berührte, lag noch ein weiter Weg vor uns, ein steiniger und spitzer.

Kaum war ich aus der Kabine getreten, da traf mich der Alltag hart. Ich hatte heute einige Termine und war nach dem ausgiebigen Duschen bereits spät dran. Daher trocknete ich mich grob ab und schlüpfte noch feucht in meine Anzughose, das weiße Hemd und das Jackett. Der Stoff klebte mir unangenehm auf der Haut und das Hemd wurde an manchen Stellen durchscheinend. Ich checkte schnell mein Spiegelbild, rubbelte mir über die Haare und versuchte, sie in

Position zu bringen. Dabei fiel mein Blick auf meine linke Brust. Unter dem Hemd war mein Tattoo zu erkennen und ich fluchte leise. Schnell griff ich nach einem Handtuch und rubbelte die Stelle trocken. Doch es brachte nichts und ich gab es schnell wieder auf. Ich atmete schwer aus und warf einen letzten Blick in den Spiegel. Mit einer Hand rieb ich mir über das Kinn und die Stoppeln kratzten über meine Haut. Einen Tag würde es noch gehen, aber morgen sollte ich den Bart lieber stutzen.

Ein Rumsen erregte meine Aufmerksamkeit und ich wandte mich vom Spiegel ab. Ich runzelte die Stirn und fixierte die Badezimmertür. War etwas umgefallen? Randalierte Mary in meiner Abwesenheit? Ich drückte mich vom Waschbecken ab und hielt auf die Tür zu. Im selben Moment, in dem ich die Scheiben zur Seite schob, erwischte ich Mary dabei, wie sie sich schnell auf das Bett setzte und mich daraufhin unschuldig anblinzelte. Argwöhnisch sah ich mich im Raum um, aber alles sah aus wie vorher. Marys Gesicht war zwar gerötet und ihre Haut glänzte feucht, aber sonst konnte ich nichts Auffälliges ausmachen.

Was hätte sich auch verändern sollen? Schließlich war sie immer noch ans Bett gefesselt, oder nicht? Aus dem Augenwinkel beobachtete ich sie und stellte erleichtert fest, dass sie mit den massiven Handschellen an den Bettpfosten angekettet war.

9
MARIYANE

*W*ürde er bemerken, was ich getan hatte? Kurz schielte ich ans Kopfende und stellte erleichtert fest, dass man nichts sehen konnte. Nicht erahnen konnte, dass ich das Bett bewegt hatte, auch wenn nur wenige Zentimeter.

»Was hast du angestellt?«, fragte er mit einem tadelnden Ton und ich fühlte mich an Zarren erinnert, der auch immer so mit mir gesprochen hatte.

»Nichts?«, platzte es zu schnell aus mir heraus und ich konnte ihm seine Skepsis am Gesicht ablesen, doch zum Glück ritt er nicht weiter darauf herum.

Stattdessen trat er aus dem Badezimmer und öffnete den Mund: »Rufe Joseph an.«

Ich folgte ihm mit den Augen, wie er das Schlafzimmer durchmaß und im angrenzenden Zimmer verschwand. Seine Schritte entfernten sich immer weiter von mir. Mein Blick huschte zum Servierwagen, auf dem der Korkenzieher glänzte, den ich vorhin versucht hatte zu erreichen. Wenn das Bett nur nicht so schwer wäre, hätte ich es vielleicht dort hinübergeschafft und besäße jetzt eine Waffe.

»Fahr bitte den Wagen vor und besorg mir was zum Frühstück. Ich komme gleich runter.« Seine Worte drangen nur leise an mein Ohr, er musste sich schon an der Tür befinden.

Hallo? Was ist mit mir?, wollte ich schreien, aber ich entschied mich dagegen. Stattdessen räusperte ich mich so laut, wie es meine

Stimmbänder zuließen. Stille antwortete mir und ich befürchtete, er hätte mich nicht gehört. Da öffnete ich doch den Mund, um etwas zu sagen, aber ein Flüstern hielt mich zurück. Hatte er gesprochen? Oder ich es mir nur eingebildet? Keine Minute später kam er wie ein Wirbelsturm in das Schlafzimmer gestürmt.

Um meine Fassung zu wahren, zog ich eine Augenbraue hoch und rasselte mit den Ketten. »Hast du nicht etwas vergessen?«, triezte ich ihn. Mir war bewusst, dass ich hier mit dem Feuer spielte, aber ich wollte ihm nicht zugestehen, dass er mir Angst einjagte und ihm dadurch mehr Macht über mich verleihen. Er antwortete mit einem grollenden Brummen, das seine Brust zum Vibrieren brachte. Seine Kiefer mahlten und er schien zu überlegen. Aber nicht sonderlich lange, da kam er schon auf mich zugelaufen und löste die Fesseln. Schnell sprang ich vom Bett, um mich nicht mehr so klein zu fühlen, und sein Geruch traf mich genau so heftig, wie der Schlag auf meinen Hintern. Ein stechender Schmerz durchzuckte meinen Körper und hinterließ ein Pochen in meiner linken Gesäßhälfte. Wütend drehte ich mich zu ihm um und brüllte ihn an: »Was fällt dir ein?« Er trat einen Schritt vor und umfasste ruckartig mein Kinn. Sein pfefferminzartiger Atem traf mich im Gesicht und ich hielt die Luft an.

»Das war die Strafe für die Beleidigung und für deinen Ungehorsam. Es heißt *Sie* und *Mister Hardington*! Sei froh, dass ich dich nicht übers Knie gelegt habe!« Seine tiefe Stimme jagte mir einen Schauer über den Rücken und mir wurde heiß und kalt. Unsere Nasenspitzen waren nur wenige Zentimeter voneinander entfernt. Etwas glänzte in seinen Augen und ich befürchtete fast, dass er mich küssen wollte.

Doch bevor auch nur etwas Ähnliches passierte, drückte er mich von sich und ließ mich los. Er drehte sich um und verließ das Zimmer.

Leise schlich ich hinter ihm her, schnappte mir vorsichtig den Korkenzieher vom Servierwagen und betrat das Wohnzimmer. Mister Arsch war fast bei der Tür angekommen und ich sah meine Chance gekommen. Gerade, als er die Hand an die Klinge legte, sprang ich los. Ein Schrei entkam meiner Kehle, als ich die Hand mit der improvisierten Waffe hob.

Kurz bevor ich ihn erreichte, drehte er sich zu mir um. Sein Blick fiel auf das Spitze Ende in meiner Hand und seine Augen wurden groß. Ich ließ den Arm auf ihn niedersausen und sah mich bereits gewinnen.

Mein Handgelenk wurde gepackt und ich so schnell herumgewirbelt, dass mein Sichtfeld verschwamm. Plötzlich blickte ich Richtung Fenster und Mister Arsch presste mich gegen seinen Körper. Dabei verdrehte er meinen Arm schmerzhaft, sodass ich das Gesicht verzog.

»Was glaubst du eigentlich, was du hier tust?«, zischte er in mein Ohr. Er war mir so nah, dass sein Atem mein Ohr kitzelte.

Ein Schauer huschte mir über den Rücken. »Lass mich los, Arschloch!«, keuchte ich mehr, als dass ich es sagte.

Er verstärkte den Druck um mein Handgelenk, bis meine Schulter vor Schmerz protestierte. Es bedurfte nicht mehr sehr viel und er würde sie mir auskugeln.

»Vielleicht warst du in deiner Drecksbude eine hohe Nummer, aber hier oben bist du ein Niemand! Ich bin der Einzige, der sich noch für dein klägliches Leben interessiert. Denn ohne mich wärst du schon längst im Loch, also zeig etwas Dankbarkeit!«

Ich wich zur Seite aus, um so viel Platz wie möglich zwischen uns zu bringen, nur verstärkte sich dadurch der Zug auf meine Schulter und irgendwann hielt ich es nicht mehr aus. Ein Stöhnen verließ meine Kehle und ich ließ locker. Dabei strichen seine Lippen über mein Ohrläppchen und die Haare in meinem Nacken stellten sich auf.

»Dankbarkeit«, knurrte ich, um irgendetwas zu sagen. »Wofür sollte ich dankbar sein? Dass du mich eingesperrt hast wie deine persönliche Kuriosität?«

»Zumindest bist du nicht tot, oder?«

Ich schnaubte. »Ich wäre lieber tot, als mit dir eingesperrt.«

Er beugte sich noch tiefer zu mir hinab, bis ich seinen Pfefferminz-atem riechen konnte. »Sei vorsichtig mit dem, was du dir wünscht«, flüsterte er mir zu. Mit einem Mal ließ er mich los, entriss mir den Korkenzieher und ich brachte Abstand zwischen uns.

Hektisch hob und senkte sich meine Brust, mein Herz schlug mir bis zum Hals. Am liebsten hätte ich mich direkt wieder auf ihn ge-stürzt, jedoch hatte er gezeigt, dass er nicht nur stärker, sondern auch schneller war.

»Den behalte ich.« Er hob meine improvisierte Waffe hoch und steckte sie sich ins Jackett.

»Ich hoffe, er erdolcht dich!«, spuckte ich ihm entgegen.

Für einen Moment herrschte Stille. Wir starrten uns gegenseitig an und versuchten die Schwächen des anderen herauszufinden. Nur leider schien er keine zu haben.

Nach einer gefühlten Ewigkeit des Schweigens öffnete er den Mund und erklärte: »Dieses Mal lasse ich dir das noch durchgehen. Du hat-test einen schweren Start im *Pentagramm.* Aber erregst du erneut mei-nen Zorn, werde ich dich bestrafen.« Bei dem letzten Wort glänzte etwas in seinen Augen auf, dass mich erschrak – Verlangen. »Versuch dich zu benehmen, bis ich zurück bin.« Damit drehte er sich um und verließ die Wohnung.

Wütend und zerstört starrte ich ihm hinterher. Er hatte gerade alles zunichtegemacht und meinen Angriff mit nur einer Handbewegung abgewehrt. Ich hatte ihn unterschätzt und das ärgerte mich.

»Mieser Wichser!«, brüllte ich die Tür an und schnappte blind nach einem Sofakissen. Mit Schwung warf ich es in die Richtung, in die er verschwunden war. Es prallte am Türrahmen ab und fiel leise zu Boden. Was für ein arrogantes Arschloch! Ich hasste ihn, ich hasste ihn bis aufs Blut. Am liebsten hätte ich hier alles kurz und klein geschlagen, aber meine Schulter und Muskeln brannten und ich fühlte mich körperlich geschwächt.

Immer noch stinksauer, aber ein kleines Bisschen ruhiger, stapfte ich hinüber ins Schlafzimmer und kroch zurück ins Bett. Blind starrte ich

aus dem Fenster. Im Kopf ging ich alle Methoden durch, ihn zu erwürgen, ihn mit einem Korkenzieher zu erstechen, mit einem Messer im Rücken zu erdolchen. Je blutiger und brutaler, desto besser ging es mir.

Frustriert schrie ich laut auf und presste mir das Kopfkissen aufs Gesicht. Der Schrei wurde durch die Federn und den Bezug gedämpft, und ich ließ meiner Wut freien Lauf!

Ein sanftes Rütteln weckte mich und ich schreckte hoch. Völlig verwirrt blickte ich in das rundliche Gesicht der Blondine und begriff erst jetzt, dass ich eingeschlafen sein musste.

»Aufwachen, Miss Mary. Sie verschlafen ihr Frühstück noch«, zwitscherte sie und grinste mich mit ihrem falschen Lächeln an. Ich erwiderte es ebenso breit und erhob mich langsam.

»Ich danke dir, ...«, ich stockte. »Wie heißt du eigentlich?« Es war merkwürdig. Ich war seit zwei Tagen hier und hatte bisher nicht daran gedacht, sie nach ihrem Namen zu fragen. Dabei kam sie zu jeder Mahlzeit und wechselte mit mir – wenn auch geheuchelt – ein paar nette Worte.

»Wie süß, dass Sie Fragen. Mein Name ist Sharon, ich bin die Empfangsdame im *Pentagramm.*«

»Penta-was?«, fragte ich verwirrt nach. Das Wort hatte vorhin Mister Arsch ebenfalls verwendet.

»Na, das *Pentagramm.* So hat Mister Hardington dieses Hochhaus getauft, wegen der gezackten Ecken auf dem Dach.« Sie erklärte es mit einer Selbstverständlichkeit, die mir das Gefühl gab, ein dummes, kleines Kind zu sein. Vielleicht war ich das in ihren Augen auch.

»Lassen Sie es sich schmecken, Miss Mary.«

»Ich heiße Mariyane«, rief ich ihr nach, aber da fiel schon die Tür hinter ihr zu, genau wie bei Hardington.

Für einen Moment starrte ich den Wagen voller Köstlichkeiten in der Wohnstube an. Es war seltsam – vor vielleicht einer Stunde hatte

ich noch mit meinem Entführer gekämpft, nun saß ich hier vor einem üppigen Frühstück und wusste nichts mit mir anzufangen.

Eine Stimme in meinem Kopf trieb mich dazu, es noch einmal zu versuchen. Einfach aus der Tür zu stürmen und meinen Bewacher links liegen zu lassen. Jedoch erinnerte ich mich zu gut daran, dass es nur einen Ausgang gab: Der Fahrstuhl. Und wenn er nicht gerade durch Zufall offenstand, würde ich Bob niemals so lange außer Gefecht setzen können, um auf den Knopf zu drücken und entspannt einzusteigen. Ich musste einen anderen Weg hieraus finden, denn mittlerweile hatte ich begriffen, dass mich Mister Arsch nicht freiwillig gehen lassen würde. Vielleicht sollte ich doch lieber auf schüchtern tun, woran ich bisher gescheitert war. Aber was sollte das schon bringen? Er würde womöglich nur ein leichteres Opfer in mir sehen.

Langsam stand ich auf und ging hinüber ins andere Zimmer. Das Essen duftete köstlich und ich entdeckte wieder Weintrauben, sogar zwei verschiedenfarbige, die mich direkt neugierig machten. Ich entschied, dass ich mich erst einmal stärken sollte, um dann einen Plan zu schmieden. Wie aufs Stichwort knurrte mein Magen und ich steckte mir die erste Traube in den Mund.

Ich gönnte mir ein duftendes Brot mit einer dicken Scheibe Käse und Gurke obendrauf. Zumindest glaubte ich, dass es Gurke war. Nur schmeckte die Scheibe eher süß als herzhaft. Da es mich aber nicht weiter störte, aß ich sie einfach mit.

Kauend saß ich auf der grünen Couch und starrte die Bücherwand vor mir an. Chaos herrschte dort, dicke Bände standen neben dünnen, grüne neben roten und große neben kleinen. Es schien keine Ordnung zu geben, manche wirkten alt und abgenutzt, andere wiederum neu und ungelesen.

Mir kam ein Gedanke: Vielleicht fand ich in den dicken Wälzern etwas, das mir helfen könnte. Ich konnte zwar nicht lesen, dennoch wollte ich diese Idee nicht direkt von der Hand weisen. Daher legte ich den halb angebissenen Apfel auf den niedrigen Glastisch und leckte meine Finger ab. Ich erhob mich und schlenderte zu dem Bücherregal.

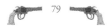

Es türmte sich bedrohlich vor mir auf und war bis unter die Decke mit Büchern vollgestopft. Neugierig griff ich nach einem grünen, in Leder gebundenes, und zog es heraus. Die Schrift auf dem Deckel glänzte golden und ich fuhr mit meinen Fingern darüber. Ich konnte spüren, wie ich an der Oberfläche kleben blieb und rieb mir schnell die Hände an der kurzen Hose ab. Ich wollte keine Spuren hinterlassen.

Vorsichtig schlug ich die erste Seite auf und eine junge Frau auf einem Schwarz-Weiß-Bild lächelte mich an. In ihrem Haar waren Blumen eingeflochten, sie trug nur ein dünnes Kleid. Eine Brust schaute heraus und ihr linker Oberschenkel war ebenfalls unbedeckt. Es wirkte wie eine alte Zeichnung aus vergangen, unbeschwerten Zeiten. Auch hier fuhr ich die Schrift mit meinem Finger nach und wünschte mir sehnlichst, sie lesen zu können. Wenn ich die Worte verstünde, dann würde ich all die Geheimnisse auf diesen Seiten entziffern, die Buchstaben würden sich willig vor mir zusammenordnen und einen Sinn ergeben.

Ein Glucksen drang aus meiner Brust. Wieso erinnerte mich dieses Buch an Hardington? Lag es daran, dass ich auch aus ihm nicht schlau wurde? Dass er so unergründlich wie ein Betonklotz war? Selbst wenn ich lesen könnte, bezweifelte ich, dass ich auch nur eine Facette seines Seins verstehen würde. Das Buch seines Lebens hätte genauso gut mit unsichtbarer Tinte geschrieben worden sein, ich sah keine Chance, ihn auch nur eine Sekunde zu durchschauen.

10
HAMILTON

Teilnahmslos starrte ich auf den kleinen Bildschirm in meiner Hand. Nachdem ich Marys Angriff heute Morgen abgewehrt hatte, beschlich mich das Gefühl, sie nicht aus den Augen lassen zu können. Ich befürchtete, sie würde ihre Wut auf mich an meiner Einrichtung auslassen. Doch bis auf ein Sofakissen war nichts in Mitleidenschaft gezogen worden. Ich hatte sie wohl falsch eingeschätzt.

Die erste Stunde hatte sie geschlafen, dennoch hatte ich alle fünf Minuten auf mein ePhone gestarrt. Als ich es nicht mehr ausgehalten hatte, schickte ich Sharon zu ihr, mit Erfolg. Nun saß sie auf dem Sofa und aß. Ihre Wut schien vollkommen verraucht, dennoch machte sie einen grimmigen Eindruck auf mich.

Ich rieb mir mit der freien Hand über das Kinn, die Stoppeln kratzten mich. Das schabende Geräusch wurde von den Ledersitzen geschluckt und ich ließ meinen Arm wieder sinken. Es war faszinierend, die kleine Furie zu beobachten, wie sie entspannt in meinem Wohnzimmer saß, als wäre nie etwas zwischen uns geschehen. Als wäre sie nie aus ihrer Welt gerissen und in eine fremde hineingeworfen worden.

In blauen Farben zeichnete sich die Szene in Echtzeit ab. Mary stand auf, schien etwas ins Auge gefasst zu haben. Vor meinem Bücherregal blieb sie stehen und starrte die Reihen hinauf. Automatisch fragte ich mich, ob sie lesen konnte. Sicher wäre das ein guter Zeitvertreib für sie, während ich nicht da war. Nur bezweifelte ich es. Hätte mein Bruder es mir damals nicht beigebracht, könnte ich es womöglich immer noch nicht – und ich wäre nie so weit gekommen.

Die Schwarzhaarige zog ein Buch aus dem Regal und wischte sich die Hand an meiner Hose ab. Ich musterte sie eingehender. Sie sah schrecklich aus in meiner Kleidung. Das Shirt war ihr zu groß und selbst die Shorts schlackerten an ihrem Körper. Wenn ich wollte, dass sie blieb, brauchte sie andere Sachen. Etwas, das ihre Schönheit hervorbrachte.

Ohne weiter darüber nachzudenken, schrieb ich Pierre eine Nachricht. Er sollte sich um das Problem kümmern. Mit Sicherheit würde er sich mit Feuereifer auf diese Aufgabe stürzen, zeterte er doch regelmäßig, dass ich keine anderen Farben als Schwarz und Weiß trug. Bei Mary könnte er das volle Programm starten.

Das Gewicht meines ePhones wurde mir langsam zu schwer und ich wechselte die Hand. Das kühle Glas ruhte auf meinem Oberschenkel und wurde durch meine Finger gestützt. Mit dem Daumen tippte ich auf die verschiedenen Perspektiven, doch das Bild blieb gleich: Mary, die sich meine Bücher ansah.

Gelangweilt wandte ich mich von dem Display ab und rief: »Joseph, wie lange dauert es noch?« Ich hob meinen Blick und starrte auf das kleine Fenster zur Fahrerkabine. Durch die Frontscheibe erkannte ich die kargen und heruntergekommen Häuserreihen der Unterstadt. Düstere Gestalten duckten sich in Nischen und pressten sich an die Wände, um dem Fahrzeug aus dem Weg zu gehen.

»Wir sind gleich da, Mister Hardington«, versicherte mir Joseph und ich wandte mich wieder meinem Telefon zu. Erneut ging ich alle Überwachungskameras durch, doch Mary tauchte nicht mehr auf. Kurzerhand schaltete ich das ePhone aus und starrte aus dem Fenster. Neugierige, aber auch finstere Blicke taxierten den Wagen und schienen mich durch die getönten Scheiben zu sehen. Sollten sie doch gucken, was konnten sie mir schon anhaben?

»Wir sind da, Sir.« Der Wagen stoppte vor einem gedrungenen Laden, der unter der Last der Häuser und Brücken über ihm eingesunken war. Das ePhone verschwand in meiner Jackeninnentasche und mich stach etwas in den Finger. Ich zog die Hand zurück und sah verwundert auf meinen Daumen, aus dem ein Blutstropfen quoll. Ich steckte ihn mir in den Mund, um danach – dieses Mal aber vorsichtiger – erneut in meine Innentasche zu greifen und den spitzen Gegenstand hervorzuholen. Im ersten Moment war ich verwirrt, meinen Korkenzieher in der Hand zu halten. Dann erinnerte ich mich an Mary und ihren unüberlegten Angriff auf mich. Kurz schnaubte ich und legte ihn dann auf den freien Sitz neben mich. In der Suppenküche würde ich den nicht brauchen.

»Warte im Wagen und halte das Ungeziefer fern. Der Lack ist gerade frisch gemacht worden und ich will nicht, dass sie ihn mir zerkratzen.«

»Sehr wohl, Sir.«

Ich schnappte mir meinen Stock und öffnete die Tür. Der Geruch von Pisse und Scheiße drang mir in die Nase und ich rümpfte sie.

Mit einem lauten Knall schlug ich die Tür hinter mir zu und der Hall trug lange nach, bis er mit einem unheimlichen Geräusch verstummte. Kurz sah ich mich um. Keine Menschenseele war in meiner Nähe zu erkennen und jeder, der mich erblickte, ergriff klugerweise die Flucht. Einmal wirbelte ich meinen Stock in der Luft herum und hielt dann auf den heruntergekommenen Laden zu, über dessen Eingang in verblassten Buchstaben ›Suppenküche‹ stand.

Jeder Schritt erzeugt ein schmatzendes Geräusch, dass mir den letzten Nerv raubte. Alles hier unten war dreckig und widerlich. Wie hatte ich es bloß all die Jahre ausgehalten, hier zu leben? Ein Blick zu meinen Füßen ließ mich heftig einatmen. Der Matsch bedeckte nicht nur meine Lackschuhe, sondern ebenfalls die Hosenbeine. Ich schloss die Augen und holte tief Luft, den Gestank ignorierend.

Als ich sie wieder öffnete, stand ich bereits vor der schmutzigen Eingangstür und drückte sie auf. Der warme Duft von Fleischeintopf umfing mich und ich atmete erleichtert auf. Mir lief das Wasser im Mund zusammen, hatte ich heute Morgen doch nur eine Kleinigkeit gefrühstückt.

Eine Traube an Menschen hatte sich vor der Ausgabe gebildet. Sie hielten Schalen, Becher, Teller oder andere Gefäße in den Händen und warteten geduldig, dass sie an die Reihe kamen. Jeder von ihnen trug Lumpen am Körper, war ausgemergelt bis auf die Knochen und über und über mit Dreck verkrustet.

Ich umrundete sie und trat hinter den langen Tresen. Tiefe Fächer in der Ablage zeugten von alten und besseren Zeiten, in denen es mehr als nur ein Gericht auf der Speisekarte gab. Doch das lag Jahre, wenn nicht sogar Jahrhunderte zurück. Jetzt waren es nur noch Märchen, die man den Kindern der Unterstadt erzählte, um ihre Bäuche mit Gedanken zu füllen.

»Hamilton, wie schön dich zu sehen«, begrüßte mich eine schnarrende, aber freundliche Stimme, die mir ein breites Lächeln auf die Lippen malte.

»Ich grüße dich, Gwen. Wie geht es dir?« Ich breitete die Arme aus und umarmte sie herzlich. Ihr fülliger Körper bebte bei meiner Berührung und sie wurde rot. Ich küsste sie jeweils einmal auf jede aufgedunsene Wange und löste mich dann von ihr.

»Wenn du da bist, gleich viel besser!«, erwiderte sie lachend und ihr Doppelkinn wackelte auf und ab.

»Was machen die Kinder?«, fragte ich weiter nach.

»Ach, hör mir auf«, winkte sie ab. »Aleks hat sich mal wieder mit den stärkeren Jungs geprügelt und einen Zahn verloren. Der kleine Jim ist in ein Loch gefallen und hat da irgendeinen Pilz gegessen. Der kotzt seitdem nur und scheißt sich die Hosen voll.« Ihre vulgäre Sprache ließ mich schmunzeln. »Und von Georgie will ich gar nicht erst anfangen. Der legt sich in letzter Zeit mit allem und jedem an. Fehlt nicht mehr viel, dann tritt er dem Falschen auf den Schlips und liegt später tot in der Gasse.«

»Soll ich mal mit ihm reden? Du weißt, ich helfe dir immer gern!«, versicherte ich ihr mit besorgtem Unterton.

»Das ist wirklich lieb, Hamilton. Aber schon gut. Ein paar hiervon«, dabei schlug sie mit ihrem Kochlöffel auf ihre Handfläche, »und sie benehmen sich wieder.«

Kurz flackerte das Bild von Mary auf, wie sie sich über meine Knie beugte und ich ihr mit eben diesem Kochlöffel den Hintern versohlte.

Mein Grinsen wurde breiter und Gwendolyn kicherte.

»Bei dir haben sie wahre Wunder bewirkt. Sieh nur, wo du jetzt stehst.« Sie packte meine Arme und umklammerte sie. »Du trägst feine Kleider, hast ein millionenschweres Unternehmen und jeden Tag zu essen auf dem Tisch.«

»Und wem habe ich das zu verdanken?« Ich zog scherzhaft die Augenbraue hoch und zwinkerte ihr zu. Gwen schoss die Röte den dicken Hals hinauf und sie wedelte sich Luft zu.

»Hamilton! Du kleiner Schuft! Jetzt hör schon auf.« Sie sah mich gespielt böse an und fuchtelte mit dem Kochlöffel vor meinem Gesicht herum.

»Wie Sie wünschen, Mylady.« Ich verbeugte mich vor ihr und lüftete meinen Hut. Gwen brach in hysterisches Kichern aus und hielt sich ihre dicken Finger vor den Mund. Ich ergriff ihr anderes Handgelenk, küsste ihre Fingerknöchel und drehte ihren Unterarm nach oben. Mein Blick ruhte auf ihr und ich beobachtete, wie sich ihre Augen weiteten. Schnell ließ ich ihren Arm wieder los und starrte auf ihr Implantat. Es waren tausend Coins dazugekommen.

»Kauf dir was Schönes«, flüsterte ich und zwinkerte erneut. Schnell zog sie ihren Ärmel über den Unterarm und lächelte mich an.

»Hey, bekomme ich auch mal was zu futtern?«, riss mich eine Stimme aus der Unterhaltung. Ich warf dem Besitzer einen schneidenden Blick zu und fuhr ihn an.

»Wenn du weiterhin so vorlaut bist, bekommst du meine Faust zu schmecken!« Ich trat einen Schritt auf ihn zu und ballte meine Hand.

»Hamilton, reiß dich zusammen. Der Mann hat doch nur Hunger!«, zeterte Gwen hinter mir und zog mich am Arm. Sie behandelte mich immer noch wie ein Kind, als hätte sich in all der Zeit nichts verändert. Dabei war ich erwachsen geworden und kümmerte mich nun um sie, wie sie sich früher um mich gekümmert hatte, wenn ich mal wieder von zu Hause abhauen musste.

Der Kerl starrte mich mit glasigem Blick an und schluckte schwer. Seine Wangenknochen stachen markant hervor und seine Augen lagen

tief in den Höhlen. Es wäre kein fairer Kampf. Ich ließ meine Hand wieder sinken und trat einen Schritt zurück.

Mit einem aufgesetzten Lächeln hob ich die Schöpfkelle neben dem großen Kochtopf hoch und tauchte sie in die Suppe ein.

»Bitte entschuldige.« Ich hielt ihm meine Hand hin und nach kurzem Zögern reichte er mir seine Schüssel. Bis zum Rand füllte ich sie mit der dampfenden Brühe und überreichte sie ihm dann wieder. Schmutzige Finger umschlossen den Teller, doch ich gab ihn noch nicht frei.

»Wo das herkommt, gibt es noch mehr«, fügte ich hinzu und erst dann ließ ich von der Schale ab.

Skeptisch sah er mich an, leckte sich einmal über die aufgesprungenen Lippen und fragte dann: »Was muss ich dafür tun?«

»Du hast einen schnellen Verstand, sehr gut«, stellte ich laut fest und lächelte ihn warm an. »Arbeite für mich und du wirst nicht nur dienstags und sonntags etwas Warmes im Bauch haben, sondern jeden Tag.«

»Was ist das für eine Arbeit?«, wollte der Mann wissen und kniff die Augen zusammen.

Er traute mir noch nicht, aber das war okay. Ich hatte keinen sonderlichen guten Ruf hier unten. Und das war auch gut so.

»Frag später nach Gar, er ist der Vorarbeiter. Sicher wird er etwas für dich finden.« Ich hatte mich schon länger als geplant hier aufgehalten. Langsam sollte ich mal zusehen, dass ich meine Arbeit erledigte und dann die Einnahmen aus den Clubs durchrechnete.

»Jetzt ist aber genug, Schätzchen«, schaltete sich Gwen wieder ein und schob mich mit ihrer breiten Hüfte von der Theke weg. »Geh du mal deinen Geschäften nach, ich regle das hier schon.« Sie drückte mir den Kochlöffel auf die Brust und schnappte sich die Kelle aus meiner Hand.

»Wie Sie wünschen, Mylady«, scherzte ich erneut und verbeugte mich tief. Langsam bewegte ich mich rückwärts von ihr weg und sie schüttelte amüsiert den Kopf.

Kaum hatte ich mich von Gwen entfernt, da nahm sie wieder ihre Arbeit auf und verteilte die Suppe an die armen Seelen. Ich drehte mich um, hielt auf eine unscheinbare Tür hinter der Essensausgabe zu. Meine Hand legte sich auf die silberglänzende Klinke, die nicht zum Rest des verrosteten Metalls passte. Ich drückte sie hinunter und zog die Tür auf.

Vor mir verlief eine steile Treppe in die Tiefe, die nur von vier dämmrigen Lichtern beleuchtet wurde. Ich stieg sie hinab und mit jeder Stufe erhöhte sich die Luftfeuchtigkeit. Unten angekommen rannen mir der Schweiß und die Feuchtigkeit von der Stirn.

Eine weitere Tür versperrte mir den Weg, die mit einem integrierten Zahnschloss gesichert war. Ich tippte die Nummer ein und fuhr mit meiner linken Hand über einen Sensor. Erst danach entriegelte sie sich mit einem Piepen und ich konnte den Raum dahinter betreten.

Heiße Luft küsste meine Wangen und die feuchte Hitze zwang mich dazu, meine Augen zu schließen. Erst nachdem die Tür mit einem lauten Knall hinter mir zugefallen war, öffnete ich sie wieder und blickte in ein rotes Meer aus Blüten. Die Luft war geschwängert vom Mohn, mir wurde leicht schwindelig.

Ein Mann in beiger Uniform eilte auf mich zu und reichte mir die Hand. »Guten Tag. Schön, Sie zu sehen, Mister Hardington«, begrüßte er mich und schenkte mir ein gequältes Lächeln. Seine Augen waren trüb und auf seiner Nase zeichneten sich kleine Linien ab. Ein Zeichen dafür, dass er sich zu häufig an den Abfällen bediente.

»Guten Tag, Gar«, erwiderte ich die Begrüßung und reichte ihm meine Hand. »Ist hier unten alles in Ordnung? Schon neue Rekruten angeworben?«

»Sie fackeln wohl nicht lange, was?« Gar setzte einen belustigten Gesichtsausdruck auf, der ihm bei meinem Anblick verflog.

»Verzeihung«, nuschelte er und vergrub seine Hände in den Hosentaschen.

»Die Produktion kommt gut voran. Der Mohn steht in voller Blüte und wir haben die Ersten gestern angeritzt. Zurzeit ernten wir den Saft und sehen mal, ob er schon zu gebrauchen ist.«

»Sehr gut«, murmelte ich und sah mich weiter um. Das Blüten-meer erstreckte sich ins Unermessliche, das Ende war von hier nicht zu sehen. Nur die Wände links und rechts ließen die Größe erahnen. Zwischen all den Blumen hockten ab und an Arbeiter, zupften Unkraut, pflegten die Pflanzen und arbeiteten für die diesjährige Ernte vor.

»Können wir dann schon nächste Woche mit dem Brauen an-fangen?«, fragte ich meinen Vorarbeiter weiter aus.

»Ich denke schon. Bisher waren alle Proben positiv. Wenn das bei allen der Fall sein wird, ritzen wir noch heute die restlichen Blüten der 04 Aussaat an und werden morgen den Saft ernten.« Gar zuckte mit den Schultern und ließ seinen Blick ebenfalls über die zwei Dutzend Arbeiter schweifen.

»Wenn es nicht genug Helfer sind, oben sind noch willige Arbeits-kräfte.« Zur Untermalung meiner Worte ruckte ich mit dem Kinn gen Decke.

»Geht klar, Mister Hardington. Ist sonst noch was?«

»Nein, ich wollte nur nach dem Rechten sehen«, erwiderte ich und beobachtete meinen Vorarbeiter dabei, wie er die Luft erleichtert ausstieß und seine Schultern nach vorn sackten.

»Da bin ich aber froh, ich dachte schon, ich hätte was ausgefressen«, gestand er und kratzte sich verlegen an der Stirn.

»Hast du denn was ausgefressen?«, fragte ich provokativ und zog eine Braue hoch.

Gars Augen weiteten sich und er sah mich erschrocken an. »Nein, Sir. Ich habe mir nichts zu Schulden kommen lassen«, stammelte er und der Schweiß rann ihm die Schläfen hinab. Wäre es hier nicht so schwül, hätte ich geglaubt, er würde etwas vor mir verheimlichen.

Ich ließ ihn zu meinem privaten Vergnügen einige Sekunden schmo-ren und tat so, als würde ich überlegen. Gar schluckte schwer und trat von einem Bein aufs andere.

»Gut«, antwortete ich ihm knapp und wandte mich ab. »Weiter-machen!«, rief ich über meine Schulter und war bereits am Ausgang angelangt. Hier lief alles zu meiner Zufriedenheit, und ich verließ die Plantage.

Eine halbe Stunde später kam ich beim *Lucinda* an, eins meiner fünf Bordelle und mein liebstes. Es schmiegte sich unscheinbar an die anderen Restaurants und Geschäfte und nur die knallroten Neonröhren, die den Namen bildeten, ließen auf etwas Unmoralisches schließen.

Mein Türsteher erkannte mich augenblicklich und machte mir Platz. Rauch und der Geruch von Schweiß umfingen mich und das schummerige Licht hüllte mich ein, als ich das Etablissement betrat. Tiefe Bässe vibrierten in meinem Bauch und brachten das Blut in Wallungen.

Es war noch früh am Mittag und nur wenige Freier tummelten sich im Innenraum. Die Bar war spärlich besucht, bloß an zwei der halbrunden Sitzgelegenheiten vergnügten sich Männer mit meinen Mädchen. Jeder von ihnen würde mindestens eine vierstellige Summe hierlassen und es nächste Woche wieder tun.

»Hamilton, du siehst wie immer fantastisch aus«, grüßte mich eine helle Stimme, die ich überall wiedererkennen würde.

»Cassy! Hast du heute Schicht?«, fragte ich sie und drehte mich zu ihr um. Sie kam gerade mit zwei anderen Damen die Treppe zum ersten Stock hinunter und ihre pinke Perücke wippte bei jedem Schritt hin und her.

»Ich habe immer Schicht, das weißt du doch.« Sie lachte kokett und stürzte sich in meine Arme. Jess und Patrice, die ihr dicht gefolgt waren, taten es ihr gleich und ein parfümierter Ball aus gelben, silbernen und pinkfarbenen Haaren kitzelten mir in der Nase.

Nur wegen ihnen hatte ich meinen Hauptsitz und Büro im Lucinda eingerichtet. Sie waren etwas Besonderes und mehr als nur meine *Mädchen*.

»Warum warst du gestern nicht da?«

»Wie geht es deiner Mutter?«

»Hast du heute schon etwas gegessen? Du siehst so mager aus.«

Die drei redeten auf mich ein und ließen mir keine Chance, auch nur einer von ihnen zu antworten. Sie gestikulierten wild mit ihren Händen in der Luft, wobei sich gelbe und pinke Federn aus Cassys Frisur und von Jess' Kleidung lösten.

»Nicht so schnell, nicht so schnell«, versuchte ich sie zu beruhigen. Doch sie sahen es als Ansporn, mich weiter mit Fragen zu durchlöchern.

»Wo warst du vorgestern?«

»Wir haben dich vermisst. Sonst kommst du doch jeden Sonntag.«

»Das ist doch unser Tag, hast du das etwa vergessen, Hamilton?«

Ich stieß die Luft aus meiner Lunge, nahm den Hut ab und strich mir durch die Haare.

»Jetzt ist aber genug«, sprach ich streng und meine Stimme donnerte ihnen entgegen. Endlich verstummten die drei Streithähne und meine Ohren dankten es ihnen. Ein grünes, ein braunes und ein blaues Augenpaar starrten mich verletzt an.

»Ich bin nicht wegen euch hier«, setzte ich nach und kehrte ihnen bereits den Rücken zu.

»Was? Aber Hamilton?«, protestierte Patrice mit forderndem Unterton.

»Wie meinst du das?«, unterbrachen mich die Damen erneut. Meine Hand schnellte hoch und ich bot ihnen ein weiteres Mal Einhalt.

»Ich bin wegen des Geschäfts hier, nichts weiter! Die Abrechnungen müssen gemacht werden und ich will die Einnahmen kontrollieren«, verkündete ich und drehte mich zu ihnen um. Ihre Schultern hingen enttäuscht hinunter und alle drei machten einen Schmollmund.

»Glaubst du, du wirst uns so leicht los?« Patrice, die Hellhäutige im Trio, stemmte ihre Hände auf die Hüften und sah mich herausfordernd an.

»Genau!«, stimmte ihr Cassy zu und ihr feuriges Temperament flammte auf. Jess hielt sich verbal zurück, verschränkte aber ihre Arme vor der Brust, die in einem gelben, knappen Outfit steckte, und schob ihr Kinn vor.

Frustration baute sich in mir auf. Die Zeit klebte mir aus unerfindlichen Gründen im Nacken. Eine Sehnsucht, die ich nicht erklären konnte, zog regelrecht an mir, und zwang mich zur Eile.

»Es tut mir leid, dass ich Sonntag nicht da war. Wolltet ihr das hören?«, fragte ich genervt und zog die Augenbrauen hoch. Jess schürzte ihre roten Lippen und verlagerte ihr Gewicht auf den anderen Fuß. »Nein, aber die Entschuldigung ist nicht ungerechtfertigt. Wir haben lange auf dich gewartet und potenzielle Freier abgelehnt. Uns sind dadurch wichtige Einnahmen durch die Finger geronnen.« In ihrer Stimme schwang ein südländischer Akzent mit. »Wir wollen wissen, wieso«, sie betonte das Wort, »du uns hast sitzen lassen.«

Ihr stechender Blick bohrte sich tief in mein Fleisch und ich zupfte an meinen Ärmeln herum.

»Was uns aber noch viel mehr interessiert: Wo, oder besser gesagt, bei wem du stattdessen gewesen bist!« Vorwurfsvoll starrte mich Cassy aus ihren braunen Rehaugen an. Sie hatten es tatsächlich geschafft, mir ein schlechtes Gewissen einzureden. Herr Gott! Sie waren nicht meine Ehefrauen!

»Ich war bei niemandem«, erwiderte ich eine Spur zu harsch und wandte mich von ihnen ab. Die rettende Tür zum Büro kam in erreichbare Nähe und ich wähnte mich schon in Sicherheit.

»Es ist eine andere Frau? Habe ich recht?« Die Worte ließen mich innehalten und ich stoppte mit der Hand an der Klinke.

»Was?«, platzte es aus mir heraus und ich sah das Trio über meine Schulter hinweg an.

»Du hast jemanden kennengelernt, stimmt's?« Patrice verschränkte nun ebenfalls ihre Arme vor der Brust und die kleinen Glocken im silbernen Haar klingelten. Cassy war vor Erstaunen die Kinnlade hinuntergefallen und ihr Mund stand offen.

»Ich wüsste nicht, was euch das anginge«, knurrte ich und verschwand schnell im anderen Raum. Kurz bevor die Tür ins Schloss fiel, hörte ich meine Mädchen quieken. Diese ganze Aufregung strapazierte meine Nerven, ich hatte keine Zeit für Klatsch und Tratsch. Schließlich regelten sich meine Geschäfte nicht von selbst.

11

MARIYANE

eine Stirn ruhte an dem kühlen Glas und ich ließ den Blick über die Skyline von Astrodomas gleiten. Eingehüllt in eine Decke saß ich auf dem Boden und hing meinen Gedanken nach.

Auch heute hatte ich die Regale abgesucht, nur leider nichts gefunden, das mir nützlich erschien. Die einzige Erkenntnis, die ich aus meiner Suche mitnahm, war, dass er kaum Bücher mit Bildern besaß. Die wenigen waren Märchenbücher, die ich dank der Bildchen teilweise verstand.

Frustriert hatte ich sie wieder ins Regal gestellt und stattdessen nach potenziellen Waffen Ausschau gehalten. Doch es schien, als hätte Mister Arsch jeden spitzen Gegenstand aus seiner Wohnung entfernt. Selbst der Zigarrenabschneider, der vorher auf dem Servierwagen neben dem Korkenzieher gelegen hatte, war verschwunden. Er wollte wohl eine zweite Attacke um jeden Preis verhindern.

Ich verlagerte das Gewicht leicht, sodass ich eine Pobacke entlastete. Von so weit oben hatte ich die Stadt noch nie betrachtet. Bisher hatte ich auch noch nicht die Ruhe dazu. Waren die letzten Tage doch sehr turbulent gewesen. Ich ließ meinen Blick schweifen.

Gläserne Fensterfronten der einzelnen Hochhäuser reflektierten das diffuse Licht, das es durch die Kuppel schaffte, weiße Rauchsäulen stiegen aus kleinen Schornsteinen hervor und der Dunst verteilte sich in der Luft. Auf der Skybridge unter mir fuhren eine Handvoll Autos vorbei, eins nahm gerade die Auffahrt von der Unterstadt zur Oberstadt. Es gab nur wenige solcher Straßen, da

sich die Reichen nur ungern mit den Armen abgaben. Keiner von diesen feinen Pinkeln kam zu uns herunter, wenn sie nicht gerade etwas mit illegalen Machenschaften zu tun hatten, wie zum Beispiel Mister Arsch hier.

Allein beim Gedanken an ihn wurde mir schlecht. Ich brauchte nur seine riesige Wohnung und die Ausstattung zu sehen, um zu wissen, wie viel Geld er mit dem Verkauf von Seratos verdienen musste. Litten die Bewohner des Schlammviertels nicht genug? Wir hatten kein fließendes Wasser, kaum Lebensmittel und es herrschten anarchische Strukturen auf den Straßen. Täglich starben Menschen an den unterschiedlichsten Dingen, die meisten davon an den Folgen der Droge, und er war daran schuld. Er hatte meine Mutter auf dem Gewissen. Das war nur ein Grund mehr, ihn zu hassen! Irgendwie musste ich es schaffen, ihm zu schaden!

Der Gedanke bohrte sich tief in meinen Verstand und ich löste mein Gesicht vom Fenster. Ein Abdruck meiner Wange war auf der Scheibe zu erkennen und ich rieb ihn schnell mit der Decke weg, die um meine Schultern lag. Nachdem er zu meiner Zufriedenheit verschwunden war, ließ ich den Blick über das Wohnzimmer wandern. Trotz seines offensichtlichen Reichtums war die Wohnung spartanisch eingerichtet. Er besaß fast nichts Unnützes wie Kunst oder Vitrinen, um irgendwelche Gegenstände zur Schau zu stellen. Neben einer Couch, der riesigen Bücherwand und einem niedrigen Glastisch befand sich nur noch die Garderobe im Raum. *Nein, halt!* Da war noch eine kleine Tür zwischen Fenster und Bücherregal. Sie war so niedrig und schmal, dass ich knapp hindurch passen würde. Seltsam, warum war sie mir nicht schon vorher aufgefallen?

Die Neugierde packte mich und ich stand auf. Dabei ließ ich die Decke zu Boden fallen und trat an die Tür. Es wirkte wie ein Eingang zu einem geheimen Zimmer. Eins, das nicht für die Öffentlichkeit bestimmt war. Und genau das reizte mich daran. Vielleicht fand ich dort etwas, das ich gegen ihn verwenden konnte. Ich trat einen Schritt vor und legte eine Hand auf den Türknauf. Er war golden und fühlte sich warm unter meinen Fingern an. Aus welchem Material er wohl bestand? Egal! Das war gerade uninteressant.

Zaghaft drehte ich an dem Griff und zog daran, nur bewegte sie sich kein Stück. Ich probierte es in die andere Richtung und stemmte meine Schulter gegen das dunkle Holz. Doch noch immer tat sich nichts. Mit aller Kraft zog und ruckelte ich an der Tür, aber sie gab keinen Millimeter nach. Meine Schulter brannte und erinnerte mich daran, dass sie noch nicht gänzlich geheilt war. Ich musste die Zähne zusammenbeißen, um den Schmerz auszublenden. In meinem Augenwinkel blitzte etwas auf und ich hielt inne.

In die Seitenwand des Bücherregals vor mir war ein Eingabefeld eingelassen. Das Display des Gerätes war dunkel und ein kleiner, schwarzer Punkt darunter erweckte meine Aufmerksamkeit.

Eine Kamera, kam es mir in den Sinn und ich trat einen Schritt zurück. Egal, was dahinter lag, Mister Hardington hütete es wie seinen Augapfel und ich täte gut daran, die Finger davon zu lassen. Nur war das genau der Grund, warum ich so unbedingt dort hineinmusste. Er verbarg etwas, ein Versteck, ein Geheimnis, ein Teil seiner selbst ...

Ein Piepen ließ mich aufhorchen. *Er ist zurück!* Blitzschnell kehrte ich zu meinem Platz am Fenster zurück und legte in dem Moment die Decke um meine Schultern, als er das Appartement betrat. Von hier aus hatte ich die Tür perfekt im Blick und musterte ihn.

Er trug denselben schwarzen Anzug, denselben komischen Hut und denselben Stock wie immer. Als würde er nichts anderes besitzen, was vermutlich auch der Fall war. Er warf mir einen abschätzigen Blick zu und entledigte sich dann seiner Jacke, dem Hut und seines Stockes.

»Ihnen auch einen schönen Tag«, äffte ich im Kopf. Zu gern hätte ich es auch gesagt, nur war ich heute nicht so scharf darauf, seinen Unmut zu erregen.

Seine kalte Aura strahlte bis zu mir hinüber, ich schlang die Decke enger um mich und zog die Beine an. Mein Kinn bettete ich auf meinen Knien und beobachtete ihn mit Argusaugen.

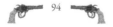

Anstatt etwas zu sagen, kam er direkt auf mich zugeeilt und ich versteifte mich. Was hatte er vor? Plötzlich war er mir so nah, ich hätte eine Hand nach ihm ausstrecken können. Doch so schnell, wie er an mich herangetreten war, so schnell entfernte er sich wieder von mir. Erleichtert atmete ich aus.

Hardington stand nun an der Tür und ich fragte mich, ob er es wusste. Hatte er mich gesehen? Doch anstatt mich zu fragen, tippte er einfach nur den Code ein und ein Klicken ertönte. Leider hatte ich nicht richtig aufgepasst und nur die letzte Zahl mitbekommen – eine Sieben.

Die Tür fiel hinter ihm nur sehr langsam und schwerfällig zu. Ich sah eine Chance. Prompt sprang ich auf und verhedderte mich in der Decke. Mehr stolpernd als gehend hechtete ich vorwärts und schaffte es in letzter Sekunde, meine Finger in den Spalt zu schieben. Ich verzog vor Schmerz das Gesicht, biss mir auf die Zunge, um ein Aufstöhnen zu vermeiden. Kein Laut drang aus meinem Mund. Leicht drückte ich die schwere Holztür auf und der Schmerz ließ nach. Stattdessen begannen meine Finger unangenehm zu pochen und ich ballte die Hand mehrmals zur Faust.

Der Schlitz wurde immer breiter und ich lugte hinein. Viel sehen konnte ich jedoch nicht. Nur ein riesiger, massiver Schreibtisch sprang mir ins Auge, der den gesamten Raum dominierte. Auch hier waren Bücherregale an den Wänden, aber statt mit Büchern waren sie mit Akten und Ordern bestückt. Ich musste die Tür noch weiter aufdrücken, bis ich endlich Mister Ach-so-toll hinter dem Schreibtisch erkannte. Sein Blick hob sich und ich zuckte erschrocken zurück. Die Kälte in seinen grünen Augen bescherte mir eine Gänsehaut und ich schluckte hörbar. Er sagte nichts, das war auch nicht nötig, denn sein Blick sprach Bände: *Wage es ja nicht, hereinzukommen!*

Ich hatte vorerst genug gesehen, daher schloss ich die Tür und erst, als der Riegel einrastete, stieß ich die angehaltene Luft aus. Das war also sein Büro. *Interessant*. Ich hatte nicht erwartet, dass es sich direkt vor meiner Nase befand. Ich nahm meine Position am Fenster ein, mit dem Blick auf das geheime Zimmer gerichtet.

Lange Zeit saß ich so da. Die Schatten wurden immer länger, meine Lider immer schwerer und mein Hunger stetig größer. Ein lauter werdendes Grummeln drang an meine Ohren und das Brennen in meinem Magen hielt mich wach. Trotzdem konnte ich nicht verhindern, dass ich einnickte und erst durch das Zuschlagen einer Tür wieder erwachte.

Erschrocken zuckte ich zusammen. Ein Schemen schlich an mir vorbei und ich kreischte ängstlich auf.

»Schrei nicht so laut!«, knurrte mich der Schatten an und ich besann mich wieder, wo ich war. Sofort schluckte ich den bissigen Kommentar hinunter, den ich schon auf der Zunge hatte, und schaute mich lieber um. Das Licht der anderen Hochhäuser beleuchtete das Innere des Appartements nur spärlich und ich konnte kaum etwas erkennen. Als hätte er meine Gedanken gehört, schaltete Hardington das Licht ein, geblendet kniff ich die Augen zusammen.

»Hast du auch Hunger?«, fragte er mich beiläufig und wie auf Kommando knurrte mein Magen. Die Röte schoss mir in die Wangen und mir wurde heiß. Aus dem Augenwinkel erkannte ich, dass er schmunzelte, und mir war es direkt doppelt peinlich.

»Ich bestelle uns was«, erwiderte er daraufhin mit einem gleichgültigen Ton und sprach schon im nächsten Moment mit jemand anderem. »Schick mir ein Abendessen für zwei hoch. Ja, natürlich mit Rührei! Danke.« Schon hatte er wieder aufgelegt und schüttelte den Kopf. Er öffnete seine Krawatte, warf sie über die Lehne der Couch und ließ sich darauf fallen.

»Willst du weiterhin auf der Erde hocken?« Seine Worte ließen mich zusammenfahren. War das eine Drohung? Eine Aufforderung? Beides?

»Hast du seit neustem deine Zunge verschluckt?«, fragte er mich genervt. »Du bist doch sonst so schlagfertig.« Er drehte sich zu mir um und starrte mich aus seinen grünen Augen an.

Ein Schauer lief mir über den Rücken. »Nein«, krächzte ich und ärgerte mich darüber, dass mein Hals so trocken war. Ich räusperte mich und sagt nun etwas fester: »Das hebe ich mir für morgen auf.«

Mein Gegenüber verzog keine Miene, ging nicht einmal auf meinen Kommentar ein. »Na, dann komm hoch und setz dich zu mir!«, forderte er mich auf und machte deutlich, dass er keine Widerworte dulden würde. Vorsichtig erhob ich mich und spürte, wie mir schlagartig das Blut in die Beine schoss. Meine Zehen kribbelten unangenehm und ich trat mehrmals auf der Stelle.

»Muss ich dich erst holen kommen?«, knurrte er, ohne mich anzusehen.

»Nein!« Ich funkelte ihn wütend an.

»Nein, was?«, fragte er mich.

Ich musste tief einatmen, bevor ich ihm antworten konnte. »Nein, Sir.« Leider konnte ich den Sarkasmus nicht aus meiner Stimme streichen.

»Jetzt komm her!« Ungeduld schwang in seiner Stimme mit und ich setzte mich in Bewegung. Ich nahm das linke Ende für mich in Beschlag und rutschte bis an den Rand. Nur die Breite eines Kissens lag zwischen uns und das war mir schon zu nah. Er hob seine Hand und ich zuckte zusammen. Unsicher starrte ich ihn an. Kurz vor meiner Wange kam seine Hand zum Stehen und, als hätte er es sich anders überlegt, legte er den Arm auf der Lehne ab.

»Warum denn so ängstlich, Mary? Hast du dir etwas zu Schulden kommen lassen?« Seine Stimme war aalglatt und passte zu seiner sonst arroganten Art.

»Nein«, erklärte ich und dachte im selben Augenblick an die Überwachungskammer vor seinem Büro. Hatte er es doch gesehen? War er deshalb heute das erste Mal, seit ich hier war, drin?

Er zog eine Augenbraue hoch, lehnte sich zu mir hinüber. Sein Geruch umwehte mich und mir wurde schwindelig. Er sah mich erwartungsvoll und zugleich bedrohlich an und ich fügte schnell hinzu: »Nein, Mister Hardington.« Zufrieden lehnte er sich zurück, musterte mich aber weiterhin abschätzend. Sein Blick wanderte über meinen Körper und verweilte viel zu lange auf meinen Brüsten. Ich verschränkte die Arme vor dem Oberkörper und rutschte noch ein Stück von ihm ab. Ein Klopfen ließ mich aufsehen. Der Mistkerl stand sogleich auf und eilte zur Tür. Er öffnete sie und Sharon kam mit einem Servierwagen in die Wohnstube. Sie blinzelte ihren Boss lasziv an und wackelte aufreizend mit dem Arsch. Das entlockte mir ein Schnauben. Sie konnte ihn gern haben, damit hatte ich kein Problem.

»Wie Sie gewünscht haben, Mister Hardington. Das Rührei ist gerade frisch für Sie zubereitet worden«, zwitscherte sie und warf ihre Haare in einer eleganten Bewegung zurück. Ihr Parfüm wehte zu mir hinüber: Eine Duftwolke aus Rosen und anderen Blumen.

»Danke«, erwiderte er obgleich ihrer rohen Sexualität ungerührt. Sie hatte kaum den Raum betreten, da nahm er ihr den Wagen schon ab und schob sie Richtung Ausgang.

Sie schien geknickt zu sein und zog einen Schmollmund. Dann wirbelte sie plötzlich herum und flüsterte ihm etwas ins Ohr. Das entlockte Hamilton ein breites, fast diabolisches Grinsen. Sie trat wieder von ihm zurück und wackelte mit den Brüsten. Sie ..., *was*? Der oberste Knopf ihrer weißen Bluse wurde kurzerhand von ihr geöffnet und der zweite folgte. Wo zum Teufel war ich hier bloß hineingeraten? Geschockt beobachtete ich die Situation und Hardington genau.

Sein Blick ruhte auf ihren, mit Sicherheit, falschen Brüsten und er kratzte sich über das stoppelige Kinn. Kurz sah er zu mir hinüber. Ich starrte ihn bloß an.

»Ich danke dir für das Angebot, aber wie du siehst, habe ich Besuch. Daher muss ich leider ablehnen.« Seine Worte schienen ihm sichtlich schwerzufallen. Zweifelsfrei hatten sie schon des Öfteren das Bett geteilt. *Würg*, wenn ich nur an die nackten, räkelten Körper dachte, wurde mir schon schlecht.

Die blonde Frau taxierte mich mit einem wütenden Blick, warf daraufhin ihre Haare über die andere Schulter und stöckelte empört davon. Die Tür schlug laut hinter ihr zu und ich zuckte erneut zusammen. *Verdammt!* Wann war ich so verflucht schreckhaft geworden? Ich hatte doch schon Schlimmeres als diesen Mister Ach-so-toll erlebt und vor allem *über*lebt.

»Wollen wir essen?«, fragte er mich und stellte ein großes Tablet auf dem Couchtisch ab. Danach ließ er sich auf dem Polster nieder, viel zu nah an mir. Hätte ich die Möglichkeit gehabt, wäre ich noch weiter von ihm weggerutscht, nur säße ich dann auf dem Fußboden.

Der Duft von gebratenen Eiern umnebelte meinen Verstand und der Hunger fegte den Rest meiner Bedenken davon. Das letzte Huhn meiner Nachbarin war im Winter geschlachtet worden und dementsprechend lange hatte ich kein Ei mehr gegessen. Das Wasser lief mir förmlich im Mund zusammen.

Ich rutschte ein Stück auf ihn und das Essen zu und unsere Knie berührten sich für eine Sekunde. Die reichte aus, um mir elektrische Stöße das Bein hinaufzuschicken. Eine Gänsehaut bildete sich auf meinem Oberschenkel und ich erstarrte. Er schien es nicht bemerkt zu haben, denn er griff bereits nach einem Stück Brot und schaufelte sich mit der bloßen Hand etwas vom dampfenden Rührei darauf. Er musste tote Nervenenden haben, oder eine zentimeterdicke Hornschicht. Anders konnte ich mir nicht erklären, dass er nicht einmal mit der Wimper zuckte. Wenn ich das Rührei nur ansah, verbrannte ich mir bereits den Mund.

Ungeniert biss er von der Scheibe ab und etwas von dem Ei fiel auf seine Anzughose. Schnell wischte er es weg, doch ein Fleck blieb zurück. Ich beobachtete ihn aus dem Augenwinkel und schätzte ab, ob ich mich auch vom Essen bedienen dürfte, oder ob ich es mir *verdienen* müsste. Zu welchem Preis auch immer.

Als er mich dann ansah und mit dem Kinn auf das Büffet deutete, griff ich ebenfalls zu. Ich schnappte mir ein bestrichenes Brot mit Butter und Lachs und biss herzhaft hinein. Der geräucherte Fisch schmeckte herrlich und ich hatte noch nie zuvor etwas Köstlicheres gegessen. Ob der wohl aus dem Meer kam, oder eher in einer Aquakultur gezüchtet wurde? Mir war beides recht und ich wollte nicht länger darüber nachdenken, wo mein Essen eigentlich herkam.

Kaum hatte ich den letzten Bissen hinuntergeschlungen, griff ich nach dem nächsten Stück. Ein plötzlicher Schmerz hielt mich davon ab und ich zog die Hand schnell zurück.

12

HAMILTON

*N*icht so hastig«, sprach ich, ließ mir meine Belustigung aber nicht anmerken. Ich griff nach dem Brot und nahm es in die Hand. Ihr Blick huschte hungrig zu dem Lachsbrot, ihre Augen glänzten. »So etwas muss man genießen.«

Kaum hatte ich gesprochen, richteten sich ihre Augen zornig auf mich. Ich sah ihr an, dass sie mir meinen Tadel übelnahm, doch ich blieb ungerührt. Sie war nur ein kleines, wildes Biest, dass ich zu bändigen wusste.

»Mund auf!«, forderte ich sie auf und näherte mich ihr schon im nächsten Augenblick. Ihre vollen Lippen formten sich zu einer schmalen Linie, bevor sie sich öffneten und Mary von der Scheibe abbiss. Das Fett des Fisches glänzte verführerisch in ihrem Mundwinkel. Dieser Anblick löste etwas in mir aus – Sehnsucht? Ich stellte mir vor, wie Mary schmecken würde. Bestimmt wie eine Mischung aus Hitze und Fisch.

Der Duft von Rosen umgab sie. Es schien ihr natürlicher Geruch zu sein, und ich sog ihn tief in meine Lunge.

Seit ich Mary zu mir geholt hatte, war sie einer Verwandlung unterlaufen. Ohne das verfilzte Haar, den Dreck und die tiefen Augenringe war sie eine unglaubliche Schönheit. Auch wenn erst wenige Tage verstrichen waren, konnte ich Mary ansehen, dass ihr die regelmäßigen Mahlzeiten guttaten. Ihr Gesicht wirkte runder und sie hatte nicht mehr so einen blassen Teint.

Ich ließ sie in Ruhe kauen, beobachtete ihre Kiefermuskulatur beim Arbeiten und verlor mich fast in ihren tiefen Augen. Ihr Schlucken befreite mich aus dem Bann und ich reichte ihr das Brot, um erneut abbeißen zu können. Für eine Sekunde blieb ihr Mund offen stehen und wir starrten uns an. Sie herausfordernd und abwägend, ich fasziniert und amüsiert. Doch auf einmal schoss ein Schmerz meine Finger hinauf und ich zog meine Hand zurück. Dabei rissen ihre Zähne etwas von meiner Haut ab und die Wunde fing sintflutartig zu bluten an. Ich sah dunkle Tropfen meinen Arm hinunterlaufen und in das Polster sickern.

Sie spuckte aus und etwas klatschte vor mir auf den Tisch. Es war ein ekliger, schleimiger Klumpen aus Brot, Fleisch und Speichel. Ich sah sie entsetzt an und konnte es nicht fassen.

»Du dreckige Fotze«, zischte ich zwischen zusammengepressten Zähnen hervor und hob den Blick. »Das wirst du mir büßen!«, drohte ich ihr und stand abrupt auf. Sie schoss hoch, trat einen Schritt zurück und stieß mit der Fensterfront zusammen. Ihre Augen waren tellergroß und ich konnte ihren Puls am Hals pochen sehen.

Ich stützte meine verletzte Hand mit der anderen und lief hinüber ins Badezimmer. Auf dem Weg dorthin sprenkelte ich den Fußboden mit weiteren Spritzern und meine Wut stieg ins Unermessliche. Es brodelte regelrecht in meinem Inneren und der Vulkan drohte auszubrechen. Im Bad angekommen öffnete ich den Wasserhahn und spülte das Blut und kleine Brotkrümel davon. Am Ende blieben acht tiefe Wunden zurück, aus denen nun nur noch zögerlich dunkles Blut perlte. Das kühle Wasser linderte nebenbei die Schmerzen und ich entspannte meine Kiefermuskulatur. Die Wut schien vom Wasser gelöscht zu werden, sie glomm nur noch in mir.

»Verdammte Schlampe!«, brummte ich. Erst gestern der misslungene Versuch mit dem Korkenzieher und heute das! Sie war uneinsichtiger, als ich zu Anfang gedacht hatte.

Mit meiner gesunden Hand griff ich zum Schrank rechts vom Spiegel und holte ein Medipack heraus. Dort fischte ich nach dem Wundkleber und öffnete ihn mit den Zähnen. Den Deckel spuckte ich achtlos zu Boden. Meine verletzte Hand hielt ich mir vors Gesicht und begann den Kleber auf die Wunden zu sprühen. Es brannte höllisch und ich verzog mehrmals das Gesicht. Ein kleiner Film aus weißer, spinnwebenartiger Masse legte sich um meine Hand und linderte wenig später das Brennen. Als ich alle offenen Stellen mit dem Zeug bedeckt hatte, atmete ich erleichtert aus und warf die nun leere Dose in das rechte Waschbecken.

Mit den Händen auf der Zeile abgestützt starrte ich mein Spiegelbild wütend an. Ich ließ mir von diesem Biest auf der Nase herumtanzen, es wurde Zeit, dass ich ihr eine Lektion erteilte! Ich richtete schnell meine Frisur, einzelne Strähnen hatten sich gelöst und piksten mir in den Augen. An den Seiten waren sie noch immer kurzgeschnitten, nur oben wurden sie mir langsam zu lang. Womöglich sollte ich bald bei Pêre vorbeischauen? Ich verwarf den Gedanken sogleich wieder! *Konzentriere dich!*, zwang ich mich zur Ordnung und richtete mich zu meiner vollen Größe auf.

Bevor ich zurück zu Mary ging, holte ich noch einen länglichen Gegenstand aus meiner unteren Schublade hervor und platzierte ihn demonstrativ auf dem Bett. Erst danach kehrte ich zurück ins Wohnzimmer und sah mich schnell um. Mary hatte ihre alte Position auf dem Boden am Fenster eingenommen und sich die Decke bis unters Kinn hochgezogen.

»Das wird dich auch nicht retten«, knurrte ich sie an und kam auf sie zu. Sie machte Anstalten, vor mir zu fliehen, krabbelte davon, doch ich erwischte sie am Ellenbogen und riss sie auf die Füße. Ein gellender Schrei drang aus ihrem Mund. Sie sah mich flehentlich an und wollte sich losreißen. Doch ich erhöhte den Druck auf ihren Arm und schleifte sie hinter mir her ins Schlafzimmer.

»Ich habe dir geschworen, dir nichts zu tun, solange du mir keinen Grund dazu gibst«, grollte ich und schleuderte sie aufs Bett. Sie fiel auf die weiche Matratze und drehte sich zu mir um. Aus tiefschwarzen Augen starrte sie wütend zu mir auf. Nur das Zittern ihrer Unterlippe verriet, dass sie sich sehr wohl vor mir fürchtete. *Gut so.*

»Umdrehen!«, befahl ich ihr. Sie kam meiner Aufforderung nicht nach, daher packte ich sie am Handgelenk, drehte es ihr auf den Rücken und stieß sie dann wieder aufs Bett.

»Aah! Sie tun mir weh«, keuchte sie, doch ich ignorierte ihren schwachen Protest. Aus meiner Hosentasche kramte ich die Handschellen hervor. Es war für mich bereits zur Gewohnheit geworden, sie zu jeder Tageszeit bei mir zu tragen. Ich fesselte ihre Hände auf dem Rücken und schubste sie dann noch ein Stückchen die Matratze hinauf. Ihre Knie waren an das Bettgestell gepresst, die Beine ungemütlich nach hinten gestreckt. Sie wälzte sich leicht hin und her, merkte jedoch schnell, dass sie mir hilflos ausgeliefert war.

»Lassen Sie mich frei! Was haben Sie mit mir vor?«, zeterte sie und trat mit ihren Füßen wild um sich. Ich war jedoch außer Reichweite und sie tat sich daher nur selbst weh.

»Ich werde dich nun bestrafen. Was meinst du, sind zwanzig Schläge gerechtfertigt?«, fragte ich sie gleichgültig und hob den Gegenstand vom Bett.

»Was?«, kreischte sie und strampelte nur noch mehr. »Wagen Sie es ja nicht, mich auch nur anzufassen! Ich erlaube es Ihnen nicht!«, brüllte sie und warf ihren Kopf hin und her.

»Wie ich bereits gesagt habe. Solange du mir keinen Grund gibst, tue ich dir nichts. Also hast du selbst schuld, dass ich nun Hand an dich legen muss.«

Verzweifelt schielte sie nach hinten, um zu erkennen, was ich da trieb. Mir gefiel ihr Strampeln und ich schlug mir mit dem Paddle auf die flache Hand, damit ich ihre Reaktion genau beobachten konnte. Sie zuckte zusammen und hielt für einen Moment still.

Das Klatschen war wie Musik in meinen Ohren. Ich stellte mir ihren Hintern vor, wie er bei jedem Schlag vibrierte und sie keuchte.

»Was ist das?«, rief sie laut und ich konnte ihre Augen unter einem Vorhang aus Haaren aufblitzen sehen.

»Deine Bestrafung!«, antwortete ich, zog mit einem Ruck ihre Hose bis zu den Knien und ließ das Paddle auf ihre rechte Arschbacke niedersausen. Durch ihren Körper ging ein Stoß und sie bäumte sich schreiend auf, dabei hatte ich nicht einmal fest zugeschlagen.

Ich genoss es mit jedem Atemzug. »Eins!« Ich holte erneut aus und ließ die Peitsche dieses Mal auf der anderen Pobacke aufschlagen. »Zwei«, höhnte ich und genoss ihr Keuchen.

Je mehr ich sie bestrafte, desto leiser wurde sie. Ob es ihr wohl gefiel? Mir gefiel es jedenfalls, sehr sogar. Seit dem ersten Schlag war mein Schwanz so steif wie ein Rohr. Am liebsten wäre ich schon längst auf den Knien und zwischen ihre Beine gedrängt. Doch diesen Spaß musste ich mir für einen anderen Tag aufsparen.

»Zwölf«, zählte ich weiter und kam bereits ins Schwitzen. Mary ertrug ihre Strafe schweigend und bewegte sich bei jedem Schlag mit. Ich hatte das Paddle schon mehrmals an mir ausprobiert, beziehungsweise unzählige Damen hatten das getan. Der Schmerz war aushaltbar und hatte mich fürchterlich erregt. Ich stand auf dominante Frauen, aber viel lieber dominierte ich sie. Sicher gefiel es ihr, nur würde sie es wohl niemals zugeben.

Ihr Arsch färbte sich langsam rot, aber sie hatte es fast geschafft. Nur noch wenige Schläge fehlten. »Vierzehn.« Einmal keuchte sie auf, biss sich dann aber auf die Lippe. *Fuck!* Sah das heiß aus! Sie mochte es! Jetzt war ich mir sicher. Wahrscheinlich war sie schon ganz feucht zwischen den Schenkeln. Wie gern würde ich ihr mit der Hand zwischen die Beine fahren und in ihre Spalte dringen. Ich könnte es wie ein Versehen aussehen lassen, wenn ich ihr die Hose wieder hochzog. Nur eine flüchtige Berührung und ich könnte von ihr kosten. Ein Knurren drang aus meiner Brust und ich musste mich zusammenreißen, um mich nicht auf sie zu stürzen.

»Zwanzig«, stieß ich keuchend hervor und ließ die Peitsche erschöpft auf die Erde fallen. Ich ballte die Hände zu Fäusten und biss mir auf die Lippe, bis ich Blut schmeckte. *Scheiße!* Wie gern ich sie doch ficken würde! Wer käme dabei schon zu Schaden? Ich würde endlich den Druck in meinem Schritt loswerden und mir Befriedigung verschaffen. Und sie würde vor Lust schreien. Sie würde meinen

Namen rufen, ihre Nägel in meinem Rücken versenken und die beste Nacht ihres Lebens erleben.

Meine Hand fuhr hinab in meinen Schritt und ich massierte die harte Beule. Mein Schwanz zuckte bei der Berührung und ich verkniff mir ein Stöhnen. Wann hatte ich das letzte Mal Sex? Samstag? Freitag? Es fühlte sich wie eine Ewigkeit an. Es wäre so einfach! Sie lag dort, gefesselt und wehrlos. Ich müsste nur …

Ein Schluchzen schreckte mich aus meinen Gedanken und ich ließ die Hand ruckartig sinken. Ich taumelte, von mir selbst erschrocken, einen Schritt zurück. Nein! Ich war kein Vergewaltiger und das würde ich auch nie sein! Kurzerhand befreite ich sie von ihren Fesseln, flüchtete vor ihr und mir selbst ins Bad. Eine Dusche würde mir guttun. Als das eiskalte Wasser auf meine erhitzte Haut traf, zuckte ich zusammen und sog die Luft scharf ein. Nach ein paar Minuten hatte ich mich an die Temperatur gewöhnt. Mehr und mehr kühlte ich ab und konnte wieder einen klaren Gedanken fassen.

»Das war verdammt knapp«, flüsterte ich und starrte blind auf die Fliesen vor mir. Mein Blick war verschwommen und Wasser lief mir in die Augen. Ich schloss sie und legte den Kopf in den Nacken. In Zukunft sollte ich vorsichtiger sein! Ich wollte meinen Gast nicht verschrecken. Außerdem machte es keinen Spaß, wenn sie weinte und um sich schlug.

Nach der kalten Dusche fühlte ich mich besser und besaß wieder einen klaren Kopf. Ich stellte mich vor den Spiegel, starrte in ein gereiztes und müdes Gesicht. Ich hatte die Kontrolle verloren. Bisher hatte ich alles im Griff gehabt, doch Mary stellte mein Leben auf den Kopf. Ich fühlte, ich dachte Dinge in ihrer Nähe, die ich lieber nicht fühlen oder denken wollte. Doch ihre wilde und ungezähmte Art trieb mich dazu, sie forderte mich, und das war selten. Die meisten Frauen legten sich mir zu Füßen, wie Sharon heute. Ich war es nicht gewöhnt, dass sie sich so vehement gegen mich wehrten. Irgendwie hatte ich erwartet, dass sie leichter zu knacken sei. Doch auch die härteste Nuss wird schwach. Es war nur eine weitere Herausforderung, ein weiteres, aufregendes Spiel, das ich genießen würde.

Ich hatte mich so weit abgekühlt, dass ich mich wieder gefahrlos in ihre Nähe begeben konnte. Auf ihre nächste Attacke wäre ich vorbereitet und würde mich nicht so leicht überraschen lassen. Ich rotierte mit den Schultern, um die Muskeln zu locken. Dabei sprang mir mein Tattoo ins Auge und ich fuhr die Linie entlang. Es rankte sich wie dicke, kräftige Adern von meinem Arm über meine rechte Schulter bis hin zum Brustmuskel.

Ein Handtuch trug ich locker um die Hüfte geschlungen. Ich wäre auch nackt vor Mary getreten, das hätte ihr sicher mehr ausgemacht als mir. Einmal knackte ich meinen Hals durch und kehrte dann ins Schlafzimmer zurück.

Dort überraschte mich Marys Anblick. Sie lag eingekugelt unter der Bettdecke auf ihrer Hälfte und starrte mich aus ihren dunklen Augen an. Ihre Miene war ausdruckslos, zu gern hätte ich gewusst, was sie in diesem Moment dachte.

Mir fiel ihr Schluchzen wieder ein und ich zögerte. »Ich habe es nicht gern getan, auch wenn ich zugeben muss, dass es mir Vergnügen bereitet hat.« Meine Stimme klang viel zu laut im sonst stillen Raum. Es waren bloß leere Worte, aber ich fühlte mich dazu verpflichtet, etwas zu sagen.

Einmal räusperte ich mich und stimmte einen versöhnlicheren Ton an: »Wenn du Eis zum Kühlen brauchst ...«

»Fick dich«, zischte sie.

Stumm nickte ich, rieb mir über das Kinn. Damit war wohl alles gesagt. Ich wandte mich von ihr ab, schnappte mir ein frisches Shirt und zog es mir an. Das Handtuch fiel zur Erde und ich hörte sie aufkeuchen. Ich unterdrückte ein Grinsen und schlüpfte in eine lockere Boxershorts. Langsam drehte ich mich zu ihr um und sah noch in der letzten Sekunde, wie sie beschämt den Blick abwandte.

»Gefällt dir, was du siehst?«, neckte ich sie. Meine gute Laune war wieder da und das rieb ich ihr genüsslich unter die Nase. Sie hatte mich mit ihrer Aktion reizen, provozieren wollen. Sicher hoffte sie, dass ich irgendwann die Freude an ihr verlieren und sie gehen lassen würde. Aber das konnte sie vergessen. Der Spaß hatte doch gerade erst begonnen.

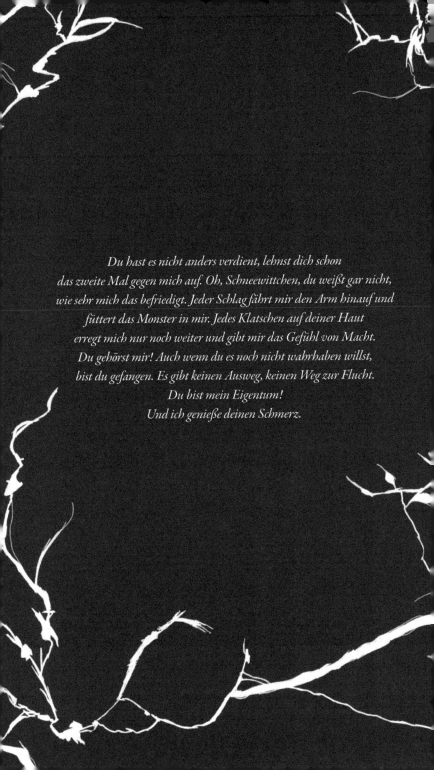

*Du hast es nicht anders verdient, lehnst dich schon
das zweite Mal gegen mich auf. Oh, Schneewittchen, du weißt gar nicht,
wie sehr mich das befriedigt. Jeder Schlag fährt mir den Arm hinauf und
füttert das Monster in mir. Jedes Klatschen auf deiner Haut
erregt mich nur noch weiter und gibt mir das Gefühl von Macht.
Du gehörst mir! Auch wenn du es noch nicht wahrhaben willst,
bist du gefangen. Es gibt keinen Ausweg, keinen Weg zur Flucht.
Du bist mein Eigentum!
Und ich genieße deinen Schmerz.*

13

MARIYANE

*D*ie Nacht war ein einziger Albtraum. Immer, wenn ich die Augen schloss, stand er vor mir und schlug auf mich ein. Ich konnte das Klatschen des Paddels auf meiner Haut hören. Spürte den Schmerz, der mich jedes Mal durchzuckte. Am Anfang noch vorsichtig, fast liebkosend, aber mit jedem Mal härter, bis sich der Schmerz in meine Nervenzellen brannte.

Alles in mir schrie nach Rache, Vergeltung. Eine andere Stimme flüsterte mir ein, dass es meine Schuld gewesen sei. Ich hatte ihn provoziert, ihn gebissen. Nur deshalb hatte er mich bestraft. Wäre ich brav gewesen und hätte mir sein Verhalten gefallen lassen, wäre nichts passiert. Dann würde es mir gut gehen.

Der Gedanke brachte mich zum Schnauben. Was war schon gut? Ich war die private Gefangene eines Drogenhändlers und Frauenschlägers. Und wäre ich nicht hier, dann sicher im Gefängnis gelandet, das nur *das Loch* genannt wurde, weil nie jemand daraus zurückkam. Es war die Wahl zwischen Pest oder Cholera, dennoch würde ich lieber den Tod wählen, als ihm ausgeliefert zu sein.

Unruhig rutschte ich auf dem Boden hin und her. Mein Gesäß tat furchtbar weh und gönnte mir keine ruhige Minute. Ich hatte mir vorgenommen, auch diese Nacht nicht im Bett zu verbringen. Es käme mir wie eine Kapitulation vor. Aber langsam musste ich zugeben, dass ich es hier unten nicht aushalten würde. Es tat einfach so weh.

Am Ende gab ich auf und krabbelte zu ihm ins Bett. Ganz vorsichtig legte ich mich neben ihn, mit so viel Abstand, wie die Matratze zuließ.

Tränen kamen mir, liefen heiß über meine Wangen und in das Kissen. Wütend wischte ich sie mir vom Gesicht. Ich wollte keine Schwäche zeigen, niemals! Er würde schon sehen, was er davon hatte, Hand an mich zu legen.

Am nächsten Morgen öffnete ich schlagartig die Lider und war augenblicklich hellwach. In mir brodelte es seit Stunden, selbst in meinem Traum hatte mich Mister Arsch verfolgt. Doch dort hatte es mir gefallen, ich bettelte nach mehr und er gab es mir. Allein der Gedanke daran hinterließ Übelkeit in meinem Magen.

Vorsichtig richtete ich mich auf. Überrascht stellte ich fest, dass mein Arm nicht länger gefesselt war. Ein Blick auf die andere Betthälfte verriet mir, dass mein Folterknecht bereits aufgestanden und verschwunden war. Ob er sich wohl absichtlich davongestohlen hatte, um meine Wut nicht mitzuerleben? Mir nicht ins Gesicht zu sehen und am Ende vielleicht Scham zu empfinden? Konnte ein Monster wie er überhaupt etwas fühlen? Oder war sein Inneres erstarrt?

Ich rieb mir das Handgelenk, das von der Fessel gerötet war, und hoffte, dass ich fest genug zugebissen hatte. So sehr wünschte ich mir, dass sich die Wunde entzündete. Es wäre eine Genugtuung, ihn fiebrig und krank zu erleben. Nur würde mir dieser Wunsch sicher nicht erfüllt werden, bestimmt waren sie hier oben medizinisch perfekt versorgt. Vermutlich blieb nicht einmal eine Narbe zurück. Das verpasste mir einen Dämpfer und ich grummelte vor mich hin.

Auf einmal klopfte es an der Tür und ich fuhr zusammen. Ich war so in meinen Gedanken versunken, dass ich die Gegenwart vergessen hatte. Und für einen Moment glaubte ich, mir das Klopfen nur eingebildet zu haben. Doch da wiederholte es sich energischer als zuvor.

Konnte das die Blondine sein, die mit dem Frühstück kam? Ich verspürte keinerlei Hunger, war mir noch schlecht von dem Traum, daher ließ ich es klopfen. Nur hörte es nicht auf. Es wurde immer lauter, bis ich schon befürchtete, die Tür könnte einfach unter dem Hämmern zusammenbrechen.

Dann, endlich, verstummte es und ich atmete erleichtert aus. Ich stand auf, um ins Bad zu gehen, und ein Piepen ertönte. Sofort erstarrte ich und blickte in das angrenzende Wohnzimmer hinüber.

Ich hörte die Tür und Schritte, jemand war hier drin. Wer würde dieses Mal mein Leben auf den Kopf stellen?

»Wir brauchen unbedingt Spitze, rote. Und bestelle noch eine Ladung Glitzer, ich will, dass das Mädchen nur so funkelt«, plapperte eine männliche Stimme. Ein Schatten huschte über den Boden und plötzlich tauchte eine Gestalt in kunterbunter Kleidung im Türrahmen auf. Er stand mit dem Rücken zu mir und hatte mich deshalb noch nicht bemerkt. Lautstark sprach er weiterhin mit einer Person hinter sich.

»Dann will ich gelben Samt haben, nicht den billigen, sondern den teuren. Mister Hardington hat mir versichert, dass nur das Beste gut genug für seinen Gast sei.«

Noch immer konnte ich nicht sehen, mit wem er da sprach, und langsam fragte ich mich, was der Auftritt sollte.

»Gelber Samt, verstanden«, sagte eine weibliche Stimme.

»Ich überlege bereits, ob wir auch Tüll bestellen sollten. Aber solange ich sie nicht gesehen habe, kann ich das nicht entscheiden.« Sein Blick wanderte durch den Raum und schien etwas zu suchen. Sein Fokus lag auf dem Wohnzimmer. Ich hielt weiter die Luft an und nutzte meine derzeitige Unsichtbarkeit, um den bunten Vogel besser zu begutachten.

Er trug einen merkwürdigen Hut, in den gelbe Federn eingearbeitet waren. Das dazu passende gelbe Jackett war an den Armen zu kurz und entblößte seine Handgelenke, die er ungesund in der Luft anwinkelte. Sein Hemd war weiß und das Einzige an ihm, das normal wirkte. Die ebenfalls quietschgelbe Hose komplettierte sein Äußeres, und so erweckte er den Eindruck eines ausgebrochenen Kanarienvogels.

Das schlechte Gefühl von heute Morgen verschwand und ein Lächeln zupfte an meinem Mundwinkel. Irgendwie sah der Typ verrückt aus, aber nicht gefährlich. Also egal, was hier los war, so schlimm konnte es nicht sein. Aus diesem Grund richtete ich mich auf und räusperte mich.

Augenblicklich wirbelte er zu mir herum, dabei verlor er ein paar Federn, die einsam zu Boden segelten, und sein Blick fand mich.

»Vergesst, was ich gesagt habe. Wir brauchen karmesinrot! Seht euch diese Haut an«, flötete er und kam auf mich zu.

Endlich traten seine Begleiterinnen in mein Sichtfeld und ich erkannte zwei Frauen, die unterschiedlicher nicht sein konnten. Eine hoch gewachsen, schlank in ein enges weißes Kleid gehüllt. Die andere klein, einen beigen Hosenanzug tragend, der ihr mindestens zwei Nummern zu groß war, und einen Hut, unter dem sie zu verschwinden drohte.

Meine Aufmerksamkeit huschte zurück zu dem bunten Vogel, der nachdenklich eine Hand an sein Kinn legte und mich eingehend musterte.

Mir wurde dieser Überfall langsam unangenehm und da nun doch der Hunger an meinen Nerven zupfte, hielt ich es nicht länger aus.

»Wer seid ihr?«, fragte ich mit einem harschen Unterton. Ich bereute ihn direkt, da diese drei Gestalten nichts für meine aktuelle Situation konnten, dennoch entschuldigte ich mich nicht. Sollten sie ruhig wissen, dass ich nicht freiwillig hier war und keine Lust auf ihre Anwesenheit hatte. Außer, sie wollten mich retten.

Kritisch beäugte ich ihn.

»Schrecklich, was trägst du denn da?,« plauderte der Unbekannte gelassen weiter und überging damit meine Frage.

Ich sah an mir hinab und starrte auf meine nackten Füße. Noch immer trug ich das graue Shirt und die kurze Hose, die mir dieser Bastard von Möchtegernentführer am ersten Tag überreicht hatte.

Mit kleinen Schritten überwand er den letzten Meter und hatte einen beneidenswerten Hüftschwung drauf. Schützend legte ich mir einen Arm vor den Brustkorb.

»Das war das Einzige, was er mir gegeben hat«, erwiderte ich etwas erbost. »Meine Kleidung hat er weggeworfen.« Das Bedürfnis, mich zu verteidigen, wurde immer stärker. Der Mann war bis auf wenige

Zentimeter an mich herangetreten. Gleichzeitig kam ich nicht umhin, einen tiefen Vorwurf in meiner Stimme mitschwingen zu lassen.

»Ach, die Kleine kann sprechen. Ich hatte schon befürchtet, du hättest deine Zunge verschluckt«, witzelte der Fremde mit einem schiefen Lächeln auf den Lippen. Ich wusste nicht, ob ich wütend werden oder lachen sollte.

»Das ist absolut geschmacklos. Sicher hast du es von Mister Hardington bekommen, typisch für ihn. Dürfte ich ihn doch bloß besser einkleiden, dann würde er nicht solch scheußliche Kleidung im Schrank haben.« Empörung klang in seiner Stimme mit und er nestelte an mir herum. Ich zuckte zurück, brachte wieder etwas Abstand zwischen uns.

»Besser als nichts«, erwiderte ich und ließ dabei offen, was genau ich damit sagen wollte.

»Besser als nichts?«, wiederholte er meine Worte lachend. »Das sagt doch schon alles, oder?« Er zog eine Augenbraue hoch und entfernte sich endlich von mir. Der bunte Vogel trat zu den beiden Damen, die geduldig im Türrahmen zum Schlafzimmer gewartet hatten. »Du siehst ganz abgeschlagen und übermüdet aus, hast du nicht gut geschlafen?«

»Doch, so gu...«

»Deine Haare sind ganz matt, Père muss definitiv noch kommen«, unterbrach er mich und sprach dabei die Frau in Beige an. Meine Verwirrung hatte sich in Frustration umgewandelt und ich sah die drei wütend an.

»Kann mir endlich einer sagen, was hier los ist?«, platzte es aus mir heraus und ich stemmte die Hände in die Hüften.

»Oh, bitte entschuldige, Kleines. Wie unhöflich von mir«, stieß er gespielt geschockt aus, reichte mir daraufhin seine rechte Hand. Dutzende Ringe mit weißen, roten und blauen Edelsteinen funkelten mich fröhlich an und ich ergriff sie zaghaft. Kaum umschlossen seine Finger meine Hand, da zog er mich schon an seine Brust und umarmte mich fest.

Vor Schreck quietschte ich auf. Sein stechendes Männerparfüm umnebelte mich und ich musste husten. Mit einem Ruck löste er sich von mir, hielt mich eine Armlänge weit weg. Er lächelte mich warm an, während ich gierig nach frischer Luft schnappte.

»Es freut mich, deine Bekanntschaft zu machen. Ich bin Pierre.«
Sein Schnauzbart zuckte niedlich und seine Augen glänzten vor Freude.

»Per?«, wiederholte ich seinen Namen, der sich in meinen Ohren falsch anhörte. Pierre fing amüsiert an zu lachen und ein Vibrieren ging durch seinen Körper.

»Nein, Dummerchen. Pie-ere«, er zog das ›I‹ in die Länge und ließ das ›R‹ rollen. Seine Hände lösten sich von meinen Schultern und er trat einen Schritt zurück, um mich von oben bis unten zu mustern.

»Du bist aber dünn, du hast ja kaum was auf den Rippen.«
Seine Augen wanderten über meinen Körper und es fühlte sich für mich an, als würde sein Blick den dünnen Stoff meiner Kleidung durchdringen.

Erneut zog ich mir das Shirt so weit hinunter, wie es der Stoff zuließ, und mir schoss die Röte ins Gesicht. Endlich bemerkte auch Pierre mein Unwohlsein und wandte sich von mir ab.

»Mach dir keine Sorgen, Kleines. Ich steh auf kernige Typen.«
Dabei kicherte er und ich starrte verwirrt seinen Rücken an. Was meinte er damit?

Während er seinen Hut und das Jackett an die Garderobe hing, grübelte ich über seine Worte. Für mich ergaben sie keinen Sinn. Was meinte er denn mit *kernigen Typen*?

»Das heißt, er ist schwul.« Mein Blick schoss zu der Frau in Weiß. Auf ihren roten Lippen lag ein selbstverliebtes Lächeln und ihre Arme hatte sie vor der Brust verschränkt.

»Was ist er?«, hakte ich nach, da ich mit dem Wort nichts anfangen konnte.

Frustriert stieß sie die Luft aus und rollte mit den Augen. »Er steht auf Männer!«, sagte sie mit einer Selbstverständlichkeit und wechselte das Standbein.

»Er steht auf Männer«, wiederholte ich noch einmal leise für mich und jedes Wort hallte in meinem Geist wider, bis ich den Inhalt endlich begriff. *Er steht auf Männer! Wie war mir das bloß entgangen?* Homosexualität war zwar eine Seltenheit in der Unterstadt, trotzdem hatte ich mal einen Mann gekannt, der die Gesellschaft von anderen Männern genoss. Sein Name war Jim, oder James, ach, so genau konnte ich mich nicht mehr an ihn erinnern.

»Das sind übrigens Nalla«, er zeigte dabei auf die Frau im Hosenanzug, »und Rubin. Aber sie steht nicht so auf Rot«, fuhr er unbeirrt fort und holte mich zurück aus meinen Erinnerungen. Die Frau in weiß verdrehte erneut ihre Augen und erwiderte trocken: »Dieser Witz ist so alt wie die Schöpfung selbst.«

»Ach, du weißt, was ich meine, Liebes«, winkte Pierre ab und kicherte vergnügt. Aus irgendeinem Grund verstand ich den Scherz nicht und legte verwirrt meinen Kopf schief. Ich musterte Rubin, die atemberaubend schön in ihrem hautengen Kleid aussah. Dunkle Haare quollen unter ihrem Barett hervor und fielen ihr in sanften Wellen auf die Schultern bis zu ihren Brüsten.

»Na, Mädels, lächelt doch mal. Ich glaube, wir jagen ihr Angst ein«, stellte Pierre kichernd fest und hatte damit nicht unrecht. Es war keine Todesangst. Sie sahen harmlos aus. In einem offenen Kampf würde definitiv ich den Sieg davontragen, aber die Präsenz von Rubin, das fröhliche Gemüt von Pierre und selbst die kleine Nalla schüchterten mich ein.

»Na hopp! Macht euch ans Werk, das hier übernehme ich.« Pierre wedelte mit den Armen und scheuchte Nalla und Rubin auf die andere Bettseite zu den Fenstern. Sie zogen zwei schwere Koffer hinter sich her und begannen sogleich sie auszupacken. Auf einmal waren alle beschäftigt, nur ich schien nicht in den Plan eingeweiht worden zu sein.

»So, meine liebe Mary ...«

»Woher kennst du meinen Namen?«, platzte es aus mir heraus und ich hätte mir im nächsten Moment gern auf die Stirn geschlagen.

»Mister Hardington«, antworteten Pierre und ich gleichzeitig. Innerlich schalt ich mich dafür, nicht gleich darauf gekommen zu sein.

»Da wir das jetzt geklärt haben, lass dich mal ansehen.« Er ergriff meine Hand und vollführte eine drehende Bewegung. Ich folgte der Führung und wurde von Pierre herumgewirbelt.

»Deine blasse Haut braucht unbedingt mehr Teint, und deine Wangen mehr Rouge, so können wir dich niemandem vorstellen.«

»Wer würde mich denn kennenlernen wollen?«, fragte ich geradeheraus. Mir gefiel nicht, dass er vor sich hinplapperte, mir aber keiner erklärte, wieso die drei überhaupt hier waren.

»Hast du es denn noch nicht gehört? Du bist das Stadtgespräch schlechthin. Alle wollen die Frau kennenlernen, an die sich *der* Hamilton Hardington gebunden hat. Diese Neuigkeit hat sich herumgesprochen wie ein Lauffeuer.« Er warf aufgeregt die Arme in die Luft und sein Schnauzer zuckte unkontrolliert.

»Wie kann das denn sein? Ich bin doch erst seit ein paar Tagen hier«, überlegte ich laut und runzelte die Stirn.

»Ich kann dir leider nicht sagen, wer das Plappermaul gewesen ist.« Pierre sah unschuldig an die Decke und zog die Augenbrauen nach oben. Von der anderen Seite des Schlafzimmers ertönte ein lautes Schnauben.

»Damit will er nur überspielen, dass er selbst es war. Direkt nach der Nachricht von Mister Hardington hatte er damit vor seiner halben Kundschaft geprahlt, und die haben es ihren Freunden brühwarm erzählt. So ging es immer weiter, bis es die ganze Stadt wusste«, erklärte Rubin mit einem kleinen Tadel in der Stimme.

»Jetzt sei doch nicht so. Wir wollen doch bei diesem Goldstück keinen schlechten Eindruck hinterlassen«, schimpfte er und blickte sie empört an. Rubin jedoch hatte nur ein müdes Lächeln für ihn übrig. »Schwebt dir denn schon etwas vor, Kleines?«

Einkleiden? Mister Hardington? Goldstück? Ich verstand die Welt nicht mehr. Es war, als würde Pierre eine andere Sprache sprechen und ich verstand nur Bröckchen davon.

»Ich weiß nicht«, gestand ich ihm und zuckte mit den Schultern.

»Macht ja nichts, dafür hast du ja den berühmten Pierre, der schon den Bürgermeister höchstpersönlich eingekleidet hat. Ich arbeite nur mit der Crème de la Crème zusammen.« Er gestikulierte wild mit seiner linken Hand in der Luft und ich musste kichern. Pierre schaffte es, meine Unsicherheit in Heiterkeit zu verwandeln. Lächelnd beobachtete ich, wie sich graue und gelbe Strähnen aus seiner Frisur lösten und ihm ins Gesicht fielen. Elegant strich er sie zurück und legte einen Finger an seine Lippen.

»Ja, ich denke, Rot wird dir hervorragend stehen. Auch etwas mitternächtliches Blau würde deinen Körper ganz bezaubernd betonen.« Sein Blick fuhr an mir auf und ab und blieb an meinen Augen hängen. Ein gespielt entrüsteter Seufzer entfuhr ihm und er wechselte das Standbein.

»Was für eine schreckliche Narbe! Die lassen wir dir gleich als erstes entfernen!«, sprach er und deutete dabei auf meine Augenbraue.

»Nein!«, stieß ich empört aus, strich gleichzeitig mit einem Finger über die wulstige Linie. Aus dem Augenwinkel nahm ich wahr, wie die beiden Damen Stoffe durch die Luft wirbelten, schenkte ihnen aber keine weitere Beachtung. Mein Fokus lag auf Pierre.

»Von mir aus. Ich habe schon gehört, du seist störrisch«, erwiderte er laut seufzend und wandte sich theatralisch von mir ab.

»Woher weißt du ...?«, hakte ich nach.

»Liebes, können wir bitte dieses Frage-Antwort-Spiel lassen? Mister Hardington ist mein Auftraggeber und er bezahlt mich nicht nach Stunden, sondern nach Leistung.« Er klang etwas gehetzt und sah mich mit seinen grünen Augen flehend an. »Also, lass mich bitte meine Arbeit machen.« Laut klatschte er in die Hände und ich zuckte obgleich des Geräusches zusammen. »Dann wollen wir mal loslegen.« Er ließ mich stehen und gesellte sich zu Rubin und Nalla.

»Seid ihr so weit, Mädels?«

Erst jetzt nahm ich wahr, was die beiden Frauen dort getrieben haben. Der Anblick verschlug mir die Sprache. So viele Stoffe in den unterschiedlichsten Farben hatte ich noch nie zuvor gesehen. Sie lagen kreuz und quer auf dem Bett verstreut, zwei Puppen, die aus dem

Nichts gekommen waren, trugen die prächtigsten Kleider, die meine Augen je erblickt hatten. Sie standen links und rechts von der Fensterfront und wurden von hinten beleuchtet.

»Dieser Stoff hierher, das Podest mehr in die Mitte. Meerblau?! Hast du denn nicht zugehört, Nalla?« Überwältigt starrte ich Pierre an, wie er in seinem Element voll und ganz aufging. Seine beiden Assistentinnen wuselten wie fleißige Bienen um ihn herum und befolgten seine Befehle.

»Ja, Pierre.«

»Verstanden, Pierre.«

»Wenn man nicht alles selbst macht«, frotzelte er und strich liebevoll einen nachtblauen Stoff glatt. Er ging mit einer Leidenschaft ans Werk, die mir einen Stich versetzte. Ich empfand nie solche Freude, wenn ich in meiner Kneipe stand und den Gästen schales Bier verkaufte. Doch Pierre schien seine Arbeit wirklich zu lieben und sie nicht nur auszuüben, weil sie seinen Bauch füllte und seine Wohnung wärmte.

Erst als der Stoff faltenfrei war, drehte er sich zu mir und breitete stolz die Arme aus. »Na, was sagst du?«

»Was ist das alles?«, fragte ich atemlos. Mit Augen so groß wie Teller starrte ich ihn an und brachte keinen Ton heraus.

»Das ist alles für dich«, frohlockte er und wippte vergnügt auf und ab.

»Für mich?« Ich trat näher an das Bett heran und streckte meine Finger nach den kostbaren Stoffballen aus. Meine Fingerspitzen schwebten eine Handbreit über ihnen, ich traute mich nicht, sie zu berühren.

»Wie meinst du das?« Ich runzelte die Stirn und zog die Hand ruckartig zurück, als hätte ich mich an dem Stoff verbrannt.

»Ach, du Dummerchen. Mister Hardington hat uns den Auftrag erteilt, dir aus dieser bescheidenen Auswahl an Samt, Seide, Baumwolle und Satin prachtvolle Kleider zu nähen. Hat er dir denn nichts von uns erzählt?«

Perplex schüttelte ich den Kopf. Ich verstand nicht, wieso er so etwas Großzügiges für mich tun sollte. Schließlich war ich seine Gefangene.

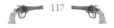

Gestern noch hatte er mich bestraft und heute würde er mich mit teuer Kleidung belohnen? War das seine Art der Entschuldigung? Oder eher ein Bestechungsversuch?

»Ist mal wieder typisch für ihn. Aber macht nichts. Ich erkläre dir alles.« Pierre lächelte mich warm an und streckte mir eine Hand entgegen.

Ich zögerte. Unsicherheit beherrschte den bisherigen Morgen. Diese ganze Situation und die Aufmerksamkeit waren mir unangenehm. Dennoch musste ich zugestehen, dass etwas Neues zum Anziehen echt großartig klang. Bisher verdrängte ich den Geruch, der von meiner Kleidung ausging. Dadurch verschwand er aber nicht.

»Kommst du?«, fragte er mich und streckte seinen Arm weiter aus.

»Ja«, murmelte ich, reichte ihm meine Hand. Seine Finger schlossen sich um meine und er zog mich sanft zu sich. Seine Wärme durchströmte mich und es war, als begrüßte mich ein alter Freund.

14

HAMILTON

D as ist also Ihre aktuelle Charge?«, fragte mich die ältere Dame mit nasaler Stimme.

»Ja, das ist sie. Beste Qualität für meine beste Kundin«, heuchelte ich ihr vor und erntete dafür einen kleinen Schlag auf die Hand und ein kokettes Lachen. Die weiße, gepuderte Perücke, die sie trug, wippte dabei bedrohlich auf und ab. Sie wirkte zu groß und grotesk für diese schlanke und grazile Dame.

»Ach, Mister Hardington, Sie bringen mich zum Erröten.« Trotz ihres weißbemalten Gesichtes und dem dickaufgetragenen Rouge, sah ich ihre Wangen unter all der Schminke glühen. Und das lag sicher nicht an mir, sondern an der Menge Alkohol, die sie schon intus hatte. Mir war die halbvolle Weinflasche neben dem Couchtisch beim Hereintreten aufgefallen.

Um sie weiter in Verzückung zu versetzen, ergriff ich ihre beringten Finger und berührte ihre Knöchel sanft mit dem Mund. Misses Valua seufzte selig. Ihre runzelige Haut fühlte sich unter meinen Lippen rau an und etwas in mir verkrampfte sich.

»Oh, Mister Hardington«, kicherte sie und entriss mir ihre Hand. Dankbar darüber, dass sie sich mir freiwillig entzog, lächelte ich sie an und versuchte, einen gequälten Ausdruck aufzusetzen.

»Sie machen mich ganz verlegen.« Gespielt verschüchtert fischte Misses Valua einen Fächer aus ihrem Ausschnitt und fächelte sich Luft zu. Dabei fiel mein Blick auf ihr Dekolleté und ich wünschte, ich hätte es nicht gesehen. Misses Valua ging schon auf die siebzig zu und ich würde ihren Körper alles andere als ›knackig‹ oder ›betörend‹ bezeichnen. Jedoch hatte die Dame dem Altern ein Schnippchen geschlagen und sich mit Hilfe von Schönheitsoperationen einen vollen Busen zaubern lassen. Er wirkte bizarr an ihrem sonst dünnen Körper und so ganz anders als der von Mary. Ihr Busen war klein und fest, alles natürlich. Ihre Knospen rund und prall, wie die reifen Äpfel am Baum.

»Mister Hardington? Haben Sie mich gehört?«, drang ihre piepsende Stimme an mein Ohr und endlich schaffte ich es, mich von ihren Brüsten zu lösen. Etwas irritiert blinzelte ich sie an und rang um meine Fassung.

»Entschuldigen Sie bitte, was hatten Sie gesagt?«, fragte ich.

»Sie sind mir aber einer.« Erneut kicherte sie und wandte das Gesicht ab. »Auch wenn es Ihnen nicht über die unverschämt vollen Lippen kommt, so sendet mir Ihr Körper doch eindeutige Signale.« Unverständlich runzelte ich die Stirn.

»Was meinen Sie?«, hakte ich nach, da ich nicht begriff, welche Signale sie ansprach.

»Jetzt tun Sie doch nicht so unschuldig, Sie Schlingel!« Langsam störte es mich, dass sie in Rätseln sprach. Ich wollte schon lange auf dem Rückweg zu Mary sein.

Daher war mein Ton genervter als beabsichtigt. »Verraten Sie mir doch, Gnädigste, was Sie mir damit sagen wollen!«

Misses Valua schürzte die Lippen und, ohne den Blick von mir abzuwenden, deutete sie mit ihrem Fächer auf meinen Hosenschlitz. Verwundert starrte ich mir nun ebenfalls auf den Schritt und zog erstaunt die Brauen hoch. Ich hatte einen Ständer? Wie war das möglich?

Verlegen griff ich nach einem Kissen und drückte es mir auf die Schwellung. Instinktiv rückte ich ein Stück von ihr ab. »Oh, verzeiht mir, meine Verehrteste. Manchmal spielt das beste Stück eines Mannes nicht immer mit und hat seinen eigenen Kopf«, versuchte ich, mich zu erklären und grinste sie gequält an. Woher kam der denn? Von der Witwe sicher nicht. Ich fand sie so betörend wie einen Strauß Zwiebeln. Sie trieb mir eher Tränen in die Augen als das Blut in meinen

Schwanz. Aber ...? *Mary!* Ich hatte kurz an sie und ihre kleinen Brüste gedacht. Das musste der Auslöser gewesen sein, anders konnte ich es mir nicht erklären.

»Das muss Ihnen nicht leidtun«, wisperte die Dame und rückte ein Stück näher. Sie legte eine Hand auf mein Knie und die kalten Glieder bescherten mir eine Gänsehaut. Ekel regte sich in mir. Ihre trockenen Lippen kamen meinen gefährlich nahe, sodass ich den Alkohol in ihrem Atem roch.

»Wir können das Gespräch auch ins Schlafzimmer verlagern und ich verschaffe Ihnen bei diesem winzigen Problem Abhilfe.«

»So winzig ist es nicht«, platzte es aus mir heraus und ich biss mir im nächsten Moment auf die Zunge. Jetzt war nicht der rechte Zeitpunkt, um über die Größe meines Gemächtes zu plaudern.

»Nicht? Also eher ein gewaltiges Problem?«, frohlockte Misses Valua und leckte sich über die Lippen.

O verfickte Scheiße!!! Wie würde ich hier bloß wieder herauskommen? Ich müsste mich winden wie ein Aal und ihr Honig ums Maul schmieren.

»So gerne ich dieses Angebot auch annehmen würde, muss ich leider ablehnen.« Dabei fasste ich mir theatralisch an die Brust und verzog mein Gesicht wehleidig. Hoffentlich kaufte sie mir das ab und durchschaute mich nicht.

»Was hindert Sie denn daran?«, fragte die Dame kokett nach und sah mich mit unverhohlener Neugierde an. Ja, was in Gottes Namen konnte mich daran hindern? Was ergäbe Sinn? *Sie sind zu alt,* oder *Sie widern mich an* konnte ich ja schlecht antworten. Ich durfte sie auf keinen Fall als Kundin verlieren. Sie war hoch angesehen in der Gesellschaft von Astrodomas und die Mutter vom Bürgermeister.

Was wäre überzeugend genug und ein ausreichend glaubwürdiger Grund, dass sie von mir abließ? Eine Geschlechtskrankheit? Nein, das würde Aufsehen erregen. Eine Allergie? Aber gegen was. Verzweifelt überlegte ich hin und her und plötzlich kam mir die Erleuchtung. So einfach und so simpel.

»Auf mich wartet zu Hause eine andere Dame«, erklärte ich ihr und konnte das Gewinnergrinsen nicht verhindern. Wie genial von mir! »Unsere Liebe ist noch sehr frisch und ich möchte sie nicht durch einen Affront meinerseits verlieren. Ich hoffe, das verstehen Sie, Gnädigste«, spann ich die Geschichte weiter aus und gratulierte mir im Stillen für diesen genialen Gedanken.

»Ich dachte, das wäre nur ein Gerücht«, stieß sie entrüstet aus. »Wieso erfahre ich das nicht sofort von Ihnen?«

Das erste Mal war ich dankbar für Pierre und sein Plappermaul. Hätte er nicht schon selbst diese Geschichte gestreut, könnte ich sie heute nicht als Ausrede verwenden. Misses Valua hätte mir niemals geglaubt, dass ich endlich sesshaft geworden war. Ich hatte mir meinen Titel als Schürzenjäger nicht ohne Grund verdient.

»Wie ich bereits erwähnte, ist unsere Liebe noch recht jung und ich wollte sie bisher vor der Öffentlichkeit fernhalten. Sie ist das Rampenlicht nicht gewohnt. Ich will sie nicht verschrecken.« Mein Lügengespinst weitete sich mehr und mehr aus. Langsam musste ich aufpassen, mich nicht zu verplappern.

»Oh, Hamilton, das freut mich außerordentlich für Sie. Selbstverständlich ist dann mein Schlafzimmer und das jeder anderen Frau, außer ihrer Angebeteten, in dieser Stadt tabu. Wo kämen wir denn da hin, wenn wir keine Grenzen kennen? Wir wären schlimmer als das Gesocks dort unten. Wir hätten keine Ehre, so wie die Unreinen, die vor unseren Toren mit den Füßen scharren.« Misses Valua redete sich in Rage und gestikulierte wild mit ihren Händen in der Luft. Ich überhörte beflissentlich die Beleidigungen, die sie den Menschen aus der Unterstadt zukommen ließ, zu denen ich vor langer Zeit gezählt hatte. Stattdessen lächelte ich sie dankbar an.

»Ich würde sie nur zu gern kennenlernen«, erklärte Misses Valua und verstaute ihren Fächer wieder zwischen ihren falschen Brüsten.

»Das werden Sie zu gegebener Zeit, meine Verehrteste. Doch bis dahin müssen Sie sich noch etwas gedulden«, säuselte ich, griff nach ihrer Hand und drückte ihr erneut einen Kuss auf ihre zerknitterte Haut. Ihre Wangen röteten sich und sie wandte erneut ihr Gesicht ab.

»Mister Hardington, nun reißen sie sich aber am Riemen!«

Ich grinste in mich hinein und ließ augenblicklich von ihr ab. »Verzeiht, Gnädigste, aber bei schönen Frauen werde ich schwach.« Ich wusste nicht, ob ich es damit übertrieben hatte, oder sie den Glauben in meine Geschichte verlor. Daher beobachtete ich ihre Reaktion genau.

In ihren Augen tauchte ein Funkeln auf und ihre Mundwinkel kräuselten sich. »Sie sind ein gefährlicher Mann, Mister Hardington. Das wusste ich schon immer.« Sie wedelte mit einem Finger vor meiner Nase herum und ich warf ihr ein schiefes Lächeln zu.

»Sie haben natürlich recht, Misses Valua.« *Wie* recht sie damit hatte, konnte sie nicht einmal erahnen. »Ich hoffe, ich habe sie mit meinem schändlichen Verhalten nicht beleidigt.«

»Ach«, winkte die Dame ab, »ich weiß noch ganz genau, wie die Hitze der Jugend und der Begierde durch meine Adern floss, da war ich auch nicht viel anders als Sie. Jeder knackige Hintern hat mein Herz zum Höherschlagen gebracht.« Ihre Augen wurden glasig und sie schien in die Vergangenheit, eine schönere Zeit, abzudriften.

»Misses Valua?«, holte ich sie zurück aus ihrer Erinnerung und sie blinzelte.

»Oh, ja, Entschuldigung.« Sie strich sich eine Strähne ihrer Perücke zurück und lächelte mich wehmütig an. »Wir lassen das einfach unter den Teppich fallen, in Ordnung?« Ihre Hand legte sich wie ein Schraubstock um mein Knie und drückte fest zu. Bestimmt wollte sie mich damit nur beruhigen, doch das Gegenteil war der Fall. Meine Muskeln verkrampften sich und mein Kiefer spannte sich an. Manchmal hasste ich die privaten Besuche bei der High Society. Aber sie waren wichtig fürs Geschäft, nur so erhielt man sich die Kunden. Die Konkurrenz schlief nie.

»Ich danke Ihnen.« Ein schüchternes Lächeln legte ich auf meine Lippen. Dann konnten wir ja zum Geschäftlichen übergehen. Ich öffnete bereits den Mund, doch da ergriff die Witwe das Wort.

»Wie ist sie denn so?«

Perplex blinzelte ich sie an. Was für eine merkwürdige Frage. Was sollte ich ihr darauf antworten? Sollte ich von ihren schwarzen Haaren, den vollen Lippen, ihren dunklen, verzückenden Augen erzählen? Oder lieber von ihrem frechen Umgangston, den spitzen Bemerkungen oder der Art, wie sie mich ansah? Eine Spur Abscheu, aber auch unverhohlene Neugierde.

»Sie ist wie ein lauer Sommermorgen«, begann ich sie zu beschreiben und Misses Valua legte ihren Kopf vor Entzückung schräg. »Man würde sich am liebsten einfach auf eine Decke unter schattige Bäume legen und die Sonne genießen. Doch wir sind so unterschiedlich. Manchmal fühle ich mich wie eine Kaltfront, die auf ihr warmes, erhitztes Gemüt trifft und sich in einem Gewitter entlädt.« Die Worte sprudelten nur so aus mir hinaus und erst, als ich zu Ende gesprochen hatte, verstand ich die gesamte Tragweite.

»Wow«, hauchte die Witwe. Damit holte sie mich aus meinen Gedanken. Mein Blick klärte sich und ich sah Tränen in ihren Augenwinkeln glitzern. »So redet nur ein Mann, der über beide Ohren verliebt ist.«

Ich wollte laut schnauben. *Ich* und verliebt. Das waren zwei Worte, die so noch nie in einem zusammenhängenden Satz erwähnt worden waren. Doch ich verkniff mir die verächtliche Reaktion, senkte stattdessen die Lider und faltete die Hände im Schoß.

»Wenn Sie es sagen. Sie sind hier die Expertin in Sache Liebe. Wie viele Ehemänner hatten Sie noch einmal gehabt? Drei?«

»Vier!«, korrigierte sie mich und kicherte. »Aber von denen habe ich nur einen wirklich geliebt. Meinen Ersten. William war so ein toller und stattlicher Mensch. Er legte mir die Welt zu Füßen. Sein oberstes Anliegen war es, dass es mir an nichts fehlte. Schrecklich, was mit ihm passiert ist.« Sie schüttelte traurig den Kopf. »Krebs kann nun mal jeden treffen, egal in welchem Alter.« Ihr Kopf sackte traurig nach vorn.

Das lief in die falsche Richtung! Wann hatte ich den Moment verpasst, wieder zu meinem eigentlichen Anliegen zurückzukommen?

Heimlich sah ich nach der Uhrzeit und erschrak. Es war bereits nach eins und es wartete noch ein Haufen Papierkram auf mich.

»Mein herzlichstes Beileid«, sagte ich ruhig und ergriff ihre Hände. Sie zitterten und ihr lief eine Träne die Nasenspitze hinunter. »Der Tod ist etwas Schreckliches.«

O Mann, halt bloß die Klappe. Du machst es nur noch schlimmer!, rief ich mich zur Ordnung, aber es war bereits zu spät. Ihre zarten Schultern begannen zu beben und ich fühlte mich der Situation hilflos ausgeliefert.

»Aber der Tod hat auch etwas Positives«, setzte ich neu an und sie hob den Kopf.

»Finden Sie?«, fragte sie mich und ihre Stimme brach. Die selbstsichere und elegante Frau war verschwunden.

»Selbstverständlich! Für uns Zurückgebliebene mag er schrecklich und angsteinflößend erscheinen. Doch der Tod ist nicht die Wurzel allen Übels. Ich würde ihn eher mit Erlösung gleichsetzen. Er erlaubt uns, einer grauenhaften und schmerzenden Krankheit zu entfliehen und in den Himmel emporzusteigen. William wird es dort oben sicher prächtig ergehen und er wartet bestimmt auf Sie.«

»Denken Sie das wirklich?«, fragte Misses Valua mit einer Mischung aus Hoffnung und Zuversicht.

»Ich bin davon überzeugt. Aber solange der Tod noch auf sich warten lässt, sollten wir das Leben genießen, und wie geht das besser als mit Seratos?« Ich hielt ihr eine Ampulle voll mit kleinen, weißen Tabletten hin, die gegen das Glas schlugen und leise kirrten. *Perfekt gemeistert, würde ich sagen*! So gerissen konnte auch nur ich sein.

Die Witwe wischte ihre Tränen fort und verschmierte dabei das weiße Make-up. »Ja, Sie haben absolut recht!«

»Möchten Sie gern probieren?«, fragte ich und wackelte mit den Augenbrauen.

»Nur, wenn Sie auch eine nehmen.«

»Zu gütig, doch ich kann nicht. Was wäre ich für ein Geschäftsmann, wenn ich meine eigene Ware probierte?«

»Ein besonders Guter?«, erwiderte Misses Valua scherzhaft und zwinkerte mir zu. Ich zog den Korken aus dem Fläschchen und reichte ihr eine Pille.

»Nein«, lachte ich, »ein besonders Mieser.«

»Nehmen Sie doch nicht immer alles so ernst, Mister Hardington«, zog sie mich auf und warf sich die Droge in den Mund. Ihr Kopf schoss in den Nacken und ihr Kehlkopf hüpfte beim Schlucken. Danach sah sie mich wieder an und sprach: »Glauben Sie einer alten Dame, wenn die Ihnen sagt, dass das Leben zu kurz ist und sie jede Sekunde genießen sollten.« Sie schmatzte leise und erklärte dann: »Das schmeckt ja köstlich, wie Apfelstrudel. Auf alle Fälle sehr süß.«

»Da haben Sie ganz recht. Ist eine Anpassung meinerseits. Die Kunden haben sich über den faden Geschmack beschwert, also habe ich ihn verbessert.«

»Sehr gut, endlich ein Mann, der mitdenkt. Tritt die Wirkung immer noch kurz nach der Einnahme ein?«, fragte sie mich.

»Ja, daran haben wir nichts geändert. Die Substanz löst sich sofort im Magen auf und wird von der Schleimhaut absorbiert. Es sollte höchstens fünf Minuten dauern, bis Sie die ersten Wirkungen spüren. Der Kern wird von einer Kapsel geschützt, die sich erst im Dünndarm auflöst. So hält die Wirkung länger an«, erklärte ich.

Ihre Augen waren mit der Zeit immer glasiger geworden und ihre Schultern entspannten sich. Ich hätte mir die Erklärung auch sparen können, da sie sicher kein Wort von dem verstanden hatte.

»Ist Ihnen auch so warm? Mir ist verdammt heiß. Ich glaube, ich ziehe mich aus.« Ihre Finger lösten die Schnüre ihrer Corsage am Rücken und sie war drauf und dran, sich das Ding vom Leib zu reißen. Ich stoppte sie und, bevor die Witwe ihr Vorhaben in die Tat umsetzen konnte, verabschiedete ich mich knapp von ihr.

»Ich werde Sie jetzt wohl besser verlassen. Hier ist Ihre Bestellung, Sie können mir das Geld gern überweisen.« Das Fläschchen stellte ich auf dem Tisch ab.

Ihre Augen weiteten sich, sie bekam einen abwesenden Gesichtsausdruck und ihr Blick war auf etwas hinter mir gerichtet. »Ja, ja, das mache ich«, wisperte sie, bereits im Nirwana.

»Es war schön, Sie gesehen zu haben, Misses Valua. Ich empfehle mich.« Mit diesen Worten erhob ich mich, schnappte mir meinen Stock und den Hut und kehrte ihr den Rücken zu.

»Ja, natürlich. Auf Wiedersehen«, kam die verspätete, gemurmelte Antwort.

Mit einem schiefen Grinsen setzte ich mir meine Melone auf und ließ die berauschte Witwe hinter mir.

15

MARIYANE

Mindestens seit einer Stunde verschanzte sich Mister Arrogant in seinem Büro. Heute hatte ich die letzten beiden Ziffern erkannt – eine Sechs und eine Sieben. Außerdem wusste ich nun, dass es sich dabei um einen achtstelligen Code handelte. Morgen würde ich mal ein paar Zahlen ausprobieren. Vermutlich war es ein Geburtsdatum, vielleicht seins oder das eines geliebten Menschen. Obwohl, konnte dieser Mann überhaupt lieben? Hatte er außer Bob eigentlich Freunde oder Verwandte? Ich konnte es mir kaum vorstellen.

Genervt pustete ich mir eine Strähne aus dem Gesicht. Wann er da wohl wieder herauskäme? Sicher erst, wenn es dunkel war.

Die Sonne kroch unaufhaltsam dem Horizont entgegen und der Himmel färbte sich erst orange, dann rot. Ich beobachtete die Wolken, wie sie über uns und der Kuppel hinwegflogen. Sie wirkten so leicht und frei, ein Stich der Eifersucht machte sich in meinem Magen bemerkbar. Wie gern ich wieder frei wäre. Auch wenn das bedeutete, Ratteneintopf zu essen und auf einer alten Pritsche zu schlafen. Aber wenigstens wäre ich Herrin über mein eigenes Leben.

Genau wie ich es vorhergesagt hatte, kam Mister Ach-so-toll erst aus seinem Büro gekrochen, als es bereits stockfinster war und die Lichter der umliegenden Hochhäuser lange Schatten auf die Erde zeichneten. Die Tür fiel hinter ihm ins Schloss und sein Blick ruhte kühl auf mir.

»Ist dir kalt?«, fragte er und sein Tonfall ließ erahnen, dass ihn die Antwort kaum interessierte.

»Nein«, antwortete ich und schlang mir die Decke noch fester um den Körper. »Ich versuche damit böse Blicke abzuwehren.«

Ein Schnauben drang aus seiner Kehle und er lief an mir vorbei. Ob er heute wieder mit mir essen wollte? Bestimmt nicht, nachdem ich ihm die halbe Hand abgebissen hatte. Ich konnte nicht sagen, warum ich es getan hatte. Es war wohl eine Mischung aus Trotz und Rache. So im Nachhinein hätte ich die Situation vielleicht ausnutzen und fliehen sollen. Sich jetzt darüber den Kopf zu zerbrechen, war jedoch auch verschwendete Zeit. Daher konzentrierte ich mich lieber auf das Hier und Jetzt.

Wie ein Adler, der eine Maus beobachtet, folgten meine Augen jeder seiner Bewegungen. Er bewegte sich grazil wie eine Katze, oder wohl eher etwas Größeres. Womöglich ein Tiger, oder ein Löwe? Ich stellte mir vor, wie er dunkle Abdrücke in Form von Pfoten auf dem Fußboden hinterließ und musste grinsen. Was für einen süßen, kleinen Schmusekater er doch abgeben würde.

Für einen Moment verschwand er aus meinem Blickfeld. Ich hörte ihn im Schlafzimmer etwas in ein Glas füllen. Es klirrte und danach plätscherte eine Flüssigkeit. Mir kam der Servierwagen in den Sinn.

Wenig später tauchte er im Türrahmen auf und trank ein dunkles, aber klares Getränk. Der Geruch von Alkohol schwebte zu mir her-über und ich fragte mich, worum es sich dabei handelte. Ich hatte in einer Kneipe gearbeitet, aber solch ein feiner Tropfen war mir noch nie untergekommen.

Mitten in der Stille des Raumes fing etwas an zu klingeln. Es war nur sehr leise und kaum hörbar, aber es war da. Daraufhin berührte Hardington mit der linken Hand seine Ohrwurzel und begann kurz darauf zu sprechen.

»Ja?«, fragte er etwas unwirsch und verzog das Gesicht. Mit zwei Fingern kniff er sich in die Nasenwurzel und runzelte die Stirn.

»Hallo, Mutter.« Überrascht sog ich die Luft ein. Er hatte also doch Familie. Bei diesem Herzen aus Eis hätte ich es nicht vermutet. Neugierig spitzte ich die Ohren und lauschte dem Gespräch.

»Nein, Mutter, ich wollte dir noch davon erzählen.« Pause. Tiefes Durchatmen. Er nahm einen großen Schluck aus seinem Glas und wischte sich mit dem Ärmel den Mund ab.

»Nein, Mutter, es ist noch sehr frisch. Ich …« Er lauschte und verlagerte das Gewicht auf ein Bein. Ein Finger tippte nervös gegen das Glas und die Eiswürfel klirrten.

»Das kann nicht sein«, rief er empört aus. »Ja, ich sehe es mir nachher …« Pause. »Okay! Ich sehe es mir sofort an!«, brüllte er und seine Stimmfarbe wurde immer dunkler. Seine Augenbrauen waren zu einer geraden Linie verkommen und er machte einen gereizten Eindruck auf mich. Zu gern wüsste ich, was seine Mutter ihm gerade ins Ohr zwitscherte.

Mister Arsch nahm auf der Couch Platz und war damit außerhalb meines Blickfeldes. Ich erhob mich zaghaft und entdeckte einen länglichen, rechteckigen Gegenstand in seiner Hand. *Eine Fernbedienung*, schoss es mir durch den Kopf. Er drückte auf einen Knopf und eine Sekunde später fuhr ein eTV aus der Decke. Fasziniert starrte ich ihn an und setzte mich auf die Lehne der Couch. Der Fernseher war riesig und umfasste mehr als die Spannweite meiner Arme. Wie alle eTech Geräte war er gläsern und schimmerte bläulich.

»Nicht auf die Lehne«, raunzte mich Hardington an und ich fuhr hoch. Daraufhin wurde sein Blick etwas milder und er klopfte auf das Polster neben sich.

»Nein, ich habe nicht mit dir gesprochen.« Pause. Mit schleichenden Bewegungen ließ ich mich auf der äußersten Kante nieder und blickte genau im richtigen Moment zum eTV. Der Bildschirm flackerte auf und eine adrett, in allen Farben des Regenbogens, gekleidete Frau lächelte uns an. Ihre Stimme war glockenklar und ich lauschte ihr gern. Doch etwas machte mich stutzig. Ich sah genauer hin und tatsächlich! Auf einem kleinen Bild in der oberen rechten Ecke war Mister Hardington zu erkennen. Sein Gesichtsausdruck war gelangweilt, aber auch irgendwie herausfordernd. *Scheiße!* Er sah heiß aus. Ich biss mir in die Innenseite meiner Wange und lauschte der Nachrichtensprecherin.

»Wie wir heute gegen Mittag erfahren haben, ist der heißbegehrte Junggeselle Hamilton Hardington vom Markt. Bereits vor einigen Tage wurde er mit einer Frau an seiner Seite in der Unterstadt gesichtet. Seitdem halten sich die Gerüchte, dass er eine heimliche Geliebte hat. Heute wurde uns aus einer weiteren, vertrauenswürdigen Quelle bestätigt, dass der vermögende Single vergeben ist. Bisher ist uns weder ihr Name noch ihr gesellschaftlicher Stand bekannt. Manche vermuten, dass es sich bei der Unbekannten um eine bestimmte Millionärstochter aus dem nördlichen Kanton handelt. Doch solange wir keine näheren Informationen erhalten, können wir wohl nur spekulieren. Wir werden ... «

Erneut schnaubte er und schaltete den Ton aus. Empört starrte ich ihn an, zu gern hätte ich gehört, was sie zu sagen hatte.

»Ich sehe es mir in diesem Moment an, Mutter.«

Ob es sich bei dieser Unbekannten um mich handelte? Pierre hatte doch zugegeben, dass er das Gerücht einer Beziehung in die Welt gesetzt hatte. Man glaubte, ich sei eine Millionärstochter aus dem nördlichen Kanton? Als ob ich mich mit solchen hochnäsigen Leuten abgegeben würde. Die nördlichen Bewohner von Astrodomas waren die Schlimmsten von allen. Aber das war vermutlich besser, als die Wahrheit zu sagen.

»Ja, Mutter, ich stelle sie dir irgendwann vor ... « Kurze Pause. »Was? Schon morgen?« Er verlor die Fassung und sein kühler Gesichtsausdruck entglitt ihm. Seine Haare fielen ihm in die Stirn und er strich sie sich mit einer Hand zurück. Sein Blick war ins Leere gerichtet.

»Ich weiß nicht, ob sie dafür schon bereit i... « Pause. Er blies die Backen auf und ließ die Luft langsam entweichen. Danach schloss er die Augen und seine Schultern sackten nach vorn. Was erzählte sie ihm? Bis auf eine piepsige Stimme konnte ich nichts hören. Automatisch neigte ich mich zu ihm und sein Geruch umnebelte mich. Er roch nach Wald und Moos, zumindest stellte ich mir den Duft so vor.

»Ja, Mutter, ich werde sie dir morgen Abend auf deiner Soirée vorstellen.«

So devot hatte ich ihn noch nie erlebt. War Mister Ich-bin-so-toll-und-gefährlich etwa ein kleines Muttersöhnchen? Ich grinste still in mich hinein und lauschte weiter.

»Ich verspreche dir, ich werde dich nicht wieder enttäuschen und kommen.« Pause.

Die hohe Stimme prasselte auf ihn ein und er lehnte sich ergeben zurück.

»Nein, ich werde es nicht sagen.« Pause. Ein eindringliches auf ihn Einreden. »Schon gut.« Er sah kurz zu mir. Unsere Nasenspitzen trennten nur wenige Zentimeter. Ich hatte gar nicht bemerkt, *wie* nah ich ihm gekommen war.

Sein Mund war keine Handbreit von mir entfernt, sodass ich mich nur leicht hätte nach vorn beugen müssen, um meine Lippen auf seine zu pressen. Mein Herz setzte einen Schlag aus, um danach einen Marathon zu laufen. Für einen kurzen Moment war ich gelähmt und geschockt darüber, was ich empfand. Es prickelte in meinem Bauch und meine Nackenhaare stellten sich auf. Dabei sollte ich diesen Mann doch aus den tiefsten Abgründen meines Herzens hassen. Stattdessen sehnte ich mich regelrecht danach, mich in seine starken Arme zu werfen.

Scheiße! Reiß dich gefälligst zusammen.

»Ich habe dich auch lieb. Bis morgen.«

Schnell brachte ich Abstand zwischen uns und atmete tief durch. Schmetterlinge flogen aufgebracht in meinem Magen herum und ich schlug jeden Einzelnen tot. Ich wollte, nein, ich *durfte* mich nicht in ihn verlieben! Er war mein Entführer, mein Gefängniswärter, nichts weiter!

Er beendete das Gespräch mit einer Berührung seiner Ohrwurzel und stieß danach die Luft aus. Eine Hand vergrub er in seinem Nacken und massierte die Muskeln. Er wirkte fast verzweifelt auf mich. War er das? Hatte seine Mutter eine solche Macht über ihn, diesen harten und brutalen Kerl? Er war ein Buch mit sieben Siegeln, geschrieben mit unsichtbarer Tinte. Undurchschaubar, unberechenbar, unlesbar – alles Eigenschaften, die ihn beschrieben.

Ein Glucksen drang aus meiner Brust und plötzlich ruhten seine kalten Augen auf mir. Es war, als hätte er mich für einen kurzen Moment vergessen und sich erst jetzt wieder daran erinnert, dass ich auch da war. Er runzelte die Stirn und fixierte mich mit seinen Augen. Ich schluckte schwer. Er schien nachzudenken, was er mit mir als Nächstes anstellen sollte.

Mit einem Mal änderte sich sein Gesichtsausdruck von fragend zu wütend und er öffnete den Mund. Doch statt mich mit einer Schimpftirade zu überhäufen, besann er sich in letzter Sekunde eines Besseren und schloss ihn wieder. Er warf die Fernbedienung neben mich und stand abrupt auf. Ich zuckte bei seiner ruckartigen Bewegung zusammen. Entgegen meinen Erwartungen erhob er nicht die Hand gegen mich, sondern marschierte geradewegs ins Schlafzimmer. Ich sah ihm dabei zu, wie er im anderen Zimmer verschwand, und konnte erneut ein Glas klirren hören. Ich drehte mich wieder um und starrte auf den flackernden Bildschirm. Die Nachrichtensprecherin war noch immer zu sehen, schien jetzt nur über etwas anderes zu sprechen. Da aber Mister Arrogant den Ton ausgeschaltet hatte, konnte ich nicht sagen, welches Thema sie nun behandelte.

In diesem Moment wünschte ich mich zurück nach Hause. Ich war fast eine Woche hier und bekam Heimweh. Dieses Leben bot mir zwar einige Annehmlichkeiten, aber es war nicht mein Zuhause. Ich vermisste meine besoffenen Gäste, ich vermisste meine *Wachtel* und ich vermisste Ben. Er war mein einziger Freund, auch wenn ich ihm das niemals sagen würde. Wie es ihm wohl gerade ging? Ob er noch lebte? Oder hatten die Soldaten ihn unter der Geheimtür entdeckt und ins Loch gesteckt?

Ein Klirren ließ mich aufsehen. Mister Hardington stand mitten im Raum, trank aus seinem Glas und taxierte mich mit seinen kalten Augen. Ein wohliger Schauer lief mir den Rücken hinunter. Ich verstand nicht, wieso er diese Wirkung auf mich hatte. Eigentlich sollte ich Angst vor ihm haben, mich fürchten. Aber seit der ersten Sekunde rief er bloß Wut in mir hervor, die sich langsam wandelte. Ich musste mir eingestehen, dass mich etwas zu ihm hinzog. Vielleicht der Wunsch nach Sicherheit? Der Wunsch nach Liebe und Geborgenheit?

Ich schüttelte den Kopf und tat den Gedanken ab. Sicher sprach hier nur meine Kindheit aus mir. Da meine Mutter aufgrund ihrer Drogensucht nie für mich da sein konnte, sehnte ich mich jetzt wohl nach Stabilität. Aber es war lächerlich, diese bei jemandem wie *ihm* zu suchen. Ich zog die Knie an und machte mich klein. Vielleicht würde er vergessen, dass ich überhaupt da war, wenn ich mich nicht bewegte.

Die Couch wackelte leicht, als er sich neben mich setzte. Daraufhin schaltete Hardington den Bildschirm komplett aus und plötzlich wurde es dunkel und Kälte überflutete mich. Der eTV verschwand in der Decke und hinterließ eine erdrückende Stille.

Der Geruch von Hochprozentigem wehte zu mir hinüber und ich linste auf sein Getränk. Es war wieder diese dunkle, aber klare Flüssigkeit, die ich nicht kannte. Ich entwickelte das Bedürfnis, meine Sorgen in Alkohol zu ertränken, und, bevor ich weiter darüber nachdenken konnte, sprachen meine Lippen bereits die Worte: »Darf ich auch einen haben?«

Er wandte mir sein Gesicht zu und musterte mich. Ich wünschte, ich könnte seine Gedanken lesen. Zu gern wüsste ich, was ihm durch den Kopf ging.

»Was meinst du?«, fragte er mit dunkler und rauer Stimme, die mir einen Schauer über den Rücken jagte. *Reiß dich zusammen!*, schalte ich mich.

»Einen Drink.« Ich ruckte mit dem Kinn in Richtung seines Glases und sah ihn erwartungsvoll an. Ob er es mir erlauben würde?

»Willst du das Glas auf den Boden schmeißen und mich mit einer Scherbe erstechen?«, fragte er trocken.

Verdutzt blinzelte ich mehrmals. »Äh, nein.« Auf den Gedanken war ich gar nicht gekommen. Seit meiner Korkenzieherattacke hatte ich keinen weiteren Versuch gestartet. Von der unüberlegten Beiß-aktion mal abgesehen. Verwirrt über mein eigenes Verhalten kaute ich auf meiner Unterlippe herum und bekam nur am Rand mit, dass sich Mister Arsch erhob.

Schweigend verließ er mich, um mit einem weiteren Getränk zurückzukehren. Er ließ sich erneut neben mir nieder und reichte mir ein halbleeres Glas.

»Warum ist es nur halbvoll?«, fragte ich ihn geradeheraus. Ich vertrug sicher mehr Alkohol als er, also wieso zum Teufel war meins so leer?

»Das ist ein Whiskey, den serviert man so«, erklärte er und zog eine Augenbraue hoch.

»Wyskei«, wiederholte ich und versuchte, mir das Wort einzuprägen.

»Fast.« Hardington lachte kurz auf und es war das erste Mal, dass ich ihn ehrlich lachen hörte.

Schon wieder dieses Kribbeln in meinem Bauch. Was war bloß los mit mir? Ich wollte dieses Gefühl betäuben, es abtöten. Also umklammerte ich das Getränk mit beiden Händen und stürzte den Alkohol hinunter.

»Nicht …«, versuchte er mich davon abzuhalten, doch es war zu spät. Die Flüssigkeit rann mir den Rachen hinunter und verbrannte meinen Hals. Ich verschluckte mich und ein höllischer Hustenanfall schüttelte mich. Meine Luftröhre fing Feuer und ich rang verzweifelt nach Atem.

Mir wurde das Glas aus der Hand gerissen und Hardington schlug mir zaghaft auf den Rücken. Es half, die verirrte Flüssigkeit aus meiner Lunge zu befreien, und der Husten beruhigte sich. Doch noch immer kratzte es mir im Hals und ich konnte den Alkohol schmecken.

»Ich hätte dich wohl besser vorwarnen sollen«, sagte Hardington mit warmem Unterton.

Ich sah zu ihm auf und kämpfte gegen das Kratzen in meinem Hals an. Es trieb mir Tränen in die Augen und ich musste mich mehrmals räuspern, um es halbwegs unter Kontrolle zu bringen. »Wäre vielleicht besser gewesen«, krächzte ich. Meine Stimmbänder waren gereizt und brannten. Aus dem Augenwinkel nahm ich eine Bewegung wahr und

sah auf. Seine Hand schwebte nur wenige Millimeter vor meinem Gesicht, er zögerte.

»Darf ich?«, fragte er mit heiserer Stimme.

Ich wusste nicht, ob es das war, oder der hypnotisierende Ausdruck in seinen Augen, der mein Nicken auslöste. Ganz sanft legte er seine Finger auf meine Wange und die Berührung schickte einen Schauer durch meinen Körper.

»Du kennst scheinbar keinen Whiskey«, wisperte er und fuhr mit seinem Blick meine Lippen nach.

»Nein«, hauchte ich und starrte ihn gebannt an. »Bei mir gibt es nur Bier, und nicht mal das gute Zeug«, witzelte ich. Ein Versuch, mich von meiner Nervosität abzulenken. Sein Griff verstärkte sich um mein Kinn und er hob es an. Unsere Blicke trafen sich und es verschlug mir den Atem. Ich hielt ihn an und wartete gebannt darauf, was er als Nächstes tat.

Sein Gesicht kam meinem gefährlich nahe. Das Herz pochte heftig in meiner Brust und mir wurde schwindelig. Passierte dies gerade wirklich, oder bildete ich mir das alles nur ein?

Mit dem Daumen fuhr er meine Unterlippe nach und mir wurde heiß. Der Alkohol stieg mir zu Kopf und vernebelte mein Gehirn. Mein Körper sehnte sich nach ihm, nach seiner Berührung, doch meine Vernunft versuchte mich vor ihm zu warnen. Unsere Münder berührten sich fast und ich glaubte, ihn bereits schmecken zu können.

Auf einmal versteifte er sich und sein Blick wurde kalt. Er ließ mich los und erhob sich ruckartig. Ich atmete erschrocken aus und mein Verstand setzte wieder ein. Was hätte ich da fast getan? Ihn geküsst?

»Steh auf! Ich bin müde!« Seine Stimme durchschnitt die Stille im Raum und ließ mich zusammenfahren. Er wirkte auf einmal wieder kalt und distanziert, ganz anders wie noch vor wenigen Minuten. Zögerlich kam ich seiner Aufforderung nach und erhob mich. Wehmut legte sich in meinen Magen, deren Ursprung ich nicht genau benennen konnte. Und, als ich ihm folgte, wurde mir eines klar: Ich wollte, dass er mich küsst!

Verdammte Scheiße!

16

HAMILTON

Charlie, ich musste es über das Fernsehen erfahren, über das Fernsehen! Verstehst du? Ich will sie kennenlernen!« Die Stimme meiner Mutter war hoch und schrill. Sie überschlug sich regelrecht und ließ mir keine Zeit zum Antworten.

»Ja, Mutter, ich stelle sie dir noch vor ...«, brachte ich gerade mal hervor, bis sie mir erneut ins Wort fiel.

»Ich will, dass du sie morgen mitbringst!«

»Was? Schon morgen?«, schoss mir aus dem Mund und ich verzog entsetzt das Gesicht.

»Ich weiß nicht, ob sie dafür schon bereit i...«, versuchte ich Ausflüchte zu finden. Dabei wusste ich nicht, ob *ich* dafür bereit war!

»Nichts da! Ich bin die Letzte, die erfährt, dass ihr Sohn endlich sesshaft geworden ist und dann auch noch über das Fernsehen und nicht von dir persönlich! Weißt du eigentlich, was das für eine Schmach für mich war? Alle haben mich nach dir und deiner Freundin gefragt und ich hatte keine Ahnung von irgendwas! Kannst du dir diese gesellschaftliche Bloßstellung vorstellen? Wie ich mich dabei gefühlt habe?« *War mal wieder klar, alles dreht sich nur um sie.* »Du bringst sie morgen zu meiner Soirée mit und Ende der Diskussion!« Ihre Schimpftirade prasselte nur so auf mich nieder. Gegen ihren Willen hatte ich mich noch nie durchsetzen können. Sie war meine einzige Familie, bis auf Bob und Ron die Einzige, die mich aus meinem früheren Leben kannte. Meine Schultern sackten nach vorn und ich ergab mich der Situation.

»Ja, Mutter, ich werde sie dir morgen Abend auf deiner Soirée vorstellen.« Ich hoffte, das würde sie zufriedenstellen. Aber zu früh gehofft.

»So oft hast du gesagt, du kommst, hast es aber dann doch nicht getan und mich mit deinem Verhalten zutiefst enttäuscht. Versprich es mir!«, bellte ihre Stimme und der Befehl war klar.

»Ich verspreche dir, ich werde dich nicht wieder enttäuschen und kommen.«

Was für ein Waschlappen ich doch war. Ließ mich von einer Frau herumkommandieren. Aber es war meine Mutter, was konnte ich schon gegen sie ausrichten? Sie war mein Blut, mein Fleisch, alles, was ich noch hatte.

»Gut! Sehr gut! Ich freue mich schon darauf sie kennenzulernen. Ich habe dich lieb, Charlie. Sag, dass du mich auch lieb hast!«, forderte sie und ich unterdrückte ein Augenrollen.

»Nein, ich werde es nicht sagen!«, protestierte ich und löste damit einen erneuten Schwall Wörter aus.

»Charlie Hamilton Hardington! Hast du etwa vergessen, wer dich neun Monate unter seinem Herzen getragen, dich zwei Jahre gestillt und großgezogen hat? Wer hat dir abends Lieder vorgesungen, wenn du krank warst? Wer hat die Laken gewechselt, wenn du mal wieder einen Albtraum hattest? Wer hat ...«

»Schon gut«, unterbrach ich meine Mutter, bevor sie noch mehr peinliche Kindheitserinnerungen aufzählen konnte. Ich drehte mein Gesicht zu Mary und stellte verblüfft fest, dass sie bis auf wenige Zentimeter an mich herangerutscht war. Ihre Augen waren weit aufgerissen und ihr Mund stand leicht offen. Sie sah zum Küssen aus. Ich riss mich von ihrem verführerischen Anblick los und flüsterte: »Ich habe dich auch lieb. Bis morgen!« Bevor sie noch etwas erwidern konnte, legte ich auf und atmete tief durch. Was für ein Quälgeist sie doch manchmal war.

Verzweifelt rieb ich mir den Nacken und überlegte, wie ich mich vielleicht doch vor diesem Abend drücken könnte. Es wäre eine dumme Idee, mit Mary morgen bei meiner Mutter aufzutauchen. Sie war noch nicht so weit und würde sich womöglich verplappern. Sicher lud Mutter wieder die halbe Stadt darunter auch einige Prominente und die Klatschpresse ein. Manchmal vermisste ich die Zeiten, in denen wir nur zu dritt gewesen waren. Aber alles hatte sich an nur einem Tag geändert, eine beschissene Sekunde. Allein der Gedanke daran versetzte mich zurück.

Ein Geräusch, das wie ein Lachen klang, katapultierte mich wieder in die Realität und ich sah auf. Mary beobachtete mich mit einem Schmunzeln auf den Lippen. Doch kaum trafen sich unsere Blicke, verschwand es und ich hörte sie schlucken. Ob sie mich wohl genug fürchtete, dass sie auf mich hören würde? Vermutlich nicht. Sie besaß einen eigenen Willen und war so stur wie ein Bock. Warum waren Frauen bloß so? Wieso ging es immer nach ihnen und nicht nach anderen? Und warum zum Teufel besaß ich nicht die Eier, um mich durchzusetzen? Was für eine schöne Scheiße!

Ich machte den Mund auf und wollte die Wut auf meine Mutter, Mary und mich selbst an ihr auslassen. Doch die Worte blieben mir im Hals stecken und ich schloss ihn wieder. Was hätte es auch gebracht? Das Problem wäre noch immer da und wartete darauf, gelöst zu werden. Stattdessen ließ ich meine Wut an der Fernbedienung aus, erhob mich und schmetterte sie auf die Couch. *Ich brauche noch einen Drink,* entschied ich, setzte mich sogleich in Bewegung. Ein kühles, alkoholisches Getränk hatte mir schon immer beim Denken geholfen.

Der Whiskey war schnell eingegossen und ich kehrte zurück in die Wohnstube. Doch ich blieb abseits stehen und beobachtete Mary. Sie starrte gebannt auf den laufenden Fernseher und verfolgte die Nachrichten. Ohne Ton konnte sie nur ahnen, um was es gerade ging, aber sie wirkte trotzdem fasziniert. Ihre kindliche Neugierde war entzückend und ich sah ihr einen Moment stumm zu.

Wenn du nur wüsstest, Schneewittchen. Wir stecken beide in tiefer Scheiße. Du solltest mir gehören, mir allein. Doch nun muss ich dich teilen, mit meiner Mutter, mit der Welt. Alles in mir sträubt sich dagegen, dennoch muss ich es tun. Wenn du brav bist, werde ich dich am Ende vielleicht belohnen. Sei gespannt.

Mit einmal fühlte sich mein Hals rau und trocken an. Ich benetzte meine Lippen mit der kühlen Flüssigkeit, die das Kratzen in meinem Hals minderte. Dabei klirrten die Eiswürfel in meinem Glas und Marys Kopf schoss zu mir herum. Sie sah so zart und unschuldig aus. *Doch das bist du nicht mehr lange.*

Sie zitterte, ob vor Kälte oder Erregung konnte ich nicht sagen, aber es lag eine Spannung zwischen uns in der Luft, die ich nicht zu beschreiben vermochte. Sie öffnete den Mund und schloss ihn darauf wieder. Beschämt wandte sie ihr Gesicht ab und zog die Knie an.

Ich nahm noch einen tiefen Zug aus meinem Glas und der Alkohol wärmte mich von innen. Der Gedankenstrom legte sich und ich sah wieder etwas klarer. Gemächlich ging ich zum Sofa hinüber und ließ mich neben Mary nieder. Ich nahm die Fernbedienung und schaltete den eTV aus. Mich langweilte dieser Klatsch. Wen interessierte es schon, welche millionenschwere Prominente von ihrem Mann verlassen wurde oder nun schwanger war? Mich nicht!

Ich genoss die Ruhe. Nur Marys Atmung hallte im Raum wider und ich hätte schwören können, ihr Herz klopfen zu hören.

»Darf ich auch einen haben?«, durchbrach ihre klare Stimme die Stille. Ich drehte mich zu ihr und runzelte die Stirn.

»Was meinst du?«, fragte ich und war selbst über meine raue, kratzige Stimme verwundert.

»Einen Drink.« Ihr Kinn ruckte zu meinem Glas und ihre Augen glänzten vor Verlangen. Ich wägte ab, ob das irgendeine Falle sein könnte, in der sie mir den Alkohol in die Augen schütten und einfach türmen würde.

»Willst du das Glas auf den Boden schmeißen und mich mit einer Scherbe erstechen?« Ich hatte weder ihre erste Attacke mit dem Korkenzieher noch den Biss in meine Hand vergessen. Zum Glück war zweiteres bereits gut verheilt, nur Dank Doktor Brown, der sich meiner angenommen hatte. In ein paar Tagen konnte ich schon die Narbe entfernen lassen, dann zeugte nichts mehr von meiner Unachtsamkeit.

»Äh, nein«, stammelte sie und wirkte sichtlich verwirrt.

Ich hoffte, ihr damit keine Flausen in den Kopf gesetzt zu haben. Würde sie dennoch etwas versuchen, wäre ich spätestens jetzt darauf vorbereitet. Daher stand ich gelassen auf, lief ins andere Zimmer hinüber und kam mit zwei vollen Gläsern wieder. Das Unbenutzte von beiden reichte ich ihr und setzte mich neben sie.

»Warum ist es nur halbvoll?«, fragte sie mich pikiert und schürzte die Lippen. Wie niedlich sie doch sein konnte, wenn sie es wollte.

»Das ist Whiskey, den serviert man so«, erklärte ich ihr ruhig.

»Wyskei«, wiederholte sie und ich musste lachen. Das Wort klang so falsch aus ihrem Mund.

»Fast«, erwiderte ich und schenkte ihr ein schiefes Lächeln. Für einen Moment ruhte ihr Blick auf mir und sie biss sich auf die Unterlippe. Es schien eine unterbewusste Reaktion ihres Körpers zu sein, die ich schon öfter an ihr bemerkt hatte. Sie sah dabei so verführerisch aus, dass sich mein Mund danach sehnte, ihren zu berühren und mir einen Kuss zu rauben. Die Form ihrer Lippen lockte mich regelrecht und umnebelte meinen Verstand.

In der nächsten Sekunde lösten sich ihre Augen von meinen und sie stürzte den Whiskey in einem Zug hinunter.

»Nicht ...«, versuchte ich sie noch von diesem Fehler abzuhalten, doch es war zu spät. Ein heftiger Hustenanfall schüttelte sie und ihr Kopf lief rot an. Sie rang nach Atem und fächelte sich Luft zu.

Schnell nahm ich ihr das Glas aus der Hand und stellte es auf dem Couchtisch ab. Vorsichtig klopfte ich ihr auf den Rücken und schaute ihr dabei zu, wie sie langsam wieder zu Atem kam.

»Ich hätte dich wohl besser vorwarnen sollen«, sagte ich. Meine Worte ließen sie aufblicken und zwei dunkle Augenpaare starrten mich an. Noch immer hustete sie verhalten und räusperte sich häufig.

»Wäre vielleicht besser gewesen«, krächzte sie. Ihre Stimme war angeschlagen und klang so rauchig wie der Whiskey selbst. Warum

machte mich das so verdammt scharf? Wie von selbst hob ich eine Hand und stockte.

»Darf ich?«, fragte ich sie.

Ihre Pupillen weiteten sich und sie starrte mich einen Moment paralysiert an. Dann nickte sie zaghaft und ich strich mit meinen Fingern über ihre Wange.

»Du kennst scheinbar keinen Whiskey«, flüsterte ich. Meine Augen ruhten auf ihren geröteten Lippen, auf denen der Alkohol schimmerte.

»Nein«, hauchte sie genauso leise zurück und ihr Atem traf mich im Gesicht. Er verschlug mir die Sprache und ich musste hart schlucken. »Bei mir gibt es nur Bier, und nicht mal das gute Zeug«, scherzte sie und machte mich nur noch verrückter. Ich verstärkte den Griff und war drauf und dran ihr Gesicht an meins heranzuziehen und sie zu küssen. Sicher würde Mary nach Alkohol und Rauch schmecken. Ich hob ihr Kinn an und wollte meine Lippen auf ihre pressen. Da begegnete ich ihrem Blick und verlor mich in ihren dunkelbraunen Augen. Was wäre schon ein Kuss? Ein winziger, sündhafter Kuss?

Unsere Gesichter waren sich so nah, dass ich die kleinen, goldenen Sprenkel in ihren Augen erkannte. Sie waren mir zuvor nicht aufgefallen.

Gleich wäre es so weit und ich würde auch den letzten Rest Distanz zwischen uns überwinden.

Du Schaf! Merkst du denn nicht, wie du dabei bist, dich zu verlieben?, flüsterte mir eine Stimme in meinem Kopf zu und ich hielt inne. Meine Muskeln verkrampften sich und ich presste die Kiefer fest aufeinander.

Fuck! Schneewittchen, was tust du mit mir?! Ruckartig ließ ich von ihr ab und sprang auf die Füße.

»Steh auf! Ich bin müde!«, befahl ich ihr mit Wut in der Stimme. Doch die galt nicht ihr, sondern mir. Ich lief Gefahr, mich zu verlieben. Dabei hatte ich doch von klein auf gelernt, dass Liebe gefährlich war! Liebe war Schwäche! Sie verleitete einen dazu, dumme Dinge zu tun. Zum Beispiel sich zu öffnen, sich verletzbar zu machen. Liebe machte schwach und blind. Dann würde man das Messer nicht sehen, dass sich langsam von hinten in das Herz bohrte.

Mary erhob sich nur schwerfällig und streckte mir ihre Handgelenke entgegen. Überrascht sah ich sie an, fing mich aber wieder. Aus meiner Hosentasche angelte ich die Handschellen hervor und ließ sie einrasten.

»Kann ich nicht eine Nacht ohne die Dinger schlafen?«, fragte mich Mary.

»Nein!«, fuhr ich ihr unwirsch über den Mund. Ich hatte keine Lust mehr auf weitere Plaudereien und sinnlose Gespräche. Ich umklammerte die Handschellen und eilte hinüber ins Schlafzimmer. Mary kam stolpernd hinter mir her und drohte, mehrmals zur Erde zu stürzen.

Am Bett angekommen befestigte ich die andere Schelle am Bettpfosten und Mary ließ sich auf der Matratze nieder. Sie starrte mich trotzig aus ihren großen Augen an und runzelte die Stirn. Mir war es egal, was sie im Moment von mir hielt. Ich musste mich selbst davor schützen, eine Dummheit zu begehen. Da kam es mir nur recht, wenn sie mich so ansah.

Hektisch, als wäre eine Horde Infizierter hinter mir her, zog ich mich aus und schlüpfte in etwas Bequemes. Ich schaltete das Licht aus und umrundete das Bett. Die Lichter der umliegenden Hochhäuser erhellten den Raum und warfen lange Schatten. Diese Stadt schlief wohl nie. Aber ich wollte schlafen. Einfach die Augen zu machen und an etwas anderes denken. Bloß nicht an Mary.

Ich schlug die Decke zurück und schlüpfte darunter. Wärme umfing mich und ich schloss verkrampft die Augen. Die Bilder der letzten Tage drängten sich mir auf. Mary, die wild um sich trat. Mary, der ich den Arsch versohlte. Mary, die lachte. Meine Mutter, wie sich mich als Kind ausschimpfte. Mary, wie sie ... *Meine Mutter?*

»Was bist du bloß für ein schrecklicher Junge? Warum bist du nicht so wie dein Bruder und hörst auf deine Mutter? *Du bist eine Enttäuschung für mich!*«

Die Worte hallten durch meinen Geist und ich ballte die Hände zu Fäusten. Diese Frau war der Teufel in Menschengestalt. Sie hatte zwei

Gesichter und wäre Liam noch am Leben, würde sie noch immer auf mich hinabsehen. Doch ich war ihr einziger, lebender Sohn und das war leider nicht genug.

Dabei hatte ich sie aus der Gosse, aus dem Schlammviertel geholt und nicht Liam! Der lag als Gerippe unter der Erde, weil er den falschen Leuten vertraut, weil er sich verliebt hatte!

»Wieso ich?« Ich schlug die Augen auf. Hatte wieder meine Mutter in meinem Geist zu mir gesprochen? Was wollte sie mir damit sagen, oder viel mehr mein Verstand? Denn, dass diese Stimme nicht echt sein konnte, war klar.

»Wieso ich«, hörte ich die Stimme erneut, doch dieses Mal stammte sie nicht aus meinem Kopf. Es schien, als hätte Mary mit mir gesprochen. Ich drehte mich zu ihr herum und konnte ihre Silhouette unter der Decke erkennen.

Zu Anfang war ich verwirrt, warum sie überhaupt neben mir lag. Ich hatte mich mittlerweile daran gewöhnt, dass sie den Fußboden bevorzugte. Dann entschied ich, dass das nicht wichtig war und fragte: »Was meinst du?« Das schien seit neustem meine Lieblingsfrage zu sein. Dabei wäre mir: *Willst du mit mir ficken?* viel lieber.

»Warum ausgerechnet ich? Wieso keine andere Frau. Warum mussten Sie mich mitnehmen?« Ihre Stimme zitterte leicht und wurde immer leiser. »Was habe ich Schlimmes getan, um das hier zu verdienen?«

Ihre Worte trafen mich härter als gedacht. So viele Dinge kreisten in meinem Kopf herum. Ich wollte ihr Vorwürfe machen, ihr erklären, dass das alles ihre Schuld war, da sie sich in meine Angelegenheiten eingemischt hatte. Doch mittlerweile begriff ich selbst, dass das Irrsinn war. Dass Mary nichts dafür konnte. Ich war es, ich hatte ihr das angetan und auch noch genossen.

»Du glaubst, das ist eine Art Strafe, für Fehler, die du in der Vergangenheit begangen hast?«, fragte ich sie mit heiserer Stimme. Konnte sie wissen, wie nah sie damit der Wahrheit war?

Mary schniefte und drehte sich leicht zu mir um. Ich konnte Tränen in ihren Augenwinkeln glitzern sehen.

»Was sollte es denn sonst sein? Ich bin Ihre Gefangene. Ich könnte genauso gut im Gefängnis sitzen, nur da ist sicher das Essen schlechter.« Selbst heulend konnte sie es nicht lassen, mir einen Seitenhieb zu verpassen.

»Du glaubst also, im Knast würde es dir besser ergehen?«, knurrte ich und kam ihr ein Stückchen näher. Ich kniff die Augen zusammen und funkelte sie wütend an. Das würde ich mir nicht gefallen lassen.

»Ja, das glaube ich!«, antwortete sie trotzig und wischte sich eine Träne von der Wange.

Das reicht!

»Soll ich dir mal was erzählen?«, fing ich an und nährte mich ihrem Gesicht auf wenige Zentimeter. Sie wich erschrocken zurück. »Das Gefängnis ist eine riesige Lüge. Niemand, der letzte Woche festgenommen wurde, wird dort eingesperrt und fristet sein Leben, bis er vor Hunger und Erschöpfung tot umfällt. Das erzählt die Stadtgarde bloß, um keine größeren Aufstände hervorzurufen. Das ist eine Lüge, um die Bevölkerung der Unterstadt klein zu halten und mundtot zu machen. Willst du wissen, was wirklich mit all deinen Freunden und Bekannten aus der *Wachtel* passiert ist?« Ich fuhr zur Höchstform auf und steigerte mich immer weiter hinein. Ich wollte ihr weh tun, sie dort treffen, wo sie verletzbar war, und es schien zu funktionieren. Sie war zu einem Häufchen Elend zusammengeschrumpft.

»Jeder einzelne von ihnen wird in einem Transporter hinter die Mauer gebracht. Dort werden sie einfach schutzlos zurückgelassen, wie Abfall!«, knurrte ich und Mary zuckte erschrocken zurück. »Wenn sie nicht in kürzester Zeit vom Virus dahingerafft werden, tut es der Durst, der Hunger oder gar die *Infizierten*.« Ich betonte das letzte Wort. Sicher hatte sie wie ich Schauergeschichten über die Unreinen und Infizierten gehört. Hoffentlich dachte sie an diese zurück, während ich meine kleine Geschichte erzählte.

»Also glaube mir, wenn ich sage, dass jeder, der das Pech hatte, letzten Sonntag in der *Wachtel* gewesen zu sein, entweder tot oder dem Tode nahe ist. Einmal raus, immer raus.«

»Einmal raus, immer raus«, wiederholte sie im Flüsterton meinen letzten Satz. »Woher weiß ich, dass ich dir glauben kann?«, fragte sie. Verzweiflung schwang in ihrer Stimme mit. Scheinbar waren wirklich einige ihrer Bekannten, Freunde oder sogar Familie unter den Gefangenen gewesen.

»Das kannst du nicht«, erwiderte ich. »Du kannst in dieser Stadt niemandem außer dir selbst trauen.« Damit drehte ich mich herum und starrte auf die Fensterfront. Der Mond war aufgegangen und schickte sanfte Strahlen auf die Kuppel hinab. Wolken zogen an ihm vorbei.

»Sie haben mir immer noch nicht meine Frage beantwortet«, hörte ich sie hinter mir wispern. Ein Knurren drang aus meiner Kehle und ich ballte die Hände zu Fäusten. Konnte sie denn nicht einfach still sein?

»Warum ich?«, wiederholte sie ihre Frage.

»Sei endlich still, oder ich hole meinen Knebel und werde dir deinen vorlauten Mund damit stopfen!« Ich brodelte vor Wut. Warum machte sie sich das Leben so schwer? Es könnte doch alles einfach sein. Wenn sie nur auf mich hörte!

Statt einer Antwort wackelte die Matratze. Ich warf einen Blick über die Schulter und erkannte im Zwielicht, wie Mary sich neben dem Bett auf den Boden gehockt hatte. Sollte sie doch wieder auf der Erde schlafen, mir war es gleich. Hauptsache sie hielt endlich die Klappe.

Ohne ein Wort platzierte ich mich mittig im Bett und schloss die Augen. Durch meinen Kopf geisterten meine zeternde Mutter, mein lächelnder Bruder und die weinende Mary. Ihre Münder sahen wie Strudel aus, die aus reiner Schwärze bestanden. Sie starrten mich alle aus schwarzen Löchern in ihren Schädeln an und ihre Stimmen vermischten sich zu einer. Sie rief: *Warum ich? Warum ich? Warum ich? Warum ich? Warum ich? Warum ich? Warum ich? Warum ich?*

17

MARIYANE

$\mathcal{E}$s war ein komischer Sonntagmorgen. Meine Gedanken zogen wirre Bahnen und grausame Szenarien von toten, verstümmelten und sterbenden Menschen flimmerten vor meinem inneren Auge. Mehrmals kämpfte ich mit den Tränen und blinzelte sie fort. Ich wollte ihm nicht glauben, ich konnte es einfach nicht. Er musste lügen! Das konnte unmöglich der Wahrheit entsprechen.

Als ich es nicht mehr aushielt, zog ich mich aus und stieg unter die Dusche. Das heiße Wasser half den Strudel meiner Gedanken wieder unter Kontrolle zu bringen und das Atmen fiel mir leichter. Doch es hielt nicht lange an.

Ziellos tigerte ich durch die Wohnung. Mit jedem Schritt wurde ich verzweifelter. Am Ende stoppte ich vor dem Bücherregal und blätterte wahllos durch die Seiten. Mich lachten die schwarzen, gedrungenen Zeichen an und verhöhnten mich, genau wie es Hardington gestern getan hatte.

Mehrmals lief ich an der schmalen, geheimnisvollen Tür vorbei und es juckte mir in den Fingern, einfach wahllos irgendwelche Ziffern einzugeben. Die letzten Beiden kannte ich – eine Sechs und eine Sieben. Zu gern würde ich sein Büro durchstöbern, um etwas Kompromittierendes zu finden, mit dem ich ihn erpressen könnte. Vielleicht war dort etwas versteckt, dass mein Ticket hier raus darstellte. Sicher ein halbes Dutzend Mal schwebte mein Finger über dem dunklen Display, aber genau so oft ließ ich ihn sinken. Was hatte es schon einen Sinn zu kämpfen, wenn alles sinnlos war? Wenn jeder, den ich kannte, tot oder

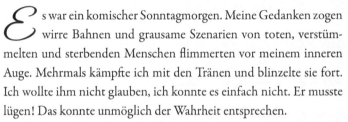

zum Sterben zurückgelassen worden war. Und das alles meinetwegen! Ich war es gewesen, die sich dem Drogenhandel in den Weg gestellt und somit Hardingtons Zorn auf sich gezogen hatte. Bisher hatte er es nicht offen zugegeben, aber ich kannte den wahren Grund, warum er mich entführt hatte.

Frustriert ließ ich mich auf das Sofa fallen und starrte Löcher in die Luft. Ich zählte die kleinen Lichtpunkte an der Decke. Das half ein bisschen und für etwa eine halbe Stunde musste ich nicht mehr an Ben und die anderen denken.

Ein Klopfen ertönte an der Tür und es erschien mir wie die gewünschte Erlösung. Freudig richtete ich mich auf und rief: »Herein!«, so laut ich konnte.

Die Tür wurde sogleich geöffnet und fröhliches Stimmgewirr schallte zu mir hinüber. Kaum erblickte ich den unerwarteten Gast, sprang ich schon von der Couch und rannte ihm in die Arme.

»Huch, das ist aber eine ungewöhnliche Begrüßung«, scherzte Pierre und zauberte mir mit seinen Worten ein Lächeln auf die Lippen. Ich löste mich von ihm und sah zu ihm auf.

»Ich bin einfach nur froh, einen lebendigen Menschen zu sehen, der nicht arrogant und großkotzig ist.« Pierre gluckste und sah mich amüsiert an.

»Das erzählen wir aber lieber nicht weiter. Wir wollen doch nicht, dass es die falschen Ohren hören.« Pierre drückte meine Schultern herzlich, warf mir einen liebevollen Blick zu und schob mich dann zur Seite. »Wir haben viel zu tun, ihr Hübschen. Kommt mal schnell rein.« Er winkte seinen Anhang hinein und ich lächelte Nalla und Rubin überglücklich an. Hinter ihnen tauchte eine dritte Gestalt auf, die in einen Anzug aus hellblauem Stoff gekleidet war. Sein Gesicht strahlte regelrecht vor Freude und seine grauen Haare waren zu einer schneckenförmigen Hochsteckfrisur drapiert.

»Darf ich dir jemanden vorstellen?«, fragte Pierre sanft und berührte den Mann an der Schulter. Er machte den Mund auf, um noch mehr zu sagen, doch der Grauhaarige unterbrach ihn gekonnt.

»Oh, Darling, was bist du denn für eine Süße? Kein Wunder, dass du die Auserwählte von Mister Hardington bist.« Seine Stimme klang näselnd und er gestikulierte genauso wild herum, wie es Pierre zu tun pflegte.

»Die Auserwählte?«, murmelte ich verwirrt, wurde aber prompt in eine weitere Umarmung gezogen. Der Duft nach Blaubeeren stieg mir in die Nase.

»Ach herrje, bist du dünn. Aber das wird sich sicher bald ändern. Schmeckt dir das Essen bei uns?«, fragte er und erwartete doch keine Antwort.

»Oh, glaube mir. Sie hat schon ordentlich zugelegt.«

»Hey!«, stieß ich brüskiert aus.

»Du hättest sie mal sehen sollen, als sie letzte Woche angekommen ist. Nur Haut und Knochen sage ich dir.« Die Augenbrauen des blauen Anzugträgers schossen in die Höhe und er musterte mich mit einem ganz anderen Blick.

»Na, das will ich mir lieber nicht vorstellen. Und was ist bloß mit deinen Haaren? Die sind so schlaff und glanzlos.« Er begann mit seinen Händen über meinen Kopf zu fahren und einzelne Strähnen in jede erdenkliche Richtung zu ziehen und zu zerren. »Da habe ich aber noch ein ordentliches Stückchen Arbeit vor mir. Wie weit seid ihr mit dem Kleid?«

»Oh, fast fertig«, frohlockte Pierre und grinste mich breit an. »Wir haben es absichtlich ein Stückchen breiter geschnitten, da wir schon ahnten, dass sie zulegen würde.«

»Hey! Ich bin nicht dick«, protestierte ich erneut. Mir gefiel nicht, wie sie sich über mich in der dritten Person unterhielten. Ich war doch hier!

»Ach, Schätzchen. Das wollte ich damit auch nicht sagen«, richtete Pierre seine Worte an mich, um direkt danach sich wieder an den Fremden zu wenden. »Du wirst sehen, wir haben das perfekte Abendkleid für sie. Am Ende darfst du ihren Look mit der passenden Frisur krönen, mit der sie das Highlight auf der Soirée sein wird. Alle Blicke werden auf ihr ruhen. Morgen wird sie in aller Munde und dass Stadtgespräch Nummer eins sein!«

Abendkleid? Frisur? Bekrönen? Soirée? Glaubten sie ernsthaft, ich würde mich für Mister Arsch herausputzen und wie ein Zuchtpferd präsentieren lassen?

»Halt? Wo soll ich hingehen? Was soll ich tragen? Und wer ist das eigentlich?«, fragte ich verwirrt. Pierre neigte dazu, in Rätseln und viel zu schnell zu sprechen, was die ganze Sache verkomplizierte.

»Ich bitte untertänigst um Verzeihung, ich habe dich noch gar nicht vorgestellt«, stieß Pierre erschüttert aus und wandte sich sogleich an den anderen Mann.

»Pêre, darf ich dir Miss Mary vorstellen? Mary, das ist Pêre.«

»Freut mich, dich kennenzulernen«, sagte Pêre und ergriff meine Hand. Er hauchte mir einen Kuss auf den Handrücken und ließ sie wieder los.

»Also heißt ihr beide Pierre?«, hakte ich nach. Dafür erntete ich ein synchrones Augenrollen, das mich schmunzeln ließ.

»Nein, Schätzchen, da hast du was falsch verstanden. Ich bin Pierre mit einem langen I und das ist Pêre mit einem langen E. Verstehst du?« Er sah mich mit hochgezogenen Brauen an.

»Also heißt er Per?«, wiederholte ich und deutete auf den Mann in blau.

»Nah dran. Man spricht es Pê-er aus.« Er betonte das E und sah mich dabei eindringlich an. »Aber das lasse ich schon gelten. Diesem hübschen Gesicht kann ich nichts abschlagen.« Er berührte mein Kinn mit Daumen und Zeigefinger und kniff leicht zu.

»Nicht wahr? Ich sagte dir doch gleich, was wir hier für einen Rohdiamanten haben. An ihrer Ausdrucksweise müssten wir noch feilen, aber ihr Äußeres ist makellos. Na ja, fast«, fügte er hinzu und starrte auf meine Narbe. Ich berührte sie und hatte das Bedürfnis, sie zu verstecken.

»Ich kann dir nur zustimmen, gemeinsam werden wir diesen Schatz zum Funkeln bringen.«

»Häm, häm«, räusperte sich jemand laut und mein Kopf schoss zum Schlafzimmer.

Ich hatte gar nicht bemerkt, wie sich die beiden Frauen dort breitgemacht hatten.

Rubin stand in ein prächtiges oranges Kleid gehüllt im Türrahmen und sah uns erwartungsvoll an. »Wir wären so weit«, fügte sie mit ihrer dunklen, weiblichen Stimme hinzu und machte auf dem Absatz kehrt.

»Wie die Zeit rennt. Haha«, lachte Pierre verhalten und sah dabei auf eine übergroße Uhr an seinem rechten Handgelenk. »Ach Gottchen, nur noch knapp drei Stunden. Wir sollten schleunigst mit dem Kunstwerk beginnen, damit wir rechtzeitig fertig sind!«

»Absolut«, stimmte Père zu und wackelte Pierre in das Schlafzimmer hinterher. Verwirrt aber auch erheitert blieb ich zurück und sah den beiden Männern bei ihrem Hüftschwung zu. Sie watschelten wie zwei kleine Enten und ich konnte einfach nicht aufhören zu grinsen. Der Tag schien einen anderen Verlauf zu nehmen, als ich anfänglich befürchtet hatte.

»Kommst du, Schätzchen?«, hörte ich Pierre rufen und kurz tauchte sein Kopf im Türsturz auf.

»Schon unterwegs«, antwortete ich grinsend und betrat als letzte das Schlafzimmer. Wie schon das erste Mal lagen Stoffe, Kleider, Jacken kreuz und quer über das Bett und jede freie Stelle verteilt. Es sah aus, als wäre eine Konfettikanone explodiert. Auch heute standen drei Puppen im Raum und jede trug ein atemberaubendes Kleid.

»Wir fangen am besten mit der Einkleidung an. Falls noch etwas korrigiert werden muss, haben wir dafür Zeit, während dich Père hübsch macht.« Dabei zeigte Pierre auf einen kleinen Schrank mit ovalem Spiegel, der neben der Fensterfront aufgebaut worden war. Verwirrt blinzelte ich. Mir war er beim Eintreten nicht aufgefallen.

»Das klingt nach einem brillanten Plan«, lobte Père ihn überschwänglich, der gerade in einer Tasche auf dem Boden kramte.

»Nicht wahr«, quietschte Pierre und lief rot an. Ich bemerkte es mit regem Interesse.

»Dann erhitze ich währenddessen den Lockenstab, der braucht Zeit zum Warmwerden«, erklärte Pêre gedankenverloren und häufte Haarklammern, Pinsel und andere Dinge, die ich nicht benennen konnte, auf dem kleinen Tisch auf.

»Hey«, flüsterte ich Rubin zu, die an dem Verschluss des roten Kleides herumnestelte. Sie hielt bei meinen Worten inne und sah auf. Ihre Brauen waren herausfordernd nach oben gezogen und ihr Blick fragend.

»Kann es sein, dass Pierre in Pêre verliebt ist?«, fragte ich sie im Flüsterton. Kurz huschten ihre Augen zwischen den beiden Männern hin und her und ein wissendes, schiefes Lächeln legte sich auf ihre roten Lippen.

»Ist es nicht herzzerreißend. Er vergöttert ihn, traut sich aber nicht, ihn zum Essen einzuladen.« Rubin neigte sich zu mir hinüber und flüsterte mir zu: »Das hast du nicht von mir.«

Verschwörerisch nickte ich ihr zu und beobachtete Pierre weiter, der seine Augen von Pêre kaum abwenden konnte. Rubin fuhr mit ihrer Arbeit fort und entkleidete die Puppe.

»Pierre?«, wisperte die kleine Nalla und riss ihn damit aus seinen Gedanken.

»Ja?«, fragte er und blinzelte mehrmals.

»Wir wären bereit.« Nalla zog leicht den Kopf ein. Sie war ein süßes Mädchen, hatte aber das Selbstvertrauen einer Schildkröte.

»Oh, ja, natürlich«, stammelte Pierre und warf noch einen flüchtigen Blick auf den Friseur, der ihn just in diesem Moment anlächelte. Seine Wangen färbten sich erneut rot und er wandte schnell das Gesicht ab.

»Dann komm bitte her und stell dich auf das Podest«, bat er mich und reichte mir seine Hand. Ich ergriff sie dankbar und stellte mich auf den kleinen Sockel vor dem Spiegel.

Im Grunde genommen hatte ich keine Lust, mich wie ein Kind oder eine Puppe von ihnen ankleiden zu lassen, aber ich musste zugeben, dass jedes einzelne Kleid atemberaubend aussah. Außerdem wollte ich Pierre nicht vor den Kopf stoßen. Daher hob ich brav die Arme, als sie mich darum baten, und schlüpfte in ein dunkelrotes Kleid aus purem Samt. Der Stoff kratzte mir im ersten Moment über die Haut, doch als ich vollständig hineingeschlüpft war, schmiegte es sich an mich und spendete eine angenehme Wärme.

Rubin fummelte an meinem Po herum und ich warf ihr einen mürrischen Blick zu. Sie schien es nicht bemerkt zu haben und zupft den Stoff weiter zurecht.

Ein schockierter Aufschrei ließ mich aufsehen. Père stand mit weitaufgerissenen Augen und den Händen vor dem Mund am Fenster. Er sah aus, als hätte er einen Geist gesehen. »Kind! Was hast du denn da auf dem Rücken?«, fragte er mich fassungslos.

Verwirrt runzelte ich die Stirn und verdrehte den Hals, um nach hinten zu sehen. Doch bis auf den Ausschnitt des Kleides konnte ich nichts erkennen. Ich drehte mich um und blickte über meine Schulter hinweg in den Spiegel. Was ich dort sah, verschlug selbst mir die Sprache.

Nalla, Rubin und Pierre hatten ganze Arbeit geleistet. Der Rückenausschnitt des Kleides reichte bis hinab zu meinen Grübchen und zeigte verdammt viel Haut. Meine Dutzenden Narben schimmerten im Schein der einfallenden Sonne und stellten einen krassen Kontrast zu dem Rest meiner schneeweißen, makellosen Haut dar. Kreuz und quer breiteten sie sich über meinen Rücken aus und erinnerten mich schmerzlich an den Tag, als ich sie erhalten hatte.

Es war kalt und nass. Immer war es nass, dabei regnete es in Astrodomas nie. Ich rannte über die Straße und der Matsch spritzte an meinen Beinen hinauf. Das warme Bündel presste ich an meine Brust und hielt es ganz fest.

Bis nach Hause war es nicht mehr weit, dort war ich sicher, dort konnte mir nichts geschehen.

Hinter mir hörte ich den Bäcker zetern und schimpfen. Platschende Schritte kamen mir immer näher und ich sah ängstlich zurück. Der dicke

Bäcker stand an seiner Ladentür und fuchtelte wild in der Luft herum. Er wäre keine Gefahr, aber sein jüngster Sohn, der etwa zwei Jahr älter als ich war, klebte mir dicht auf den Fersen. Nur wenige Meter trennten uns.

Meinen Blick richtete ich wieder nach vorn und hechtete weiter. Ich sprang über Fässer, ausgebrannte Automobile und umrundete die wenigen Passanten, die meinen Weg kreuzten. Da passierte es, dass ich mit einem Fuß irgendwo hängenblieb und der Länge nach in den Schlamm stürzte.

»Neein!«, schrie ich und verlor das Bündel. Das frischgebackene Brot purzelte aus dem dünnen Stück Stoff und landete im Matsch. Es färbte sich augenblicklich braun und wäre in wenigen Sekunden nicht mehr genießbar.

Als ich mich aufrappeln und es mir schnappen wollte, drückte mich ein paar Schuhe auf den Boden.

»Hey!«, schrie ich und wand mich unter ihm, strampelte mit den Beinen und versuchte, mich freizukämpfen. Doch der Junge war stärker als ich und presste mich tiefer in den Schlamm.

»Hab ich dich, du Dieb!«, keifte er und rief seinem Vater triumphierend zu. Es dauerte nicht lange, da hatte sich eine ganze Schar Schaulustiger um uns geschart und es wurde laut nach der Stadtgarde gerufen.

»Bloß nicht die Garde! Bitte nicht!«, rief ich und mir schossen Tränen in die Augen.

»Hör auf zu flennen«, zischte mir der Junge zu und trat nach mir. Ich schluchzte laut auf und vergrub mein Gesicht im Dreck. Jetzt war sowieso alles gelaufen.

Es dauerte nicht lange, da wurde ich von zwei starken Gardisten aus dem Dreck gehoben und hinter ihnen her geschleift. Ich wusste, auch ohne hinzusehen, wo es hinging – zum roten Platz.

Ich biss, ich kreischte, trat um mich, aber ein Schlag in die Magengrube beendete meine Gegenwehr und raubte mir den Atem. Tränen behinderten meine Sicht und ich rang nach Luft. Alles tat mir weh und ich wollte nichts anderes als zurück zu meiner Mami.

Das Stimmengewirr um mich herum wurde immer lauter und ich wusste, wir waren am roten Platz angekommen. Ich wurde an einem alten Betonklotz, der einmal als Befestigung für ein Gebäude gedient hatte, gefesselt und jemand zerriss mein Hemd. Ich schrie vor Angst und Wut auf.

»Sie ist doch noch ein Kind!«, rief eine Frau und erhielt zustimmende Rufe.

»Halt deine Fresse!«, spie ihr jemand entgegen, vermutlich einer der Soldaten. Die Menge wurde schlagartig ruhig und nur leises Gemurmel *schwappte zu mir hinüber. Ich hörte etwas hart auf den Boden schlagen und fing an zu zittern.*

Bevor ich die Peitsche auf meiner Haut spürte, hörte ich den Knall. Ein blendender Schmerz zuckte durch meinen Körper und ich bäumte mich schreiend auf. Salzige Tränen kullerten mir die Wangen hinab und vermischten sich mit dem Dreck der Straße.

Der nächste Schlag folgte sogleich und mir wurde schwarz vor Augen. Die Hitze auf meiner Haut war unerträglich, durchzuckte jede Faser meines Körpers und blendete mich. Den nächsten Hieb spürte ich schon kaum mehr. Mein Bewusstsein drohte zu schwinden und ich begrüßte die Schwärze mit Freuden. Sie versprach mir, den Schmerz zu vergessen, ihn nicht mehr zu spüren und ich ließ mich fallen.

Das nächste, woran ich mich erinnerte, war ein wackeliger Transporter. Die Männer unterhielten sich laut und lachten. Ich lag auf dem Boden des Wagens und konnte mich kaum rühren. Mein Rücken fühlte sich tot an, als wäre mir die Haut und das Fleisch von den Rippen geschnitten worden, bis nichts mehr übrig war.

Ein Stöhnen drang aus meiner Brust und ich hörte jemanden sagen: »Hey, sie ist ja wach.« *Daraufhin bekam ich einen Tritt in den Bauch. Mir wich die Luft aus der Lunge und ich zog die Knie an meine Brust.*

Zu Hause angekommen klopften die Männer an die Tür meiner Mutter und als sie nicht öffnete, traten sie sie einfach ein. Das Holz fiel krachend zur Erde und ich zuckte zusammen.

»Geh rein!«, befahl mir einer der Männer und schubste mich in die Richtung. Langsam und Schritt für Schritt betrat ich mein bescheidenes Zuhause. Es war noch alles wie immer. Die Wände waren kahl, der Putz blätterte von der Decke, Schimmel wuchs in den Ecken und die Möbel standen wie zuvor an Ort und Stelle.

Neben der Heizung am Fenster lag meine Mutter auf unserer Matratze und schlief. Mit hängendem Kopf trat ich auf sie zu und konnte nicht aufhören zu schniefen.

»Mami«, sagte ich mit bebender Stimme und zog die Nase hoch. »Ich habe vom Bäcker Brot besorgt, es aber im Dreck verloren. Es tut mir leid«, flüsterte ich und zog die Schultern hoch. Mir war kalt und ich zitterte nicht nur vor Kälte.

Als meine Mutter keine Anstalten machte, mich auszuschimpfen, hob ich den Kopf und sah auf die Gestalt auf der Matratze.

»Mama?«, fragte ich und trat einen Schritt auf sie zu. Unter der Decke zeichnete sich ihre schmale Silhouette ab. Ich trat noch einen Schritt näher und starrte in ihr Gesicht.

»Mami!«, *schrie ich ängstlich und musste schluchzen. Ihre Augen standen weit offen und waren glasig.* »Mama! Was ist los?«, *rief ich, weil ich nicht akzeptieren konnte, was mein Verstand bereits wusste.* »Mama, du musst aufwachen!«, *brüllte ich und kam noch einen Schritt näher. Ich erkannte eine Fliege, die sich auf den Augapfel meiner Mutter gesetzt hatte. Ich wedelte mit der Hand und verscheuchte sie.*

»Mama?«, fragte ich nun leiser und strich ihr eine Strähne zurück. Dabei streifte ich ihre Haut – sie war kalt.

»Mami!« Ich begann fürchterlich zu schluchzen und vergrub mein Gesicht in der Decke. Meine Finger suchten ihre und ich verschränkte sie ineinander. Auch sie waren eiskalt. So saß ich stundenlang neben ihr und hielt ihre Hand.

Ich wusste nicht, wie lange ich dort kniete. Erst, als mich jemand bei der Schulter berührte, hob ich das Gesicht und starrte in die Dunkelheit. Durch das Fenster fiel gerade so eben genug Licht, um den bärtigen Mann in der Wohnung zu erkennen.

Es war Zarren, der Besitzer der Wachtel. *Er reichte mir seine Hand und sagte:* »Komm Kind, hier gibt es nichts mehr außer den Tod.«

Ich schniefte und versuchte, meine Hand aus dem Griff meiner Mutter zu lösen. Aber ihre Finger klammerten sich wie ein Schraubstock um sie und ich entkam ihr nur mit Mühe. Dabei hörte ich einige Knochen brechen und mir lief ein Schauer den Rücken hinunter. Ich ergriff seine Hand und wurde von ihm aus der Wohnung geführt. Ich warf noch einen letzten Blick zurück. Meine Mutter wurde vom Schein der Oberstadt erleuchtet. Sie sah aus wie ein Geist und das würde sie ab heute wohl auch sein. Ich bog um die Ecke und verlor sie aus den Augen, für immer.

»Mary? Schätzchen? Ist alles in Ordnung?« Eine warme Stimme drang durch den Nebel meiner Vergangenheit zu mir hindurch und ich blinzelte. Tränen hatten sich in meinen Augenwinkeln gebildet und liefen mir nun frei über die Wange. Ich wischte sie schnell weg und sah mich um.

»Mmmh?«, brummte ich und blickte in die Runde. Alle sahen mich aus einer Mischung aus Mitgefühl und Verständnis an.

»Alles in Ordnung?«, fragte mich Rubin und ich musste lächeln.

»Ja, mir geht es gut. Danke, dass du fragst.« Ich wandte mein Gesicht Père zu und beantwortete seine Frage, die in den Hintergrund gerückt war. »Diese Narben gehören zu meiner Geschichte, sie sind ein Teil von mir und ich werde sie nicht verstecken. Daher ist dieses Kleid perfekt und ich würde es liebend gern heute Abend tragen!« Meine Stimme war fest und stark. Damit ließ ich keinen Raum für Diskussionen. Mein Standpunkt war klar und ich würde um keinen Preis der Welt von ihm abrücken.

»Gut gesprochen, Mary!«, meldete sich Nalla zu Wort und schenkte mir ein schüchternes Lächeln. Ich erwiderte es und nickte ihr dankbar zu.

»Können wir dann weitermachen?«, fragte ich in die Runde. Innerhalb dieser wenigen Sekunden, in denen ich in der Vergangenheit festgesteckt hatte, war mir etwas klar geworden. Ich brauchte mich nicht verstecken. Nur ein Feigling würde sich vor einer Herausforderung drücken und das war eine.

Hardington forderte mich mit dieser Soirée heraus. Er steckte mich in ein prunkvolles Kleid und versuchte so, das Mädchen aus der Gosse zu verstecken. Doch ich war noch da und ich würde kämpfen! Das hatte ich schon immer getan und würde es auch weiterhin tun. Er und jeder, der für den Tod meiner Mutter verantwortlich war, würde es noch bitter bereuen. Hier stand ich und war für den Kampf meines Lebens bereit! *Zieht euch warm an!*

18

HAMILTON

*W*as ist denn heute los mit dir? Du bist so angespannt.« Die säuselnde Stimme von Jess drang an mein Ohr und riss mich aus meiner Konzentration.

Frustriert schnaubte ich auf und öffnete die Augen. Sie rieb ihre Brüste gegen meine linke Schulter und ihre Hände fuhren immer wieder in das geöffnete Hemd. Ihre Nägel kratzten angenehm über meine Haut und wenn heute nicht der Abend der Soirée wäre, könnte ich es womöglich auch genießen.

»Was sollte denn schon sein?«, beantwortete ich ihre Frage mit einer Gegenfrage.

Sie schürzte pikiert ihre vollen, gelben Lippen und schaute keck zu mir auf. »Du bist gar nicht richtig bei der Sache«, tadelte sie mich und rieb ihre Brüste erneut an mir.

Automatisch wurde mein Blick von ihren prallen, in einen gelben, viel zu engen BH gepressten Melonen angezogen. An einem anderen Tag hätte ich mein Gesicht in ihnen vergraben und ihren Duft nach Holz und Honig eingesogen, aber heute war mir nicht danach.

»Ich weiß nicht, was du meinst«, murrte ich, schloss die Augen und legte den Kopf in den Nacken. Ich rutschte etwas tiefer in das Polster und platzierte meinen Hinterkopf auf der Lehne.

»Du lügst! Glaubst du, ich erkenne das nicht?« Ihre Stimme klang beleidigt und sie rückte ein Stück von mir ab. Sie hinterließ Kälte an meinen bloßen Hautstellen und ich fröstelte leicht.

»Jessi hat recht«, schnurrte Patrice in mein anderes Ohr. »Wieso lässt du dich nicht einfach fallen und entspannst dich?« Sie fuhr mit ihren scharfen Nägeln über meinen Brustkorb und bescherte mir eine Gänsehaut.

»Wenn es doch so einfach wäre! Ihr müsst eurer Mutter ja nicht eure Fake-Freundin vorstellen!«, hätte ich am liebsten geantwortet, aber ich war nicht in der Stimmung für eine Diskussion.

Ein schmatzendes Geräusch durchdrang meine Gedankengänge und ich spannte die Kiefermuskeln an. *Verfickte Scheiße! Ich konnte nicht einmal einen verdammten Blowjob genießen!*

Frustriert über mich selbst stöhnte ich auf und fuhr mir mit beiden Händen durch die Haare.

»Scheiße!«, fluchte ich dieses Mal laut. Das Geräusch verstummte und kalte Luft umspielte mein steifes Glied.

»Hamilton, Schatz«, quengelte Cassy und ich linste durch meine Wimpern auf sie hinab. Sie kniete vor mir und starrte mich aus großen, braunen Augen flehend an. Ihre vollen Lippen glänzten feucht, und ich würde sie am liebsten wieder auf meinen Schwanz drücken. Aber das brachte sicher auch nichts. »Wenn du nicht mitarbeitest, kann das hier ewig dauern.« Ihre Worte waren wohl überlegt, trotzdem fühlten sie sich wie ein Schlag ins Gesicht an.

Hamilton Hardington, entmannt durch eine vorlaute Göre!

»Ich versuche es doch!«, blaffte ich sie an und rieb mir über die Augen.

»Es ist diese Frau, oder?« Ich erkannte die Stimme nicht auf Anhieb, es hätte jede von ihnen sein können.

»Ich weiß nicht, was ihr meint!«, knurrte ich als Antwort und hoffte, nicht nur sie, sondern auch meinen Kopf zum Schweigen zu bringen.

»Glaube ja nicht, wir wären blind oder gar dumm. Wir haben es aus den Nachrichten erfahren und es zuerst für ein Gerücht gehalten. Aber seit einigen Tagen verhältst du dich seltsam.« Patrice sprach energisch auf mich ein und hatte die Augenbrauen zusammengezogen.

»Ich weiß nicht, worauf du hinauswillst«, erwiderte ich gelangweilt und griff nach meinem Drink. In letzter Zeit war Alkohol mein bester Freund. Er schaffte es, dass ich für ein paar Minuten am Tag den Stress um meine Geschäfte und Mary vergaß.

»Wieso hast du uns nicht schon früher von ihr erzählt?«, quengelte Jess und starrte mich aus moosgrünen Augen an.

»Da gibt es nichts zu erzählen«, schnauzte ich sie an und bereute es in der nächsten Sekunde. Sie waren meine Mädchen, meine Lieblinge und ich behandelte sie in diesem Augenblick wie Dreck. »Ich meine, ...«, setzte ich neu an und rang nach Worten, »da gibt es überhaupt nichts zu erzählen. Sie ist weder meine Schlampe noch meine Geliebte.« Mein Stammeln klang lächerlich und ich würde mir am liebsten selbst in den Arsch treten. Wann war ich so ein verdammtes Weichei geworden? Wo war der Kerl, der mit einer Waffe auf seine Gegner zielte und abdrückte? Der keine Furcht im Angesicht des Todes zeigte?

»Erzähl uns von ihr«, bat Jess und sah mich aus ihren großen Augen neugierig an. Ich versuchte, standhaft zu bleiben, aber meinem kleinen Mädchen konnte ich noch nie etwas abschlagen.

»Ach, Scheiße!«, stieß ich aus und fuhr mir durch die Haare. »Da gibt es nichts zu erzählen. Ich habe sie im Schlammviertel aufgegabelt und mit zu mir genommen. Fertig!«

»Hach, das klingt wie eine perfekte Liebesgeschichte. Du bist der Ritter in glänzender Rüstung, der die Jungfrau in Nöten rettet«, schwärmte Jess und ihre Augen bekamen einen glasigen Ausdruck. Ich schnaubte laut auf und trank einen weiteren Schluck Whiskey. Er befeuchtete meinen Mund und lockerte die Zunge.

»Ich bin wohl eher das Biest, dass die holde Jungfrau entführt und gefangen hält«, sagte ich zynisch.

»Aber jetzt hat sie es doch besser bei dir, oder?«, hakte Cassy nach, setzte sich auf den Boden und platzierte ihre Arme auf meinen Knien. Erwartungsvoll bettete sie ihr Kinn darauf und beobachtete mich.

»So kann man es wohl sagen«, murrte ich und nahm erneut einen Schluck. Plötzlich wurde mir das Glas aus der Hand gerissen und ich starrte erbost Patrice an. »Was fällt dir ein?«, fauchte ich und wollte nach meinem Getränk langen. Doch ich wurde von zwei energischen Händen zurückgehalten.

»Jetzt reden wir mal Klartext! Hamilton, wir kennen uns schon zu lange, als dass du mir etwas vorspielen könntest. Wie viele Jahre sind es nun schon. Zehn, fünfzehn?«, fragte sie mich und schürzte dabei die Lippen.

»Zwölf«, antwortete ich gedehnt und verdrehte die Augen.

»Das ist eine lange Zeit und ich habe dich sehr schätzen gelernt. Du sorgst dich um uns.« Jess und Cassy nickten synchron und ich unterdrückte ein weiteres Augenrollen. »Unsere Beziehung beruht auf Vertrauen. Also bitte belüg uns nicht länger!«

»Pff, was nimmst du dir heraus?«, schnaubte ich und wollte mich erheben. Jetzt drückte mich aber Cassy energisch aufs Polster zurück und funkelte mich wütend an. »Hör endlich auf, uns und dich selbst zu belügen!«

»Aber ich belüge eu...«, setzte ich an.

»Hamilton!«, unterbrach mich Cassy harsch und zeigte dabei auf meinen Schwanz, der zu einem traurigen Häufchen Elend zusammengeschrumpft war. »Deine Zunge vermag zu lügen, aber dein Körper nicht.« Fassungslos huschte mein Blick zwischen ihr und meiner erbärmlichen Männlichkeit hin und her.

»Also, willst du uns jetzt von ihr erzählen?«, fragte mich Patrice kühl. Ich sah sie an und erkannte in ihr meine Hartnäckigkeit, meinen Ehrgeiz. Ich hatte sie vieles gelehrt, womöglich zu viel?

Ich atmete tief ein und stieß die Luft wieder aus. »Ach, verdammt! Sie ist eine kleine Zicke! Ständig muss sie mir widersprechen und fordert mich heraus. Sie sieht mich immer mit einer Mischung aus Trotz und Starrsinn an.« Die Worte sprudelten aus mir heraus, als wäre ein Ventil geöffnet worden. »Am ersten Morgen wollte sie mich doch ernsthaft mit einem Korkenzieher erdolchen. Und vor ein paar Tagen habe ich mit ihr zu Abend gegessen und wisst ihr, was sie getan hat? Sie hat mich gebissen!« Zur Demonstration hielt ich ihnen meine Hand unter die Nase. Doch selbstverständlich konnte man nichts mehr von der Verletzung erkennen - die Narben hatte ich mir heute Morgen direkt entfernen lassen, damit ich unangenehme Fragen im Keim ersticken konnte. »Sie ist ein wildes Biest! Dabei heißt es doch: Beiße nicht die Hand, die dich füttert!«, stieß ich wütend aus und musste mich zusammenreißen, um nicht meine Mädchen anzuschnauzen.

Jess gluckste und hielt sich schnell eine Hand vor den Mund. Die anderen verkniffen sich ebenfalls ein Lachen und ich fühlte mich verarscht.

»Das ist nicht lustig! Sie ist so ein Miststück! Manchmal wünschte ich, ich hätte sie nie zu mir geholt!«, brüllte ich regelrecht. Mein Blut kochte in den Adern und rauschte mir durch die Ohren. Es war ein Fehler! Eindeutig! Was hatte ich mir bloß dabei gedacht? *Achja, nichts!* Wie konnte ich bloß so naiv sein?

Auf einmal fing Patrice schallend an zu lachen und Cassy stimmte verhalten mit ein. Wütend starrte ich sie an. »Was lacht ihr?« Mir gefiel nicht, in welche Richtung das Gespräch verlief. »Findet ihr meine Probleme so lächerlich?«, setzte ich hinterher, meine Kiefermuskulatur verkrampfte sich und ich runzelte gereizt die Stirn.

»Nein«, lachte sie, was eher wie ein ›Nahahahahein‹ klang. »Aber hörst du dir manchmal selbst zu? Du klingst, als wärt ihr schon ein altes Ehepaar«, erklärte sie kichernd und hielt sich eine Hand vor den Mund.

»Ich tue was?!« Langsam verlor ich meine Geduld. Trotz unserer langen Freundschaft: Wie konnte sie es wagen, so mit mir zu sprechen?

»Begreifst du denn nicht?«, sprach Jess beruhigend auf mich ein und mein Kopf schoss zu ihr. Sie legte ihre Stirn auf meine Schulter und die gelbe Perücke kitzelte mich an der Nase.

Ich pustete einzelne Strähnen fort und fragte genervt: »Was soll ich begreifen?«

»Du bist verliebt!« Ihre Stimme klang verträumt und ich konnte nur auflachen.

»Bin ich nicht!«, erwiderte ich kalt und zuckte mit der Schulter, bis sie sich von mir löste.

»Doch! Das bist du!«, sprachen Cassy und Patrice wie aus einem Mund, sahen sich an und fingen an, haltlos zu lachen.

»Sind denn alle verrückt geworden? Mir reicht schon das störrische Miststück zu Hause!« Wütend erhob ich mich und hielt auf den Ausgang zu. Das kleine Séparée war schnell abgeschritten und meine Hand lag auf der Klinke, als mich Jess' Worte innehalten ließen.

»Wieso sträubst du dich so dagegen? Die Liebe ist doch etwas Schönes.«

»Oh, er ist über beide Ohren in sie verschossen«, hörte ich Patrice sagen.

»Und wie er das ist«, stimmte ihr Cassy amüsiert zu und kicherte.

»Sei nicht so ein sturer Bock und rede einfach mit ihr!«

Jetzt reichte es mir. Ich drehte mich dem Trio halb zu und zischte: »Ihr nehmt euch zu viel heraus! Vergesst nicht, wer ich bin! Wenn ihr noch einmal so respektlos mit mir redet, vergesse ich womöglich unsere langjährige Freundschaft.« Ich wartete einen Moment und als es still blieb, fügte ich hinzu: »Jetzt geht an die Arbeit und schafft Geld für mich ran!« Mit diesen Worten schnappte ich meinen Stock, den ich neben der Tür abgestellt hatte, und verließ das Séparée. Energisch schritt ich die Galerie ab und versuchte, die Kontrolle zurückzugewinnen.

Noch immer brodelte die Wut in mir und ich ballte meine Hände zu Fäusten. Ich musste tief durchatmen, um nicht irgendetwas oder irgendjemand zu Tode zu prügeln.

In meinem Inneren hallte das Gesagte nach:

»Du bist der Ritter in glänzender Rüstung, der die Jungfrau in Nöten rettet.«

»Du bist verliebt!«

»Wieso sträubst du dich so dagegen? Die Liebe ist doch etwas Schönes?«

»Warum ich?«

Ruckartig blieb ich stehen. »Warum ich?«, flüsterte die Stimme erneut. Ich war kurz vorm Explodieren. Dieses Mädchen machte mich verrückt, selbst wenn sie nicht hier war, verfolgte sie mich.

Um mich zu beruhigen, konzentrierte ich mich auf das Getümmel unter mir. Von der Galerie aus hatte ich den perfekten Blick auf die Tanzfläche. Meine anderen Mädchen umgarnten die reichen Geschäftsmänner mit bunten Kostümen und blanker Haut. Es wurde viel gelacht und noch mehr getrunken. Jeder von ihnen würde heute ein kleines Vermögen dalassen.

Der Gedanke an das fließende Geld holte mich etwas herunter und ich konnte wieder freier atmen. Ich setzte einen Fuß vor den anderen, war schon fast an der Treppe angekommen.

Der Lärm ging mir auf die Nerven und ich wollte dringend an die frische Luft. Ein Blick auf mein linkes Handgelenk verriet mir die Uhrzeit. Es war kurz nach achtzehn Uhr. Ich musste nach Hause, wenn ich noch rechtzeitig bei meiner Mutter erscheinen wollte. Schnell lief ich die Treppe hinunter und hielt auf die Bar zu.

»Wir gehen, Ron!«, rief ich meinem Freund über die Lautstärke hinweg zu. Er nickte als Antwort, erhob sich von dem Barhocker und baute sich zu seiner vollen Größe auf. Herumstehende Gäste beäugten ihn misstrauisch und brachten etwas Abstand zwischen sich und den Hünen.

»Konnten Sie ihre Geschäfte erledigen, Mister Hardington?«, fragte er mich formell.

»Nein!«, sagte ich etwas zu forsch und fügte schnell hinzu: »Lass uns gehen. Meine Mutter wartet sicher schon auf Mary und mich.«

»Geht klar!« Ron schloss sich mir an und ich bahnte mir einen Weg nach draußen. Kaum durchschritt ich die Tür, sog ich die frische Luft des angehenden Abends tief in meine Lungen. Die Sonne neigte sich dem Horizont entgegen und würde bald untergehen. Der Wagen parkte vor dem *Lucinda* und ich stieg direkt ein, gefolgt von meinem Kumpel.

»Fahren Sie los, Joseph«, befahl ich meinem Chauffeur, der sogleich den Motor startete. Stumm blickte ich aus dem Fenster und sah die Läden des Kristallviertels an mir vorbeiziehen. Juweliere, Goldschmiede und andere Luxusläden tummelten sich in diesem Teil der Stadt und mittendrin befand sich mein Etablissement. Dank des unscheinbaren Äußeren – abgesehen von den roten Neonlichtern – passte es sich perfekt den anderen Geschäften im Viertel an.

Zwanzig Minuten später erreichten wir das *Pentagramm* und ich betrat mein Appartement. Fröhliches Gelächter schallte mir entgegen und ich runzelte die Stirn. War das Mary? Ich hatte sie noch nie lachen gehört. Sie klang so frei und unbeschwert.

Die Tür fiel hinter mir zu und sofort erstarb das Kichern. Sie hatten mich bemerkt. Ich reckte mein Kinn und setzte eine ausdruckslose Miene auf. Im Türrahmen zum Schlafzimmer blieb ich stehen und fünf Augenpaare richteten sich auf mich. Mein Blick wanderte über die Anwesenden und verharrte bei Mary. Erstaunt weiteten sich meine Augen und fast wäre mir ein »Wow« entfleucht.

Ihre Haut strahlte von innen heraus, die Wangen waren zartrosa, die schwarzen Haare fielen ihr in Wellen über die Schultern und das weinrote Kleid schmiegte sich perfekt an ihre Kurven. Sie war eine Schönheit, die ihresgleichen suchte.

Schnell fasste ich mich wieder und fragte mit kalter Stimme: »Ist sie fertig?«

19

MARIYANE

Eine unangenehme Spannung lag in der Luft. Meine Finger waren eiskalt und feucht vom Schweiß. Ich rieb mit den Handflächen über den weichen Stoff meines Samtkleides, aber es brachte nichts. Hardington war mir so nah, dass ich seinen Geruch wahrnahm – eine Mischung aus Rauch und Moos.

Die Hochhäuser der Stadt zogen an mir vorbei und lösten ein ungutes Gefühl in mir aus. Vermutlich lag es daran, dass ich nur negative Erinnerungen mit dem Autofahren verband. Meine Bestrafung als Kind, der beinahe Transport zur Mauer und meine Entführung.

Trotz meiner Nervosität war ich innerlich total aufgeregt. Es war das erste Mal nach einer Woche, dass ich mich außerhalb seiner Wohnung aufhielt. Ich würde in weniger als einer halben Stunde meinen Plan, Hardington zu schaden, in die Tat umsetzen. Nur bei dem Gedanken allein pochte mein Herz gegen meine Rippen und mir wurde übel.

Doch es musste sein. Ich musste ihn ruinieren, so wie er mein Leben ruiniert hatte. Er war dafür verantwortlich, dass mir meine Mutter genommen worden war. Nur wegen seiner dreckigen Droge war sie gestorben und das würde er mir bitter bereuen. Ich würde mich an ihm rächen und so verhindern, dass andere unschuldige Bürger dasselbe Schicksal erlitten. Ich würde sein schlimmster Albtraum sein.

»Mary?« Seine forsche Stimme riss mich aus meinen Racheplänen und ich zuckte ertappt zusammen.

»Ja?«, fragte ich ihn und ärgerte mich über meine zitternde Stimme. *Sei nicht so ein Angsthase!*, schalt ich mich und umklammerte meine eiskalten Finger.

»Es wird heute Abend ein paar Regeln geben, die du befolgen musst.« Kalte, grüne Augen ruhten auf mir und sein Gesicht ließ keine Gefühlsregung zu. Er sprach mit mir, als würden wir ein Geschäft abschließen.

»Was sind das für Regeln?«, fragte ich im gleichen Tonfall.

»Sie sind einfach. Ich bin mir sicher, es wird dir nicht schwerfallen, sie zu befolgen.« Wie er zu mir sprach, so herablassend und bedrohlich zugleich.

Mir stellten sich die Haare im Nacken auf.

»Erstens«, er hielt mir seinen linken Zeigefinger unter die Nase und ich ruckte überrascht mit dem Kopf zurück, »du redest nur, wenn du angesprochen wirst!« Seine Augenbraue zuckte und ich nickte knapp. »Zweitens.« Zu seinem Zeigefinger gesellte sich sein Mittelfinger und er rückte noch ein Stück näher. »Du bleibst immer in meiner Nähe. Wenn du dich auch nur einen Meter zu weit von mir entfernst, wird dein Arsch es morgen bitter bereuen! Du erinnerst dich an das letzte Mal, als ich ihn dir versohlt habe?«

Ich nickte. Und wie ich mich daran erinnerte. Er hatte noch Tage danach fürchterlich gebrannt und ich hatte kaum sitzen können.

»Drittens!« Er war mir nun so nah, dass ich seinen Atem in meinem Gesicht spürte und mir seine Hitze entgegen schoss. Sie verschmolz mit meiner Körperwärme und meine Haut glühte vor Erregung und Furcht. »Keinen Alkohol! Verstanden?«

Ich nickte bloß stumm und hielt den Atem an. Zu mehr war ich nicht in der Lage. Meine Mitte schrie danach, sich ihm hinzugeben, ihm die Kleider vom Leib zu reißen und das böse Mädchen zu mimen.

Reiß dich zusammen, Mariyane! Du bist keins der hohlverbrannten Weiber, die er zuhauf vor dir hatte!

»Wenn du dich daran hältst, hast du nichts zu befürchten«, erklärte er gelangweilt und wandte sein Gesicht der Straße zu.

»Und was ist, wenn ich auf die Toilette muss?« Bevor ich über die Worte nachgedacht hatte, waren sie schon aus meinem Mund geschlüpft. »Glaub ja nicht, dass ich mit dir oder Bob im Bad verschwinde.«

Eine Hand legte sich um meinen Hals und ich quietschte erschrocken auf. Er zwang mich dazu, ihn anzusehen, und ich starrte in zwei eiskalte Augen. Sein Daumen lag auf meiner Pulsader und er drückte sanft zu. Die Luft blieb mir weg und kleine Lichter tanzten vor meinen Augen. Sein Körper presste sich an meinen und raubte mir noch mehr den Atem.

»Reiz mich nicht! Sonst überlege ich mir es noch einmal, dich mit nach oben zu nehmen. Dann kannst du deinen Abend hier im Auto mit Bob verbringen!«, zischte er in mein Ohr und seine Lippen berührten für einen Moment meine Wange. Ein Beben ging durch meinen Körper und mir wurde schwarz vor Augen.

»Ich ... bekomme ... keine Luft«, japste ich. Sein eiserner Griff verschwand und ich sog die Luft in meine geschundene Lunge. Es dauerte einige Minuten, bis ich mich wieder gefasst hatte. Tränen der Wut stiegen mir in die Augen, während ich mir über den Hals rieb.

Das Prickeln in meinem Bauch war vollständig verschwunden und ich verstand nicht, wie ich auch nur eine Sekunde mit ihm sympathisieren konnte. Er war durch und durch ein elendes Arschloch.

Dir wird das fiese Grinsen noch vergehen, wenn mein Plan in die Tat umgesetzt wird. Seine Worte hatten mein Vorhaben nur noch mehr gestärkt. Er war ein mieses Schwein, das in seine Schranken gewiesen werden musste. Und ich wäre diejenige, die ihn von seinem hohen Ross holte.

»Wir sind da, Mister Hardington«, hörte ich die Stimme seines Fahrers und Mister Arsch nickte ihm zu.

»Danke, Joseph. Ich rufe dich, wenn wir nach Hause wollen«, sagte Hardington und die Tür neben mir öffnete sich. Rechts und links erkannte ich zwei massige Gestalten. Eine davon gehörte sicher zu dem wortkargen Bob.

Eine Hand wurde mir ins Wageninnere gereicht und ich ergriff sie. »Willkommen am *Red Palace*«, begrüßte mich eine mir bekannte

Stimme. Ich stieg aus und wandte mich dem rechten Kerl zu, der mir seine Hand gereicht hatte.

»Danke, Bo...«, erwiderte ich zynisch, stockte aber. Irgendetwas stimmte hier nicht. Er sah zwar aus wie Bob, aber er war es definitiv nicht. Ein wissendes Lächeln legte sich auf seine schmalen Lippen und sein Blick huschte kurz zu dem anderen Bodyguard, der links von ihm stand. Ich folgte ihm mit den Augen und erstarrte.

»Es gibt zwei von euch?«, keuchte ich und wäre fast rückwärts gestolpert, wenn da nicht das Auto gestanden hätte.

»Miss Mary, Sie haben meinen Bruder Bob bereits kennengelernt. Wenn Sie mir erlauben, mein Name ist Ronald Weagon, aber alle nennen mich Ron.« Perplex blinzelte ich ihn an. Ron sprach ganz anders als sein Bruder. Gebildeter, gewandter, als wäre er es gewohnt mit der High Society der Stadt zu verkehren.

»Sie sind ... Zwillinge?«, fragte ich ihn ungeniert. Noch immer hatte ich mich nicht unter Kontrolle. Denn dass es zwei von Bobs Sorte gab, bedeutete, dass ich doppelt aufpassen musste, damit mein Plan aufging.

»Ganz richtig. Doch ich bin der Klügere von uns beiden. Ich sage immer: Als Gott das Hirn verteilte, war Bob gerade beim Essen.« Sein Bruder grunzte und ich musste mir ein Lachen verkneifen. Kurz huschte mein Blick zwischen den beiden hin und her und mir fielen die kleinen Unterschiede auf.

Bob war etwas breiter als sein Bruder und hatte einen Ansatz von einem Bauch. Ron hingegen machte einen wachen und gesprächigen Eindruck auf mich, ganz anders als Bob.

»Darf ich Sie zum Eingang begleiten?«, fragte mich Ron und bot mir seinen Arm dar. Dankbar nahm ich ihn an. Er war der erste Mensch nach Pierre, der mich nicht wie eine Gefangene, sondern wie ein Mensch behandelte.

»Vielen Dank, wie liebreizend von Ihnen«, erwiderte ich gespielt formell und Ron grinste mich breit an.

»Sie schlagen sich gut, Miss Mary. Noch ein paar Wochen mehr und sie haben ebenfalls einen Stock im Arsch wie die anderen

Oberstädter.« Ein Kichern brach aus meiner Brust und ich hielt mir schnell die Hand vor den Mund. Ron gefiel mir, ich mochte ihn. Vielleicht war das Duo doch nicht so verkehrt. Womöglich konnte ich das zu meinem Vorteil nutzen.

Hinter mir wurde eine Wagentür zugeschlagen und ich wusste, Hardington stand nun mit uns auf dem Gehweg.

»Wollen wir?«, hörte ich seine fordernde Stimme und er überholte mich sogleich. Was wohl keine Kunst war, da ich auf Schuhen herumstöckelte, die einer Mordwaffe gleichkamen. Ich war noch keine zwei Meter gelaufen, da knickte ich schon um und wurde von Rons starken Armen aufgefangen.

»Vorsichtig, Miss Mary. Sie brechen sich sonst noch etwas.« Seine Stimme war warm und beruhigend, das glatte Gegenteil zu Hardingtons.

»Kann sie nicht einmal laufen?«

Wütend sah ich auf und funkelte Mister Arrogant an.

»Natürlich kann ich laufen! Das sind nur diese beschissenen Schuhe. Ich würde Sie gern auf solchen Todesfallen gehen sehen!«, fuhr ich ihn wütend an. Seine arrogante Art ging mir dermaßen auf die Eierstöcke, dass ich ihm am liebsten meinen spitzen Absatz dort reinschieben würde, wo es besonders wehtat.

Er überwand unsere Distanz mit wenigen Schritten und kam mir bedrohlich nahe. Zu meinem Glück schob sich Ron unauffällig zwischen uns und schirmte mich etwas von seiner Wut ab.

»Achte auf dein Mundwerk, Miststück«, zischte mein Entführer mich an.

Ich war etwas verdutzt über seine Wortwahl. Gestern Abend klang das noch anders. Da hatten wir gemütlich nebeneinandergesessen, Whiskey getrunken und gelacht. Dieser Gedanke verpasste mir einen Stich. Sogleich schüttelte ich das Gefühl ab. Mir sollte es recht sein. Wenn er sich wie ein arroganter Wichser benahm, fiel es mir bloß leichter, ihn zu hintergehen.

»Gleichfalls, Arschloch!«, erwiderte ich wütend. Er hob seine Hand und ich zuckte zurück. Doch sie blieb in der Luft schweben, er sah sich verstohlen um und war in der nächsten Sekunde wieder der kontrollierte Gentleman, den er jedem vorgaukelte, zu sein. Außer mir. Ich kannte sein wahres Gesicht! Hinter diesen sanften Augen verbarg sich ein gallespuckender Teufel.

»Na, wenn du nicht laufen kannst, werde ich dich eben tragen.«

»Bitte was?«, fragte ich und schon hob er mich hoch. Ich klammerte mich kreischend an seinem Hals fest und verlor den Kontakt zum Boden. Er trug mich wie eine Braut über die Türschwelle und die Schamesröte schoss in meine Wangen.

»Ich kann selbst laufen«, flüsterte ich zornig und wandte mein Gesicht von ihm ab.

»Das habe ich gesehen«, schnaubte er. Eine Andeutung von einem Lächeln lag auf seinen Lippen. Machte er sich über mich lustig? Nahm er mich denn kein Stück ernst? Das Ziehen in meinem Bauch, das sich in den letzten Tagen immer mehr verstärkt hatte, war wieder da. Auch wenn ich ihn mit jeder Faser meines Herzens hasste, war da dieses Gefühl in mir begraben, das immer weiter an die Oberfläche trat. Eine Anziehung, die ich nur in seiner Nähe spürte. Ich sperrte es tief in meinem Inneren ein, denn ich hatte Angst davor, mich ihm hinzugeben.

Mit mir auf dem Arm betrat er einen Fahrstuhl und stellte mich wieder auf die Füße.

»Na endlich«, grummelte ich und richtete mein Kleid, da ich Angst hatte, dass es mir von den Schultern rutschte. Eine Strähne war aus meiner Frisur entkommen und ich strich sie mir hinters Ohr. Doch es nützte nichts, sie entfleuchte mir immer wieder.

»Warte, ich helfe dir.« Hardington drängte sich in mein Sichtfeld und berührte mit zwei Fingern meine Stirn. Vorsichtig strich er das widerspenstige Haar zurück. Sein Blick ruhte auf mir und ich schluckte schwer. Ich hasste es, wenn er mich so ansah. Dann bekam ich weiche Knie und mein rationaler Menschenverstand schaltete sich aus. Ich fühlte nur noch – es prickelte in mir und alles sehnte sich nach mehr.

Das *Bing* des Fahrstuhls ließ uns auseinanderfahren. Augenblicklich drehte er sich um und straffte seine Schultern. Eine helle Frauenstimme schallte uns entgegen und rief laut: »Charlie!« Eine ältere Dame, die aus einem anderen Jahrtausend zu stammen schien, kam zu uns herübergeschwebt. Sie zog Hardington in eine überschwängliche Umarmung und ich musste glucksen.

Charlie? Das war sein Vorname? Kein Wunder, dass er sich so niemandem vorstellte. Wer hatte schon vor jemandem Angst, der Charlie hieß? Ich musste mich zusammenreißen, um nicht gleich loszuprusten.

»Oh, da bist du ja endlich. Ich hatte schon befürchtet, du würdest mal wieder nicht erscheinen!« Sie löste sich von ihm und kniff ihm in die Wange.

»Mutter, bitte«, erwiderte er und löste ihre Hand von seinem Gesicht. »Du sollst mich doch vor anderen nicht so nennen«, belehrte er sie und sah sich zu mir um. In seinen Augen lag ein Ausdruck, der mich wieder ernst werden ließ.

»Ach, jetzt sei doch nicht so.« Sie strahlte fröhlich aus ihren graugrünen Iriden zu ihm hinauf und musterte ihn. Mit ihren Händen griff sie nach seinem Jackett und zupfte daran herum. »Was hast du heute bloß wieder an? Würde dich denn etwas Farbe umbringen?«

»Mutter!« Er umfasste ihre Handgelenke und löste ihre Finger von seinem Hemdkragen. »Ich bin kein kleines Kind mehr. Außerdem trage ich doch Farbe!«, protestierte er leise und brachte etwas Abstand zwischen sie und sich.

»Pff. Das bisschen Rot in dem ganzen Schwarz nennst du Farbe, dass ich nicht lache.« Spöttisch stieß sie die Luft aus und rollte mit den Augen.

»Ich trage nun mal gern …«, wollte Hamilton sich weiter rechtfertigen, doch die Aufmerksamkeit seiner Mutter lag plötzlich auf mir.

»Oh, wie wunderbar! Du hast sie mitgebracht.« Augenblicklich wandte sie sich mir zu und zog mich ebenfalls in eine viel zu herzliche Umarmung. »Wie schön, dich zu sehen. Ach Gottchen, bist du dünn. Wird Zeit, dass du was auf die Rippen bekommst. Ich bin übrigens Beatrice, Charlies Mutter. Aber sicher weißt du das schon. Du darfst mich Trixie nennen. Was trägst du denn für ein wundervolles

Kleid? Hat das Pierre für dich gezaubert?« Sie überhäufte mich mit ihren Fragen, hakte sich bei mir unter und zog mich tiefer in die riesige Wohnung.

Es gab keinen richtigen Flur, vielmehr trat man aus dem Fahrstuhl direkt in ein pompöses Wohnzimmer, das sich von der einen Seite der Wohnung zur anderen erstreckte und daher rechts und links Fenster besaß. Ich fragte mich, ob ihr das gesamte Stockwerk vorbehalten war, so groß erschien mir ihr Appartement. Wie viel ihn das wohl kostete? War das der Grund, wieso sein Appartement gegen dieses wie eine billige Absteige wirkte? Weil er sich selbst kein Besseres leisten konnte, oder gar wollte?

Doch Trixie gab mir keine Zeit, weiter darüber nachzudenken. Sie drückte mir ein Glas Sekt in die Hand und bombardierte mich direkt mit noch mehr Fragen. Den stechenden Blick seitens Hardington ignorierte ich.

»Du musst mir unbedingt erzählen, wie ihr euch kennengelernt habt. Charlie erzählt mir ja nie etwas. Habt ihr schon über Kinder gesprochen und über Heirat?«

Ich verschluckte mich an meinem Getränk und ein heftiger Hustenanfall schüttelte mich durch, der mir die Tränen in die Augen trieb. Das Glas wurde mir prompt aus der Hand genommen. Ich klopfte mir kräftig auf die Brust.

»Ach, armes Kind. Ich hole dir schnell eine Serviette«, trällerte seine Mutter und rauschte davon. Noch immer hustete ich und hielt mir eine Hand vor den Mund. Die Menschen um uns herum warfen mir merkwürdige Blicke zu und ich wollte mich am liebsten auf den Rückweg begeben.

Vielleicht war das hier doch keine gute Idee.

Auf einmal spürte ich eine Hand auf meinem Rücken und Hardington drückte mich leicht an sich. Sein Daumen strich über meine bloße Haut und mein Körper reagierte prompt auf seine Berührung. Elektrische Stöße durchzuckten meine Nerven und in meinem Bauch prickelte es. War das dem Alkohol geschuldet?

»Alles in Ordnung?«, fragte er mich.

Mein Blick suchte seinen und das erste Mal konnte ich Wärme in seinen Augen erkennen.

»Ja«, hauchte ich und erkannte meine eigene Stimme nicht wieder. Sie klang rauchig und kratzig. Ein schiefes Lächeln umspielte seine Lippen und es raubte mir den Atem.

»Hier, Mary. Da hast du ein Tuch.« Die Stimme von Trixie ließ uns auseinanderfahren, als hätte ein Blitz zwischen uns eingeschlagen. Ich wandte mich ihr zu und zwang mich zu einem Lächeln.

»Ich danke dir.« Sie reichte mir eine weiße Stoffserviette und ich tupfte damit meinen Mund ab.

»Jetzt, wo du wieder Luft bekommst, verrate mir: Hat er dir schon einen Antrag gemacht?« Meine Augen weiteten sich und ich wusste nicht, was ich antworten sollte. Diese Frau war auf eine Art unglaublich aufdringlich, aber irgendwie auch super fürsorglich. Ich wusste nicht, ob ich böse sein, oder sie bloß herzlich umarmen sollte.

»Bitte bedränge sie nicht. Wir sind doch ganz frisch zusammen und wir haben noch über nichts dergleichen gesprochen«, rettete mich Hardington und der Druck seiner Hand auf meinem Rücken verstärkte sich. Auch ihm schien dieses Thema und die gesamte Situation mehr als unangenehm zu sein.

»Wie schade. Charlie, denk doch an deine arme Mutter. Ich wünsche mir so sehr Enkelkinder.« Der Ausdruck in Trixies Augen veränderte sich und sie sah flehend zu ihrem Sohn hinauf. Nun endlich verstand ich, wieso er seiner Mutter hörig war. Sie hatte eine Art an sich, der *Mann* nichts abschlagen konnte.

»Lass uns das bitte ein anderes Mal besprechen, Mutter. Du siehst doch, dass du Mary damit verschreckst!«

»Hey! Benutze mich nicht als Ausrede!«, wollte ich ihm an den Kopf werfen. Aber der Blick, den er mir zuwarf, ließ mich die Worte hinunterschlucken. Stattdessen lächelte ich Trixie freundlich an und erinnerte mich an die erste Regel: *»Du redest nur, wenn du angesprochen wirst!«*

»Ach, sei doch nicht so«, tat sie seine Worte mit einem Winken ab. »Aber wenn du unbedingt willst.« Sie schürzte die Lippen und wirkte eingeschnappt.

»Bitte entschuldige uns. Ich würde mich gern dem Büfett widmen.« Kaum hatte er das gesagt, schob er mich bereits durch den großen Saal. Wir hielten auf eine lange Tischreihe an der gegenüberliegenden Wand zu. Das angerichtete Festmahl reichte von einer Seite zur anderen und könnte eine fünfköpfige Familie eine Woche lang ernähren. Ausnahmsweise ließ ich es zu, dass er mich herumschubste, wie er es wollte. Denn der Hunger plagte mich und der Sekt war geradewegs durch meinen Magen in die Adern übergegangen und ich konnte meine Wangen brennen spüren.

Ich schnappte mir einen schneeweißen Teller mit Goldrand und schaufelte von allem etwas darauf. Hummer lagen neben filetiertem Fisch, Pasteten neben kleinen Törtchen und ich konnte mich kaum sattsehen. Aus Gewohnheit griff ich zu einem Glas, in dem eine durchsichtige Flüssigkeit prickelte. Ich setzte es an meine Lippen und wollte einen Schluck trinken. Doch Hardington nahm es mir aus der Hand und taxierte mich mit seinen kalten Augen.

»Wie war die dritte Regel?«, zischte er nur für meine Ohren.

»Keinen Alkohol!«, murmelte ich beleidigt und wandte mein Gesicht von ihm ab. Aus dem Augenwinkel bemerkte ich, wie er das Glas an seine Lippen setzte und es in einem Zug leerte.

»Aber Sie dürfen, oder was?«, murmelte ich in mich hinein.

»Ganz richtig! Ich habe ihn auch bezahlt«, flüsterte er mir zu und die Schamesröte schoss mir in die Wangen – er hatte mich gehört.

Ich konzentrierte mich auf mein Essen und kaute extra langsam. Mein Blick wanderte über die anwesenden Gäste und ich hielt Ausschau. Nach wem genau konnte ich zu diesem Zeitpunkt noch nicht sagen.

20

HAMILTON

Für einen Moment gestattete ich mir, sie zu beobachten. Mit meinen Augen folgte ich der Linie ihres Mundes, bewunderte ihre spitzzulaufende Nase und blieb an ihrer Narbe hängen. Ich hatte sie bisher als Verschandelung ihres wunderschönen Äußeren betrachtet, doch je länger ich Mary anstarrte, desto besser gefiel sie mir. Sie gehörte zu ihr wie mein Tattoo zu mir. Vermutlich gab es hinter der alten Verletzung eine Geschichte. Sonst würde sie nicht so daran hängen.

Ich erinnerte mich an den Tag zurück, als Pierre mir vorschlug, mein Tattoo entfernen zu lassen. Damals hatte ich ähnlich wie Mary reagiert: Mit Ablehnung. Der Körperschmuck war in einer Zeit entstanden, als mein Bruder noch lebte. Es sollte unsere Verbundenheit, unsere Familie verkörpern. Jeder in seiner damaligen Gang hatte ein ähnliches besessen. Selbst die Schlampe, die ihm das Leben gekostet hatte.

Zähneknirschend stellte ich fest, dass ich ein weiteres Mal abgedriftet war. Dabei hatte ich mir geschworen, die Vergangenheit hinter mir zu lassen. Ich war nicht mein Bruder und nicht mehr der kleine Junge von damals.

Um mich abzulenken, trank ich einen Schluck und schaute mich um. Dabei traf mein Blick auf ein bekanntes Gesicht und ich nickte Misses Valua zu. Sie prostete mir mit ihrem Sektglas zu und ruckte mit dem Kinn in Marys Richtung. Daraufhin reckte sie einen Daumen in die Luft und grinste mich mit glasigen Augen an. Sie hatte wohl schon vor der Party eine Pille Seratos eingeworfen. Ich erhob ebenfalls mein

Glas und deutete eine Verbeugung an. Schnell wandte ich mich von ihr ab, um sie nicht zu ermuntern, sich zu uns zu gesellen.

Erst jetzt fiel mir auf, dass die Blicke der Gäste auf Mary ruhten. Die Frauen starrten neidvoll und die Männer lüstern, aber wen wunderte das. Sie sah heute Abend verdammt scharf aus. Sie war begehrenswert, nein, sie *wurde* begehrt!

Dieser Gedanke versetze mir einen Stich. Einerseits aus Stolz, weil diese Dame *meine* Begleitung war. Aber unter den Stolz mischte sich noch etwas anderes – Eifersucht. Mary gehörte mir und niemandem sonst. Jeder, der sich ihr auch nur auf einen Meter nähern sollte, würde meinen Zorn zu spüren bekommen. Sie war mein!

Ich hoffe, du kostest den Abend in Freiheit aus, Schneewittchen. Denn so bald wirst du nicht mehr dazu kommen. Jede Minute, die du außerhalb meiner Wohnung verbringst, stellt eine Gefahr dar. Nicht für dich, sondern für mich: Ich könnte dich verlieren. Jemand könnte dich mir wegnehmen! Und das gilt es zu verhindern.

»Das bleibt unter uns, verstanden?«, brummte ich. Es war ein trauriger Versuch, von meinen Gefühlen abzulenken, doch ich konnte es mir nicht erlauben, zu lange darüber nachzudenken. Gespielt gelangweilt schob ich mir ein Stück Brot mit Kaviar in den Mund und wartete auf ihre Antwort. Aus dem Augenwinkel beobachtete ich, wie sie mir einen giftigen Blick zuwarf und ihre Lippen vor Wut zu einer schmalen Linie zusammenpresste.

»Was?«, fragte sie scharf und ließ dabei absichtlich die förmliche Anrede aus.

»Mein Name.«

Ein Schnauben drang aus ihrer Brust und ich wandte mich ihr zu. Ihre bernsteinfarbenen Augen blitzten vor Zorn.

»Charlie meinen Sie?«, fragte sie und reckte ihr Kinn. Sie wollte stark wirken, doch ich wusste, tief in ihrem Inneren war sie ein zartes, zerbrechliches Ding. Und ich würde es schaffen, ihr wildes Auftreten zu zähmen und sie gefügig zu machen. Sie hatte sich in meinem Netz verfangen und wusste es nur noch nicht.

»Warum nennt Sie Ihre Mutter so?«, fragte sie mich kokett.

Mein Blick wurde magisch von ihrem Mund angezogen und ich leckte mir abwesend über die Lippen.

»Ich werde ganz sicher nicht mit dir darüber reden«, erklärte ich abwehrend und löste meinen Blick von ihr. Ich starrte blind geradeaus, ohne etwas zu erkennen. Dieses Mädchen machte mich wahnsinnig. In der einen Sekunde wirkte sie schwach und zerbrechlich und ich wähnte mich ganz nah an meinem Ziel. In der Nächsten war sie wieder trotzig und sturköpfig und ich würde ihr am liebsten den Arsch versohlen. Bei dem Gedanken an ihre letzte Bestrafung juckte es mir bereits in den Fingern.

»Was hast du denn, Charlie?«, fragte sie mich und etwas in mir explodierte.

Ich löste eine Hand von meinem Teller und umfasste ihren Hals, wie ich es im Auto getan hatte. Ich drückte sanft zu und ihre Augen weiteten sich erschrocken.

»Wie lautete noch mal die erste Regel?«, flüsterte ich und kam ihrem Gesicht verdammt nah, zu nah. Ihr Duft nach Rosen stach mir in die Nase und umnebelte meinen Verstand. Ich wollte mich in ihren Augen verlieren, meinen Mund auf ihren pressen und mich in sie versenken.

»Ich darf nur sprechen, wenn ich angesprochen werde.« Ihre gekrächzten Worte holten mich aus meiner Trance und ich trat abrupt einen Schritt zurück. Dabei ließ ich sie los und Mary schnappte nach Luft. Sie rieb ihren Hals und sah mich zornig an.

»Sie sollten sich besser zusammenreißen, wir sind nicht allein.« Sie hatte recht.

Wir waren nicht allein. Schnell sah ich mich um. Es schien, als wären wir nicht mehr die Hauptattraktion, zumindest beachtete uns keiner mehr. Alle waren sie in hitzige Diskussionen verwickelt, lachten gekünstelt oder hingen high und betrunken in der Sofaecke am Kamin herum. Aber ihre drohenden Worte sollten mir eine Lehre sein, mich besser zu kontrollieren. Das fiel mir doch sonst so leicht, wieso nicht in ihrer Nähe?

»Hamilton!«, rief jemand meinen Namen und ich schreckte zusammen. In der nächsten Sekunde hatte ich mich wieder gefangen und hielt nach dem Sprecher Ausschau. »Ist das deine Freundin? Wow, du hast dir da aber einen heißen Feger geangelt.« Tief atmete ich durch und drehte mich erst dann dem ungebetenen Gast zu.

»William, schön dich zu sehen!« War es nicht! Ich hasste ihn! Nicht nur, weil er mein größter Konkurrent, sondern auch ein schleimiger und hinterlistiger Wichser war. Er breitete seine Arme aus und ich erwiderte unwillig die Umarmung.

»Wie laufen die Geschäfte?«, fragte William und seine blauen Augen glänzten schelmisch auf.

»*Als ob ich dir darüber etwas verraten würde, du Ratte*«, wollte ich antworten. Stattdessen erwiderte ich: »Hervorragend. Ich kann nicht klagen.«

»Das hört man gern. Sag mal, könnte ich vielleicht fünf Minuten deiner Zeit entbehren?«

»*Nein*«, hätte ich am liebsten gesagt, nickte dann aber.

»Klasse. Ich hoffe, dass ist auch in Ordnung für Sie, Miss.«

Mary blieb vor Überraschung der Bissen im Halse stecken, als er sie ansprach. Kurz hustete sie, während ihr Blick zwischen mir und ihm hin und her huschte.

Ungeduldig zog ich eine Augenbraue hoch und endlich kam Bewegung in sie. Mary schluckte das Stück Lachsbrot – wofür sie scheinbar ein Faible entwickelt hatte – hinunter und räusperte sich.

»Selbstverständlich. Aber bringen Sie ihn mir heil zurück. Ich brauche ihn noch.« Sie lächelte neckisch und ich starrte sie perplex an.

Was meinte sie damit? »Ich brauche ihn noch.« War das nur eine Floskel, die sie gelernt hatte, oder steckte noch mehr dahinter? Wollte sie damit wirklich ausdrücken, dass sie *mich* brauchte?

Doch bevor ich darüber weiter nachdenken oder sie gar fragen konnte, zog mich William schon von ihr fort und erwiderte: »Keine Sorge, Miss. Ich werde ihm kein Härchen krümmen.«

Das Lächeln, das sie ihm daraufhin schenkte, verschlug mir den Atem. Es war so herzlich und ehrlich, eine Spur verschlagen, aber so rein.

Etwas stimmt hier nicht, schoss es mir durch den Kopf.

Plötzlich fand ich mich neben dem Kamin in einem weichen Sofa wieder und William ließ mir keine Zeit, weiter über Marys Verhalten nachzudenken. Er setzte sich mir gegenüber und rieb sich aufgeregt die Hände. Ich warf einen Blick zurück: Mary stand noch immer beim Büfett und ihre Augen wanderten über die anwesenden Gäste.

Sie sah zu mir hinüber und als sich unsere Blicke trafen, stand die Welt still. Da war nur noch sie in ihrem bodenlangen Kleid. Ich schluckte. Es zog mich zu ihr, ich wollte aufstehen, sie in den Arm nehmen und küssen. Sie sollte mir gehören mit jeder Faser ihres Körpers!

»Hörst du mir zu, Hamilton?« Eine nervige Stimme riss mich aus meinen Träumen und plötzlich prasselten der Lärm und die Gerüche der Feier auf mich ein. Der Moment war vorbei und ich war William dankbar für diese Unterbrechung. Nicht auszudenken, was ich getan hätte, wenn ich meinen Trieben nachgegangen wäre.

»Was willst du, William?«, fragte ich ihn gefasst und lehnte mich zurück. Ich musste mich zusammenreißen. Mehr Abstand zu Mary gewinnen, sonst würde ich mich verlieren, mich verlieben. Und was hatte mich das Leben gelehrt? Liebe war eine Schwäche!

21

MARIYANE

*E*r ließ mich wahrhaftig allein. Nach seiner Ansage, oder besser gesagt seiner Drohung im Auto, hatte ich nicht daran geglaubt, auch nur eine Sekunde für mich zu haben. Aber hier stand ich, ohne einen Aufpasser. Bob und sein gesprächiger Zwillingsbruder Ron hatten sich neben dem Fahrstuhl postiert. Offensichtlich eine Sicherheitsmaßnahme, um mich an einer Flucht zu hindern. Gut, dass ich nicht vorhatte zu fliehen. So würde ich meinen eigenlichen Plan in die Tat umsetzen können.

Hungrig stopfte ich mir immer weiter kleine Pastetchen und Schnitten mit Fisch in den Mund und sah mich um. Ich wusste nicht genau, nach wem ich Ausschau hielt, aber ich hoffte, es bald herauszufinden.

»Du musst die Auserwählte von Mister Hardington sein«, unterbrach eine zwitschernde Stimme meine Gedankengänge und ich schluckte hektisch den Bissen hinunter. Eine blonde Schönheit, die sich in ein enges, rosafarbenes Kostüm gequetscht hatte, strahlte mich fröhlich an und hatte ihre schwarzhaarige, ebenso umwerfende Freundin im Schlepptau.

»Wie bitte?«, fragte ich nach, da ich ihre Worte nicht genau verstanden hatte.

»Ich hatte es nur für ein Gerücht gehalten, dass er selbst in die Welt gesetzt hat, damit ihn die Frauenwelt in Ruhe lässt, aber hier stehst du.« Sie grinste mich freundlich aber zugleich auch herablassend an, überging meine Frage komplett und ließ lieber ihren Blick missbilligend über meinen Körper wandern. Plötzlich fühlte ich mich in dem Kleid unwohl und trat unruhig von einem Fuß auf den andern.

»Ganz schön dünn ist sie, nicht wahr, Veronica?«, richtete sie die Frage an ihre Freundin.

»Hey, ich ...«, setzte ich zu einem Protest an.

»Da sagst du was. Sie sieht aus, als hätte sie monatelang nichts zu sich genommen. Weiß sie denn nicht, dass zurzeit Kurven angesagt sind?« Um ihre Worte zu unterstreichen, vollführte sie kreisende Bewegungen mit ihrer Hüfte. Ihr blaues, aufgebauschtes Tüllkleid betonte ihre Sanduhrenfigur und raschelte bei jeder Bewegung. »Oder haben wir etwas verpasst?«, fügte Veronica erschrocken hinzu und starrte ihre Freundin mit großen Augen an.

»Bitte?!«, stieß ich entrüstet aus. Doch keine der beiden Damen schenkte mir auch nur für eine Sekunde ihre Aufmerksamkeit.

»Nein, das kann nicht sein«, winkte diese ab und lächelte hochnäsig. »Das hätte ich mitbekommen. Aber zurück zu dir«, richtete sie sich wieder an mich. »Ich muss ja schon sagen, dass du ganz schön mutig bist, dich mit diesen Wülsten auf deinem Rücken blicken zu lassen. Ich hätte sie mir schon längst entfernt.«

»O ja, da sagst du was, Linda. Ich bin als Kind gegen eine offene Schranktür gelaufen und hatte eine kleine Narbe an der Stirn davongetragen. Kaum war ich volljährig, habe ich sie mir lasern lassen, zu peinlich war mir das«, plauderte Veronica fröhlich drauflos. Die zwei redeten über mich, als wäre ich nicht im selben Raum. Ob sie die perfekten Opfer abgaben, um meinen Plan in die Tat umzusetzen?

»Trägst du deine Narben als Modeaccessoire? Sind die aufgemalt?«, wollte Linda von mir wissen und ich starrte sie irritiert an.

»Nein!«, fuhr ich ihr über den Mund, doch sie ignorierte mich. Stattdessen beugte sie sich leicht zur Seite, um einen Blick auf meinen entblößten Rücken zu erhaschen und ich drehte mich schnell von ihr weg. Nein, diese beiden Frauen würden mich meinem Ziel nicht näherbringen. Auch wenn ihr Leben nur aus Klatsch und Tratsch zu bestehen schien, brauchte ich etwas anderes, jemand anderes.

»Die sind sicher nicht echt, hab ich recht?«, mutmaßte Linda weiter.

Hatten die nichts Besseres zu tun, als mir auf die Nerven zu gehen? *Wahrscheinlich nicht.*

»Ich sag dir, die sind bestimmt aufgeklebt. Niemals sind die echt«, stellte sie Vermutungen an und beugte sich näher zu ihrer Freundin. Sie flüsterte Veronica etwas zu und ich spitzte die Ohren: »Ich brauche auch solche Narben. Nächste Woche trägt sie sicher jede Frau im Kristallviertel, vielleicht sogar in der ganzen Stadt. Wir müssen schnell sein, bevor Mercedes davon Wind bekommt und sich vor mir den Hype zu Nutzen macht. Du weißt doch noch, wie sehr ich sie hasse, weil sie mir einmal mit den aufgeklebten Augenbrauen zuvorgekommen ist?!« Veronica nickte verschwörerisch und setzte sogleich ihr falsches Lächeln auf.

Ich war absolut genervt. Am liebsten würde ich weggehen und sie dumm stehen lassen. Doch die zweite Regel schwirrte mir im Kopf herum: *»Du bleibst immer in meiner Nähe. Wenn du dich auch nur einen Meter zu weit von mir entfernst, wird dein Arsch es morgen bitter bereuen!«* Ich schluckte meinen Ärger hinunter und machte gute Miene zum bösen Spiel.

»Vielleicht lasse ich mir auch solche Male schminken. Nicht unbedingt im Gesicht, das würde ich nicht verschandeln wollen. Ich habe doch so ein Hübsches. Es hat Jahre gedauert und eine Menge Geld gekostet. Außerdem ist mir meine äußere Erscheinung sehr wichtig, nicht wie dir.« Linda sprach mich direkt an und ich schenkte ihr ein grimmiges Lächeln. Ihr schien nicht aufgefallen zu sein, dass sie mich mit ihrer Aussage beleidigt hatte. »Aber vielleicht am Arm oder wie du auf dem Rücken. Aber nein, ich will dich ja nicht nachmachen.«

Noch immer starrte ich die Frauen an, die lieber *über* anstatt *mit* mir sprachen.

Veronica klinkte sich erneut in die Unterhaltung ein: »Du musst uns unbedingt verraten, wie du das gemacht hast. Silikon? Hautimitate? Aufgemalt? Verrate uns dein Geheimnis!« Mit jeder Frage rückten mir die beiden Damen näher auf den Pelz und drängten mich in eine Ecke. Gleich würde ich in der Falle sitzen und wäre ihnen schutzlos ausgeliefert.

»Ich, ich …«, stammelte ich und brachte doch keinen ganzen Satz heraus. Was hätte ich ihnen auch antworten sollen? Sie waren echt, Punkt! Ob sie mir glauben würden, stand auf einem anderen Blatt geschrieben.

»Lasst sie doch in Ruhe, ihr Aasgeier!«, rief eine feste, weibliche Stimme. Ich wurde am Arm gepackt und von Veronica und Linda fortgezogen. Der Teller verschwand aus meiner Hand und ich sah mich verwirrt um. Doch alles passierte so schnell, ich wusste nicht, wo ich hinsehen sollte. Die Umgebung verschwamm und ich wurde unentwegt mitgerissen.

Die beiden Damen protestierten hörbar, redeten durcheinander. Derweil wurde ich durch eine Tür in ein benachbartes Zimmer geschubst und der Lärm der Party und ihr Gezeter verstummte hinter mir. Erleichtert atmete ich durch. Ein Gedanke schoss mir durch den Kopf und mir wurde heiß und kalt zugleich. Ich hatte Regel Nummer zwei gebrochen. *O verdammte Scheiße!*

»Wie heißt du?«, fragte mich dieselbe Stimme, die mir zu meiner Rettung geeilt war. Mechanisch drehte ich mich ihr zu, da ich in Gedanken völlig woanders war. Ihr Anblick verschlug mir die Sprache und leerte meinen Verstand.

Zwei haselnussbraune Augen blickten mich freundlich an und ihre vollen, roten Lippen waren zu einem warmen Lächeln verzogen. Sie hatte perfekte, ebene Haut und leuchtete von innen heraus. Braunes, wallendes Haar umrahmte das spitzzulaufende Gesicht und betonte ihre Augen. Als wäre das nicht genug, besaß diese Frau eine perfekte Sanduhrenfigur, die in einem bodenlangen, nachtblauen Kleid steckte.

»Alles gut?«, fragte sie mich leicht besorgt und runzelte die Stirn. Ich klappte meinen Mund zu – ich wusste nicht, wie lange ich sie angestarrt hatte – räusperte mich und erwiderte: »Ja, in Ordnung. Gut.« Mein Verstand war zu keinem vernünftigen Satz in der Lage und ihr Blick war voller Sorge.

»Sicher?«, hakte sie nach und berührte mich leicht an der Schulter. Allein diese Geste jagte mir einen Schauer über den Rücken. Die rohe, sexuelle Anziehung dieser Frau schüchterte mich ein und ich konnte nicht mehr klar denken.

»Ja, ja!«, antwortete ich hektisch und schob mir beschämt die lästige Strähne von vorhin hinters Ohr. »Ich wollte sagen, mir geht es gut. Danke, dass du mich vor diesen Plappermäulern gerettet hast. Ich dachte schon, die hören niemals auf zu quasseln.«

Ein entzückendes Lachen drang aus ihrer Brust. »Ich weiß, was du meinst.« Sie wandte sich von mir ab und hielt auf eine kleine Bank zu, die in ein riesiges Bücherregal eingefasst war. Erst jetzt nahm ich den Raum in seiner Gänze wahr. An allen Wänden erstreckten sich riesige Regale, vollgestopft mit Büchern, Zeitschriften, Instrumenten, Knochen von kleinen Tieren und vieles mehr. Mitten im Raum befand sich ein Tisch mit grünem Filzüberzug und einer seltsamen Kante. Der Sinn eines solch merkwürdigen Möbelstückes erschloss sich mir nicht.

»Willst du dich nicht zu mir setzen?«, fragte sie mich. Noch immer stand ich wie angewurzelt an der Tür. Hamiltons Drohung kreiste erneut in meinem Schädel herum und ich war hin und hergerissen. Einerseits wollte ich nichts anderes, als ihn ans Messer zu liefern. Andererseits meldete sich genau jetzt die Stimme in meinem Kopf und redete mir ein, dass es falsch wäre.

Er hat sich bisher an sein Wort gehalten, dir nichts ohne Grund zu tun. Bei ihm hast du es gut, er beschützt dich vor der Garde und gibt dir zu essen. Willst du das ruinieren?

»Keine Sorge, ich beiße nicht.« Ihr breites Lächeln beruhigte mich etwas.

Kurz schüttelte ich den Kopf und verdrängte die Stimme. Vielleicht war er momentan halbwegs nett zu mir, aber was war mit all den anderen Menschen, die wegen ihm litten? Die wegen seinem Zeug starben? Hatten sie keine Gerechtigkeit verdient?

Mit gezielten Schritten lief ich auf sie zu und setzte mich neben sie. Ich drehte mich so, dass ich sie ansehen konnte und unsere Knie sich berührten. Kleine elektrische Stöße schossen mir die Beine hinauf und eine Hitze sammelte sich zwischen meinen Schenkel. *Himmel! Was passierte hier gerade? So habe ich mich noch nie gefühlt!*

»Ich bin Penelope, aber du darfst mich gern Penny nennen, wenn du möchtest.« Ihre Stimme war wie warmer Honig und ich war der hungrige Bär, der sich die Lefzen danach leckte.

»Hi, ich bin Mary«, stammelte ich. Dabei fiel mir zu spät auf, dass ich mich mit dem Spitznamen, den Mister Hardington nutzte, vorgestellt hatte.

»Ich weiß«, gluckste sie. »Jeder in der Stadt kennt deinen Namen, aber nicht deine Geschichte. Willst du mir nicht etwas über dich erzählen?«

»Ach, da gibt es nicht viel zu erzählen«, winkte ich ab und biss mir auf die Zunge. Genau das, war es doch, was ich wollte! Allen meine Geschichte erzählen! Wieso brabbelte ich stattdessen diesen Müll?

»Ich verstehe.« Penny kniff die Augen zusammen und ich befürchtete, sie würde das Interesse an mir verlieren. Statt meiner Entführung würde über die langweilige Frau an der Seite von Mister Hardington in den Nachrichten berichtet werden. Mein Plan wäre gescheitert und ich weiterhin seine Gefangene.

Ich öffnete den Mund und wollte etwas sagen, irgendetwas über mich erzählen, mich interessanter machen. Doch Penny kam mir zuvor, berührte mein Knie und fragte: »Ich hol mir was zu trinken. Soll ich dir auch etwas mixen?«

Erleichtert stieß ich die Luft aus und lächelte sie dankbar an. »Ja, liebend gern. Für mich einen Wyskei, bitte.« Ich war stolz auf mich, dass ich mir den Namen von dem goldenen Getränk gemerkt hatte. Sicher hätte sie nichts mit den Biersorten aus dem Schlammviertel anfangen können.

»Gott, bist du niedlich. Es heißt Whiskey, meine Liebe«, korrigierte sie mich mit einem Lachen in der Stimme. Sie erhob sich grazil und lief auf die andere Seite des Raumes. In einem Sekretär verbargen sich Dutzende Kristallkaraffen. Sie griff nach einer, mit der sie uns zwei Gläser einschenkte.

»Du kommst nicht aus dem Kristallviertel, stimmt's? Stammst du aus einem der nördlicheren Kantonen?«, fragte sie mich.

»Nein. Ich komme aus dem Schlammviertel«, antwortete ich ehrlich.

»Aus dem Schlammviertel? Der Unterstadt?«, fragte sie mich überrascht und sah über ihre Schulter zu mir. Ich nickte bestätigend und sie widmete sich wieder den Getränken. »Und wie kommt es, dass du Mister Hardington kennengelernt hast?«

Perfekt. Besser könnte es nicht laufen. Bye, Bye, Mister Ach-so-toll, Hello zu Hause!

22

HAMILTON

Ich verfluchte William. Hätte er mich nicht von Mary weggeholt, wäre sie nicht verschwunden. Nun suchte ich sie schon geschlagene zehn Minuten. Selbst Bob und Ron hatten sie nicht gesehen. Wenigstens bedeutete das, dass sie die Wohnung nicht verlassen hatte. Dennoch konnte sie überall sein und Mutters Appartement hatte zehn Räume; genug Möglichkeiten für sie, sich zu verstecken.

Wütend stürmte ich den Flur entlang. Ron konnte ich auf der anderen Seite sehen, wie er das Gästeschlafzimmer betrat. Hoffentlich fanden wir sie bald, nicht auszudenken, was sie in der kurzen Zeit alles angestellt hatte.

»Doch! Als wäre ich ein kleines Kind«, hörte ich Marys Stimme und stockte. Sie drang aus dem Billiardzimmer, auf das meine Mutter bestanden hatte.

Zu Ehren deines Vaters. Das ich nicht lache.

Vorsichtig drückte ich die Tür auf, bis ich durch den Schlitz zwei Frauen erkennen konnte. Mein Herz blieb stehen. Nein! Das konnte nicht wahr sein.

»Oder seine Geliebte«, fügte Penny gerade hinzu und lachte honigsüß.

Diese Schlange! Wie war sie hierhergekommen? Hatte meine Mutter sie eingeladen? Aber warum sollte sie die Presse zu sich holen. Außer sie wollte …

»*O Gott,* ich bitte dich. Mister Arrogant würde ich nicht einmal mit der Kneifzange anfassen«, lachte Mary und nippte an ihrem halbleeren Glas.

Mister Arrogant? Sprach sie von mir? In meinem Inneren brodelte es. Nicht nur, dass sie sich unerlaubt aus meinem Blickfeld entfernt hatte, nun plauderte sie auch noch fröhlich über mich.

Am liebsten wäre ich direkt in das Zimmer gestürmt und hätte Mary an den Haaren hinausgezerrt. Aber eine unbändige Neugier war in mir erwacht. Dass sie mir einen miesen Spitznamen gegeben hatte, konnte ich ertragen. Aber was dachte sie wirklich über mich? Würde sie mich verraten, oder hatte ich sie soweit, dass sie mir hörig war? Ich entschied sie zu testen und lauschte weiterhin.

»Und was hat er dann getan?«, fragte Penelope atemlos und rückte noch ein Stück näher zu Mary. Beiläufig berührte die Reporterin ihr Knie und fuhr mit den Fingern über den Stoff des Kleides, als würde sie ihn auf Wertigkeit testen wollen.

»Er hat mich sprichwörtlich übers Knie gelegt und mir den Arsch versohlt, der mir im Übrigen heute noch wehtut!«, gluckste Mary heiter und leerte das Glas. Sie warf ihre schwarzen Haare aufreizend nach hinten und klimperte mit den Wimpern. Ihre Wangen waren rot gefärbt - sie war offensichtlich betrunken!

Wut kochte in mir hoch. Mary gab intime Geheimnisse meines Lebens preis. Etwas brannte in mir, das sich danach sehnte, das Monster tief in mir freizulassen. War es das wirklich wert, fragte ich mich. Sollte ich noch länger zögern? Ich krallte eine Hand um den Türrahmen und schnaufte. Ich gab ihr eine letzte Chance, sich zu beweisen. Anderenfalls würde es ihr leidtun.

»Nein, das hat er nicht?!«, keuchte Penelope und riss ihre Augen weit auf.

»Doch hat er! Und das ist noch nicht das Schlimmste.«

»Was denn noch?« Ich verfolgte jede Bewegung von der falschen Schlange genau. Ihr Lächeln war breit, ihre Augen glänzten und ihre Finger zupften am Ohrläppchen. Ich witterte Gefahr.

»Ich glaube, er beobachtet mich. Da sind überall Kameras, ich …«, weiter kam sie nicht, denn mein Geduldsfaden riss.

Die Tür knallte gegen die Wand, als ich wutschnaubend den Raum betrat. Grob packte ich sie am Arm und mit einem Ruck stand sie auf ihren Füßen. Etwas klirrte und meine Hosenbeine wurden nass. Ich ignorierte das zersprungene Glas auf der Erde. Es war nicht wichtig.

»Es reicht«, knurrte ich ihr zu. »Wir gehen jetzt!« Ihr Atem traf mein Gesicht und ich konnte den Alkohol riechen. Es war nicht einmal Mitternacht und sie hatte es geschafft, gegen alle drei Regeln zu verstoßen. Und nicht nur das. Sie hatte alles ruiniert.

Ich schleifte sie hinter mir her, beachtete ihre unsicheren Tritte nicht und verließ ohne Verabschiedung von meiner Mutter die Soirée.

Mein Blut kochte, ich presste die Kiefer fest aufeinander und knirschte mit den Zähnen. Meine Muskeln waren zum Zerreißen gespannt.

»Ist dir überhaupt bewusst, was du da für eine Scheiße angestellt hast?«, fauchte ich Mary an und ließ damit einen Teil meiner Wut freien Lauf. Da ich ihren Anblick nicht ertrug, starrte ich aus dem Fenster. Alles in mir widerstrebte sich, sie auch nur anzusehen.

»Es tut mir leid«, schluchzte sie neben mir und ich spürte ihre Angst, ich konnte sie förmlich riechen. Sie war töricht und dumm gewesen, als sie sich von mir entfernt hatte. Doch sie hatte ihre eigene Dummheit um ein Vielfaches übertroffen.

»Das hilft mir nicht!«, schrie ich sie an und erhaschte dabei einen kurzen Blick auf ihr verängstigtes Gesicht. Sie drückte es fest gegen das Fenster, hatte die Knie angezogen und sich zu einer Kugel zusammengerollt.

Wie erbärmlich!

Da war nichts mehr von der trotzigen und störrischen Frau, die ich kennen- und schätzen gelernt hatte.

»Weißt du eigentlich, was deine kleine Aktion für Auswirkungen für mich haben wird? Hast du auch nur eine Sekunde daran gedacht, was es für mich bedeutet? Mein Unternehmen, meine Mitarbeiter,

meine Mutter?!« Mit jedem Wort redete ich mich mehr in Rage und sah rot. Ich ballte meine Hände zu Fäusten und grub meine Nägel tief ins Fleisch, sonst hätte ich sie schon längst gegen Mary erhoben. »Nein! Natürlich nicht! Du hast nur an dich gedacht! An deine eigene Erheiterung! Gott! Ich dachte, wir hätten …« Weiter kam ich nicht, mir blieben die nächsten Worte im Halse stecken.

Es war lächerlich. Wie hatte ich auch nur eine Sekunde annehmen können, dass sie etwas anderes in mir sah als das Monster, das in mir schlummerte. Diese wenigen Momente, in denen ich etwas gespürt hatte, waren nicht echt. Natürlich nicht!

Ihr Wimmern wurde lauter und mein Groll gegen sie größer. Aus dem Augenwinkel konnte ich sehen, wie sie sich gegen die Tür presste, den größtmöglichen Abstand zwischen uns brachte. Was war sie doch für ein Miststück! Ich hätte sie niemals mit zu meiner Mutter nehmen dürfen. Sie war noch nicht so weit.

»Was hast du dir dabei gedacht, verdammte Scheiße?« Ich sah sie direkt an, es schmerzte. Meine Wut brannte mir ein Loch in den Bauch und ich musste mich zügeln, um nichts Unüberlegtes zu tun. »Was ist dir dabei bloß durch den Kopf gegangen? Das würde ich verdammt gern wissen!« Wütend starrte ich auf das Häufchen Elend, das einmal Mary gewesen war. Ihr Anblick brachte mich noch mehr in Rage und ich packte zu. »Warum wolltest du unser Leben zerstören? Gefällt es dir nicht, auf Händen getragen zu werden?«

Mein Griff um ihr Kinn war hart und in ihren geröteten Augen lag Schmerz, doch kein Ton kam über ihre Lippen.

»Ich habe dich etwas gefragt! Was hast du dir dabei gedacht?!«, fauchte ich sie an und drückte fester zu. Sie kniff ihre Augen zusammen und biss sich auf die Unterlippe, noch immer gab sie keinen Laut von sich. Mit einem Ruck ließ ich sie los und bewegte meine Schultern. »Wie zu erwarten: du hast dir nichts dabei gedacht, rein gar nichts!«

Die Bilder des Abends schossen mir durch den Kopf. Mary, wie sie von Veronica und Linda belagert wurde und kein Wort herausbrachte. *Braves Mädchen,* hatte ich zu der Zeit noch gedacht. Wie dumm war ich gewesen, zu glauben, sie würde sich auch nur an eine meiner Regeln halten?

»Wie lange hat es gedauert, bis du alle drei Regeln gebrochen hattest? Zehn Minuten? Zwanzig?«, stellte ich ihr eine rhetorische Frage. »Ich sage es dir: Keine halbe Stunde!«, keifte ich und warf meine Arme in die Luft.

Mary zuckte neben mir zusammen und ein Keuchen kam über ihre Lippen. »Ich habe nur getan, was ich für richtig hielt«, sprach sie mit fester Stimme, schniefte am Ende.

Ich wollte, dass sie um sich schlug, sich verteidigte und mir die Stirn bot. Sie sollte genauso wütend sein wie ich. Nur tat sie mir diesen Gefallen nicht.

»Hör auf, zu heulen!«, brüllte ich ihr ins Gesicht und ich bewirkte damit das Gegenteil. Noch mehr stumme Tränen rollten ihr die Wangen hinab und ein Schalter wurde in meinem Inneren umgelegt.

»Ich habe gesagt, du sollst aufhören!« Mit dem Handrücken meiner rechten Hand schlug ich ihr ins Gesicht. Ihr Kopf schoss zur Seite und ihre Frisur löste sich in Wohlgefallen auf. Unter einem Schleier aus schwarzen Haaren starrte sie mich aus hasserfüllten Augen an und rieb sich die glühende Wange.

»Verreck doch in der Hölle!«, zischte mir Mary leise zu und ich hob die Hand erneut. Ihr Blick zuckte hin und her. Ich hielt in meiner Bewegung inne und starrte sie wutverzehrt an.

»Siehst du, was du mit mir machst?«, brüllte ich und ließ den Arm wieder sinken. Das hätte nicht passieren dürfen, ich hätte die Kontrolle nicht verlieren dürfen. »Wozu du mich treibst? Ich wollte das nicht! Es ist deine Schuld! Hättest du damals nicht ...« Ich stockte, erinnerte mich an den Tag zurück, als sie aus der *Wachtel* geführt worden war. Sie hatte gekämpft, sich mit Händen und Füßen gewehrt.

Damals hatte ich mir eingeredet, dass sie es verdient hatte, weil sie meine Geschäfte gefährdete. Ich hatte sie zu mir genommen, um sie zu bestrafen. Nur langsam dämmerte mir, dass viel mehr dahinter steckte. Dass ich mittlerweile anders dachte, es mir nur nicht eingestehen konnte.

»Hattest du es denn nicht gut bei mir?« Ich änderte meine Taktik, sprach sanfter, dennoch konnte ich meinen Zorn nicht aus der Stimme verbannen. »Du hattest doch alles! War das nicht genug?«

Sie schnaubte. »Genug? Du hast mir alles genommen. Mein Zuhause, meine Freiheit, ... meinen Willen!«

Ich sah rot. »Was?«

»Du hast mir alles genommen!«, wiederholte sie mit fester Stimme und hielt meinem eisigen Blick stand. »Du hast mich misshandelt, geschlagen und eingesperrt. Und dafür soll ich dankbar sein?!«

»Ich habe dich gerettet!«, fuhr ich sie an. Wie konnte sie es wagen, so mit mir zu sprechen? Am liebsten hätte ich ihr noch eine verpasst, aber meine Vernunft hielt mich zurück.

»Spiel dich nicht als Retter auf, wenn du doch das Gegenteil bewirkt hast!« Sie hob ihre Stimme und schrie mich an. »Du hast mich wie einen Vogel in einen goldenen Käfig gesperrt. Ich war nicht freiwillig da!«

»Also würdest du lieber mit den anderen vor der Mauer verrecken, als mit mir zu leben?«, brach es aus mir heraus.

»Ja, das würde ich liebend gern!« Trotz funkelte in ihren dunklen Augen auf und sie reckte mir ihr Kinn entgegen. Ich bewunderte Mary in diesem Moment genauso sehr, wie ich sie verachtete. Diese Frau löste solch widersprüchliche Gefühle in mir aus, es war das reinste Chaos an Emotionen. Ich konnte nicht klar denken. Hatte die Kontrolle verloren, und das war mit das Schlimmste.

Ein Knurren drang aus meiner Kehle. Ich beugte mich leicht zu ihr hinüber, bis unsere Gesichter nur noch wenige Zentimeter voneinander entfernt waren. »Das lässt sich einrichten!« Sie würde schon sehen, was sie davon hatte! Heute Abend ließ ich sie leiden und nur um sie morgen früh in einen Laster zu stecken, der sie hinter die Mauer brachte.

Das *Pentagramm* tauchte am Ende der Straße auf und Joseph parkte den Wagen vor dem Eingang. Ich stieg aus und zog Mary hinter mir

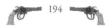

her. Sie folgte mir stolpernd und keuchend. Doch mir war es egal. Ich wollte so schnell wie möglich in mein Appartement.

Der Ton des Fahrstuhls riss mich aus meinen Gedanken und ich öffnete die Augen. Ron und Bob traten vor mir in den Flur und ich folgte ihnen mit Mary im Schlepptau. Sie konnte kaum auf ihren Schuhen laufen und das lag nicht nur allein an ihnen, sondern sicher auch am Alkohol.

»Nicht so schnell«, nuschelte sie. Doch das machte mich nur noch wütender. Ich ruckte kräftig an ihrem Arm und Mary fiel mir auf die Brust. Ihr Duft nach Rosen umwehte mich, doch ich drängte ihn aus meinen Gedanken. Aus braunen Augen sah sie ängstlich zu mir hoch.

»Sei still!«, knurrte ich ihr zu. »Du hast für heute Abend genug geredet, findest du nicht?« Abrupt drehte ich mich um und betrat meine Wohnung. Der Mond stand tief am Himmel und schien direkt in das Zimmer. Er tauchte alles in einen unheimlichen Glanz und zeichnete lange Schatten an die Wände.

Nachdem ich Mary über die Schwelle gezogen hatte, stoppte ich und drehte mich um. Ron und Bob machten gerade Anstalten, uns zu folgen, doch ich hielt sie auf.

»Eure Dienste werden heute Abend nicht mehr benötigt!« Ich sagte es schärfer, als beabsichtigt. Doch die Wut in mir war ins Unermessliche gestiegen und ich konnte sie kaum noch kontrollieren. Ich hasste dieses Gefühl, ich hasste Mary für das, was sie getan hatte.

»Aber, Hamilton«, protestierte Ron und trat einen Schritt auf mich zu.

»Kein Aber, ihr habt Feierabend! Gute Nacht!«, bellte ich und knallte die Tür vor seiner Nase zu. Ich zerrte Mary hinüber ins Schlafzimmer und schubste sie aufs Bett. Sie quietschte erschrocken auf. Mit beiden Händen packte ich den Saum ihres Kleides. Der Stoff zerriss mit einem befriedigenden Geräusch und Mary wand sich.

»Nein! Nicht! Hör auf!«, flehte sie und rutschte immer weiter das Bett hinauf. Ich bekam ihre Knöchel zu packen und zog sie wieder hinunter.

»Wieso gehorchst du mir nicht? Du machst es uns beiden nur schwerer«, brüllte ich und riss ihr das Kleid in Fetzen. »Es ist alles deine Schuld! Deine Bestrafung hast du dir selbst zuzuschreiben! *Du* treibst mich dazu!« Ich spie ihr die Worte ins Gesicht. Das letzte Stück Samt legte ihren Körper frei und ich hielt für einen Moment inne.

Sie fauchte, sie schlug um sich und kratzte mich. Hart packte ich ihre Handgelenke und presste sie auf die Matratze, sodass unsere Nasenspitzen nur Millimeter voneinander getrennt waren. Endlich wurde sie ruhig und ihr hektischer Atem kitzelte mich im Gesicht. Ich roch Rauch und Alkohol. »Je mehr du dich wehrst, desto schmerzhafter wird es«, knurrte ich.

Rasend vor Wut und Erregung schnaufte ich. Mit einem Stoß drückte ich mich von ihr ab und blickte nun auf die halbnackte Mary hinunter. Ihr Kleid war zerrissen und legte ihre Busen frei. Sie rutschte augenblicklich ein Stück das Bett hinauf und bedeckte mit einer Hand ihre Brüste.

Ich drehte mich zu meinem Kleiderschrank und kramte in den Schubladen. »Erachtest du zehn Schläge als angebracht?« Meine Stimme wurde dunkel von den Wänden zurückgeworfen. Ich erkannte sie kaum wieder, es lag so viel Wildheit und Schwärze in ihr.

Ich erhob mich, nachdem ich mein heutiges Hilfsmittel in meinen hinteren Hosenbund gesteckt hatte, und ihr Blick traf meinen. Trotz blitzte in ihren Augen auf und Tränen glitzerten auf ihren Wangen.

»Willst du mich wieder mit deinem Spielzeug streicheln?«, fragte sie und ich schnaubte.

»Spielzeug?«, höhnte ich, trat in den Kegel des Mondlichtes und Mary erstarrte.

»Hinknien!«, bellte ich den Befehl und sie zuckte zusammen. Mary kam meiner Aufforderung nicht sofort nach und meine Ungeduld kochte über. Ich packte erneut einen ihrer Fußknöchel und zog brutal daran. Vor Schmerz schrie sie auf und stürzte auf das Parkett. Sie umklammerte schützend ihre Knie und presste sich an das Bettgestell. Ihr ehemaliges Kleid fiel zu einem traurigen Haufen auf mein Parkett.

Auf einmal stand sie nackt vor mir und krümmte sich zu einer Kugel zusammen. Sie gehorchte mir immer noch nicht und das machte mich rasend. Mir entglitt die Kontrolle über sie. Mary war so unbeherrscht und sturköpfig. Es schien mir, als würde nichts in ihren dicken Schädel vordringen und sie lernte nicht aus ihren Fehlern. Was für ein dummes Miststück! Niemand legte sich mit Hamilton Hardington an!

»Umdrehen!«, presste ich das nächste Kommando zwischen meinen Zähnen hervor. Mein Kiefer hatte sich dermaßen verspannt, dass ich die Zähne kaum noch voneinander lösen konnte.

Die kleine Schlampe ignorierte erneut meine Worte, doch das würde sie bereuen! Niemand zeigte mir die kalte Schulter, *niemand*! Ich fuhr mit einer Hand durch ihr Haar und packte zu. Erneut schrie sie vor Schmerz auf, ihre Finger wanderten an ihrer Kopfhaut hinauf und berührten meine.

»Bitte! Aufhören!«, flehte sie und dicke Tränen kullerten ihr die Wangen hinab. Ich tat ihr den Gefallen nicht und blieb eisern. Sie beugte sich meiner Fügung und kniete sich hin. Erst als ihr blanker Rücken sich mir entgegenstreckte, ließ ich los und drückte ihren Kopf dabei leicht in die Matratze. Ihr Schluchzen war derweil lauter geworden und ihre Schultern bebten, doch sie blieb regungslos liegen.

Nun lag ihr Rücken wie auf dem Präsentierteller vor mir. Die Narben auf ihrer zarten Haut glänzten schwach im Schein des Mondlichts und ich fragte mich, ob sie diese verdient hatte. Oder ob sie die einfach nur als Trophäe trug, das Schlammviertel überlebt zu haben.

Ich wischte mir mit einer Hand den Schweiß von der Stirn, das Hemd klebte mir am Körper und spannte sich auf meiner Haut. Kurzerhand zog ich das Jackett aus und warf es achtlos Richtung Sessel.

»Ich werde dir Gehorsam beibringen. Notfalls prügle ich es in dich hinein!«, knurrte ich und öffnete die Knöpfe an den Ärmeln. Ich krempelte sie nach oben und fischte die Peitsche aus meinem Hosenbund.

»Drei Schläge für jede Regel, die du heute gebrochen hast. Einen, weil du mich provoziert hast. Das ergibt zusammen zehn.« Ich sprach gleichgültig und ließ die sechs Katzenschwänze durch meine Hand gleiten.

»Wenn du dich nicht bewegst, wird es weniger schmerzhaft«, erklärte ich ihr kalt. Mary reagierte auf keines meiner Worte, sie weinte stumm in die Matratze hinein, nur das Beben ihrer Schulter verriet, dass sie mich gehört hatte.

Ich trat einen Schritt zurück und umfasste den Ledergriff der Peitsche fester. Von einem Moment auf den anderen war mein Inneres wie leergefegt, eine Kälte breitete sich in meinem Bauch aus und kroch mein Herz hinauf. Ich würde heute zum letzten Mal die Kontrolle verlieren. Danach sollte sie mir gehorchen. Danach *musste* sie mir gehorchen!

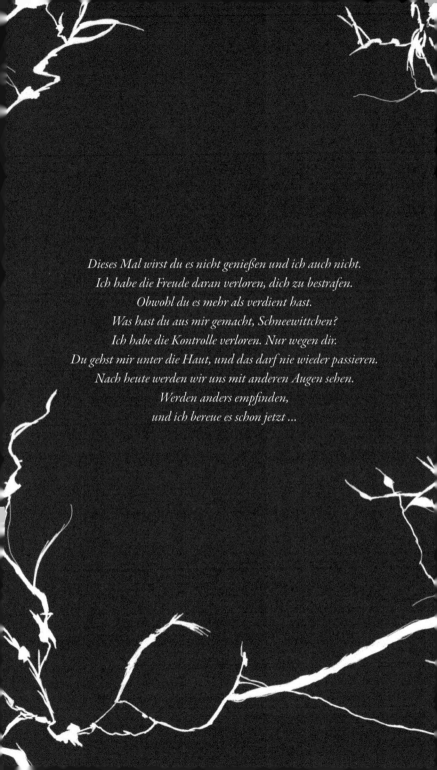

Dieses Mal wirst du es nicht genießen und ich auch nicht.
Ich habe die Freude daran verloren, dich zu bestrafen.
Obwohl du es mehr als verdient hast.
Was hast du aus mir gemacht, Schneewittchen?
Ich habe die Kontrolle verloren. Nur wegen dir.
Du gehst mir unter die Haut, und das darf nie wieder passieren.
Nach heute werden wir uns mit anderen Augen sehen.
Werden anders empfinden,
und ich bereue es schon jetzt ...

23

MARIYANE

*I*ch schlief schlecht. Wenn man es genau nehmen wollte, hatte ich noch nie gut geschlafen, aber die letzten Nächte übertrafen alles. Ich wachte immer wieder schweißgebadet auf und konnte die Schläge auf meinem Rücken spüren. Der Schmerz hatte sich bis in meine Seele hineingefressen und mich für ewig gebrandmarkt. Es dauerte jedes Mal länger, mein Herz und meine Atmung zu beruhigen und die trüben Gedanken zu vertreiben.

Wenn es mir dann doch mal gelang, die Augen zu schließen, drängte sich das wutverzerrte Gesicht von Hardington in meinen Kopf. Er schrie, er tobte, beschimpfte mich aufs Übelste, schlug mich, schleifte mich über den Boden und trat nach mir. Mehrmals wachte ich schreiend auf und wusste im ersten Moment nicht, wo ich war. Doch kaum sah ich mich um, wurde mir klar, dass mein schlimmster Albtraum wahr geworden war.

Ich sah ihn nur noch selten. Die Nächte verbrachte er im Büro oder auf der Couch. Wenn ich ihm dann doch einmal begegnete, bedachte er mich mit einem Blick voller Scham. Der Moment dauerte meist nur Sekunden, bevor er sich von mir abwandte und verschwand: Entweder im Büro oder direkt aus der Wohnung.

So strich jeder Tag bedeutungslos an mir vorbei. Ein Morgen reihte sich an den Vorherigen. Mir wurde dreimal am Tag etwas zu essen gebracht, doch keiner sprach mit mir. Nicht Sharon, deren Lächeln von Mal zu Mal mehr verrutschte und trauriger wurde. Nicht Bob, der immer wieder einen Blick in die Wohnung warf, um nach mir zu sehen. Und erst recht nicht Hardington. Die Stille erdrückte mich, zog mich tiefer in das Loch, das sich in meinem Herzen aufgetan hatte.

Manchmal spielte ich das Gespräch mit Penny im Kopf durch. Versuchte mich an ihr Lachen zu erinnern und daran, was ich ihr erzählt hatte. Waren meine Worte zu wage oder nicht relevant genug für einen Artikel oder wenigstens ein Gerücht?

Es war Wochen her, dass ich mit ihr gesprochen hatte und nichts war seitdem passiert. Ich war immer noch hier. Keiner kam, um mich zu holen. Hatte ich ganz umsonst seine Tortur ertragen? Mein Kampfgeist war gebrochen. Sollte das umsonst gewesen sein?

Die Haut auf meinem Rücken juckte und ich bewegte die Schultern, lockerte die Muskeln. Von den Wunden war nichts mehr zu sehen, aber mein Körper gaukelte mir etwas anderes vor. Er hatte noch nicht begriffen, dass bereits am selben Tag ein Arzt gekommen war, der sich meiner Wunden angenommen und sie geheilt hatte. Es war nichts mehr von ihnen zu sehen, nur die alten Narben zierten meinen Rücken.

Ich wusste nicht, ob ich ihm dafür danken, oder ihn zum Teufel jagen sollte. Bisher hatte ich all meine Male mit Stolz getragen, doch es war kein fairer Kampf gewesen. Ich hatte aufgegeben, mich ihm unterworfen, und das konnte ich weder ihm noch mir selbst verzeihen. Er hatte das erreicht, was er wollte. Sicher war er meiner bald überdrüssig und würde mich zurück auf die Straße werfen. Dabei empfand ich kein Bedürfnis mehr, nach Hause zu wollen. Alles in mir fühlte sich hohl und tot an. Er hatte mehr als nur meinen Willen gebrochen, er hatte meine Seele zerrissen.

Eine Träne lief mir die Wange hinab, ich hatte nicht bemerkt, dass ich weinte. Resigniert wischte ich sie mir mit dem Handrücken fort und zog die Beine noch enger an meinen Körper. Ich fühlte mich verloren und allein. Meine Hoffnung, jemals diesem goldenen Käfig zu entkommen, war verschwunden. Ich hatte aufgegeben.

Ein Geräusch ließ mich aufhorchen. Ich schaute zur Tür. *War es schon Mittagszeit?* Verwirrt runzelte ich die Stirn und sah zu, wie sie sich öffnete. Ich erstarrte. Mein Körper spannte sich an und alles in mir schrie nach Flucht.

Hardington betrat das Appartement und sein Blick huschte kurz zu mir. Tiefe Schatten umrahmten seine Augen und ich konnte das erste Mal Schmerz in ihnen lesen. Er war nicht länger ein Buch mit sieben Siegeln, er offenbarte mir seine Gefühle.

Mein Herz pochte heftig und meine Hände wurden feucht. Warum war er schon so früh zurück? Diese Frage jagte mir Angst ein und meine Nackenhaare stellten sich auf.

Schleppend, als würde eine drückende Last auf seinen Schultern liegen, kam er auf mich zu. Sein Blick war auf den Fußboden gerichtet und er schluckte schwer. Sein zögerliches Verhalten, das ich sonst von diesem arroganten, selbstverliebten Mann nicht kannte, verunsicherte mich. Einen Meter vor mir stoppte er und räusperte sich. Dieses Geräusch klang so falsch, hallte unnatürlich laut von den Wänden wider.

Er hielt seinen Blick weiterhin auf die Fliesen gerichtet und erhob die Stimme. Kratzig und rau sprach er zu mir: »Ich lasse dich frei. Du kannst gehen.«

Ich war nicht in der Lage, seine Worte zu begreifen. War das sein Ernst? Würde er mich gehen lassen?

Das ist eine Falle, flüsterte mir eine Stimme zu.

»Was?«, krächzte ich.

Er benetzte die Lippen und rieb sich mit einer Hand über das stoppelige Kinn. »Du bist nicht länger hier gefangen. Du kannst gehen, wohin du willst. Ich habe Joseph den Wagen vorfahren lassen und Bob wird dich begleiten. Du bist frei«, wiederholte er und unsere Blicke trafen sich. Seine Augen waren voller Reue, Schmerz, Trauer.

Ich erstarrte. Konnte es wahr sein? Spielte er mit mir? War das eine neue Methode, mir wehzutun?

Bob trat hinter ihm hervor und lächelte mich warm an. Ich hatte nicht bemerkt, dass er die Wohnung betreten hatte. Er schob sich an Hardington vorbei und reichte mir eine Hand. Ich zögerte. Sprach er die Wahrheit?

Vorsichtig ergriff ich seine Hand und ließ mich von ihm auf die Füße ziehen. Das Blut schoss mir in die Beine und meine Zehen kribbelten.

»Möchtest du noch etwas mitnehmen?«, fragte mich Bob.

Ich sah an mir hinunter und überlegte. Was hätte ich schon mitnehmen sollen? Ich trug eine einfache Leinenhose und ein weißes Hemd – Kleidung, die mir Pierre geschickt hatte. Fast täglich erreichte mich eine neue Ladung an Kleidern, Kostümen, Röcken und mehr, jedes Mal mit einer kleinen Notiz. Sie nicht lesen zu können, schmerzte mehr als alles andere.

Noch immer unsicher schüttelte ich den Kopf.

»Gut, dann lass uns gehen«, brummte Bob und bot mir seinen Arm dar. Ich hakte mich bei ihm unter. Als wir an Hardington vorbeiliefen, trafen sich unsere Blicke. Schuld verdunkelte seine Augen. Seine Kiefermuskeln arbeiteten und er schien mit sich zu ringen.

Die zuschlagende Tür versperrte mir die Sicht auf ihn und ich wandte mich von ihr ab. Das erste Mal seit Wochen fühlte sich mein Herz wieder leicht an, es schlug aufgeregt in meiner Brust. Ich konnte es kaum glauben, dass er mich gehen ließ. Dass ich jetzt nun endlich das Appartement und damit auch ihn verlassen konnte.

Meine Füße eilten wie von selbst auf den Fahrstuhl zu. Ich wollte so schnell wie möglich meine zurückgewonnene Freiheit auskosten.

24

HAMILTON

Vor einer Stunde ...

So schlimm ist es sicher nicht«, versuchte mich Jess zu beruhigen und strich mir über den Rücken.

»Glaub mir, es ist so schlimm. Ich kann sie kaum noch ansehen«, sprach ich dumpf durch meine Finger. »Meine Mutter hatte recht, ich bin zu demselben Monster wie mein Vater geworden.« Bilder flackerten vor meinem inneren Auge auf. Mein Erzeuger wutverzehrt mit einem Gürtel in der Hand.

»Ach, Hamilton, Schatz«, sprach Cassy sanft auf mich ein und schlang die Arme ungeschickt um meinen Körper. »Das tut mir schrecklich leid.«

»Ich hätte aufhören sollen. Schon nach dem ersten Schlag wusste ich, dass es falsch war. Es war anders, als sie mit dem Paddle zu schlagen. Ich habe ihr wehgetan, sie verletzt, nicht nur körperlich auch seelisch. Jeden Tag sehe ich es an ihrem Blick.« Ich seufzte laut und lehnte mich erschöpft zurück. »Vorher lag Trotz und Verachtung in ihm, nun sehe ich gar nichts mehr. Als wäre sie verschwunden, für immer weg. Ich war das, ich habe sie zerstört.«

»Das zerreißt mir mein Herz«, flüsterte Cassy und schniefte.

»Was ist mit Penelope Garcia? Hast du dich darum gekümmert?«, fragte Patrice leise. Sie behielt immer einen kühlen Kopf egal in welcher Situation.

»Ja, natürlich, schon vor Wochen. Habe sie, nachdem ...«, ich stockte, »ich mit Mary fertig war, direkt angerufen und noch Ron vorbeigeschickt. Seitdem habe ich nichts von ihr gehört und das wird sicher auch so bleiben.« Patrice neben mir nickte und entspannte sich etwas. Nicht nur mein Leben und meine Karriere hingen von Garcias Schweigen ab, auch das meiner Mädchen und Angestellten. Würde mein Ruf ruiniert werden, verlören sie alle ihren Job und ihre Lebensgrundlage.

»Soll ich dich auf andere Gedanken bringen?«, fragte Jess mit belegter Stimme und ihre Finger fuhren in mein Hemd. Ich packte sie am Handgelenk und zog sie wieder heraus.

»Nein, schon gut«, brummte ich. »Ich bin nicht in Stimmung.«

Jess ließ schweigend von mir ab. Mir war nicht entgangen, wie meine Mädchen unter meinem Kummer litten. Diese erdrückende Stille ging mir an die Nieren und ich holte mein ePhone aus der Westentasche. Ich schaltete es ein und augenblicklich erschien eine Live-Aufnahme meiner Wohnstube. Die drei Mädchen rückten näher zu mir und beäugten den Bildschirm.

»Sie sieht wirklich traurig aus«, stellte Jess fest und sprach damit das aus, was alle dachten. Mary lehnte mit einer Decke am Fenster und starrte auf die Stadt. Das tat sie immer häufiger. Sie hatte sich zurückgezogen, ihr Innerstes verschlossen und den Schlüssel weggeworfen. Ich hatte sie auf eine Art gebrochen, die nicht beabsichtigt war.

»Ich finde, sie sieht einsam aus«, murmelte Cassy und legte den Kopf auf meiner Schulter ab, ihre braunen Locken kitzelten mich am Hals. Sie hatte recht, ihre Worte trafen ins Schwarze und versetzten mir einen Stich ins Herz.

»Was habe ich bloß getan«, murmelte ich. Verzweiflung breitete sich in mir aus und schnürte mir die Kehle zu.

»Was sind das für kleine Zettel neben dem Mülleimer?«, fragte Jess. Es war ein lächerlicher Versuch, mich von meinen trüben Gedanken abzulenken, aber ich griff ihn auf.

»Das sind kleine Briefe von Pierre Forres, meinem Schneider«, erklärte ich monoton.

»Warum schreibt er dir Briefe?«

»Die sind nicht für mich, Jess. Sie sind für Mary.«

»Und warum sind die im Mülleimer?«, hakte sie weiter nach und ich zuckte mit den Schultern.

»Weiß nicht genau. Manche versteckt sie unter ihrem Kissen und denkt, ich würde sie nicht finden. Andere schmeißt sie eben weg.«

»Hast du noch nie einen gelesen?«, fragte Cassy an meiner Schulter.

»Doch, schon. Ein oder zwei«, druckste ich herum.

»Und, was stand drauf?« Patrice sah mich erwartungsvoll an.

»Ist das wichtig?«, knurrte ich und steckte mein Telefon zurück in die Tasche. Mir verging die Lust, über diese dämlichen Zettel zu sprechen.

»Für Mary offensichtlich schon. Also, was hat er ihr geschrieben?«, bohrte Jess weiter nach und ich verdrehte die Augen. Cassy knuffte mich herausfordernd in die Seite und ich warf ihr einen genervten Blick zu, den sie aber nicht bemerkte.

»Sag schon«, hakte sie nach und rieb ihre Wange an meinem Hemd.

»Wenn ihr es unbedingt wissen wollt.« Ich konnte ein Stöhnen nicht unterdrücken. »Auf einem stand: Wir vermissen dich. Auf einem anderen fragte Pierre, wie es ihr gerade ginge und dass er sich Sorgen um sie mache.«

»Das ist aber lieb von ihm. Wusstest du, dass die zwei befreundet sind?« Ich schüttelte den Kopf. Er war nur der Schneider und vielleicht zwei bis dreimal bei Mary gewesen.

»Woher sollte er das auch wissen, er kennt sie ja kaum«, sagte Jess. Ich warf ihr einen finsteren Blick zu und sie hob den Finger. »Sieh mich nicht so an. Du behauptest vielleicht, sie zu kennen. Aber weißt du überhaupt irgendetwas über sie?«

»Natürlich!«, protestierte ich lautstark und spürte, wie sich die Schlinge um meinen Hals zuzog. Es war eine Falle und ich bin direkt hineingetappt.

»Achja? Was ist denn ihre Lieblingsfarbe?«

Fuck!

»Das ist doch unwichtig. Wen interessiert schon die Lieblingsfarbe!«

»Was ist ihr Lieblingsessen?«, bohrte Patrice weiter nach und führte mich damit aufs Glatteis.

»Kaviar«, log ich. Es war nur eine Vermutung, da sie auf der Soirée die kleinen Häppchen gierig verputzt hatte.

»Ha, dass ich nicht lache. Niemand liebt Kaviar. Das schmeckt schrecklich, nicht mehr zu vergleichen mit dem von früher«, schnaubte Patrice und gab sich mit der Antwort nicht zufrieden. Sie verschränkte die Arme vor der Brust und zog eine Augenbraue hoch. »Gib es zu, Hamilton. Du weißt gar nichts über sie!«

»Bullshit!«, brüllte ich. Langsam wurde ich wütend. Was nahmen sich Patrice und die anderen Mädchen heraus, mich so auszufragen? Hatten sie etwa vergessen, wer ich war? Hatte denn keiner mehr Respekt vor mir?

»Ich weiß zum Beispiel, dass sie in der *Wachtel* gearbeitet hat. Dass sie um ihre Freunde trauert, die hinter die Mauer gebracht worden sind. Ich weiß, dass sie keine Angst vor mir hat, also hatte«, korrigierte ich mich und fügte leise hinzu, »was sie wohl lieber hätte haben sollen. Vielleicht wäre das dann alles nicht passiert.«

»Jetzt gib doch dem armen Mädchen nicht die Schuld!«, schalt mich Patrice und jemand schlug mir hart auf den Hinterkopf. Fassungslos riss ich die Augen auf und starrte Cassy an. Ihr sonst so liebevolles, rundliches Gesicht war vor Wut verzerrt, ihre Pupillen geweitet.

»Du hast sie einfach aus ihrer Welt gerissen!«, schrie sie mich an und ihre dunkle Gesichtsfarbe färbte sich rot.

»Ich habe sie gerettet!«, brüllte ich zurück.

»Du hast sie entführt!«, warf mir Cassy vor.

»Ich habe ihr ein neues Zuhause gegeben!«

»Du hast sie eingesperrt! Du hast sie misshandelt und du hast sie gebrochen! Rede das nicht schön! Tu nicht so, als wärst du ein Heiliger!« Sie zog die Augenbrauen zusammen und starrte mich zornig an. »Du versuchst krampfhaft die Kontrolle über alles und jeden zu behalten und hast dabei gar nicht bemerkt, wie sie dir langsam entglitten ist! Du kannst keine Menschen kontrollieren, wieso *lernst* du das nicht endlich?«, warf sie mir vor und ich war sprachlos. Noch nie hatte sie so respektlos mit mir geredet. Sie war immer die Sanftere des Trios, die Verständnisvolle und Liebe.

Ich öffnete den Mund und wollte etwas erwidern. Aber sie erhob die Stimme erneut und hinderte mich daran. »Und komm mir jetzt nicht mit: Weißt du eigentlich, wer ich bin? Ich weiß genau, wer du bist. Du bist ein alter Sturkopf, ein dummer Bock, ein Hornochse, ein, ein ...«, sie rang um Worte und holte tief Luft. »Du bist ein Idiot! Ein riesiger, bescheuerter, beschränkter Vollidiot! Da ist diese Frau und du empfindest etwas für sie. Aber statt es ihr zu sagen, mit ihr ein wundervolles Leben zu führen, sperrst du sie und deine Gefühle ein!«

»Ich kann nicht, du weißt ...«, setzte ich an, aber sie fuhr mir über den Mund.

»Ja, Herr Gott, ich weiß, dein Bruder. Er hat sich in die falsche Frau verliebt und das hat ihm am Ende das Leben gekostet. Aber du bist nicht Liam und sie ist nicht Zuzanna!« Ihre Schimpftirade endete. Sie sammelte sich, strich durch ihre Haare und wedelte sich etwas Luft zu. »Sei doch endlich mal ehrlich zu dir selbst!«, fügte sie noch hinzu und ließ sich gegen die Lehne fallen.

Ich dachte über ihre Worte nach. Tiefgehende Gefühle zu anderen Menschen hatte ich stets als Schwäche betrachtet. Liam hatte sein Herz gegeben, wurde am Ende von ihr verraten, und er musste dafür sein Leben lassen. Die Liebe hatte ihn blind, angreifbar gemacht und ich hatte mir geschworen, diesen Fehler nie zu begehen.

»Seht ihr das auch so?«, fragte ich die anderen beiden, die während der hitzigen Diskussion nur still dagesessen und uns gelauscht hatten. Sie nickten synchron, blieben aber stumm.

Ich rieb mir über mein Kinn und überlegte. Cassy hatte recht, ich *habe* sie entführt und misshandelt. Wenn ich so darüber nachdachte, war ich nie sonderlich nett zu ihr gewesen. Ich hatte sie eingesperrt, sie geschlagen und verletzt. Im Gegenzug hatte sie mich angegriffen, gebissen und verraten, aber wer wollte ihr das verübeln? Ich hätte es vermutlich nicht anders gehandhabt. Diese Erkenntnis löste etwas in mir aus, öffnete den Knoten, den ich seit Tagen in meinem Bauch herumtrug. Ein Kribbeln breitete sich in meinem Inneren aus und ich schöpfte Hoffnung.

»Was soll ich also tun?«, fragte ich und hielt dabei den Blick auf den Fußboden gerichtet.

»Es wird dir nicht gefallen, aber Hamilton ...«, setzte Jess an und Schwermut lag in ihrer Stimme. »Du musst sie gehen lassen.« Ihre Worte trafen mich mitten ins Herz und ich sog die Luft scharf ein. Der Funken verpuffte so schnell, wie er gekommen war.

»Was?«, fragte ich geschockt. »Was verlangst du da von mir?«

»Sie hat recht«, erklärte Patrice und ich starrte sie fassungslos an. »Du kannst sie nicht länger bei dir behalten, sonst brichst du noch das letzte Bisschen, das du von ihr übriggelassen hast.«

»Aber ich kann sie nicht einfach freilassen«, platzte es aus mir heraus. Alles in mir sträubte sich gegen den Gedanken. »Dann verliere ich sie doch.«

»Wenn du es *nicht* tust, wirst du sie verlieren«, erklärte mir Patrice und tätschelte mein Bein. Cassy kuschelte sich wieder an mich, ihr Zorn schien verraucht.

Ein Sturm tobte in mir. Mein Gewissen rang mit meinen Wünschen und drückte sie nieder. Ich wollte Mary nicht gehen lassen. Ich sehnte mich zu sehr nach ihr, als dass ich sie fortschicken könnte. Auch wenn ich es nur ungern zugab, musste ich mir doch eingestehen, dass ich etwas für sie empfand. Es Liebe zu nennen, lag mir aber fern.

»Ich kann nicht«, flüsterte ich. »Und ich will es nicht!«, sagte ich nun etwas lauter mit einem Grollen in der Stimme.

»Ich weiß.« Cassy strich mir fürsorglich durch die Haare. »Doch du musst es tun.«

»Aber wenn ich sie gehen lasse, dann ist sie weg. Für immer!« Diese Erkenntnis jagte mir Angst ein. »Ich kann sie nicht verlieren.«

»Wenn du sie wirklich liebst, musst du sie gehen lassen.«

»Wer sagt mir denn, ob sie jemals zu mir zurückkommt?«

»Das ist ihre Entscheidung. Und wenn sie dich auch liebt, dann kommt sie wieder.«

»Aber wieso sollte sie mich lieben? Ich bin schlimmer als das Biest in diesem uralten Märchen. Niemals würde sie freiwillig zu mir zurückkommen. Warum auch?«

»Das hast du nicht in der Hand. Du musst sie loslassen! Du musst die Kontrolle darüber abgeben.« Cassy lächelte mich fürsorglich an.

Ich seufzte laut und meine Schultern sackten nach vorn. Sah leider aber auch keine andere Möglichkeit. Ich hatte nun schon einige Tage gewartet und Marys Zustand besserte sich nicht. Viel mehr schrumpfte sie immer weiter in sich zusammen und manchmal hielt ich ihren Anblick nicht aus. Ich vermisste die stürmische und wilde Mary. Es war falsch von mir, sie zähmen zu wollen. Das sah ich nun ein. Leider kam meine Einsicht für Mary zu spät.

»Okay!«, flüsterte ich und erhob mich. »Ich werde sie gehen lassen.«

25

❖✦❖

MARIYANE

assiert das gerade wirklich, oder träume ich?« Mein Blick
ruhte auf dem Rückspiegel, in dem ich beobachtete, wie hinter
mir mein Gefängnis immer kleiner wurde.

»Soll ich dich kneifen?«, grunzte Bob und ich musste grinsen.

»Ich wusste gar nicht, dass du Humor hast«, stellte ich trocken fest
und drehte mich ihm zu.

Sein Gesicht war ausdruckslos, während er mich ansah. Anstatt mir
zu antworten, wandte er sich von mir ab und ich tat dasselbe.

Schweigen hüllte uns ein. Eine angenehme Ruhe, die ich schon seit
Jahren nicht mehr verspürt hatte, legte sich über mich. Es war seltsam, in diesem Wagen zu sitzen und nicht zu wissen, was als Nächstes passieren würde. War ich wirklich frei? Oder war alles nur ein
perfider Plan, mich weiterhin mürbe zu machen? Dabei hatte er es
doch geschafft, sein Ziel erreicht und mich gebrochen.

Konzentriert stierte ich auf die Straße und versuchte mich an die
Fahrt in die Oberstadt zu erinnern. Leider waren da nur Gedanken-
fetzen in meinem Kopf, die ich nicht zusammensetzen konnte. Ich war
damals einfach zu aufgewühlt und wütend gewesen, als dass ich auf
den Weg geachtet hätte. Zumindest kamen mir keine der sauberen Gebäude mit ihren Glasfronten und schicken Schaufenstern bekannt vor.
Erst als wir die Ausfahrt runter zur Unterstadt nahmen, entspannte
ich mich etwas. Wir waren also tatsächlich auf dem Weg nach Hause.
Ein Kribbeln setzte in meinem Bauch ein, das sicher von der Aufregung herrührte.

»Er ist gar nicht so übel.« Bobs Stimme durchbrach meine Gedanken und holte mich zurück.

Verwirrt blinzelte ich und starrte ihn an.

Er griff meinen fragenden Blick auf und wiederholte seine Worte. »Er ist nicht so übel, weißt du. Er tut auf unnahbar und gefährlich, aber eigentlich ist er ein weicher Kerl. Er zeigt es nur nicht sehr häufig.« Bob zuckte mit den Schultern, sah aus dem Fenster.

Völlig perplex klappte mir der Mund auf. Hatte ich mich verhört? »Wie bitte?« Meine Stimme schoss zwei Oktaven in die Höhe. »Sag mal, sprechen wir über denselben Kerl? Hamilton Hardington? *Der* Hamilton Hardington, der mich entführt, gedemütigt, misshandelt und geschlagen hat?!« Ich redete mich regelrecht in Rage, das Feuer in mir war wieder entfacht und brannte heißer als zuvor.

Kurz musterte er mich und drehte sich dann zum Fenster. »Ich habe nie behauptet, dass er perfekt oder unfehlbar ist. Er ist auch nur ein Mensch.« Wieder zuckte er mit den Schultern. »Ich sage nur, dass er nicht so übel ist.«

Ich schnaubte laut auf und verschränkte die Arme vor der Brust. »Ich weiß ja nicht von wem *du* gerade sprichst, aber wenn *ich* an Hardington denke, kommt mir nur ein Wort in den Sinn: Arschloch!« Mein Blick verfinsterte sich und ich starrte blind vor Wut aus dem Fenster.

»Er war nicht immer so. Früher war er ein junges, aufgewecktes Kind, das seinem Bruder nachgeeifert hat.«

»Er hatte einen Bruder?« Ich horchte auf und löste meine verschränkte Haltung. Das war das erste Mal, dass ich etwas über Hardingtons Vergangenheit erfuhr. Ich kannte zwar seine Mutter, aber die war nicht besonders gesprächig, was ihren kleinen *Charlie* anging.

»Ja. Er hieß Liam, war ein klasse Typ. Hat sich das Lesen und Schreiben selbst beigebracht. Mann, der Kerl konnte einfach alles.« Bewunderung schwang in seiner Stimme mit.

»Was ist mit ihm passiert?« Bob kniff die Augen leicht zusammen und bedachte mich mit einem kritischen Blick. »Du sagtest, *war*. Das bedeutet … er ist tot, richtig?«

Sein Gesicht hellte sich etwas auf und er nickte knapp. »Ja, er starb vor Jahren. Manchmal kommt es mir wie eine Ewigkeit vor.«

»Was ist geschehen?«

»Er hat sich in die falsche Frau verliebt und sie hat ihn verraten.«

Die Erklärung befriedigte meine Neugierde kaum. »Wie ist es passiert?«

»Er wurde von hinten erstochen, während Zuzanna ihm den Kopf verdrehte.«

»Oh«, stieß ich aus. »Ist Hardington deshalb so … verkrampft?« Er sah mich fragend an und ich fügte hinzu: »Immer, wenn wir uns nähergekommen sind, hat er mich von sich gestoßen. Ist es deshalb? Wegen seines Bruders?«

»Ich schätze schon. Das Leben hat ihn vieles gelehrt, unter anderem, dass er niemandem außer sich selbst vertraut.«

»Aber dir vertraut er doch, oder nicht?«, hakte ich weiter nach.

»Ja. Wir sind zusammen im Schlammviertel aufgewachsen und kennen uns seit unserer Kindheit.«

Ich stolperte über seine Worte. »Schlammviertel?« Verwirrt zog ich die Stirn kraus.

»Wusstest du das nicht? Wir sind dort alle geboren und aufgewachsen. Ron, Hamilton, seine Mutter und ich. Er ist keine zwei Straßen weiter von der *Wachtel* auf die Welt gekommen.«

Dieser skrupellose Mensch sollte wie ich aus dem Schlammviertel stammen? Dieser gefühlskalte und kontrollsüchtige … »Oh.« Nun wurde es mir klar. All seine Wesenszüge waren typisch für die Bewohner der Unterstadt. Wir vertrauten niemandem, Familie stand über allem und man durfte niemals seine Deckung vernachlässigen. Wieso war mir das nicht schon früher an ihm aufgefallen? Schon an der minimalistisch eingerichteten Wohnung und seinem Kleidungsstil hätte ich etwas ahnen müssen. Er passte genauso wenig dahin wie ich.

Bob nahm meinen erstaunten Ausruf als Aufforderung, weiter zu erzählen. »Liam war es, der die Grundsteine setzte. Er brachte Hamilton alles bei und nach seinem Tod übernahm er das Geschäft. Hamilton machte es größer und besser. So kam es, dass er uns alle da rausholen konnte. Ich schulde ihm dafür mein Leben.«

»Das heißt, sein Bruder hat den Drogenhandel aufgebaut und Hamilton nur erweitert?« Gerade hatte ich noch mit Liam sympathisiert und ihn bemitleidet. Aber nach dieser Info stieg nur die Wut auf die Brüder. Der eine hatte das Teufelszeug erschaffen und der andere perfektioniert.

»Sie hatten keine andere Wahl. Du weißt, wie es da unten zugeht«, versuchte er Liams und Hamiltons Verhalten mit einer lahmen Ausrede zu rechtfertigen.

»Dieses Zeug ... *Seratos*«, ich spuckte das Wort aus, »hat mein Leben zerstört. *Hamilton* hat mein Leben zerstört.« Mit jedem Wort rückte ich näher zu Bob, bis sich unsere Nasenspitzen beinahe berührten. In mir brodelte ein Vulkan, der kurz davor war, zu explodieren.

»Das tut mir leid.« Bob wirkte ernsthaft betroffen. »Das kann ich vermutlich auch nicht schönreden. Ich möchte damit nur sagen, dass alles, was er getan hat und auch weiterhin tun wird, für seine Mutter ist. Sie hat den Verlust ihres ältesten Sohnes nie verkraftet und lässt Hamilton spüren, dass Liam ihr Lieblingskind war.«

Ich schnaubte, diese Offenbarung überraschte mich keineswegs. »Soll ich jetzt etwa Mitleid mit ihm haben?«, murmelte ich, rückte wieder von ihm ab.

»Das nicht. Aber vielleicht verstehst du ihn jetzt besser.«

»Er ist ein Arsch und wird immer einer bleiben«, erwiderte ich zickig. Ich wollte nicht weiter darüber nachdenken. Sein Bruder war sicher genauso ein Arschloch wie Hamilton gewesen, nur mit dem Unterschied, dass dieser nun tot war.

»Schade, dass du das so siehst. Aber sicher hast du deine Gründe.« Bobs Worte stachen mir ins Herz. Er stellte mich gerade als die Böse dar und das konnte ich nicht auf mir sitzen lassen.

»Mir war es lieber, als du noch nicht so viel gesprochen hast!«, fuhr ich ihn wütend an. Aus dem Augenwinkel erkannte ich, wie mich Bob musterte. Er schwieg die restliche Fahrt über, sagte kein Wort mehr.

Der Wagen hielt und ich atmete erleichtert aus. Ich war endlich wieder zu Hause. In den letzten Wochen hatte ich nicht mehr daran geglaubt, es jemals wiederzusehen.

Ich griff nach der Türklinke. Bob packte mich an meinem Handgelenk und hielt mich zurück.

»Aua!«, stieß ich überrascht aus und mein Herz sank mir in die Hose. War es am Ende doch alles nur ein Trick gewesen? Würde mich Bob nun wieder zu Hardington zurückschleifen?

Er verdrehte meinen Arm und ich verzog vor Schmerz das Gesicht.

»Was soll das?«, keuchte ich und sah ihn flehend an. Kurz trafen sich unsere Blicke und er ließ mich ruckartig los.

»Ein Abschiedsgeschenk von Mister Hardington«, brummte er und wandte sich kühl von mir ab. Verwirrt sah ich nach unten und erstarrte. Auf meinem Implantat war die Zahl *10.233* zu lesen.

»Was ist das?«, stellte ich die Frage weniger verbissen.

»Habe ich bereits gesagt, und jetzt aussteigen.« Bobs scharfer Ton signalisierte mir, dass er keine weiteren Widerworte erlauben würde. *Das hätte er wohl gern!*

»Ich will seine Almosen nicht! Wenn er mich damit zum Schweigen bringen will, hat er sich geschni...«

»Nein! Es ist ein Geschenk!«, sagte er mit Nachdruck und zog die Augenbrauen böse zusammen.

»Geschenk?«, keifte ich. »Wohl eher Schweigegeld! Oder denkt er, mich damit auszubezahlen? Glaubt er, meine Schmerzen und Qualen wären damit vergessen?« Wie Magma floss das Blut heiß durch meine Adern und ich musste mich zusammenreißen,

um nicht zu implodieren. »Nimm es zurück! Ich will sein Blutgeld nicht!« Ich hielt ihm meinen Arm hin, damit er sich die Coins holen konnte.

Bob sah erst meine ID, dann mich an. Ohne ein Wort zu sagen, stieg er aus und ließ mich zurück.

All die Wut und der Frust, die sich in den letzten Wochen aufgebaut hatten, ballte sich zu einem Schrei zusammen. Völlig wütend und zerstört zugleich brüllte ich und trat um mich.

Selbst wenn er nicht mehr bei mir war, vermochte er es, mit mir Psychospielchen zu spielen.

Die Tür neben mir ging auf und Bobs Gesicht ragte in mein Sichtfeld. »Na, hast du dich wieder beruhigt?«

Am liebsten hätte ich ihn angespuckt, aber ich ballte nur meine Hände zu Fäusten und schob mich an ihm vorbei aus dem Auto. »Ich werde mich erst beruhigen, wenn der Arsch dafür gebüßt hat.« Verkniffen sah ich ihn an. Aus dem Hintergrund schälte sich meine *Wachtel* und augenblicklich war mein Zorn verraucht. Bob trat zur Seite und gab mir den Blick frei.

Dort lag sie vor mir, genau so, wie ich sie verlassen hatte. Eingeschlagene Fenster, Holzbalken von der Innenseite und eine ranzige Tür. Sie gab nicht viel her, aber für mich war sie das Schönste, was ich jemals gesehen hatte. Die *Wachtel* war mein Zuhause, meine Heimat, mein Rückzugsort. Dort gehörte ich hin.

»Vielleicht sehen wir uns mal wieder.« Ohne, dass ich es bemerkt hatte, war Bob zurück zum Auto gegangen und stand nun neben der Beifahrertür.

Ich schnaubte und drehte mich zu ihm um. »Wohl kaum.«

Er nickte bedächtig. Für einen Moment glaubte ich, dass seine Schultern zusammensackten, doch er war so schnell vorbei, dass ich es mir auch eingebildet haben könnte.

»Leb wohl.« Er stieg ein und schlug die Tür zu.

Etwas in mir regte sich. Mein Gewissen? Ich hatte ihn in den letzten Minuten nicht sonderlich gut behandelt, ihn für Hamiltons Verhalten verantwortlich gemacht. Hatte an ihm meine Wut ausgelassen, dabei konnte er nichts dafür.

Gedankenverloren kaute ich auf meiner Unterlippe herum. Vielleicht wäre eine Entschuldigung angebracht? Schließlich gingen wir im Streit auseinander und würden uns nie wieder sehen.

Ich öffnete den Mund und schloss ihn wieder. Dann war es zu spät, der Wagen fuhr los und verschwand um die nächste Ecke. Ich sah ihm nach. Noch Minuten nachdem er abgebogen war, blickte ich ins Leere. Es fühlte sich unwirklich an.

Nach und nach prasselten die Eindrücke auf mich ein. Erst der Geruch, dann die Geräusche. Zum Schluss begriff ich es voll und ganz: Ich war zurück. Und ich war allein.

Langsam drehte ich mich um, erstrahlte bei dem Anblick der *Wachtel*.

»Zu Hause«, murmelte ich mit Tränen in den Augen. So viele Tage voller Strapazen lagen hinter mir, und ich konnte sie einfach nicht länger zurückhalten. Andächtig schritt ich zur Tür und betrat die Schänke.

Lautes Stimmengewirr und der Geruch nach Alkohol und Rauch begrüßten mich wie einen alten Freund. Ich hielt inne und genoss dieses Gefühl von Heimat. Es war herrlich! Hier zu stehen war herrlich. Ich fühlte mich leicht, direkt geborgen und wohl.

»Mariyane?«, rief eine Stimme und augenblicklich verstummten alle Gespräche.

Mit einem fetten Grinsen im Gesicht fand ich den Besitzer der Stimme. »Oh, Ben, du glaubst gar nicht, wie sehr ich mich freue, dich zu sehen«, rief ich und stürmte auf ihn zu. Ungeschickt beugte ich mich über den Tresen und schloss meinen alten Freund in eine herzliche Umarmung. »Wie ist es dir ergangen? Ich habe mir solche Sorgen um dich gemacht«, sprudelte es aus mir heraus. B löste sich aus der Umklammerung und musterte mich mit einem überraschten Gesichtsausdruck.

»Mensch, M. Was machst du hier? Ich dachte, die Soldaten hätten dich geschnappt und ins Loch verfrachtet? Konntest du etwa fliehen?«

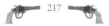

Lachend schüttelte ich den Kopf. »Nein! Du wirst mir nicht glauben, was passiert ist.« Ich nahm auf einem Barhocker Platz und erzählte ihm meine Geschichte.

»Ach du Scheiße, du bist also entführt worden? Heftig! Und das Gefängnis gibt es gar nicht, sondern die Menschen werden einfach hinter den Schutzwall gekarrt? Das sind krasse Sachen, die du da behauptest.«

»Ich behaupte das nicht nur, es ist wahr«, erwiderte ich. Nervös knetete ich meine Hände. Ben stand immer noch hinter der Theke und hatte bisher keine Anstalten gemacht, mir den Platz zu räumen. Ein ungutes Gefühl machte sich in mir breit. »Es ist übrigens superlieb von dir, dass du die Bar für mich übernommen hast. Dafür bin ich dir unglaublich dankbar. Wenn du willst, können wir Partner werden und führen dann gemeinsam die Schänke.« Ich reichte ihm meine Hand und lächelte ihn zögerlich an. Würde er so einfach das Feld räumen? Schließlich hatte er schon früher ein Auge auf meine *Wachtel* geworfen.

Ben zögerte und hob eine Augenbraue. »Wie kommst du darauf, dass ich die *Wachtel* für *dich* führe?«

Ich schluckte, ließ mir meine Unsicherheit aber nicht anmerken. »Welchen Grund gäbe es denn sonst? Du hast mich doch schon früher gefragt, ob du mir unter die Arme greifen kannst und wir gemeinsam die Bar leiten wollen.« Schließlich hatte er einen eigenen Job, in dem er besseres Geld verdiente als ich.

»Das war früher, jetzt ist jetzt. Die *Wachtel* gehört mir und ich habe kein Interesse daran, sie mit dir gemeinsam zu führen.« Seine Stimme schnitt wie ein Messer in mein Herz.

»Aber die *Wachtel* gehört …« Mir wurde zugleich heiß und kalt. Die Erkenntnis schnürte mir die Kehle zu. »Du mochtest mich nie. All die heimlichen Treffen und Küsse, dabei hattest du immer nur ein

Ziel vor Augen!«, stellte ich atemlos fest und mit jedem Wort wurde Bens Grinsen breiter und fieser. Fassungslos starrte ich ihn an, spürte erneut Tränen in meinen Augen brennen.

»Du bist gar nicht so dumm und naiv, wie ich immer dachte. Es hat nur sehr lange gedauert, bis du mich durchschaut hast.« Seine Stimme wurde tiefer und rauer. Er stützte sich mit seinen Unterarmen auf dem Tresen ab und lehnte sich zu mir hinüber. Ich schluckte schwer, konnte es kaum fassen, was mein langjähriger Freund gerade zu mir sagte.

»Aber, B«, setzte ich an, »ich dachte, wir wären Freunde.«

Seine blauen Augen strahlten eine unheimliche Kälte aus und sein Gesicht war eine einzige Fratze. »Hat man dir als Kind nicht beigebracht, dass du niemandem trauen kannst?«

Mein Herz setzte einen Schlag aus. »Aber ich ...«, stotterte ich, wusste aber nicht, was ich hätte erwidern können.

»Du solltest gehen. Bevor du dich noch blamierst«, flüsterte er mir mit einem warnenden Unterton zu. Sein weißes Lächeln, das ich vorher so gemocht hatte, verhöhnte mich nun.

Zaghaft erhob ich mich vom Barhocker. Übelkeit stieg in mir hoch und mein Magen drohte, sich zu entleeren. Traurig sah ich ein letztes Mal in das gehässige Gesicht von Ben, den ich als Gefährten und Bekannten betrachtet hatte. Aber ich sah nun ein, dass das ein Fehler war.

Die Leere in mir war zurückgekehrt, hatte den Funken Hoffnung im Keim erstickt und Dunkelheit zurückgelassen. Ich schleppte mich zum Ausgang. Tränen bahnten sich ihren Weg und Gelächter schrillte mir in den Ohren.

»Ach so, M«, rief mich Ben zurück, und ich wünschte mir für einen Augenblick, dass er mich in den Arm nehmen und mir erklären würde, dass alles nur ein böser Scherz gewesen war. Ich wirbelte zu ihm herum und mein Herz zog sich zusammen.

»Ja?«, fragte ich mit zitternder Stimme.

»Du schuldest mir noch die zweihundertzwanzig Coins für die Miete, die ich für dich blechen musste.«

Ein enttäuschtes »Oh« entfuhr mir und meine Schultern sackten nach vorn. Ich musste wirklich dumm und naiv sein, dass ich auch nur für eine Sekunde geglaubt hatte, Ben wäre ein anderer.

Mit gesenktem Blick schlurfte ich zu ihm zurück und streckte ihm meinen Arm entgegen. Ich schämte mich zu sehr, als dass ich ihm in die Augen hätte sehen können.

Ein überraschter Laut entfuhr Ben und er fragte: »Woher hast du das Geld?«

Ich wischte mir die Tränen von der Wange und erwiderte giftig: »Kann dir doch egal sein!« Er gluckste und ich fügte hinzu: »Jetzt hol dir dein Geld und lass mich danach in Frieden.«

Augenblicklich veränderten sich die Zahlen und schrumpften stetig. Ich zog die Nase hoch und runzelte die Stirn.

»Das ist zu viel«, protestierte ich und zog meinen Arm fort. Doch Bens Griff wurde fester und er hielt mich zurück. In seinen Augen glomm die Gier und er leckte sich über die Lippen.

»Ben, bitte. Wovon soll ich leben? Lass mir doch etwas über! Du kannst dir doch nicht einfach alles nehmen. B! Ich flehe dich an!« Ich zog, ich zerrte, ich brüllte ihn an, aber er gab kein Stück nach.

Die Zahlen schmolzen immer weiter und schnell waren weniger als einhundert Coins über. Bei fünfzehn blieben die Ziffern stehen und er gab mich endlich frei. Ohne seinen Zug fiel ich ein paar Schritte zurück und keuchte erschrocken.

»Ich lasse dir noch genug Coins für ein warmes Essen und eine Nacht in einer schäbigen Unterkunft. Schließlich bin ich kein Unmensch«, verspottete er mich und das Gelächter schwappte durch den Schankraum. Meine früheren Stammkunden und Gäste hatten sich gegen mich gestellt. Die Scham brannte mir heiß auf den Wangen und ich versteckte es hinter meinen Haaren. Ich stürzte Richtung Tür, stieß sie mit der Schulter auf und blieb mit einem Fuß auf der Schwelle hängen. Der Länge nach fiel ich in den Dreck. Matsch bespritzte mir das Gesicht, die Kleidung.

Ein Schluchzen drang aus meiner Brust und meine Schultern bebten. Wieso war ich bloß so verdammt naiv gewesen? Sicher hatte

Benjamin nur auf den Moment gewartet, mir die *Wachtel* zu nehmen. Und mich würde es nicht wundern, wenn in diesen vier Wänden Seratos nur so in Strömen floss. Schließlich war er es gewesen, der mich dazu gedrängt hatte, Dexter Eintritt zu gewähren.

Hilflosigkeit machte sich in mir breit. Erneut stürzte ich in ein Loch, aus dem ich allein nicht wieder herauskommen würde. Aber wer würde mir schon die Hand reichen wollen?

26

HAMILTON

Mit einem Finger tippte ich unnachgiebig gegen das Glas. Im Kopf ging ich das Geschehene immer und immer wieder von Neuem durch. Es nagte an mir, dass ich die Kontrolle über mich, über Mary und damit über mein gesamtes Leben verloren hatte. Ich hasste mich, war zu demselben Monster geworden wie mein Vater. Dabei hatte ich mir geschworen, das in jedem Fall zu vermeiden. Ich wollte ein besserer Mensch werden, zwar ein Arschloch, aber mit Prinzipien. Was also, *verdammte Scheiße*, hatte mich dazu getrieben? Das war alles nicht beabsichtigt gewesen, ich wollte sie doch anfänglich nur bestrafen. Es ihr heimzahlen, dass sie sich mir in den Weg stellte: Als eine Art Exempel. Damit es niemand wagte, sich gegen mich aufzulehnen.

Stattdessen war alles eskaliert.

Wie hatte ich es bloß so weit kommen lassen können? War ich blind vor Wut und, ... und *Rache? Wobei es Wollust wohl besser treffen würde,* dachte ich grimmig. Schließlich brachten mich ihre sture Art und ihr weicher Körper nicht nur einmal halb um den Verstand.

Mary war nicht die Frau, für die ich sie am Anfang gehalten hatte. Obwohl, wenn ich näher darüber nachdachte, *war* sie genau diese Frau, nur hatte ich es ignoriert. Sie war voller Wildheit, Leidenschaft, Entschlossenheit und Spitzfindigkeiten. All diese Eigenschaften schätzte ich an ihr und trotzdem wollte ich sie brechen, sie mir unterwürfig machen, ... sie *bestrafen*. Dabei hatte ich in ihr gefunden, was ich schon immer gesucht hatte – eine Frau, die mir Parole bot. Die mich

daran erinnerte, wer ich wirklich war, woher ich kam und mich in die Schranken wies.

All das hätte mir Mary bieten können, doch ich hatte verschissen. Niemals wieder würde mir diese Frau ihr Vertrauen schenken oder sich in meine Obhut begeben. Ich hatte sie ziehen lassen und es war für immer.

Laut knirschte ich mit den Zähnen und meine Kiefermuskeln spannten sich an. Kopfschmerzen breiteten sich an meinen Schläfen aus und verstärkten die Verkrampfung.

Was könnte ich bloß tun, um dieses Prachtweib zurückzuholen? Ich konnte sie dieses Mal schlecht über die Schulter werfen und einfach verschleppen, wie ich es schon einmal getan hatte. Wäre es angebracht, auf Knien zu ihr zu gehen und sie darum anzuflehen?

Laut schnaubte ich auf. Der Gedanke widerte mich an. Niemals würde ich vor einer Frau zu Kreuze kriechen, das war unter meiner Würde!

Aber wenn ich es nicht tue, werde ich sie voll und ganz verlieren, kam mir der Gedanke und ich hasste mich dafür. Wann war ich so schwach geworden? Wie hatte Mary es geschafft, mich zu kastrieren? Ich war nicht mehr als ein winselnder Hund, der seinem Frauchen hinterher trauerte.

»Verdammte Scheiße!«, brüllte ich, stand abrupt auf und schmetterte das leere Whiskeyglas auf den Fußboden. Das Glas zersplitterte in hunderte kleine Teile, die Eiswürfel rutschten über den Fußboden und verschwanden unter dem Sofa. Wut kochte in mir hoch und ich ballte die Hände zu Fäusten. Frustriert schnaufte ich durch die Nase, begann, auf und abzulaufen.

Es war nun bald drei Stunden her, dass Mary mit Bob mein Appartement verlassen hatten. Jede Sekunde ohne sie war eine zu viel. Ich wusste nicht, wo sie war, wie es ihr ging und wann sie wiederkam. Wobei es wohl eher *ob* heißen musste. Nicht mehr die Kontrolle über sie zu haben, machte mich nervös, rastlos.

Ich hatte einen Fehler begannen! Egal, wie sehr es mir meine Mädchen hatten einreden wollen – von wegen: *»Wenn sie dich liebt, dann kommt sie wieder.«*

Am Arsch! Diese Frau liebte mich nicht! Wie könnte sie auch? Ich liebte mich nicht einmal selbst.

Außerdem war sie viel zu stolz, um freiwillig bei mir angekrochen zu kommen, genau wie ich. Und das war das Problem. Ich wollte sie – brauchte sie –, aber besaß nicht genug Rückgrat, es auch durchzuziehen.

Ein Geräusch ließ mich innehalten und aufsehen. Für einen Augenblick hoffte ich, dass sich gleich die Tür öffnen würde und Mary zu mir hereingestürzt käme. Doch nichts bewegte sich im Wohnzimmer. Der Mond zeichnete silberne Linien an die Wände und lange Schatten auf die Fliesen. Nichts rührte sich.

Es dauerte mehrere Sekunden, bis ich begriff, dass mein Chip dieses Geräusch von sich gab und ich berührte schnell meine Ohrwurzel.

»Hallo? Ja?«, stieß ich atemlos aus, das Herz schlug mir bis zum Hals.

»Boss?«, ertönte die basshaltige Stimme von Bob.

»Ach, du bist es«, antwortete ich ernüchtert und ließ die Schultern hängen. Für eine kurze Sekunde hatte ich die Hoffnung gehegt, Mary würde mich anrufen. Aber wie könnte sie, wenn sie nicht einmal ein ePhone besaß geschweige denn einen Chip?

»Ich hab die Kleine bei der *Wachtel* abgesetzt«, erklärte er.

»Gut«, erwiderte ich und ließ mich wieder auf dem Sofa nieder. »Bist du geblieben, so wie ich es dir aufgetragen habe?«

»Ja, Boss.« Ich kniff mir mit Daumen und Zeigefinger in die Nasenwurzel. Bob war einer meiner ältesten Freunde und ich schätzte ihn sehr. Trotzdem wünschte ich mir manchmal, er wäre weniger begriffsstutzig und wortkarg.

»Und?«, hakte ich genervt nach. Der Spannungskopfschmerz in meinen Schläfen verstärkte sich.

»Sie kniet vor der *Wachtel* im Dreck und weint.«

»Was?«, platzte es aus mir heraus und ich stand sprunghaft auf. »Wie meinst du das? Geht es ihr gut? Ist sie verletzt?« Die Worte sprudelten mir nur so aus dem Mund und Horrorszenarien spielten sich in meinem Kopf ab.

Was, wenn ihr etwas zugestoßen war? Wenn sie jemand verletzt oder gar Schlimmeres angetan hatte? Dann wäre das alles meine Schuld und ich könnte es mir niemals verzeihen.

»Sie ist ein bisschen schmutzig, aber sonst sieht sie okay aus«, brummte Bob.

»Okay? Bob ... Was ...? Verdammt!« Ich drehte mich im Kreis und raufte mir die Haare. »Kannst du sie ein bisschen näher beschreiben? Blutet sie? Ist ihre Kleidung zerrissen? Fehlt ihr womöglich ein Körperteil?« Panik schnürte mir die Luft ab und kleine Sterne tanzten in mein Sichtfeld. Der Alkohol tat sein Übriges und mir wurde schwindelig.

»Mmh. So wie ich das sehe, nicht.«

»Verdammt, Bob! Das hilft mir überhaupt nicht!« Ich riss an meinen Haaren und der Schmerz half mir, mich zu fokussieren. Eine Idee schob sich in den Vordergrund. »Scheiß drauf«, murmelte ich und richtete meine Worte wieder an Bob. »Bleib da, wo du bist. Ich komme!«

»Aber, Boss ...«, protestierte Bob, doch ich drückte den Anruf weg. Ich stürmte zur Tür und schnappte mir im Vorbeigehen meine Jacke.

Mit dem Fahrstuhl fuhr ich ins Untergeschoss, wo sich das Parkhaus mit meinen Schätzen befand. Keine zehn Minuten später bretterte ich mit meiner Ducati Pain 2000 aus dem Jahre 2031 über die Straßen.

Der Schlamm spritzte mir auf die Hose und ich bereute es, nicht wenigstens meine Lederhose angezogen zu haben. Am Ende des Tages könnte ich den Anzug in die Tonne werfen, aber das war mir egal. Alles, was zählte, war Mary.

Die *Wachtel* tauchte vor mir auf. In einer Nebenstraße, wenige Meter davon entfernt, erblickte ich eine muskulöse Gestalt, die mich zu sich winkte. Bob! Augenblicklich drosselte ich das Tempo. Kaum war ich bei ihm angekommen, da stieg ich schon ab und nahm den Helm vom Kopf. Ich fuhr mir durch die Haare, die seitlich an meinem Schädel klebten, und stiefelte auf Bob zu.

»Wo ist sie?«, bellte ich. Die ganze Fahrt über hatte ich an nichts anderes denken können. Da war nur Mary.

Bobs Blick glitt zur *Wachtel* hinüber und ich folgte ihm. Im Lichtkegel der Straßenlaterne erkannte ich eine Gestalt, die auf dem Boden kauerte und an der Wand der Kneipe lehnte. Sie wirkte verloren, gebrochen. Das verpasste mir einen Stich.

»Gut. Ich regle das.« Ich drückte ihm meinen Helm vor die Brust und stapfte los. Den Matsch und die unangenehmen Gerüche ignorierend lagen meine Augen einzig und allein auf ihr. Sie nahm meine volle Aufmerksamkeit in Beschlag und alles um sie herum schien zu verschwimmen.

Mary weinte, ich konnte ihre Schultern beben sehen. Sie hatte ihre Knie fest an sich gepresst und vergrub das Gesicht in ihnen. Ihr Schmerz tat mir in der Seele weh und ich wünschte, sie nie fortgeschickt zu haben.

Ich stoppte wenige Schritte vor ihr. Sie hatte mich bisher nicht bemerkt und schluchzte weiterhin herzzerreißend. Ich machte den Mund auf und wieder zu. Was sollte ich ihr sagen? Sollte ich sie trösten, ihr gut zureden? Oder sie lieber rächen und ihren Peiniger aufsuchen? Ich war unschlüssig. Eine solche Unsicherheit in mir hatte ich bisher nur einmal erlebt – an dem Tag, als mein Bruder starb.

Ein Räuspern drang aus meiner Brust, ohne dass ich es bemerkte. Sie hob erschrocken den Kopf und blinzelte mich unter vor Tränen schweren Wimpern an. Allein ihr Blick reichte aus, um mich wieder zu fangen. Ich vergrub die Hände in den Taschen und sah gelassen auf sie hinab.

»Du siehst scheiße aus.« Meine Stimme kratzte und klang rauchig.

»Ist ja auch ein beschissener Tag«, zischte sie mir entgegen und zog die Knie noch fester an ihren Körper. Die abwehrende Haltung ließ mich zögern, näher an sie heranzutreten. Stattdessen wechselte ich das Standbein und richtete den Blick auf die Kneipe.

»Keiner mehr da?«, fragte ich sie gelangweilt, als würde es mich nicht interessieren.

»So könnte man es wohl sagen«, murmelte sie. Ich sah erneut auf Mary hinunter und starrte auf einen schwarzen Haarschopf. Ich haderte mit mir. Was sollte ich als Nächstes sagen? Was könnte sie überzeugen, wieder mit zu mir zu kommen? Ich sagte das Erste, was mir in den Kopf kam.

»Kann ich mich zu dir setzen?«

Überrascht hob sie den Kopf. In ihrem Gesicht las ich Verwirrung und Unentschlossenheit.

»Keine Sorge, ich beiße nicht«, scherzte ich und zwinkerte ihr schelmisch zu.

Ein Glucksen drang aus ihrer Brust und sie nickte mir zu. Ich überwand die Distanz zwischen uns und ließ mich eine Armlänge von ihr an der Wand hinuntergleiten. Meine Hose war schon ruiniert, da machte das bisschen Dreck auch nichts mehr aus.

Lange blieb es still zwischen uns. Ich ließ ihr den Freiraum, den sie in diesem Moment brauchte und stierte stur geradeaus. Irgendwann durchbrach sie die Stille: »Was tust du hier?«

Ein Mundwinkel hob sich und ich warf ihr einen Blick von der Seite zu. »Ich sitze«, antwortete ich mysteriös.

»Ja, das sehe ich«, erwiderte sie leicht erbost. »Aber was tust du *hier*?« Ich wandte ihr mein Gesicht ganz zu und musterte sie. Auf eine Art und Weise erinnerte sie mich wieder an das störrische Mädchen, das ich mit zu mir genommen hatte, und die Hoffnung keimte in mir auf, dass es noch nicht zu spät war.

»Willst du es wirklich wissen?«, hauchte ich und beugte mich leicht zu ihr.

Kurz huschte Unsicherheit über ihr Gesicht und sie biss sich auf die Unterlippe. Die Luft zwischen uns begann zu knistern und ich wusste, dass ich sie da hatte, wo ich sie haben wollte.

»Ja«, wisperte sie.

»Ich hole mir mein Mädchen zurück.« Ich legte einen hungrigen Ausdruck in meine Augen und sprach mit dunkler Stimme.

Ein Schauer ging durch ihren Körper und ich unterdrückte ein triumphierendes Grinsen.

»Warum? Ist sie dir weggelaufen?«, fragte sie kaum hörbar und brachte mich zum Schmunzeln.

»So könnte man das sagen«, erwiderte ich mit einem Lachen in der Stimme. Gebannt sah sie mich an.

»Und du glaubst, so einfach ist das? Du kommst her und holst sie dir zurück?«

»Ich habe nie behauptet, dass es einfach werden würde«, schnurrte ich und lehnte mich weiter zu ihr. Die Hitze ihres Körpers traf meine Haut und mir kribbelte es in den Fingern. Wie gern hätte ich ihr über die Wange gestrichen und sie zu mir gezogen.

»Und was ist, wenn sie nicht will?«

»Dann werde ich sie wohl davon überzeugen müssen, es zu wollen.« Sie schluckte. Unsere Blicke verhakten sich ineinander und ich versank in ihren dunkelbraunen, fast schwarzen Augen.

»Hamilton?«, wisperte sie. Ihr Atem streifte meine Haut und ich sog ihren Duft ein.

»Ja?«

»Warum ich?« Diese Frage holte mich aus meiner Trance und ich zog mich zurück.

»Warum willst du das wissen? Würde es einen Unterschied machen?«, knurrte ich. Diese ständige Fragerei ging mir langsam auf die Nerven und ich konnte es nicht mehr ertragen.

»Du verlangst alles und willst mir nicht einmal diese kleine Frage beantworten?« Kurz sah ich zu ihr hinüber und begegnete ihrem wütenden Starren.

»Wieso ist das so verdammt wichtig für dich?«

»Weil es für mich alles bedeutet. Ich will es wissen. *Muss* wissen, was ich dir so Schlimmes getan habe, womit ich das alles verdiene.« Bei den letzten Worten breitete sie die Arme aus und umfasste damit unsere aktuelle Lage.

»Wir können auch reingehen, wenn dir das lieber ist.«

»Das meinte ich nicht«, zischte sie, räusperte sich und fuhr dann ruhiger fort: »Es muss doch einen Grund gegeben haben, warum du mich …«, sie suchte nach Worten, »verschleppt hast.«

Meine linke Augenbraue zuckte. Das hatte sie milde ausgedrückt. Ich war mir über mein Verhalten im Klaren.

»Würdest du mir glauben, wenn ich dir sage, dass mich deine Schönheit überwältigt hat?«, neckte ich sie, kassierte dafür aber nur ein Schnauben.

»Schön, dann erzähl es mir eben nicht.« Sie schlang die Arme wieder um die Knie und rückte von mir ab.

Ich seufzte leise. Das lief nicht so, wie ich es gern hätte. Die alte Mary, die sich sofort auf meine Aussage gestürzt und etwas Spitzes geantwortet hätte, war noch nicht wieder zurück. Das würde ein härterer Weg werden, als vermutet.

»Was würde es dir bringen?«, stellte nun ich ihr eine Frage.

Kurz herrschte Stille zwischen uns. »Ich will wissen, auf wen ich mich einlasse, falls ich mit dir gehen sollte.« Ihre Worte waren vage formuliert, aber ich sah meine Chance.

»Du meinst sicher, *wenn* du mit mir gehst?« Ich zog eine Augenbraue hoch und lächelte schief.

»Sei dir da mal nicht so sicher, Arschloch!«, zischte sie und drehte ihr Gesicht zur anderen Seite. Ich sog tief die Luft in meine Lunge und fuhr mir dabei durch die Haare. Wo sollte ich bloß anfangen?

»Ich weiß nicht genau, wie ich es beschreiben soll«, sagte ich ehrlich und richtete meinen Blick nach vorn.

»Versuch es«, murmelte sie, ohne mich anzusehen.

Lange blickte ich sie an, sortierte meine Gedanken. Ich wollte ihr nichts über mich oder meine Vergangenheit erzählen. Sie würde mich am Ende nur für schwach halten. Für einen kleinen Jungen, der versucht hatte, zu überleben, und schneller erwachsen werden musste, als er eigentlich sollte.

»Ich schätze, am Anfang hat mich die Rache getrieben. Du hast mir das Geschäft in der *Wachtel* versaut.«

»Echt jetzt?«, brüllte sie und sah mich endlich wieder an. In ihren dunklen Augen funkelte der Zorn. »Nur weil ich deinen Scheiß Dealer vor die Tür gejagt habe und dein Dreckszeug von Droge nicht in meinem Laden wollte, hast du mein Leben ruiniert?!«

»So wie du es erklärt, klingt es viel schlimmer.«

Sie schnaubte und wandte sich wieder von mir ab. »Du hattest doch alles. Lebst in diesem Palast, kannst deine Mutter durchfüttern und bist offensichtlich nicht arm.« Sie hob ihren linken Arm und ihre ID leuchtete auf.

Im ersten Moment war ich verwirrt, weil ich die zehntausend Coins, die ich Bob für sie mitgegeben hatte, nicht auf ihrem Konto sah, verbiss mir aber die Frage. Aktuell waren andere Dinge wichtiger.

Ich machte eine Pause und dachte über meine nächsten Worte nach. »Du hast recht. Ich habe mir all das aufgebaut, aber sicher nicht mit Höflichkeiten und Rosen. Ich habe dafür kämpfen müssen, habe dafür Opfer bringen müssen.« Ich stockte.

»Meinst du Liam?«, flüsterte sie.

»Woher weißt du von ihm?«

»Bob hat es mir erzählt.«

Ich fluchte. Elender Mistkerl, hätte er das nicht für sich behalten können? Das ging sie nichts an, und es läge an mir, es ihr zu offenbaren.

»Sei nicht wütend auf ihn«, versuchte mich Mary zu beruhigen. Sie schien meine Gedanken gelesen zu haben. »Er meinte es nur gut. Hat dich sogar verteidigt.«

Mein Blick wanderte zu der Stelle, an der Bob verharren musste. Dank der schlechten Lichtverhältnisse hier unten konnte ich ihn jedoch nicht entdecken.

»Was hat er noch erzählt?«, wollte ich wissen, faltete meine Hände und legte sie auf meinem Knie ab.

»Nicht viel«, wisperte sie. »Nur dass ihr auch aus dem Schlammviertel kommt.«

»War dir das denn neu?«

Anstatt mir zu antworten, nickte sie.

»Redet man hier unten nicht mehr über die Hardingtons? Sind wir so schnell vergessen worden?«

»Über dich hört man so einiges, aber nie, dass du von hier stammst.«

Interessant. Aber gut. Vielleicht konnte auch ich irgendwann den kleinen Jungen aus der Unterstadt vergessen.

»Also ... Wollen wir hier noch bis morgen früh sitzen, oder erzählst du mir jetzt endlich alles?«

Sie war hartnäckig, das musste ich ihr lassen. Machte es mir aber nicht leichter. Ich schaute zu ihr hinüber. Sie sah mich durch einen Schleier aus Haaren unverhohlen an. Der Anblick ließ mich wie in Trance weiterreden. »Du warst so wild und ungezähmt. Innerlich sehnte ich mich danach, es ebenfalls wieder zu sein, und irgendwie erhoffte ich mir, es durch dich zu erleben.«

Kaum hatte ich die Worte ausgesprochen, begriff ich ihre Tragweite. Es war die Wahrheit. Das Leben in der Oberstadt hatte mich vieles gelehrt, aber auch einiges vergessen lassen. Ich wusste nicht mehr, wie es war, von Tag zu Tag zu leben und wahrlich zu kämpfen. Doch Mary hatte diese Erinnerung daran zurückgebracht und seitdem fühlte ich mich lebendiger als je zuvor. Ich wollte sie mehr, als ich es mir jemals zugestehen könnte.

»Aber warum ich? Hamilton Hardington könnte doch jede haben«, stellte sie mit zynischem Unterton fest.

»Verdammt! Ich weiß es nicht!«, brüllte ich und warf die Hände über den Kopf. Mary zuckte vor mir zurück und ich erkannte Angst in ihrem Gesicht.

»Wenn du immer so aufbrausend bist, ist es kein Wunder, dass dir deine Freundin weggelaufen ist«, zischte sie und ich stutzte. Sie hatte recht.

Ich atmete tief durch und versuchte, mich zu beruhigen. Nach etwa einer Minute hatte ich mich wieder gefangen und sprach mit ruhiger Stimme: »Kommst du zurück?« Ihre Augen funkelten wild unter ihrem Vorhang aus Haaren.

»Ich wüsste nicht wieso!«, erwiderte sie kalt.

Vor Wut presste ich meine Kiefer aufeinander. Warum musste sie so stur sein? *Verdammt!* »Du hast recht. Ich habe dir nie einen Grund gegeben, zu bleiben«, presste ich zwischen den Zähnen hervor. »Lass es mich wieder gutmachen.«

Ihr Blick wanderte forschend über mein Gesicht. Sie schien etwas zu suchen. Eine Anspannung legte sich schwer in meinem Magen nieder. Was, wenn sie nein sagte? Wenn sie nicht mitkam? Allein bei dem Gedanken wurde mir übel und mein Herz verkrampfte sich. Ich brauchte sie, mehr, als ich es für möglich gehalten hätte.

Viel zu lange saßen wir schweigend da und starrten uns an. Ich ballte meine Hände zu Fäusten und drückte das Gefühl nieder, sie zu packen, über mein Motorrad zu legen und einfach davon zu fahren. Wenn ich sie wirklich voll und ganz besitzen wollte, musste sie sich freiwillig in meine Fänge begeben.

Als ich schon glaubte, dass sie mir niemals antworten würde, öffnete sie den Mund und antwortete: »Schön!«

Erleichtert stieß ich den Atem aus und eine Woge voll Dankbarkeit flutete mein Herz.

»Aber unter einer Bedingung!«

Die Wärme verschwand und stattdessen hielt eine eisige Hand meine Organe umklammert. Ich mahlte mit dem Kiefer und erwiderte: »Was verlangst du?« Jeder Preis wäre mir recht, wenn sie danach mein wäre.

»Meine Freiheit.« Verdutzt sah ich sie an. Sie bemerkte meinen fragenden Gesichtsausdruck. »Ich will nicht länger deine Gefangene in einem goldenen Käfig sein. Ich möchte hingehen, wo und wann ich will! Ich möchte das Appartement verlassen, ohne dafür bestraft zu werden, und treffen, wen ich will.« Ihre Stimme klang fest und zitterte nicht.

Ich presste meine Zähne fest aufeinander und überlegte. Wenn ich ihr diesen Wunsch erfüllen würde, könnte ich nicht mehr kontrollieren, wo sie sich aufhielt, geschweige denn sie dabei beobachten. Das bereitete mir Bauchschmerzen. Was war, wenn sie wieder jemandem ihre Geschichte erzählte und es dieses Mal an die Öffentlichkeit kam? Wenn sie sich mit den falschen Leuten einließ und ihr etwas zustieß? Das würde ich nicht ertragen.

»Schön«, knurrte ich. »Aber auch ich habe eine Bedingung.« Skeptisch kniff sie ihre Augen zusammen und schürzte die Lippen. »Du gehst nicht allein! Einer von meinen Leuten begleitet dich überallhin.« Ihr Blick wurde abschätzend. Ich verzog keine Miene. Ihre Freiheit konnte ich ihr geben, aber nicht ohne eine gewisse Kontrolle.

»Na gut«, zischte sie zwischen zusammengepressten Zähnen hervor.

Als wäre mir eine schwere Last genommen worden, atmete ich ein. Die Kälte in meinem Inneren schmolz dahin und hinterließ ein warmes Ziehen.

Ich stand auf und reichte ihr eine Hand. Sie zögerte, ergriff sie dann aber. Schwungvoll zog ich sie auf die Füße und der Ansatz eines Lächelns huschte über ihre Lippen.

»Darf ich die edle Dame zu Ihrem neuen Zuhause fahren?«, fragte ich sie charmant und drückte ihr einen Kuss auf den Handrücken. Verwirrung und Scham wechselten sich auf ihrem Gesicht ab, trieben ihr die Röte in die Wangen, die ich trotz der Dunkelheit strahlen sehen konnte. Kurz befürchtete ich, dass ich es übertrieben hatte und sie mir doch davonlaufen würde. Dann nickte sie stoisch und all meine Ängste waren wie weggeblasen. Ich begleitete sie zu meinem Motorrad und nahm Bob den Helm ab.

»Du und Joseph könnt zum *Pentagramm* zurückfahren. Meine Lady und ich kommen nach.« Bob nickte mir zu und stieg zu Joseph in die Limousine. Ich reichte Mary den Helm. Ihre Augen waren vor Angst geweitet.

»Ich kann nicht. Ich habe, ... ich meine«, stotterte sie und starrte mich verschreckt an. »Ich bin noch nie mit einem Motorrad gefahren«, erklärte sie mit fester Stimme. Sie versuchte, sich das Zittern in ihren Händen nicht anmerken zu lassen, ich sah es dennoch.

»Keine Sorge, ich bin doch da.« Ich schnallte ihr das Ungetüm auf den Kopf und drückte ihre Schultern. »Vertraust du mir?«, fragte ich sie. Als Antwort schüttelte sie den Kopf und ich musste lachen.

»Würde ich vermutlich auch nicht«, erwiderte ich, trat einen Schritt zurück und hob eine Hand. Nach kurzem Zögern ergriff sie sie und stieg auf meine Ducati. Ihre Finger legten sich wie selbstverständlich um die Griffe und ich nahm hinter ihr Platz.

Ihr fester Arsch presste sich zwischen meine Schenkel und das Blut schoss mir in die Lenden. Ich legte meine Arme um sie und ergriff ebenfalls die Lenker.

»Bist du bereit?«, flüsterte ich nahe an ihrem Ohr und meine Lippen berührten das kalte Plastik. Sie hatte mich trotz des Helmes verstanden und nickte zaghaft. Daraufhin startete ich den Motor und raste los.

27
MARIYANE

Der Wind fuhr mir unter die Kleider und ich fröstelte. Er spielte mit meinen Haaren und kitzelte mich am Hals. Durch meine dünne Kleidung konnte ich Hardingtons Hitze spüren. Er presste sich fest an meinen Rücken.

Es war seltsam. Eigentlich hätte ich Angst haben sollen, mich fürchten oder zumindest skeptisch sein. Aber das war ich nicht. Viel mehr war ich aufgeregt.

Während meines gesamten Aufenthalts im *Pentagramm* hatte er mich wie ein Kind behandelt, hatte mich bevormundet und mir seinen Willen aufgezwungen. Nun war es das erste Mal, dass er mir auf Augenhöhe begegnete. Sicher machte es nicht all die Dinge wett, die er mir angetan hatte, aber es war ein Anfang.

Hardington beschleunigte die Maschine und fuhr die Auffahrt zur Skybridge hinauf. Ich kreischte auf. Mir schlug das Herz heftig in der Brust und Adrenalin schoss durch meine Adern. Es war ein berauschendes Gefühl, wie die Häuser an uns vorbeizischten.

Panisch verstärkte ich den Druck meiner Hände am Griff.

Hardington schien meine Angst zu spüren und drosselte das Tempo, legte einen Arm um meinen Bauch und zog mich näher zu sich heran.

Ein unangenehmes Ziehen machte sich in meinem Magen breit und am liebsten hätte ich seine Hand von mir geschoben. Jedoch zitterte ich am ganzen Körper, nicht nur vor Kälte, und sein Griff gab mir etwas Sicherheit. Daher ließ ich ihn gewähren.

Durch den Helm konnte ich ihn rau lachen hören. Seine Brust vibrierte, ich spürte es an meinem Rücken. Am liebsten würde ich ihm einen Ellenbogen in die Seite rammen, aber dann hätte ich den Lenker losgelassen und das traute ich mich nicht.

Erneut heulte der Motor auf und die Maschine machte einen Satz nach vorn. Ein Quieken drang aus meiner Kehle. Meine Knöchel traten weiß hervor und ich spürte meine Finger kaum mehr. Lange würde ich das nicht mehr aushalten.

Hardington bog scharf nach links ab und kollidierte beinahe mit einem Auto. In letzter Sekunde riss er das Steuer herum, indem er mich losließ, und verhinderte so einen Zusammenstoß. Der Fahrer hupte erbost und gestikulierte wild mit der Faust. Ich versuchte, ruhig zu atmen, aber ich hatte das Gefühl, unter dem Helm keine Luft zu bekommen.

Außerdem mischte sich immer wieder diese zynische Stimme ein, die mir einredete, einen Fehler zu begehen. Dass ich mich lieber schnell davonmachen sollte.

Sieh zu, dass du verschwindest. Er will dich bloß wieder als sein Spielzeug missbrauchen.

Mit fünfzehn Coins käme ich nicht weit. All meine Habseligkeiten lagen in der *Wachtel*, unter der Voraussetzung, dass Benjamin sie nicht entsorgt hatte. Allein bei dem Gedanken an ihn stieg mir die Galle hoch. Ich schüttelte ihn ab, wollte nicht mehr an ihn denken. Um dieses Problem würde ich mich später kümmern. Aktuell standen andere Dinge auf meiner Prioritätenliste.

Rechts und links von uns ragten die Hochhäuser meterhoch der Kuppel entgegen und der Schein des Mondes spiegelte sich in den verglasten Außenwänden. Er mischte sich zu den Lichtern der Reklametafeln. Es wirkte alles so bunt und surreal. Als wäre ich in einer fremden Welt gelandet.

Wir wurden langsamer und Hardington bog zu meiner Überraschung links ab. Er fuhr einen kleinen Abhang hinunter in einen Tunnel unter einem der Gebäude. Kälte und feuchte Dunkelheit begrüßten uns und meine Augen brauchten ein paar Sekunden, um sich an die Lichtverhältnisse zu gewöhnen. Was mich dort erwartete, verschlug mir den Atem.

Ein luxuriöser Wagen reihte sich an den nächsten. Von klein bis groß, schlicht bis bunt war alles dabei. An einer Wand standen Dutzende Motorräder und drängten sich dicht an dicht.

»Gehören die alle dir?«, rief ich laut, damit er mich trotz des Helmes verstehen konnte.

»Ja«, erwiderte er genauso laut. »Aber mit einigen bin ich noch nie gefahren.« Stumm nickte ich ihm zu. Sprit war selten geworden und nur noch die Stinkreichen konnten es sich leisten, das schwarze Gold aus der Außenwelt zu importieren.

»Schade«, brüllte ich zurück. Ich wäre gern mit einem dieser Schlitten gefahren, wenn er mich lassen würde.

Langsam steuerte er einen leeren Platz zwischen den Motorrädern an und stoppte das Fahrzeug. Mit wackeligen Beinen stieg ich ab. Die Fahrt hatte mich ordentlich durchgeschüttelt. Ich hob den Blick und starrte direkt in das strahlende Gesicht von Hardington. Ohne seinen typisch grimmigen Ausdruck sah er atemberaubend aus und mein Herz verfiel in einen unregelmäßigen Rhythmus. Dieser Mann hatte eine überwältigende Ausstrahlung, der ich mich nicht länger erwehren konnte.

Kurz sah ich mich um. Doch bis auf die Fahrzeuge und kargen Betonwände war nichts Spektakuläres zu entdecken. »Wirst du mich hier als Nächstes festhalten?«, witzelte ich, konnte jedoch ein Zittern in meiner Stimme nicht unterdrücken.

Er lachte kurz auf, steckte seine Hände in die Hosentaschen und meinte dann: »Du kannst den Helm ablegen.«

»Oh«, murmelte ich. Den hatte ich komplett ausgeblendet. Ich brauchte etwas, bis ich ihn endlich öffnen und abnehmen konnte. Die Geräusche waren mit einem Mal viel lauter und der Geruch nach Moos noch stärker.

»Komm«, forderte er mich auf und streckte mir eine Hand entgegen. Kurz sah ich zum Ausgang, durch den wir gekommen waren.

Vielleicht war das doch alles eine schlechte Idee. Womöglich sollte ich einfach gehen und alles hinter mir lassen.

Mit welchem Geld?, fragte ich mich.

Aber ich entschied, dass das nicht der einzige Grund sein sollte, warum ich zu ihm zurückkehrte. Ich hatte eine Entschuldigung verdient, er hatte einiges gutzumachen und das würde ich ihn auch jede Sekunde, in der ich bei ihm war, wissen lassen.

»Hast du es dir anders überlegt?«

Ich sah ihn an. Sein Gesicht war ausdruckslos, dennoch konnte er die Trauer in seinen Augen nicht verbergen.

»Du kannst gehen, wenn du willst. Das habe ich dir schon einmal gesagt und ich meine es auch so.«

»Ich weiß«, erwiderte ich mit einem zarten Lächeln. »Du bist ein Mann, der zu seinem Wort steht, nicht?«, neckte ich ihn und sein Mundwinkel zuckte. Noch ein letztes Mal sah ich zurück, dann folgte ich ihm.

Wir standen allein im Fahrstuhl. Mir war seine Präsenz noch nie so bewusst gewesen, wie in diesem Moment. Unsere Schultern streiften sich leicht, und schon diese kleine Berührung feuerte das Kribbeln in meinem Bauch weiter an.

Nervös kaute ich auf meiner Unterlippe herum. Ich fürchtete mich davor, in seine Wohnung zurückzukehren. Irgendwie traute ich dem Braten nicht, obwohl er das erste Mal ernsthaft aufrichtig wirkte. Schließlich kannte ich jetzt auch den Grund, warum er mich damals entführt hatte. Warum er mich aus meiner Welt in seine zerrte.

Begehren.

Nicht nur Begierde nach mir und meinem Körper, sondern auch Sehnsucht nach zu Hause. Einer Zeit vor all dem, bevor sein Name groß und seine Geschäfte erfolgreich geworden waren.

Und auch Seratos.

Noch immer besaß dieses Zeug Macht über mein Leben, bestimmte es, formte es. Aber ich war hier! Ich war am Leben! Und vielleicht könnte ich es dazu einsetzen, dieses Gift abzuschaffen. Vielleicht besaß auch *ich* Macht. Über Hardington? Denn warum sonst wäre er mir nachgelaufen, wenn ihm nicht etwas an mir liegen würde?

Der Gedanke war einerseits absurd, andererseits wünschte ich es mir. Endlich eine Person gefunden zu haben, die mich meinetwillen mochte, und nicht wegen meiner Kneipe.

Die Schiebetüren des Fahrstuhls glitten mit einem Glockenton zur Seite und ich zuckte erschrocken zusammen. In Gedanken war ich ganz woanders gewesen. Hardington betrat als Erster den Flur und ich folgte ihm halb aufgeregt, halb ängstlich.

Was würde mich gleich erwarten? Die letzten Wochen hatte ich in diesem Appartement wie eine Gefangene gehaust. Ich durfte es nie ohne seine Erlaubnis verlassen und für Fehltritte wurde ich bestraft. Würde sich tatsächlich etwas für mich ändern, oder hatte ich mit dem Betreten des Gebäudes mein Urteil unterzeichnet?

Eine Gänsehaut bildete sich auf meinen Armen. »Wird es so wie früher?«, fragte ich ihn und er stoppte augenblicklich, drehte sich halb zu mir um.

»Ich habe dir versprochen, dass ich mich bessern werde. Und du weißt selbst, ich bin …«

»Ja, ja. Du bist ein Mann, der seine Versprechen hält. Schon klar«, murrte ich, meinte es aber nicht so. Frustriert seufzte ich und strich mir eine Haarsträhne hinters Ohr. »Es ist nur so, ich riskiere viel. Und ich kann mich nicht entscheiden, ob es dumm oder naiv war, wieder zurückzukommen.« Die Worte flossen nur so aus meinem Mund.

»Ich weiß«, erklärte er im ruhigen Ton und sah mir fest in die Augen. Mehr sagte er nicht. Kurz darauf öffnete er die Tür. Er trat in das Appartement und hielt sie auf.

Knapp fünf Meter trennten uns voneinander und ich hätte immer noch die Möglichkeit zu fliehen. Stattdessen setzte ich einen Fuß vor den anderen und ging zu ihm. Etwas zog mich regelrecht hinein.

Als ich an ihm vorbei ins Wohnzimmer ging, trafen sich unsere Blicke. Aus seinen grau-grünen Augen beobachtete er mich, fesselte mich und hielt mich fest. Ich hielt den Atem an. Erst als er die Tür hinter mir schloss, löste sich sein Bann und ich holte tief Luft.

Ich nahm mir einen Moment, um mich umzusehen. Nahm die Wohnung mit einem Mal ganz anders wahr. Nicht mehr wie ein Gefängnis, aber auch nicht wie ein Zuhause. Vielleicht wie eine ... Bleibe. Ein Ort, an dem ich es längere Zeit aushalten konnte.

Hardington trat neben mich und rieb sich mit der Hand über das Kinn. Ich konnte die Haare über seine Haut kratzen hören und bemerkte erst jetzt, dass er ihn sich hatte wachsen lassen. Normalerweise trug er einen Bartschatten, der seine harten Gesichtskonturen verstärkte. Aber nun waren schon einzelne Haare auszumachen, die zu einem dichten Bart heranwachsen wollten.

Plötzlich machte er einen Schritt auf mich zu und ich wich zurück, bis ich mit dem Rücken gegen die Wand stieß. Aus großen Augen sah ich ihn an, fühlte mich in die Anfangszeit zurückversetzt. Würde er gleich wieder Hand an mich legen?

Ängstlich starrte ich ihn an und was ich dort entdeckte, überraschte mich. Hunger, Lust und ... noch etwas, das ich nicht benennen konnte.

Er überbrückte die letzte Distanz zwischen uns und einen Wimpernschlag später presste er sich an mich. Vor Schock sog ich die Luft scharf ein und verkrampfte mich. Konnte jedoch das ansteigende Prickeln in meinem Nacken nicht ignorieren. *Verräter*, dachte ich.

Hardington stützte eine Hand neben meinem Kopf ab, beugte sich mit seinem Gesicht zu mir hinunter. Seine leicht geöffneten Lippen paralysierten mich.

»Mary«, hauchte er mit kratziger Stimme und ich erschauderte.

»Ja?«, fragte ich ihn und drückte mich noch näher an die kalte Wand. Mein ganzer Körper kribbelte. Es lief mir heiß und kalt den

Rücken runter. Und das Schlimmste war, dass es zwischen meinen Beinen prickelte. Warum reagierte mein Körper so auf ihn? Sollte ich nicht Angst vor ihm haben?

»Ist dir eigentlich bewusst, wie verrückt du mich machst?« Mein Verstand setzte aus, war wie leergefegt. Hardington neigte sich näher zu mir herunter und sein Mund war nur wenige Zentimeter von meinem Ohr entfernt. Sein Atem streifte die Haut darunter und elektrische Stöße fuhren durch meine Nerven.

»Ich habe so lange davon geträumt, endlich loslassen zu können.« Ein Knurren drang aus seiner Brust. »Schneewittchen …«, flüsterte er und leckte sich dann über die Lippen. Sein heißer Atem traf meinen Hals und ich konnte nicht anders, als zu seufzen. »Du gehörst mir!«

Seine Worte waren mehr ein Flüstern, dennoch hallten sie laut in mir wider. Normalerweise hätte ich ihm die Stirn geboten und ihm eine spitze Bemerkung an den Kopf geworfen. Aber dafür war ich in dem Moment nicht fähig. Meine Knie wurden mit jeder Minute, die wir so nah beieinanderstanden, weicher und würden mich bald nicht mehr halten.

»Geh ins Schlafzimmer«, knurrte er und ich hielt die Luft an. Er entfernte sich, brachte etwas Platz zwischen uns. Gab mir damit Raum zum Atmen und das hatte ich auch dringend nötig. Japsend schnappte ich nach Luft und sah zu ihm auf.

Sein Gesicht war vor Begierde verzerrt und sein Blick ruhte auf mir. Er drückte sich von der Wand ab, Kälte legte sich auf meine Wangen und half mir dabei, klarer zu denken. Einen letzten Blick warf ich auf ihn, dann ging ich auf wackligen Beinen hinüber ins Schlafzimmer.

Mein Herz schlug mir bis zum Hals und langsam konnte ich die Hitze in meinen Lenden nicht mehr ignorieren. Sie war da, brannte sich tief in mein Fleisch und feuerte eine animalische Seite von mir an, die ich noch nicht kannte. Lange würde ich nicht mehr standhalten können. Ich musste mich entscheiden: Gab ich mich ihm hin oder verstieß ich ihn?

Unschlüssig stand ich vorm Bett und erwartete weitere Anweisungen. Hardington trat hinter mich, doch er berührte mich nicht. Dabei sehnte ich mich so sehr nach seiner Wärme. Erneut kam sein Mund

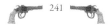

meinem Ohr verdammt nah und ich schloss die Augen. Hitze schoss mir erneut zwischen die Beine und mir wurde schwindelig.

»Ausziehen!«, knurrte er.

Ich öffnete die Augen und zögerte. Ich wollte es, wollte ihn in diesem Moment mehr als alles andere. Machtlos gegenüber meinem Verlangen gab ich seinem Befehl nach und entledigte mich von der schmutzigen Kleidung.

Nackt stand ich im Zimmer, ließ die Hände locker hängen und konzentrierte mich auf meine Atmung.

Etwas streifte meine Stirn und ich zuckte zusammen. Ein schwarzer Gegenstand rückte in mein Sichtfeld und ich erkannte Hardingtons Krawatte.

»Augen zu«, befahl er mir.

Schockiert riss ich meinen Arm hoch. »Was tust du?!«

Seine Bewegungen stockten. »Vertraust du mir?«

Dieses Mal brauchte ich länger mit meiner Antwort. »Nein«, flüsterte ich.

Langsam sanken seine Arme und Panik machte sich in mir breit – ich wollte nicht, dass er aufhörte. »Nein!«, stieß ich aus und sagte etwas ruhiger: »Schon gut.«

Daraufhin verband er mir die Augen und die Welt wurde schwarz. Meine anderen Sinne schärften sich und ich konnte ihn schwer atmen hören. Die Wärme seiner Haut sprang wie ein Funken von seinen Fingerspitzen zu mir hinüber und verbrannten mein Innerstes. Ein Feuer der Sehnsucht wurde in mir entfacht und fraß sich durch mich hindurch.

»Leg dich hin«, raunte er mir zu und ich lief blind los, die Hände tastend ausgestreckt. Ich berührte das Bett mit meinen Knien und krabbelte auf die Matratze. Hinter mir hörte ich Stoff rascheln, Schritte, etwas klirrte, aber ich sah nichts. Ich hätte einfach die Augenbinde abnehmen und hinschauen können, aber mich reizte der Nervenkitzel, ihm – kontrolliert – ausgeliefert zu sein, und so ließ ich es bleiben.

Am Kopfende angekommen, drehte ich mich herum und legte mich auf den Rücken.

»Was hast du vor?«, flüsterte ich und meine Stimme klang fremd in meinen Ohren.

»Vertraust du mir?«, fragte er mich erneut und ich musste ein Lachen unterdrücken.

Doch im nächsten Augenblick begriff ich – wir waren schon viel weitergegangen, als mir bewusst war. Daher öffnete ich den Mund und sprach die Wahrheit. »Ja«, flüsterte ich.

»Gut«, kam seine Antwort und ich erschauderte. »Streck deine Arme aus.« Ich verkrampfte mich, ahnte, was kommen würde. »Streck. Deine. Arme. Aus!«, wiederholte er seine Worte langsam. Ich gehorchte ihm nur widerwillig. Kaltes Metall legte sich um meine Handgelenke und zwei Sekunden später war ich an das Bettgestell gefesselt.

»Hamilton«, flüsterte ich und sprach ihn damit zum ersten Mal bewusst mit Vornamen aus.

»Keine Sorge. Ich höre auf, sobald du es wünscht«, wisperte er mir zu. »Denk an mein Versprechen.« Verwirrt runzelte ich die Stirn und die Krawatte kitzelte meine Nase. Welches Versprechen meinte er? Ich dachte nach und erinnerte mich an den ersten Abend.

»Ich werde dich nur auf deine ausdrückliche Erlaubnis hin berühren. Und erst wenn du mich darum anbettelst, werde ich dich ficken.«

Meinte er das? Ich konnte es nur hoffen, denn ich wollte die knisternde Stimmung zwischen uns nicht mit weiteren Fragen stören. Daher entspannte ich mich etwas und horchte. Ohne meinen Sehsinn war es schwierig, zu erahnen, was er plante.

»Lass dich fallen. Lass es einfach geschehen.« Seine Stimme war direkt neben meinem rechten Ohr und ich fuhr mit dem Kopf herum. Ich hatte ihn nicht kommen hören. Etwas Weiches berührte meinen Bauch und ich hielt die Luft an. Es fühlte sich wie eine Feder an, die Kreise um meinen Nabel zog. Ich ließ den Kopf zurückfallen und fokussierte mich auf die Berührung.

Die Linien wurden immer ausschweifender und die Feder streifte meinen Busen. Meine Brustwarzen wurden hart und richteten sich auf. Ich konnte ihn stöhnen hören und stellte mir vor, wie er nackt mit einer Erektion vor mir stand und mich beobachtete. Automatisch verstärkte sich das Glühen zwischen meinen Beinen.

Er zog die Feder über meine Oberschenkel und ich bewegte mich unter ihr, versuchte sie in eine bestimmte Richtung zu dirigieren, direkt auf meine Mitte zu. Doch er ignorierte mein Winden und wanderte weiter hinunter zu meinem Fuß. Es kitzelte leicht und ich zuckte. Ein kehliges Lachen hallte im Raum wider und ich biss mir auf die Lippe. Die Feder verschwand und hinterließ Kälte. Wo war er? Was tat er? Wieso machte er mich so scharf, um mich dann einfach links liegen zu lassen?

Etwas tropfte auf meine Haut und hinterließ einen blendenden Schmerz. Ich schrie überrascht und bäumte mich in meinen Fesseln auf. Doch das Brennen verschwand so schnell, wie es gekommen war, und ich entspannte mich wieder.

Erneut versengte etwas Heißes meine Haut und ich schnappte nach Luft. »Was ist das?«, japste ich zwischen zwei Atemzügen, er lachte.

»Gefällt es dir?«, fragte er, als wieder etwas meine Haut traf. Die Flüssigkeit rann zwischen meinen Brüsten hinunter und ich stöhnte. Es war kein unangenehmer Schmerz, sondern einer, dem ich mich hingeben wollte.

»Ja«, keuchte ich und er ließ mich ein weiteres Mal das süße Brennen spüren. Ich biss mir auf die Innenwand meiner Wange und räkelte mich. Ein wohliger Schauer lief mir den Rücken hinunter.

»Hamilton!«, seufzte ich. Die Tropfen stoppten. Es herrschte Stille, nur das Rascheln der Bettwäsche unter mir war zu hören.

»Ja?«, fragte er mit rauchiger Stimme.

»Berühr' mich«, flehte ich ihn an. Ich konnte ihn lächeln hören und wie er die Kerze abstellte. Auf einmal waren da seine Hände auf meiner Haut, die das warme Wachs auf der Brust verrieben. Meine Brustwarzen schmerzten vor Erregung und meine Klit pochte. Ich wollte ihn spüren, ich sehnte mich nach ihm.

Das Bett unter mir wackelte und ich spürte ihn über mir. Mit den Knien drängte er meine Schenkel auseinander und ich streckte ihm gierig meine Hüfte entgegen. Seine Hände wanderten an meiner Seite

hinab und schoben sich unter meinen Arsch. Er packte zu, zog mich ein Stück zu sich und mir entfuhr ein Seufzen. Heißer Atem strich über die Innenseiten meiner Schenkel und kitzelte meine Schamlippen.

Ein Druck baute sich in meinem Körper auf, verlangte nach mehr. Ich keuchte vor Verlangen, presste die Fersen tief in die Matratze. Meine Muskeln waren zum Zerreißen gespannt und innerlich flehte ich nach Erlösung.

Seine Lippen legten sich fordernd in meinen Schritt und ich bäumte mich auf. Mit offenem Mund rang ich nach Luft, konnte mir ein Stöhnen nicht verkneifen. Seine Zunge erforschte meine Perle und leckte sie hemmungslos.

Meine Fingerspitzen kribbelten und sehnten sich danach, seine dunkle Mähne zu packen und ihn fester auf meine Mitte zu pressen. Doch die Fesseln hielten sie zurück, nahmen mir die Kontrolle.

Hardingtons Zunge katapultierte mich in den siebten Himmel und bescherte mir heiße Schübe, die mir über den Rücken liefen. Sie sammelten sich in meinem Bauch zu einem Knoten zusammen, der immer mehr Druck aufbaute. Ich war kurz vorm Explodieren und schrie seinen Namen. Er stoppte und ich nutzte den Moment, um nach Luft zu schnappen.

»Bitte«, flehte ich ihn blind an und leckte mir über die Lippen.

»Sag es«, hörte ich ihn knurren. Seine Stimme verursachte eine Gänsehaut auf meinen Armen und ich zitterte vor Erregung.

»Bitte, Hamilton …«, stammelte ich, nicht in der Lage, einen vernünftigen Satz zu formulieren.

Er bewegte sich auf mich zu und seine Hose strich über meine empfindliche Haut. Jede seiner Berührungen löste einen Schauder in mir aus.

»Sag es«, knurrte er nun dicht vor meinem Gesicht und ich streckte mich ihm entgegen. Mein eigener Geruch umwehte mich, raubte mir den Verstand.

Alle Zweifel in den Wind schlagend sprach ich die zwei Worte, die er hören wollte: »Fick mich!«

Für eine Sekunde blieb es still und meine Bauchmuskeln ächzten. Dann endlich presste er seine Lippen auf meine und legte sich mit seinem vollen Gewicht auf mich. Ich spürte nackte Haut auf meinem Oberkörper und sehnte mich danach, seine Muskeln mit den Fingern nachzufahren. Stattdessen nahm ich mit seinem Unterkörper vorlieb, schlang meine Beine um ihn und presste ihn fest an mich. Sein erregtes Glied drückte sich durch seine Hose, und ich rieb mich an ihm.

Unsere Atmung beschleunigte sich und leise Seufzer drangen aus seiner Brust. Umständlich lehnte er sich zur Seite und fummelte an seinem Hosenschlitz herum. Wenig später legte er sich wieder auf mich und sein Schwanz pochte gegen meine Klit. Ich stöhnte laut und verdrehte die Augen. Mit einem Stoß drang er in mich, brachte mich zum Schreien. Der letzte Rest Verstand wurde fortgewischt, ich gab mich ihm hin.

Er war hart, er war animalisch, biss mir in den Hals und die Schulter. Ich presste ihn fester an mich, wollte mehr spüren, mehr fühlen, einfach mehr. Seine Bewegungen wurden heftiger.

Eine Hand umfasste grob meine Brust und ich verkniff mir einen Schmerzenslaut. Hardington biss in meine Brustwarze, sog daran, ohne das Tempo zu verringern. Er füllte mich aus, gab mir das, was ich brauchte.

Ich bekam kaum noch Luft, stöhnte unkontrolliert und stand kurz vorm Orgasmus. Erneut baute sich ein Druck in meinem Bauch auf, meine Pussy zog sich zusammen und entlockte Hardington ein Stöhnen. Er keuchte, war völlig außer Atem, hatte sich ebenfalls kaum mehr unter Kontrolle.

Mit einem letzten Stoß trieb er sich tiefer und der Orgasmus überrollte mich. Ich bäumte mich in den Fesseln auf, schrie seinen Namen. Er zuckte auf mir, in mir, schenkte mir süße Erlösung. Sein Atem stockte, seine Muskeln spannten sich an. Ich spürte ihn in mir kommen, wie sein Schwanz pulsierte. Es fühlte sich göttlich an. Er fühlte sich göttlich an! Ich wollte nie wieder etwas anderes.

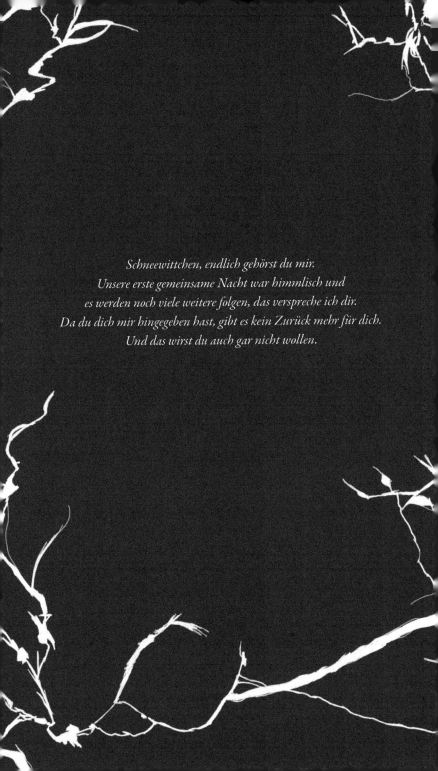

Schneewittchen, endlich gehörst du mir.
Unsere erste gemeinsame Nacht war himmlisch und
es werden noch viele weitere folgen, das verspreche ich dir.
Da du dich mir hingegeben hast, gibt es kein Zurück mehr für dich.
Und das wirst du auch gar nicht wollen.

28

HAMILTON

$\mathcal{M}$orgens aufzuwachen und Mary schlafend im Bett vor-
zufinden, war unglaublich befriedigend. Ich hatte einige
Minuten stehend ausgeharrt und sie einfach nur beobachtet.

Da ich sie nicht wecken wollte, schlich ich mich regelrecht aus der
Wohnung und nahm meinen Alltag wieder auf. Auch wenn sich einiges in meinem Leben verändert hatte, durfte das keine Auswirkungen
auf Mary haben.

Äh, was? Ich stutzte und wäre fast über meine eigenen Füße gestolpert. *Auf meine Geschäfte meinte ich natürlich,* dachte ich mit Nachdruck. Mary war offenbar nicht nur in mein Leben, sondern auch in
meine Gedanken geschlichen.

Bevor ich das Appartement verließ, schnappte ich mir einen Zettel
aus dem Büro und kritzelte ein paar Worte auf das Papier: »Schicke
dir nachher den Doc, der soll dir ein Implantat verpassen. Sehen uns
später XOXO.«

Ich starrte lange auf die letzten vier Buchstaben. War das zu viel? Zu
kitschig? Ein Blick auf die Uhr verriet mir, dass ich keine Zeit hatte, um
weiter darüber nachzudenken. Daher legte ich ihn auf den Glastisch in
der Wohnstube, wo sie ihn finden würde, und verließ das Appartement.

Der Türsteher vorm *Lucinda* nickte mir zu und ließ mich mit Bob
durch. Trotz der frühen Stunde hatte sich eine ellenlange Schlange

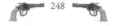

vor dem Club gebildet. Da fiel mir erst wieder ein, dass heute der Feiertag der Kuppel war. Heute war das ein 148te Jubiläum unserer Stadt. An diesem Tag waren die meisten Geschäfte geschlossen, da sich die Reichen und Schönen sowieso in Clubs rumtrieben und das Leben feierten.

Der Mainfloor war wie zu erwarten brechend voll. Es wurde ausgelassen zur lauten Musik getanzt, die aus den zahlreichen Boxen drang und von einem DJ aufgelegt wurde.

Kaum setzte ich einen Fuß über die Türschwelle, da spürte ich, dass etwas faul war. Ich stoppte, sodass Bob beinahe in mich hineingelaufen wäre, und ließ meinen Blick forschend über die anwesenden Feierwütigen gleiten. Doch ich konnte nichts Verdächtiges entdecken. Ich wandte mich an den blonden Barkeeper, der bei meinem Anblick zusammenzuckte und schlagartig blass wurde.

»Wo sind Cassy, Patrice und Jess?«, fragte ich ihn. Nach meinem Triumph von letzter Nacht zog mich nun alles zu ihnen. Sie hatten recht behalten, obwohl ich daran gezweifelt hatte. Doch sie nicht zu sehen, machte mich stutzig.

Der Kerl schrumpfte in sich zusammen, machte einen Schritt zurück. Er kam mir nicht bekannt vor, war er neu? Seine Unterlippe zitterte und er stammelte unverständliche Worte. Ich trat einen Schritt auf ihn zu, nur noch der Tresen trennte uns voneinander. *Sein Glück!*

»Rede!«, befahl ich ihm und er schluckte. Anstatt mir zu antworten, deutete er mit einem Finger zur Galerie hinauf. Ich nickte und war beruhigt. Sie bedienten nur einen Kunden, alles war in Ordnung.

Da ich es nicht eilig hatte, ins Büro zu kommen, setzte ich mich an die Bar und wartete auf meine Mädels.

»Whiskey«, rief ich dem Schwächling zu, klopfte auf den freien Hocker neben mir, damit Bob sich dazu setzte.

»Wer hat den Waschlappen eingestellt?«, brummte ich und beobachtete den Hänfling dabei, wie er ungeschickt ein Glas füllte.

»Ich schätze, das warst du, Hamilton«, erwiderte Bob mit tiefer Stimme, während er neben mir Platz nahm. Er bestellte eine Limonade,

um sich danach Richtung Tanzfläche zu drehen. Ich tat es ihm gleich und musterte die Leute. Die meisten Männer und Frauen kannte ich, entweder arbeiteten sie *mit* mir oder *für* mich. Bei meinem Geschäft war es wichtig, Kontakte zu knüpfen und zu pflegen. Wer würde sonst gewährleisten, dass die Lieferungen von außerhalb bei mir ankamen? Die Unreinen waren, was das anging, doch recht unzuverlässig. Daher spielte nicht nur Geld dabei eine tragende Rolle, sondern auch die richtigen Beziehungen.

Mein Blick blieb an zwei Gesellen hängen, die ich hier noch nie zuvor gesehen hatte. Sie hielten sich in der hintersten Ecke auf, hatten es sich in ihren feinen Anzügen auf einer der Sitzgelegenheiten bequem gemacht und zwei meiner Mädchen leisteten ihnen Gesellschaft. Etwas an den beiden gefiel mir nicht. War es das zu breite Grinsen? Die dicken Golduhren an ihren Handgelenken? Oder doch eher ihre dummen Visagen?

Ich kniff die Augen zusammen, um sie besser mustern zu können. Das flackernde Licht und die wechselnden Farben trugen nicht gerade zu einer guten Sicht bei. Trotzdem konnte ich sie halbwegs erkennen. Einer hatte eine Fresse wie ein Pferd, der andere auffällig volle Lippen, als wäre er mit dem Gesicht voran in einen Botoxtopf gefallen.

Bei näherem Betrachten erkannte ich, dass beide in recht hochwertige Anzüge gekleidet waren, die ihre besten Jahre schon hinter sich hatten. Ihre Hände erkundeten gierig jedes Körperteil der Damen, kniffen hier und dort zu und vergruben ihre Gesichter im Dekolleté. Die verzerrten Mienen der beiden Frauen sprachen Bände.

Der schmächtige Barkeeper reichte mir mein Getränk und ich brüllte, um die Musik zu übertönen: »Wer sind die?«

»Äh, ähm«, stotterte er und ich drehte mich zu ihm um. Den Blick, den ich ihm daraufhin zuwarf, ließ ihn erstarren. Schweiß rann seine Stirn hinab und er fuhr sich mit der Zunge über die Lippen.

»Wie heißt du?«, fragte ich ihn tonlos.

Sein Adamsapfel hüpfte nervös auf und ab. »Marvin, ich heiße Marvin, Mister Hardington«, antwortete er mit belegter Stimme.

»Dann hör mal zu, Marvin! Du musst dich heute entscheiden, ob du ein Mann oder eine Ratte bist! Ratten verkriechen sich in die Kanalisation, halten sich verdeckt. Männer kämpfen offen und zeigen niemals, dass sie Angst haben.« Mit jedem Wort schrumpfte der Barkeeper mehr in sich zusammen. »Ich toleriere in meinem Club kein Ungeziefer. Wenn ich dir also eine Frage stelle, hast du zu antworten! Verstanden?« O Gott, machte er sich gerade in die Hose? Ich verzog angeekelt das Gesicht, als mir der dunkle Fleck auf seiner gelben Jeans auffiel.

»Ich frage nur noch einmal. Wer ist das?« Ich deutete mit dem Daumen hinter mich und zog meine Augenbrauen zusammen.

Marvin sammelte sich und erwiderte nun fester: »Die kommen von der Nordseite der Stadt, aus dem grünen Viertel. Sie werfen hier mit Geld um sich und machen die Gäste an.«

»Noch etwas?«, fragte ich und presste ihn damit aus wie eine reife Zitrone.

»Ja-a. Sie prahlen damit herum, dass sie ihre Geschäfte mit Immobilien gemacht haben. Das ist alles, was ich weiß.« Marvin schrumpfte in sich zusammen, den Blick auf seine Schuhspitzen gerichtet.

»Was für Immobilien?«, hakte ich nach und beugte mich etwas näher zu ihm heran.

»Also, das weiß ich nicht genau. Aber sie haben von der Außenwelt gesprochen«, stammelte Marvin.

Die Außenwelt, interessant. Ich rieb mir über mein stoppeliges Kinn. »Gut, war doch gar nicht so schwer«, verhöhnte ich ihn und er schüttelt den Kopf. »Jetzt zieh dir was anderes an und wasch dich!« Das ließ er sich nicht zweimal sagen und stürmte davon. Seine Tränen blieben mir nicht verbogen, sie ekelten mich an.

»Was für ein Schlappschwanz«, murmelte ich. Er war doch nur ein lästiges Nagetier. Vermutlich sollte ich besser den Kammerjäger holen.

Kaum richtete ich meine Aufmerksamkeit wieder auf die Männer, da schlug einer der Kerle seinem Mädchen, ich glaube, es war Janette, auf den Arsch, die daraufhin schmerzhaft das Gesicht verzog. Ihr Schrei schallte durch den Raum bis zu mir hinüber. Sie stemmte sich

mit aller Kraft gegen ihren Peiniger, boxte ihm auf die Schulter und brüllte ihn an. Doch dieser war unbeeindruckt und presste sie nur noch fester an sich. Sie schien die andere – aus der Entfernung sah sie wie Jess aus –, um Hilfe zu bitten. Doch Jess stand unsicher neben ihr und schien, weder ein noch aus zu wissen. Janette verpasste dem Kerl eine schallende Ohrfeige, die gesessen hatte. Das war mein Zeichen.

Ich knallte das Glas auf den Tresen, sprang noch im selben Moment auf. Quetschte mich durch die Menge, wohlwissend, dass mir Bob folgen würde. Quälend langsam kam ich meinem Ziel näher.

»Hey!«, brüllte ich mit einem Finger auf den Anzugträger zeigend über den Lärm hinweg. Die Pferdefresse ließ Janette los und Jess zog sie schnell von den beiden weg.

»Wo wollt ihr denn hin? Kommt zurück«, bat Schmolllippe und langte mit seinen schmierigen Fingern nach Jess.

»Du hast uns die Mädchen vergrault«, warf der andere mir vor. Sein gläserner Blick hob sich und ich erkannte weißes Pulver an seiner Nase.

»Ihr habt genug für heute, wird Zeit, dass ihr verschwindet!«, riet ich ihnen, umklammerte meinen Stock fester, ich roch Ärger.

Pferdefresse stand auf, machte einen Schritt auf mich zu. Sein Atem traf mein Gesicht und ich rümpfte die Nase – er stank nach Alkohol und Fisch.

»Was für einer bist du denn?«, fragte er mich lallend und bohrte seinen Finger in meine Brust.

»Ich bin dein schlimmster Albtraum und wenn du nicht sofort deine Griffel von meinem Anzug nimmst, werde ich ihn dir brechen!«, knurrte ich, nur wenige Zentimeter von seinem Gesicht entfernt. Seine kleinen, grünen Augen huschten hin und her, ich konnte es förmlich in seinem Gehirn rattern hören.

»Wir wollten doch nur etwas Spaß mit den Weibern haben«, rief Schmolllippe, der ergeben die Arme hochhielt. Wenigstens einer von denen besaß genug Verstand.

»Sieht so etwa Spaß aus? Behandelt man so zwei Damen?«, blaffte ich ihn an und sein Kumpel nahm endlich den Finger von meiner Brust.

252

Er drehte sich zu seinem Freund um und rief: »Hast du das gehört? Da haben wir doch Nutten glatt mit feinen Damen verwechselt.« Schallend fing er an zu lachen, bei mir riss der Geduldsfaden. Ich packte meinen Stock mit beiden Händen und schlug ihm hart auf den Rücken. Ein spitzer Schrei drang aus seinem Mund, der mir in den Ohren schmerzte. Ich ließ ihm keine Zeit für einen Gegenschlag, packte ihn am Kragen und schleuderte ihn gegen die Wand. Das Ende des Stocks drückte ich Pferdefresse an die Kehle. Ein Schweißtropfen rann mir über die Schläfe und ich wischte ihn fort.

»Jetzt pass mal genau auf! Keiner legt sich mit mir oder *meinen* Mädchen an! Das ist *mein* Laden und ihr habt die Frauen gefälligst mit Respekt zu behandeln! Wir sind ein ehrenhaftes Etablissement. Für BDSM-Spielchen müsst ihr euch ein anderes suchen!« Mit jedem Wort, das ich ihm entgegen spie, wurde der Typ blasser. Hatte er am Ende zu viel Seratos geschnupft? Von einer Überdosis konnte man im Normalfall nicht sterben, selbst in Tablettenform war das schwierig. Aber ich hatte schon andere Folgen von zu hohem Konsum erlebt.

»Sie sind Mister Hardington«, stammelte er. Sein Blick war etwas aufgeklart und Angst huschte über seine Gesichtszüge.

»Scheiße, das ist der Besitzer«, stellte Schmolllippe unnötigerweise fest. »Ich bin weg«, fügte er hinzu und trat die Flucht an.

»Halt!«, sagte ich und Bob stoppte ihn mit einem Arm. Der Typ war mindestens einen Kopf kleiner als mein Freund und starrte nun verängstigt an ihm hinauf.

»Wir wollen keinen Stress. Ich nehme einfach meine beiden Freunde und wir ziehen weiter. Ich will keine Schwierigkeiten.« Seine Worte ließen mich aufhorchen.

Den Griff fest um den Gehstock geklammert, wandte ich mich ihm zu. »Was soll das heißen, deine *beiden* Freunde? Gibt es noch einen von eurer Sorte?«

Pferdefresse versuchte sich aus seiner misslichen Lage zu befreien, indem er die Spitze, die sich unaufhörlich in seinen Hals bohrte, zur Seite schob. Doch ich erhöhte den Druck, woraufhin er röchelte. Sein

Freund warf ihm einen besorgten Seitenblick zu, der eher ihm selbst als seinem Spießgesellen galt.

»Er ist da oben«, erwiderte er und deutete mit einem Finger auf das erste Stockwerk. Meine Augen folgten der Richtung und der Moment reichte aus, damit sich der Blauäugige befreien konnte. Mit lautem Gebrüll stapfte er auf mich zu und hob seine Faust. Ich wich dem Angriff aus, schleuderte den Stock herum und traf ihn in der Kniekehle. Die Menschen in unserer unmittelbaren Nähe wichen schreiend zurück, gaben uns damit Raum. Schmolllippe wollte ihm zu Hilfe eilen, wurde aber von Bob zurückgehalten. Seine Faust traf ihn am Kopf und riss ihn von den Füßen. Mit einem lauten Knall fiel er zu Boden und blieb dort regungslos liegen.

Sein Freund gewährte mir keine Atempause, zückte ein Messer und rannte auf mich zu. Er zielte auf meinen Bauch, doch ich konnte ihm mit einem Schritt zur Seite ausweichen. Ich drehte leicht am Holz des Gehstocks, vernahm ein Klicken und zog. Blanker Stahl kam zum Vorschein und ich warf die Scheide von mir. Die Augen des Idioten weiteten sich. Er starrte auf das, was vor wenigen Sekunden noch ein harmloser Stock gewesen war.

»Gib lieber jetzt auf, bevor ich dich in Stücke schneide!«, zischte ich ihm zu. Alle Anwesenden starrten uns an und selbst die Musik war verstummt. Uns gehörte die Aufmerksamkeit der gesamten Partygäste.

»Niemals!« Er rannte blind auf mich zu, brüllte laut mit erhobenem Messer. Ich ließ ihn auf wenige Zentimeter herankommen, vollführte eine drehende Bewegung und zog mein Schwert über seinen Bauch. Mein Angreifer keuchte, das Messer fiel klappernd zur Erde und er presste seine Hände auf die klaffende Wunde.

»Was zur Hölle«, murmelte er, bevor er zur Seite umkippte. Ein spitzer Schrei erschallte über der Menge und ich sah zur Galerie hinauf.

»Cassy«, wisperte ich, ihre Stimme würde ich überall wiedererkennen.

»Du kümmerst dich um die zwei«, rief ich Bob zu und lief bereits los. »Hier gibt es nichts zu sehen! Weiter machen!«, brüllte ich die Schaulustigen an und sie wichen erschrocken zurück. Sie sahen meine Worte als Aufforderung, das Weite zu suchen, und stoben in Richtung Ausgang davon. Morgen würden ein Haufen Arbeit und Papierkram auf mich warten, wenn ich die Geschehnisse von heute Abend ungeschehen machen wollte.

Doch das war mir in diesem Moment egal. Blind vor Wut und Adrenalin stieg ich die Treppe immer zwei Stufen auf einmal nehmend hinauf. Kaum stand ich auf der Galerie, öffnete sich die Tür des vorletzten Zimmers und Cassy kam halbnackt und verängstigt aus dem Séparée gestolpert. Sie kreischte panisch, presste die Fetzen ihrer Kleidung an sich. Hinter ihr trat ein bulliger Mann aus dem Raum. Die Hose hing von seinen Knien hinab und er hatte sich seine Boxershorts nur dürftig über den Schwanz gezogen.

»Komm zurück, Süße! Ich war noch nicht fertig mit dir«, grölte er ihr hinterher, während er sich sein Hemd wieder zuknöpfte.

Cassys Blick fiel auf mich und sie stürzte erleichtert in meine Arme. Ich umschloss ihren bebenden Körper und stützte sie, denn ihre Beine gaben unter ihr nach.

»Sch, sch. Alles ist gut«, versuchte ich sie zu beruhigen, streichelte ihr den Rücken. Ich hörte hinter mir Schritte und sah schnell über meine Schulter. Es war Jess, die eine Hand nach mir ausstreckte. Daraufhin küsste ich Cassys dunkle Lockenmähne und löste mich von ihr. Dicke Tränen liefen ihr die Wange hinab und tropften vom Kinn auf den Fußboden. Aufmunternd drückte ich ihre Schultern und schob sie zu Jess. »Geh mit ihr«, bat ich sie und wandte mich dann an Jess: »Bitte kümmere dich um sie.« Mein Mädchen nickte und umfasste Cassys dargebotene Hand. Schwarze Haut legte sich auf gebräunte und Jess zog sie schnell die Treppe hinunter.

»Hey, Arschloch, die gehört mir!«, rief dieser Wichser und mein Kopf ruckte zu ihm. Wut flammte in mir auf, ich umklammerte den Griff meines Shikomizues fester. Blut tropfte von der Klinge auf das Parkett. Seine Augen wanderten über mein Gesicht, hin zu meinem Hemd und hinunter zu dem Schwert.

»O Shit«, stieß er aus und machte auf dem Absatz kehrt. Er flüchtete in das Séparée, ich eilte ihm hinterher. Als ich den Raum betrat, sah ich eine Person aus dem Fenster springen. Wenig später hörte ich einen lauten Aufschlag und panische Schreie. Ich sah hinunter, das Arschloch lag mit ausgestreckten Gliedmaßen auf der Erde, das Gesicht mir zugewandt. Rotes Neonlicht beleuchtete die Szene und ließ sie unheimlich wirken. Eine dunkle Blutlache breitete sich unter seinem Körper aus. Er hustete. Etwas Dickflüssiges drang aus seinem Mund und er blickte aus starren Augen zu mir hinauf. Sie zuckten leicht hin und her, dann standen sie still. *Noch ein Problem, um das ich mich kümmern muss.*

Ich kehrte zurück ins Erdgeschoss, das restlos leer war. Die Partygäste hatten das Weite gesucht, nur noch Ron, meine Angestellten und Schmolllippe waren da. Bob hielt ihn am Kragen gepackt, damit er nicht abhauen konnte.

»Wo ist der andere?«, fragte ich meinen Freund. Bob wandte mir sein rundes Gesicht zu und erwiderte: »Der ist getürmt.«

»Scheiße«, fluchte ich laut und schlug mit der Hand auf den Tresen.

»Was ist mit dem anderen?«, fragte Ron. Schmolllippe wandte mir sein Gesicht zu, Angst flackerte in seinen braunen Augen auf.

»Tot!«, stieß ich aus. Alle Farbe wich aus seinem Gesicht, die Beine konnten sein Gewicht nicht mehr halten und er sackte halb in sich zusammen, nur noch von Bob getragen stand er da. Ich schob mich an ihm vorbei, auf der Suche nach meinen Mädchen. Sie waren nirgends zu sehen, daher hielt ich auf die versteckte Tür auf der anderen Seite zu. Dort befand sich mein Büro, vielleicht waren sie da.

Kaum betrat ich das Zimmer, konnte ich Cassy bereits schluchzen hören. Sie saß mit Jess zusammen auf der kleinen Ledercouch an der rechten Wand. Beide hoben die Köpfe, als die Tür hinter mir ins Schloss fiel.

»Oh, Hamilton«, jammere sie, stürzte auf mich zu. Sie schlang ihre Arme um meinen Körper und ich gab ihr Halt. »Es war so schrecklich.« Tränen rannen ihr die Wange hinab, die mein Hemd durchnässten. Ich strich ihr über den Rücken, vergrub mein Gesicht in ihrer Lockenmähne.

»Es ist alles gut, er wird dich nicht mehr belästigen«, flüsterte ich ihr zu.

»Ich hoffe, er ist tot!«, schniefte sie und löste sich von mir. Wissend lächelte ich sie an, sagte aber keinen Ton dazu. Jess nahm sie wieder in Empfang und beide kuschelten sich auf die Couch.

»Ihr könnt für heute Feierabend machen. Cassy, ich gebe dir für die nächste Woche frei. Erhol dich auf meine Kosten.« Kurz sah sie auf, um mir dankbar zuzunicken.

»Was ist mit den anderen?«, fragte mich Jess.

»Einen haben wir, der andere ist entkommen. Aber mach dir keine Sorgen, ich kümmere mich darum.«

»Gut«, erwiderte sie kalt. Sie arbeitete schon zu lange für mich, um für diese Arschlöcher Mitleid zu empfinden. Beide kannten mich und meine Methoden. Sie verurteilten mich nie, sondern schätzten mich dafür, wie ich war. Deshalb waren sie meine Mädchen.

»Ich werde diese Angelegenheit aus der Welt schaffen. Bitte pass auf sie auf«, richtete ich meine Worte an Jess und sie nickte. Dann machte ich auf dem Absatz kehrt, einen Finger an meiner Ohrwurzel.

Zwei Sekunden später ging bereits jemand ran. »Ich habe einen Auftrag für dich.«

Bob und ich saßen im Auto auf dem Weg zurück ins *Pentagramm*. Meine Knöchel schmerzten von den Schlägen, Schorf hat sich auf ihnen gebildet. Den Namen seines Kumpels aus Schmolllippe heraus zu prügeln, hatte mir eine gewisse Genugtuung bereitet. Steve Metol lautete er, reicher Immobilienmakler aus dem grünen Viertel. Ist dort aus sämtlichen Bordellen geflogen und hat sich notgedrungen in anderen Vierteln umgesehen, um eine heiße Nummer zu schieben. Von allen Clubs der Stadt musste er sich ausgerechnet meinen aussuchen.

Die Wunde, die ich ihm zugeführt hatte, war scheinbar nicht tief genug. Das war ärgerlich, denn so musste ich mich nun darum kümmern, dass er nie wieder einer Frau zu nahekam.

29

MARIYANE

Der Morgen danach war seltsam. Ich wachte wie immer allein auf, Hamilton war schon los, um seine *Geschäfte* zu erledigen. Dennoch war alles anders.

Ich verspürte keine Angst, fühlte mich nicht mehr allein. Stattdessen empfand ich so etwas wie Hoffnung, oder … Freude? Zumindest konnte ich nicht leugnen, dass ich die letzte Nacht genossen hatte. Hamilton war anders als Benjamin oder die Männer vor ihm. Bei denen ging es immer um die schnelle Nummer, ein kurzes Vergnügen. Bei Hamilton stand das erste Mal ich im Fokus, und er hatte mich nach allen Regeln der Kunst verwöhnt.

Nach dem Duschen stand das Essen für mich in der Wohnstube bereit und ich genehmigte mir etwas von den Weintrauben. Dabei fiel mein Blick auf einen gelben Zettel, der auf dem Couchtisch lag. Ich hob ihn hoch und runzelte die Stirn. Natürlich konnte ich ihn nicht lesen.

Hatte er ihn mir geschrieben? Und wenn ja, was wollte er mir wohl mitteilen? Ich zuckte mit den Schultern und packte ihn wieder zurück. Mir sollte es in diesem Moment egal sein, ich hatte andere Prioritäten.

Noch während ich aß, suchte ich mir etwas zum Anziehen aus. Neben Hamiltons schwarzen Jacken und Hosen hingen nun auch Kleidungsstücke von mir. Darunter das rote Kleid, das ich an dem Abend bei seiner Mutter getragen hatte. Ich fuhr mit den Fingern darüber und erschauderte bei der Erinnerung daran. Es war mit schwarzen Streifen geflickt worden, sah nun sogar fast besser als beim ersten Mal aus. Was wohl aus Penny geworden war? Ich hoffte, er hatte sie am Leben gelassen.

Schnell suchte ich mir eine schwarze Hose mit bunten Stickereien, einer blauen Bluse und eine passende Jacke raus. Ich zog mich an und konnte es kaum erwarten, die Wohnung zu verlassen.

Mich wunderte es nicht, dass hinter der Tür einer der Zwillinge stand. Er drehte sich zu mir um und an seinem wachen Gesichtsausdruck erkannte ich sofort Ronald.

»Guten Morgen«, grüßte ich ihn und huschte an ihm vorbei.

»Guten Morgen, Miss Mary«, grüßte er zurück und folgte mir sogleich.

»Einfach nur Mary.« Halbherzig lächelte ich ihn an und drückte auf den Knopf zum Fahrstuhl. So weit wie jetzt war ich zuvor nie gekommen. Euphorie machte sich in mir breit.

»Willst du zu einem Spaziergang nach draußen?«, fragte Ron.

»Oh, ja. Ich will mir die Stadt angucken«, erklärte ich ihm.

»Wann gedenkst du zurückzukommen?«

»Weiß nicht.« Ich sah zu ihm hoch. »Heute Abend?«

»Dann verpasst du aber deinen Termin.« Er blickte freundlich auf mich hinab.

Ich wurde stutzig. »Welchen Termin?« Der Fahrstuhl ging mit einem Bimmeln auf, aber ich blieb an Ort und Stelle stehen.

»Hat dir Hamilton nichts erzählt?«

»Nein, ich ...« Da fiel mir der Zettel ein. »Er hat mir eine Nachricht hinterlassen, aber ich ...« Ich konnte den Satz nicht zu Ende bringen.

Über Rons Gesicht huschte ein Schatten und er schien zu verstehen. Jedenfalls nickte er wissend und erklärte: »Du hast nachher einen kleinen Eingriff beim Doc. Du sollst ein ID-Upgrade erhalten.«

»Oh, wow«, stieß ich baff aus. Das war nur den Menschen aus der Oberstadt vorbehalten. »Wann ist der denn?«

Ron hob seinen Arm und eine Zahl leuchtete auf. Er wischte zweimal drüber und erwiderte dann: »In einer Stunde. Kannst du so lange noch aushalten?« Er besah mich mit einem schiefen Grinsen und hob dabei die Augenbrauen.

»Ich denke schon.« Die Türen des Fahrstuhls glitten fast geräusch-los zu und ich kehrte um. »Aber danach darf ich gehen?«

»Wohin du willst.«

Das beruhigt mich.

Ein kleiner Stich am Ohr ließ mich zusammenzucken und ich keuchte vor Schmerz auf. »Autsch«, stöhnte ich und wollte mir über die Ohr-wurzel reiben. Doch knorrige Finger hielten mich zurück und ich sah in das rundliche Gesicht des Arztes.

»Nicht anfassen, Miss Mary. Der Einstich muss heilen und darf sich nicht entzünden.« Seine Stimme war warm und beruhigend, ich hätte ihm stundenlang lauschen können. »Es dauert jetzt ungefähr vierundzwanzig Stunden, bis sich der Chip mit ihrem Nervensystem verbunden hat. Danach können Sie ihn erstmalig testen und jeman-den anrufen. Entweder durch die Berührung an der Ohrwurzel oder direkt über ihr ePhone.« Er lächelte mich freundlich an und ver-staute die Nadel, mit der er mich gepikst hatte.

»Sind Sie bereit für das ID-Implantat?« Er drehte sich erwartungsvoll zu mir um und hielt eine größere, angsteinflößendere Spritze in den Händen. Ich zögerte.

»Ich weiß nicht«, stotterte ich und beäugte ängstlich das spitze Instrument. Ein Lachen drang aus der Brust des Arztes und er schob sich seine verrutschte Brille wieder hoch.

»Ich liebe das«, kicherte er und legte die monströse Spritze wieder weg. Danach holte er eine halb so Große aus seinem silbernen Koffer hervor. Erleichtert atmete ich aus, er hatte sich nur einen Scherz erlaubt.

»Das wird wieder etwas zwicken. Sollte aber schnell vergehen«, versprach er mir und trat zu mir heran. Ich rutschte unruhig auf dem medizinischen Stuhl herum. Seine Praxis machte mir etwas Angst. Die Wände waren zu weiß, die Instrumente zu glänzend und Doktor Brown zu freundlich.

Ich schenkte ihm ein falsches Lächeln und wäre am liebsten aus dem Raum und dem Haus geflohen. Nach dem heutigen Tag wusste ich, dass ich Spritzen nicht leiden konnte. Dabei waren sie so lächerlich klein und verursachten nur einen winzigen, kurz andauernden Schmerz. Trotzdem würde ich lieber mit Hamiltons Sexspielzeugen vorliebnehmen.

Die Armlehnen umklammerte ich mit den Händen, bis meine Knöchel weiß hervortraten. Ich war angespannt und in meinem Bauch flatterte es – ich hatte das Gefühl, dass mir mein Frühstück gleich wieder hochkommen würde.

»Miss Mary, es ist alles in Ordnung.« Doktor Brown hatte meine innere Unruhe bemerkt und hielt die Spritze hinter seinem Rücken versteckt. Jedoch machte das alles nur noch schlimmer. Ich bekam nicht genug Luft und meine Atmung beschleunigte sich.

Der Doktor runzelte die Stirn und legte den Kopf schief. »Oh, sehen Sie dort.« Er zeigte mit dem Finger auf die Wand rechts neben sich und mein Kopf fuhr herum in der Erwartung einer neuen Gefahr. Aber ich erblickte nur ein Katzenposter mit der Aufschrift: »Hang in there.«

Etwas stach mir in den rechten Unterarm und ich zog ihn erschrocken zurück. Der Arzt hatte mich abgelenkt, wie ein dummes Kind, und mir so das ID Implantat unerwartet eingepflanzt.

»Das war fies!«, fuhr ich ihn erbost an und rieb mir die Stelle unterhalb des Handgelenkes. Ein kleines, elektrisches Leuchten zeugte von dem Implantat, aber von der Einstichstelle war nichts zu sehen.

Der Doktor gluckste und erwiderte: »So schlimm war es doch nicht, oder?« Er erwartete keine Antwort, wandte sich von mir ab und räumte seinen Arbeitsplatz auf. »Auch hier kann es bis zu vierundzwanzig Stunden dauern, bis sich das Upgrade an ihren bisherigen Chip integriert hat. Danach sollten sie eine Verbindung zu den Konten von Mister Hardington haben und auch Überweisungen tätigen können.«

»Moment, was?« Ich wurde stutzig und sah den Arzt ungläubig an. Davon hatte er mir nichts erzählt. Was dachte sich Hamilton dabei? »Ich dachte, das ist nur ein Upgrade, das meine Identität bestätigen soll?« So zumindest hatte es mir Ron erklärt. Erneut ärgerte ich mich darüber, nicht lesen zu können. Sicher stand das alles auf dem Zettel, den Hamilton mir geschrieben hatte.

Doktor Brown runzelte die Stirn und antwortete: »Er hat mir den Auftrag gegeben, ihrem Implantat ein Upgrade zu geben, dass Ihnen die Zugänge zur Wohnung, seinen Konten und weitere Freiheiten gewährt. Hat er Ihnen denn nichts von all dem erzählt?«

Ich verneinte und erwiderte: »Über solche Dinge redet er nicht mit mir.« *Bisher, aber das wird sich sicher schnell ändern. Ich lasse mich nicht gern bevormunden.*

»Mmh«, brummte der Arzt und rieb sich über das Kinn. Er schien über etwas nachzudenken, schüttelte dann aber den Kopf. »Um auf das ID Implantat zurückzukommen. Es enthält nun nicht mehr nur ihr Geburtsdatum, sondern auch die neue Adresse, einen Notfallkontakt, wie bereits erwähnt einen Zugang zu den Konten von Mister Harding-ton und den Passwörtern. Außerdem kann es nun eine Verbindung zu ihrem ePhone aufbauen.« Beim letzten Wort schlug er sich auf die Stirn und rief: »Ach ja.« Dann drehte er sich um und holte einen gläsernen, rechteckigen Gegenstand aus seinem Koffer. An zwei Ecken haltend reichte er es mir. »Das gehört natürlich auch Ihnen.«

Misstrauisch beäugte ich den kleinen, gläsernen Gegenstand und nahm ihn vorsichtig in die Hand. Er war überraschend leicht und fühlte sich auf meiner Haut kühl an.

Plötzliche leuchtete das Glas bläulich auf und ich hätte es vor Schreck fast fallengelassen. Eine elektrische Stimme ertönte: »*Pay-ring, payring, payring.*«

»Was ist das?«, erkundigte ich mich argwöhnisch und drehte das Teil hin und her. Es hatte weder Knöpfe noch einen Schalter. Auf dem Bildschirm war ein Laderädchen zu sehen, das sich unaufhaltsam drehte.

»Das, Miss Mary, ist ihr persönliches ePhone. Neben den Dingen, die ich ihnen hierzu schon erklärt habe, können Sie dort ihren Herzschlag, Blutdruck, Körpertemperatur, aber auch Bewegungen auf dem Konto überwachen, Nachrichten lesen und empfangen und auch sehen, wer sie gerade anruft.« Langsam klang er, als hätte seine Platte einen Sprung.

»Okay«, erwiderte ich und hatte kein Wort davon verstanden. Die gesamte Situation war für mich ungewohnt und einschüchternd. Im Schlammviertel war ich mit vielen Dingen und vertrackten Umständen konfrontiert gewesen, aber das Kristallviertel bot ganz neue und ein Vielfaches mehr.

»Sie dürfen gern aufstehen, wir sind fertig.« Seine Worte rissen mich aus meinen Gedanken und ich erhob mich sprunghaft.

»Oh, ja. Vielen Dank,« sagte ich und eilte auf die Tür zu.

»Bevor ich es vergesse, Miss Mary«, hielt er mich zurück und ich drehte mich zu ihm herum. »Sind die Wunden auf ihrem Rücken gut verheilt?«

Verwirrt runzelte ich die Stirn und erwiderte: »Äh, ja sind sie. Woher ...?«, wollte ich fragen, da klatschte Doktor Brown vergnügt in seine Hände. »Wunderbar, das freut mich. Sie zusammenzuflicken war keine leichte oder schöne Aufgabe gewesen, aber ich war mit dem Ergebnis zufrieden. Falls Sie jemals die anderen Narben auf ihrem Rücken entfernt haben wollen, wissen Sie ja, wo sie mich finden.« Als wäre damit alles gesagt, schob er mich durch die Tür. »Bitte entschuldigen Sie, aber ich habe heute noch einiges zu tun. Falls sie irgendwelche Nebenwirkungen spüren, zum Beispiel Kopfschmerzen, Übelkeit, Jucken, Hautrötungen oder ein Piepen im Ohr, lassen Sie es mich wissen. Sie haben es ja nicht weit.«

»Danke«, erwiderte ich und drehte mich perplex zu ihm um.

»Ich wünsche Ihnen einen schönen Tag und viel Vergnügen mit ihren neuen Freiheiten.« Er reichte mir seine Hand und wir verabschiedeten uns. Als ich aus seiner Praxis und in den Flur trat, traf mich dieses eine Wort und Schmetterlinge tanzten in meinem

Bauch. *Freiheit!* Er hatte es gesagt. Ich konnte es noch nicht richtig fassen. Aber ich war frei!

»Mary?« Rons Stimme holte mich zurück in die Gegenwart. Er sah freundlich auf mich hinab.

»Ja?«

»Mister Hardington hat mich beauftragt, dich zu jemanden zu bringen. Wir sollten uns besser auf den Weg machen.« Er zwinkerte mir zu.

Trotz seines gelassenen Verhaltens musste ich schlucken. Irgendwie wirkte alles zu surreal. Zu perfekt. »Wohin?«, fragte ich und ein ungutes Gefühl regte sich in mir.

»Das wirst du bald sehen«, antwortete er grinsend und stiefelte los.

So gut gelaunt, wie er war, konnte das nichts Schlimmes bedeuten. Also folgte ich ihm.

Im Auto war es still. Häuser und Schaufenster schossen an uns vorbei. Nervös nestelte ich an meiner Hose herum. Ich löste meinen Blick von der Skybridge, die wir befuhren, und schielte zu Ron. Dieser sah stur geradeaus und zeigte keinerlei Gefühlsregung. Es schien, als wäre mit dem Verlassen des *Pentagramms* ein Vorhang über sein Gesicht gefallen, der reine Professionalität ausstrahlte. In diesem Moment erinnerte er mich an seinen Bruder.

Seufzend sah ich wieder aus dem Fenster. Je weiter wir fuhren, desto mehr Menschen waren auf den Straßen zu sehen. Alle trugen verrückte Hüte, bunte, ausladende Kleidung und sahen allgemein aus wie ein kunterbunter Zirkus. Doch das war die Mode. Je ausgefallener, desto besser lautete die Devise.

Nach ein paar Minuten stoppte der Wagen und Ronald hielt mir die Tür auf. Ich stieg aus und wappnete mich gegen das, was kommen mochte. Er hatte mir immer noch nicht gesagt, wo wir hinwollten. Vielleicht zum nächsten Arzttermin?

Die vorbeilaufenden Menschen warfen mir neugierige Blicke zu und flüsterten hinter vorgehaltenen Händen. Ich funkelte jeden von ihnen wütend an, woraufhin sie schnell die Lider senkten.

»Wo bin ich?«, fragte ich meinen Begleiter, da ich keine Lust mehr auf dieses Spielchen hatte.

»Kannst es wohl nicht abwarten, was?«, erwiderte er mit einem Lachen in der Stimme. Anstatt auf meine Frage zu antworten, deutete er mir, vorzugehen und ich tat ihm den Gefallen. Auf offener Straße konnte mir nichts passieren. Es gäbe zu viele Zeugen.

Die Hochhäuser reichten meterweit in die Höhe und ich musste meinen Kopf in den Nacken legen, um etwas zu erkennen. Die Sonne wurde von den Glasfassaden reflektiert und stach mir in die Augen. Ich kniff sie schützend zusammen und richtete meinen Blick lieber auf die Schaufenster.

Eins erweckte meine Neugierde und ich trat näher heran. Ein halbes Dutzend Mannequins trugen Kleidung jeder Farbe und Form. Es war eine vielfältige Mischung verschiedener Stile in einem Kleidungsstück vereint. Ich schüttelte den Kopf vor so viel Kreativität und Einfallsreichtum und verkniff mir ein Grinsen. Hinter den Puppen befand sich ein riesiger Raum, in dem Menschen hin und her wuselten. Ich trat noch ein Stück näher und klebte mit meiner Nase beinahe am Glas.

»Nalla«, flüsterte ich aufgeregt, als ich eine kleine Person mit überdimensioniertem Hut erkannte. Diese huschte gerade von einer Kundin zur nächsten und wirkte wie ein fleißiges Bienchen. Mein Herz schlug höher, als ich auch Rubin erkannte, die mit gespitzten Lippen eine mollige Frau bediente.

Ich rannte voller Vorfreude zu Ron, der mir bereits die Tür zum Kleidungsgeschäft aufhielt. Der Geruch von Orangen und Zitronen begrüßte mich und ein kleines Glöckchen ertönte.

»Wir kümmern uns gleich um Sie«, rief Nalla außer Atem. Das Geschäft war großflächig und bot viel Platz zum Stehen und einige Sitzgelegenheiten. Zwei riesige Spiegel, die vom Fußboden bis zur Decke reichten, reflektierten die Sonnenstrahlen, somit waren andere

Lichtquellen überflüssig. Insgesamt befanden sich nur vier Kleiderständer an der linken Wand, die vor Anzügen, Kleidern und Jacken nur so überquollen.

»Keine Eile. Ich habe Zeit«, erwiderte ich vergnügt, nachdem ich mich ausgiebig umgesehen hatte. Rubin hielt in ihrer Arbeit inne und erstarrte. Unsere Blicke trafen sich im Spiegel und ihr wich die Farbe aus dem Gesicht. Mechanisch, als würde mein Spiegelbild bei einer zu schnellen Bewegung verschwinden, drehte sie sich zu mir um.

»Mary«, stieß sie perplex aus und ließ eine Stecknadel fallen. In der Stille, die folgte, konnte man sie auf den Boden fallen hören.

Nalla kam mit geröteten Wangen hinter den Kleiderständern hervorgeschossen und rief voller Freude: »Mary, du bist hier!« Sie rannte auf mich zu und schloss mich in eine feste Umarmung. Ich lachte vergnügt und stolperte einen Schritt zurück.

»Warum so stürmisch?«, erwiderte ich lächelnd und strich ihr über den Rücken. Dank meiner dicken Sohlen überragte ich Nalla.

»Wir haben uns solche Sorgen gemacht«, wimmerte sie an meiner Brust und ich konnte sie schluchzen hören.

»Es ist doch alles gut«, versuchte ich, sie zu beruhigen.

»Was ist hier los?«, ertönte eine gestresste und erbost klingende Stimme aus dem angrenzenden Teil des Geschäftes. Kurz darauf trat Pierre, leicht verschwitzt und natürlich in gelber Federpracht, hinter einem Vorhang hervor. Er sah aus wie ein zitronengelber Racheengel und der Gedanke ließ mich schmunzeln. Kaum trafen sich unsere Blicke, hellte sich seine Miene auf und er stürmte auf mich zu.

»Mary!« Unverblümt schloss er sich Nallas Umarmung an und lachte herzlich. »O Gott sei Dank ist dir nichts passiert. Ich habe mir solche Gedanken gemacht. Und die Gerüchte, oh, Liebes. Ich sage dir, eins war schlimmer als das andere.« In seinen Worten schwang ehrlich gemeinte Sorge mit und ich war überrascht. Noch nie war ich jemandem so wichtig gewesen, dass er sich um mich gesorgt hatte. Selbst meiner Mutter war ich egal gewesen, sie hatte mich häufig allein auf die Straße geschickt. Und auch Zarren hatte sich wenig um mich gekümmert. Bloß die schmierigen Gesellen hatte er von mir ferngehalten, mir Essen und ein Bett zum Schlafen gegeben. Mehr Liebe konnte ich von ihm nicht erwarten.

»Mir geht es gut!«, stöhnte ich und rang um Atem. Pierre presste mich fest an seine Brust, dass ich keine Luft bekam. »Du zerdrückst mich«, keuchte ich und er ließ ruckartig los. Nalla und ich atmeten erleichtert auf.

»O Mary! Es ist so wunderbar, dich zu sehen. Du musst uns erzählen, was passiert ist! Wir wollen alles wissen von Anfang bis Ende!« Pierre und Nalla hakten sich bei mir unter und zogen mich zum Vorhang.

»Ich setze uns gleich mal eine Kanne Tee auf«, zwitscherte Nalla und hüpfte vergnügt auf und ab.

»Entschuldigung! Werde ich heute noch bedient?«, drang eine hohe, schrille Stimme an mein Ohr und wir hielten inne.

»Natürlich, Misses Gardner. Geben Sie uns einen kleinen Moment. Ich schicke Rubin gleich zu Ihnen.« Die rassige Brünette schnaubte laut auf und sah Pierre wütend an. Ich las an Rubins Gesicht ab, dass sie sich Besseres vorstellen konnte, als zu der korpulenten Misses Gardner zurückzukehren.

Pierre ignorierte ihren starren Blick und schob mich weiter vorwärts. »Komm Schätzchen, wir haben einiges aufzuholen.«

30

HAMILTON

Etwas kitzelte mich an der Nase und ich wischte mir mit dem Unterarm über das Gesicht. Jemand kicherte und erneut kribbelte es. Unversehens schlug ich die Lider auf und starrte in zwei braune Augen. Mary quiekte überrascht und zog blitzschnell ihre Hand zurück, die vor meinem Gesicht schwebte.

»Guten Morgen, Schönheit«, begrüßte ich sie und raubte mir einen Kuss. Mary reagierte überrascht, ließ es dann aber zu. Für mich war es fast schon unheimlich, wie schnell wir uns angenähert hatten. Sie war weder ängstlich noch feindselig mir gegenüber. Die Fesseln hatte ich selbstverständlich weggelassen und seitdem wachte ich manchmal mit ihrem Kopf auf meiner Brust auf. Jedes Mal gefror ich dann zur Salzsäule und hielt regelrecht den Atem an. Denn einerseits genoss ich dieses Gefühl, andererseits fürchtete ich mich. Was war, wenn ich denselben Fehler begann wie Liam? Wer garantierte mir, dass mich Mary nicht irgendwann verriet?

Als ich mich von ihr löste erhaschte ich einen Blick auf ihre Pupillen, die vor Lust geweitet waren.

»Na, gut geschlafen?«, murmelte ich an ihren Lippen.

»Und wie, und gut geträumt habe ich auch«, schnurrte sie und schlang ihr Bein um meine Hüfte. Ihr plötzliches Verlangen überrumpelte mich, doch schon nach einer Sekunde stieg ich mit ein und packte fest ihren Hintern. »Ich weiß genau, wovon du sprichst«, erwiderte ich mit einem Brummen in der Stimme. Ich vergrub mein Gesicht an ihrer Halsbeuge und knabberte an ihrem Ohrläppchen.

Ein vergnügtes Kreischen verließ ihren Mund.

Augenblicklich reagierte mein Schwanz darauf und wurde hart. Mit den Händen fuhr ich an ihren Seiten hinauf, schob das Shirt hoch und umfasste ihre Brüste. Ein Stöhnen entkam ihr.

Plötzlich schob sie mich von sich, drehte mich herum und bevor ich mich versah, saß sie rittlings auf mir. Verdutzt starrte ich zu ihr hinauf. »Was hast du vor?«, fragte ich mit kratziger Stimme. Mein Verlangen stieg mit jeder Sekunde.

Ihre schwarzen Haare rannen wie Wasser an ihrem schmalen Hals hinab und reichten fast bis auf meine Brust. »Wonach sieht es denn aus?«, erwiderte sie kokett und grinste schief. Etwas Diabolisches, das ich noch nie zuvor an ihr gesehen hatte, blitzte in ihren Augen auf und machte mich verdammt scharf.

Ich packte ruckartig ihren Hintern und erneut entkam ihrem Mund ein Kreischen. »Verdammt, Baby! Wo bist du all die Jahre geblieben?«, knurrte ich. Ihre Hände erforschten meine nackte Brust und ich sah leidlich auf das graue Shirt hinauf.

»Ich war die ganze Zeit da, du hast mich nur nicht gesehen«, flüsterte sie und rieb sich an meinem Glied. Sie entflammte in mir Begierde und Lust. Ich umfasste sie fester und wollte sie auf den Rücken drehen, aber Mary stemmte ihre Knie in die Matratze und hinderte mich daran. Angesäuert sah ich zu ihr hinauf, ich war es gewohnt, oben zu liegen, den Takt vorzugeben.

»Jetzt bin ich dran«, flüsterte sie, beugte ihr Gesicht zu mir und küsste mich sanft. Ich verkrampfte, presste die Zähne aufeinander und meine Muskulatur spannte sich an.

»Lass dich fallen. Lass es einfach geschehen«, wiederholte sie meine Worte von unserer ersten gemeinsamen Nacht und ich tat genau das Gegenteil. Alles in mir sträubte sich, die Kontrolle abzugeben, selbst wenn es nur für wenige Minuten war.

Mary interpretierte mein Schweigen falsch und kletterte an mir hinunter. Sie umfasste meinen Phallus und ich stöhnte auf. Wieso fühlte sich diese Frau so verdammt gut an?

Ich schloss die Augen und biss mir auf die Lippe. Sie bewegte ihre Hand auf und ab, fegte das ungute Gefühl in meinem Bauch fort. Mein Verstand verabschiedete sich und ich konzentrierte mich auf meine Mitte.

Hitze traf meine Eichel und plötzlich wurde mein Schwanz von ihrem Mund umschlossen. Ich keuchte auf und legte eine Hand auf ihren Hinterkopf. Mit ihrer Zunge erforschte sie meine Spitze. Ich konnte mir ein Seufzen nicht mehr verkneifen.

»Baby, du fühlst dich so gut an.« Meine Worte sah sie als Aufforderung, an meinem Schwanz zu saugen, und ich verdrehte die Augen. Sie war der Hammer, trieb mich in den Wahnsinn!

Ein unangenehmes Piepen störte meine Konzentration und ich runzelte die Stirn.

»Scheiße«, fluchte ich leise. Wer in Herrgottsnamen rief so früh an? Mit einem wütenden Brummen berührte ich meine Ohrwurzel und Mary sah verwirrt zu mir auf.

»Wer stört mich in aller Frühe? Und wehe, es ist nicht wichtig!«, blaffte ich die Person am anderen Ende an. Ich hoffte um seinetwillen, dass er eine passende Ausrede parat hatte. Nur ungern ließ ich mir einen geilen Blowjob vermiesen.

»Wie sprichst du denn mit mir?«, ertönte eine hohe Stimme und meine Erregung verschwand von einer auf die andere Sekunde.

»Guten Morgen, Mutter«, begrüßte ich sie stöhnend und kniff mir mit Daumen und Zeigefinger in die Nasenwurzel. Warum war ich auch rangegangen? Selbst schuld.

Mary kam zu mir hochgekrochen und schmiegte sich an meine Brust. Ich streichelte ihren Haarschopf, während ich meiner Mutter ungeduldig lauschte.

»Charlie, was ist bloß los bei dir? Ich versuche dich, seit Tagen zu erreichen.« *Und ich drücke seit Tagen deine Anrufe weg.* »Im Fernsehen werden komische Dinge über Mary erzählt und du meldest dich nicht bei mir!« Ich wurde hellhörig und stopfte mir ein Kissen unter den Nacken.

»Was wird im Fernsehen geredet?«, hakte ich nach. Meine Alarm-glocken schrillten und ich malte mir das Schlimmste aus. Hatte Penelope Garcia am Ende doch die Story veröffentlicht und mich und Mary somit in die Scheiße geritten?

»Siehst du denn nie die Nachrichten? Es wurde berichtet, dass sie im Schlammviertel unterwegs gewesen sein soll«, plapperte sie ohne Unterlass auf mich ein. »Jemand hat sie gesehen, wie sie aus der Spelunke kam, die nicht weit von unserem alten Zuhause liegt. Wie war noch mal der Name? Es klang wie eine Vogelart. Spatz, oder Wellensittich, nein, das war es nicht, aber etwas mit W.«

»*Wachtel*«, half ich ihr weiter und Mary hob leicht den Kopf. Ich lächelte ihr aufmunternd zu und formte mit den Lippen: »*Erzähle ich dir später.*«

»Also stimmt es? Was hast du dir bloß dabei gedacht, Charlie? Ist sie wieder bei dir? Ist sie verletzt?«

Fuck! Ich hatte mich selbst verraten.

»Ja, Mutter. Es geht ihr gut. Sie hat nicht einen Kratzer!«

»Ich will mit ihr sprechen.«

»Das geht nicht«, antwortete ich knapp und sah Mary dabei zu, wie sie sich von mir löste und vom Bett rollte. Mit wiegenden Schritten ging sie Richtung Bad und mein Schwanz meldete sich wieder. Ihr Hintern sah zum Anbeißen aus.

»Wie meinst du das, es geht nicht? Ist sie etwa nicht gerade bei dir? Charlie, wenn ich erfahre, dass ihr etwas zugestoßen ist, dann werde ich dir die Hölle heiß machen!«, spuckte sie aus und ich konnte sie förmlich sehen, wie ihre Augen Funken sprühten.

»Nein, Mutter! Hör mir doch zu! Ich habe doch gesagt, dass es ihr gut geht. Sie ist bei mir, aber ihr Chip ist noch nicht mit dem ePhone verbunden! Doktor Brown sagt, das kann noch etwas dauern«, er-klärte ich ihr schnell und stolperte dabei über meine eigene Zunge. Wie schaffte sie es immer wieder, dass ich mich fühlte wie ein kleiner Junge, der an Mutters Rockzipfel hing? Ich war erwachsen, ich – und nicht mein Bruder – hatte sie von der Unterstadt und dem nahen

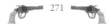

Hungertod weggeholt und uns eine neue Heimat gegeben. Konnte sie mich nicht langsam mal wie einen Mann behandeln?

Für einen Moment blieb es still und ich schöpfte die Hoffnung, dass sie das Thema fallen lassen würde. Sie machte mir einen Strich durch die Rechnung.

»Hast du schon gefrühstückt?« Die Frage verblüffte mich und ich antwortete reflexartig.

»Nein.«

»Gut. Ich lade dich zum Essen ein. In einer Stunde bei mir, zieh dir was an und beweg deinen Arsch hier her!«

Shit! Das war eine Falle!

»Mutter, ich habe keine ...«, protestierte ich, doch sie hatte schon aufgelegt. Frustriert fuhr ich mir durchs Haar. Ich konnte mir wirklich Besseres an diesem Morgen vorstellen, als mit Beatrice zu essen – zum Beispiel Mary besinnungslos zu ficken. Aber ich hatte mich schon früher schlecht gegen meine Mutter wehren können und das würde sich so schnell nicht ändern.

Daher saß ich eine Stunde später bei ihr am Tisch und sah ihr schweigend beim Essen zu.

»Jetzt erzähl doch mal, was ist mir dir los?«, durchbrach meine Mutter die Stille und ich sah gleichgültig auf.

»Können wir das nicht wann anders besprechen?« *Zum Beispiel nie?*, setzte ich in Gedanken nach.

»Die Soirée ist nun bald zwei Monate her und ich erfahre nichts von dir. Das Fernsehen weiß mehr über meinen Sohn und seine Freundin als seine eigene Mutter«, entrüstete sie sich und ich verdrehte die Augen. »Ihr wart wie abgetaucht.«

»Sei nicht immer so theatralisch«, wies ich sie zurecht und kassierte dafür einen giftigen Blick über den ellenlangen Tisch hinweg.

»Charlie! Wie redest du mit mir?«, fuhr sie mich an und ich seufzte.

»Entschuldige bitte«, sagte ich laut und der Sarkasmus triefte nur so aus meinem Mund. Doch Beatrice schien ihn nicht herausgehört zu haben und lächelte liebevoll.

»Jetzt verrate mir doch endlich mal, wer die Kleine überhaupt ist. Ihr wart an dem Abend schnell wieder verschwunden, ich konnte mich gar nicht mehr mit ihr unterhalten.«

Wie gut standen meine Chancen, mich vor dem Thema zu drücken und einfach zu gehen? *Miserabel,* flüsterte mir eine leise Stimme in meinem Kopf zu und ich beugte mich meinem Schicksal.

»Wenn du es unbedingt wissen willst«, begann ich zu erzählen und schmetterte mein Besteck auf den Tisch. »Sie kommt aus dem Schlammviertel und hat dort eine Kneipe geleitet. Vor gut zwei Monaten habe ich die Stadtgarde geschmiert und sie haben für mich ihren Laden auf den Kopf gestellt und sie festgenommen. Aber anstatt sie der Justiz zu überlassen, habe ich sie mit zu mir genommen, gegen ihren Willen wohl bemerkt, und seitdem lebt sie bei mir. Sie meine Freundin zu nennen, wäre daher etwas hochgegriffen. Bist du nun endlich zufrieden?«, blaffte ich sie an und atmete hörbar ein. Ich hatte gesprochen, ohne Luft zu holen.

Ihre grünen Augen ruhten ungerührt auf mir und sie schürzte die Lippen. Mit ihrer furchtbaren Perücke und dem voluminösen Kleid gab sie einen lächerlichen Anblick ab. Ich hasste ihren pompösen Stil. Manchmal wünschte ich mir die Frau zurück, die sie im Schlammviertel war. Damals hatte sie keinen Wert auf die Meinung anderer gelegt.

»Warum hast du das nicht gleich erzählt«, schalte sie mich.

Mit offenem Mund starrte ich sie an. Ich hatte erwartet, dass sie mich zurechtweisen, mich einen dummen Jungen nennen und mir eine Schimpftirade halten würde. Doch damit hatte ich nicht gerechnet.

»Du findest das nicht verstörend oder unmoralisch?«, fragte ich sie perplex.

Sie richtete ihren durchdringenden Blick auf mich und erwiderte: »Vielleicht ein kleines Bisschen, aber du hast schon schlimmere Dinge getan und Mary geht es doch gut, oder nicht?«

»Würde ich behaupten.« *Wenn man von den Peitschenhieben und den Fesseln absah,* fügte ich in Gedanken hinzu.

»Das Schlammviertel ist ein Drecksloch und nichts für eine junge, wunderschöne Frau. So, wie ich das sehe, hast du sie gerettet.«

Ich schnaubte. »Ich bin nicht der Held in dieser Geschichte.« *Ich bin das Arschloch!*

»Nein, das stimmt wohl. Aber vielleicht bist du der schwarze Ritter, der im richtigen Moment zu sich selbst gefunden hat.«

»Du irrst dich! Ich bin ein Monster! Genau wie mein Vater eines war!«, die Worte kamen über meine Lippen, bevor ich sie hätte zurückhalten können. Beatrice zuckte zusammen und sah mich mit Schmerz in den Augen an.

»Jetzt hör mir mal gut zu, Junge«, fing sie an und setzte einen belehrenden Tonfall auf. »Du bist kein schlechter Mensch! Hast du grausame Dinge getan? Vermutlich ja, ich will sie gar nicht alle wissen. Aber trotzdem lagen dir deine Familie und engsten Vertraute immer am Herzen. Du hast für sie getötet und würdest für sie sterben!« Ich wusste nicht, was ich darauf antworten sollte, also schwieg ich. Beatrice fuhr seufzend fort: »Nachdem dein Bruder von uns gegangen ist, war es sehr schwer für mich, einfach weiterzumachen. Besonders wegen deines Vaters. Er war so ein grausamer Mann.« Ich nickte bei der Erinnerung an ihn. »Er war kein böser Mensch, wirklich nicht. Aber der Alkohol und die Drogen haben ihn verändert und das nicht zum Guten. Am Ende war sein Tod nicht nur eine Befreiung für uns, sondern auch für ihn. Er hatte sich gehasst. Jedes Mal, wenn er dich mal wieder geschlagen hat, kam er zu mir und weinte sich die Augen aus.« Ich schluckte und löste meine Arme.

»Das wusste ich nicht«, sagte ich und etwas in meinem Bauch regte sich. Vielleicht war mein Vater doch kein solches Monster, wie ich immer dachte? Gab es noch Hoffnung für mich?

»Wie solltest du auch. Du warst fast noch ein Kind. Er wollte sich bei dir entschuldigen, aber er hatte nicht die Kraft dazu. Er war nicht so stark wie du. Aber weißt du, was das größte Problem für mich war?« Ich zögerte, kannte keine Antwort darauf und schüttelte letzten Endes den Kopf. »Dass der Sohn, der mir geblieben war, mich nicht brauchte.«

Verwirrt runzelte ich die Stirn und dachte über ihre Worte nach. »Ich kann nicht ganz glauben, was du da sagst«, sprach ich laut. »Wie kommst du darauf, dass ich dich nicht gebraucht hätte?« Ihre Augen füllten sich mit Tränen und sie sah schnell auf ihre Hände.

»Du warst immer stark und selbstständig. All deine Probleme konntest du allein lösen. Nachdem dein Bruder ...«, sie schluckte schwer und atmete einmal tief durch. »Nachdem Liam von uns gegangen ist, hast du einfach seinen Platz und später auch irgendwie den deines Vaters eingenommen.« Sie zuckte mit den Schultern und nestelte an ihrem Kleid herum. »Ich hatte nie das Gefühl, dass du mich brauchtest. Du hast nie nach meinem Rat gefragt oder um Hilfe gebeten. Du bist in ihre Fußstapfen getreten und hast dich um mich und die anderen gekümmert. Da habe ich gelernt, damit zu leben.« Eine Träne bahnte sich ihren Weg frei und lief ihr über die Wange. Dabei riss sie das weiße Puder mit sich und ihre natürliche rosa Hautfarbe blitzte unter all dem Make-up auf.

Ein Stein legte sich in meiner Magengrube nieder und mir verging der Appetit. Ich schob den Teller fort, stützte meine Ellenbogen auf den Tisch und das Kinn auf meinen Händen ab. Ich hatte nie näher darüber nachgedacht. Für mich war es immer selbstverständlich gewesen, der Mann im Haus zu sein und die mir zugeschriebenen Rollen zu übernehmen. Nie zuvor hatte ich es aus der Perspektive meiner Mutter betrachtet.

»Ich glaube, mein Glück und vermutlich zugleich mein Pech war Liam. Er verkörperte für mich so viel mehr als nur einen großen Bruder. Er hat auf mich aufgepasst, mich beschützt, mir das Kochen mit Feuer und Glasphiolen beigebracht, das Lesen und das Schreiben. Ich habe nie einen Gedanken daran verschwendet, dass wir dich damit verletzen oder ausschließen könnten. Es war nie meine Absicht gewesen«, erklärte ich und meinte es auch so. Sie war und würde immer meine Mutter sein. »Das Wichtigste für mich waren du und Liam und ich wollte dich beschützen. Aus unseren Machenschaften raushalten. Ich ...« Ich zögerte. »*Wir* wollten dich nie verletzen«, fügte ich leise hinzu und es schnürt mir die Kehle zu.

»Ich glaube dir«, sagte sie mit tonloser Stimme. Ihr Blick war abgedriftet und sie schien in ihren Erinnerungen gefangen zu sein. Kleine Perlen liefen ihr noch immer stumm über die Wangen und tropften vom Kinn auf den Tisch hinab. Kurz schüttelte sie ihren Kopf und sah mich wieder aus klaren Augen an. »Vermutlich hätte ich mich auch mehr anstrengen können. Liam war so ein großartiger Junge. Ihm fiel das Glück förmlich vor die Füße, er musste es nur aufheben.«

»Bis er sich nach etwas bückte und ihn das Messer von hinten erdolchte«, murmelte ich und starrte resigniert auf den Tisch.

»Ja«, stieß Mutter mit einem Lachen in der Stimme aus. »Welch Ironie.« Ihre Augen flackerten schelmisch auf und mein Mundwinkel hob sich leicht an. Das Gespräch mit ihr nahm einen anderen Verlauf, als ich gedacht hatte, und ich ertappte mich dabei, dass es mir gefiel. So ausgelassen und locker waren wir schon lange nicht mehr miteinander umgegangen.

»Du siehst, *so* ein schreckliches Monster kannst du gar nicht sein.« Sie lächelte mir zu und ich rang mich ebenfalls zu einem Lächeln durch. Ich wusste noch nicht recht, was ich mit den neuen Informationen anfangen sollte. Die Offenbarung über meinen Vater kam überraschend. Ich hatte ihn anders in Erinnerung.

Meine Mutter gab mir jedoch nicht genügend Zeit, um darüber nachzudenken, und ergriff das Wort. »Darf ich dir einen mütterlichen Rat geben?«, fragte sie mich und legte ihre Stirn in Falten. Ich sah zu ihr auf und nickte. »Ich habe dich schon mit vielen Frauen erlebt. Und wenn ich viele sage, meine ich eigentlich Abermillionen von Frauen.« Kurz lachte ich auf und musste grinsen. Wie recht sie doch hatte. »Aber ich habe dich noch nie bei einer lächeln sehen«, fügte sie hinzu und mein Grinsen erstarb.

»Was meinst du?«, fragte ich unwirsch.

»Na, ich meine die Liebe. Ich sehe doch, wie du sie ansiehst, Schatz.«

Ich versteifte mich. Meiner Gefühle gegenüber Mary war ich mir im Klaren, sie ausformuliert zu hören, erschreckte mich dann doch.

»Du hast Zweifel«, stieß Beatrice aus und sah mich forschend an.

»Wovon sprichst du?« Meine gute Stimmung verflog und ich wurde genervter. Ich hasste es, wenn sie in Rätseln sprach.

»Na, von dir, du Dummerchen! Du bist so blind vor Selbstzweifeln und verdrängten Ängsten, dass du gar nicht mehr siehst, was für ein Glück du hast.«

»Ich und Glück?«, schnaubte ich laut und lehnte mich zurück.

»Du siehst es momentan vielleicht nicht, aber sie ist das Beste, was dir jemals passiert ist. Irgendwann wirst du es dir mit ihr verscherzen, aber du darfst sie nicht gehen lassen!«, redete sie auf mich ein.

Wie recht du damit doch hast, dachte ich zynisch und schaute sie finster an.

»Ich weiß, du willst das nicht hören, aber es ist die Wahrheit.« Als wäre das Gespräch damit beendet, beugte sie sich über ihren Teller und verputzte ihr Rührei, das mit Sicherheit schon kalt geworden war.

Ich verschränkte die Arme vor der Brust und schaute sie erbost an. Es war mal wieder typisch, dass sie zu allem und jedem eine Meinung hatte. Und das Schlimmste war, sie hatte recht. Liam hatte sich damals Hals über Kopf in diese Frau verliebt. Zuzanna war die Ausgeburt der Hölle. Ihr Haar feuerrot, ihre Lippen einladend und ihre Hüften verführerisch. Kein Wunder, dass Liam in sie vernarrt war und nicht gesehen hatte, wie sie ihn manipulierte. Woher hätte er auch wissen sollen, dass sie die Schwester von Marcus war? Damals unser einziger Konkurrent im Business.

An seine Schreie erinnerte ich mich noch heute, als ich ihm die Haut von den Fingern zog. Auch Zuzanna hatte ihre gerechte Strafe erhalten, doch das hatte mir Liam nicht zurückgebracht. Nur den Schmerz etwas gemildert.

Seit diesem Tag war Liebe für mich mit einem Todesurteil gleichzusetzen. Ich befürchtete, ebenfalls ein Messer in den Rücken gerammt

277

zu bekommen, wenn ich mich einer Frau öffnete. Doch wer konnte es mir verübeln? Diese eine hatte mir alles genommen! Meinen Bruder, meinen Freund, mein Blut. Ihr Tod war nur ein geringer Preis gegen den Verlust, an den ich tagtäglich erinnert wurde.

»Schön«, schnaubte ich und riss sie damit aus ihrer Konzentration. Fragend hob sie eine Augenbraue und ich fügte hinzu: »Ich werde mir Mühe geben, es nicht mit Mary zu verbocken.« Meine Mutter strahlte mich über beide Ohren an und wirkte verliebter, als ich es vermutlich war. »Und jetzt lass uns das Thema wechseln!« Damit war die Diskussion für mich beendet.

31

MARIYANE

Die Buchstaben verschwammen vor meinen Augen. Sie wollten einfach keinen Sinn ergeben. Egal wie sehr ich mich anstrengte, ein ›D‹ sah wie ein ›B‹ aus.

»Der Nächste, dieses Mal aber schneller.« Mittlerweile bereute ich es, Pierre anvertraut zu haben, dass ich nicht lesen konnte. Nun zwang er mich jeden Tag dazu, aus einem Modemagazin vorzulesen. Nach nur einer Woche hingen mir die oberflächlichen Themen zu den Ohren heraus und ich wollte am liebsten spucken.

»D-der n... ne-neue«, stotterte ich. Meine Zunge stolperte über das ›N‹, sodass ich noch einmal von vorn anfing. »Der neue Trenb...«

»Trenb?«, unterbrach mich Pierre und zog eine Augenbraue nach oben. Sie berührte seinen silbergrauen Haaransatz und verschmolz mit ihm. »Lies es noch einmal, aber dieses Mal richtig.«

Ich seufzte. Er war ein anspruchsvoller Lehrer, der mich gnadenlos quälte. Hinter seiner bunten Fassade und der Fröhlichkeit hätte ich nie einen solchen Hang zum Sadismus erwartet.

»Schön«, stöhnte ich. Eine Strähne fiel mir ins Gesicht, die ich mir kurzerhand hinters Ohr strich. Ich umklammerte das gläserne Tablet fester, hob es an, bis es fast meine Nasenspitze berührte. Ein bläulicher Schimmer ging von ihm aus, der mir in den Augen schmerzte. Aber vielleicht waren sie auch einfach nur zu überanstrengt, ich hatte die letzten Nächte nicht genug Schlaf bekommen. Daran hatten mich Hamilton und seine unglaublich begabte Zunge gehindert.

»Der neuste Tren...« Ich stolperte wieder über das ›B‹. Aber beim zweiten Mal Lesen erkannte ich es als ›D‹. »Trend!«, stieß ich triumphal aus. Pierre lobte mich knapp, um mich danach aufzufordern, weiterzulesen.

»Der neuste Trend«, wiederholte ich und versuchte die nächsten Buchstaben zu erkennen. »i-ist v o n, von. M-I-S-S. Was heißt das?« Ich konnte das Wort nicht aussprechen und ihm auch keine Bedeutung zuschreiben.

»Das heißt Miss. Ist eine Anrede für unverheiratete Frauen«, erklärte mir Pierre, ohne von seiner Arbeit aufzusehen.

Nun verstand ich auch, warum mich alle bisher so angesprochen hatten. »Ah. Also, quasi das Gegenteil von Mister?«, wollte ich wissen. In meinem Kopf ergab das Sinn.

Aber Pierre schüttelte den Kopf und erwiderte: »O nein, Liebes.« Er schnappte sich eine Schere vom Tisch, um damit die Fäden abzuschneiden. »Das Pendant zu Mister ist Misses.«

»Das verstehe ich nicht.« Verwirrt runzelte ich die Stirn und legte das Tablet auf dem alten Holztisch ab. Dutzende Kratzer und Ringe von Kaffeebechern zeugten von einer jahrelangen Nutzung.

Ohne von seiner Arbeit aufzuschauen, antwortete er: »Das ist nicht so schwer. Zu Männern sagst du immer Mister, egal ob sie verheiratet sind oder nicht. Nur bei Frauen wird ein Unterschied gemacht.«

»Warum?«, hakte ich nach. Im Schlammviertel wurden alle beim Namen gerufen. Irgendwelche hübschen Titel oder gar einen Nachnamen besaß da unten keiner.

Pierre sah von seiner Arbeit auf, sein Blick traf meinen und er starrte mich irritiert an. »Keine Ahnung. Das wird schon seit Jahrhunderten, vielleicht sogar seit Jahrtausenden so gehandhabt. Ich habe nie nach dem Grund gefragt.«

»Aber warum muss man das bei Frauen unterscheiden und bei Männern nicht? Wieso ist es wichtig, anzuzeigen, dass eine Frau verheiratet oder unverheiratet ist?«

Pierre richtete sich nun vollends auf und zuckte mit den Schultern.

»Dafür muss es doch eine Begründung geben?«, fragte ich weiter nach. Mein Wissensdurst war geweckt.

Er stöhnte theatralisch auf und setzte sich zu mir. »Was hältst du von einer Pause?«, schlug er vor, dabei tätschelte er meine linke Hand, die ihm am nächsten war.

Ich grummelte in mich hinein, aber nur zur Show. Eigentlich war ich froh, wenn wir für heute aufhörten. Meine Augen taten schon vom vielen Lesen weh. »Wenn du möchtest, gern.« Ich schob den Bildschirm von mir weg und näher zu ihm. »Liest du mir jetzt vor?«

»Ich meinte eigentlich ...«, setzte er an, sah dann aber in mein Gesicht. Ich machte große Augen und zog einen Schmollmund. Schnell hatte ich bemerkt, dass er auf emotionale Erpressung ansprang. Entschlossenheit wich aus seinen Zügen, um Unsicherheit Einzug zu gewähren.

»Na schön! Aber nur einen Artikel!«, gab er nach und ich grinste innerlich. Es funktionierte jedes Mal.

»Der neuste Trend ist von Miss Mary ...«, er stutzte. »Da steht dein Name.«

»Was?« Genauso perplex wie er starrte ich auf den Bildschirm. Doch die Buchstaben verschwommen vor meinen Augen zu einer einzigen Suppe, ohne dass ich den Inhalt verstand.

»Wo steht mein Name?«, hakte ich nach und Pierre zeigte auf ein Wort.

»M-A-R-Y«, buchstabierte ich. »Mary. Das bin ich! Lies weiter, was steht da!«, forderte ich ihn auf. Noch nie zuvor hatte mein Name irgendwo in einer Zeitung gestanden, daher wollte ich unbedingt wissen, was dort über mich geschrieben worden war.

»Ganz ruhig, Liebes«, lachte Pierre, um sich danach wieder auf den Artikel zu fokussieren. »Der neuste Trend ist von Miss Mary, der neuen Frau an Hamilton Hardingtons Seite, inspiriert worden. Der klassische Ausschnitt dieses A-linienförmigen Kleides wird durch die filigranen Narben am Rücken das Models betont. Die

geraden Linien verteilen sich über die gesamte Rückseite und tragen zu einer geheimnisvollen Aura bei. Mit diesem Look sind sie das Gesprächsthema auf jeder Party. Die Vorlage für dieses schlichte, weinrote Samtkleid hat der Designer Pierre Forres gezaubert. Sein Modeatelier liegt in der siebzehnten Straße im Kristallviertel. Das Motto diesen Winter lautet daher: Mut zur Imperfektion.« Seine Stimme wurde mit jedem Worte immer schriller, bis sie ihm am Ende versagte.

»Das ist dein Name! Du stehst da auch!«, quietschte ich vergnügt und rüttelte ihn an der Schulter. Pierre war sprachlos, was wohl nicht sehr oft vorkam, und starrte geschockt auf den Zeitungsartikel.

»Ich bin noch nie im Designs Magazin erwähnt worden«, murmelte er.

»Aber sagtest du nicht bei unserem ersten Treffen, dass du der beste und bekannteste Schneider der Stadt wärst?« Meine Frage löste bei Pierre ein Augenrollen aus.

»Ich habe nur gesagt, dass ich mit der High Society zusammenarbeite. Aber in das Designs Magazin habe ich es bisher noch nie geschafft. Das ist das exklusivste Magazin, nur renommierte Designer wie Conchilla oder Popkova werden dort genannt und ihre Looks präsentiert. Alles Schneider aus dem Künstlerviertel.« Abneigung schwang in seiner Stimme mit.

»Weißt du, was das bedeutet?«, fragte er plötzlich euphorisch und lehnte sich zu mir hinüber.

»Nein, was?«, erwiderte ich heiter.

»Ich habe es geschafft!« Ruckartig stand er auf, zog mich daraufhin in eine feste Umarmung. Überrumpelt ließ ich es geschehen. Ein ansteckendes Lachen drang aus seiner Brust.

»Ich bin im Designs Magazin. Ich bin im Designs Magazin«, sang er fröhlich, tanzte im Kreis und schüttelte mich durch. Sein Geträller lockte Nalla und Rubin heran, die uns fragende Blicke zuwarfen.

»Was ist denn hier los?«, wollte Rubin wissen, wobei sie erbost die Lippen aufeinanderpresste.

Pierre ließ von mir ab und umklammerte Rubin an meiner Stelle. »Wir sind im Designs Magazin. Wir sind im Designs Magazin!«, flötete Pierre und sprang erneut auf und ab. Die beiden Schneidergehilfinnen konnten es kaum glauben und brachen in Jubelschreie aus. Rubin fasste sich schon nach wenigen Minuten und verschwand in der kleinen Küche. Sie kam mit vier Sektschalen gefüllt mit prickelnder Flüssigkeit zurück, wovon sie uns jedem eine gab.

»Auf uns«, rief sie und wir erhoben die Gläser.

»Auf Mary«, ergänzte Pierre und prostete mir zu. Der Sekt kitzelte mir in der Nase und steckte mein Magen in Flammen. Er schmeckte hervorragend.

»Von wann ist die Ausgabe?«, fragte Rubin und langte nach dem rechteckigen Gerät. Erwartungsvoll sahen wir sie an.

»Die ist von heute«, sagte sie und runzelte verwirrt die Stirn. »Die Soirée ist doch schon Wochen her, warum schreiben sie erst jetzt darüber?«

Darüber hatte ich nicht nachgedacht.

»Spielt das eine Rolle? Wir stehen drin, ist das nicht das Wichtigste?«, jauchzte Pierre, der sich die gute Stimmung nicht verhageln lassen wollte.

Aber Rubins Entdeckung machte mich ebenfalls stutzig und ich trat zu ihr heran.

»Von wem ist denn der Artikel?«, hakte nun Nalla nach. In ihrem kindlichen Gesicht spiegelte sich etwas wie Sorge wider und sie runzelte die Stirn.

»Der Artikel ist von Penelope Garcia«, antwortete ihr Rubin. Ich stolperte über den Namen, er kam mir bekannt vor. In meinen Gehirnwindungen ratterte es und es fiel mir wie Schuppen von den Augen.

»Penny«, stieß ich aus, nicht sicher, ob ich mich freuen, oder fürchten sollte. Ich hatte ihr damals sehr pikante Details über mich und Hamilton erzählt und anstatt darüber zu berichten, schrieb sie über meine Narben und einen neuen Modetrend?

Bevor ich weiter darüber nachdenken konnte, zog mich Pierre erneut am Arm und begann mit allen im Kreis zu tanzen. Die Stimmung war so ausgelassen und heiter, dass ich meine Sorgen vollkommen vergaß und einfach nur im Moment lebte.

Wir feierten noch ausgelassen bis in die Abendstunden. Pierre schloss dafür extra das Geschäft, um keine Kunden bedienen zu müssen. Wir lachten, wir erzählten, ich fühlte mich wohl bei ihnen. Aber die ganze Zeit über wisperte eine Stimme in mein Ohr, dass hier etwas faul war.

Wieso veröffentlichte sie so spät einen Artikel über mich? Warum hatte sie nicht meine Entführung erwähnt? Wieso stand ich überhaupt in dem Magazin? Was hatte sie davon?

Langsam begriff ich, was Hamilton mir im Wagen nach der Party zu sagen versucht hatte. Penny war nicht die nette Freundin, die sie gemimt hatte.

Als ich Stunden später nach Hause fuhr, war Hamilton längst da und wartete auf mich. Kaum trat ich durch die Tür, da legte sich sein Mund schon auf meinen und er riss mir die Kleidung vom Leib.

»Hamilton, ich ...«, murmelte ich.

»Später«, stöhnte er an meinen Lippen. Mittlerweile waren wir beide nackt und er schubste mich aufs Bett.

»Hamilton, ich muss dir etwas sagen«, wiederholte ich, doch er legte sich auf mich, erstickte meine Widerworte mit einem Kuss. Seine Knie drückten meine Schenkel auseinander und ich spürte sein hartes Glied an meiner Mitte. Ein Stöhnen entfloh meinem Mund. Ich schloss vor Lust die Augen. *Ja, später*, flüsterte mir mein Kopf zu, der sich vor einer Minute verabschiedet hatte. Doch ein ungutes Gefühl in mir zwang mich zum Aufsehen.

Sein Blick lag hungrig auf mir, der Mund stand leicht offen und ein Keuchen entkam ihm. Allein das brachte mich aus der Fassung. Ich gab

ihm leicht nach, sodass ich ihn zwischen meinen Schenkeln spürte. Er trieb sich mit einem Stoß in mich und mir entkam ein Stöhnen. Seine Küsse wurden hungriger und sein Rhythmus schneller. Heißer Atem kitzelte mich im Nacken. Doch noch immer konnte ich mich nicht fallen lassen, etwas zerrte an mir.

Daher stemmte ich meine Fersen in die Matratze, drehte meine Hüfte und warf ihn auf den Rücken. Überrascht stieß er die Luft aus, als ich von ihm hinunterglitt und ihn mit den Schenkeln auf der Matratze fixiere.

»Hamilton, wir müssen reden!«, forderte ich mit scharfem Unterton, aber völlig außer Atem. Wütend funkelte er mich an, packte meinen Po, um mich umzudrehen, doch ich blieb hart. Presste meine Beine noch enger an seinen Körper.

»Penelope Garcia.« Der Name hallte laut in dem Zimmer wider und Hamilton stoppte. Er verengte seine Augen, sah mich aus ihnen forschend an.

»Was ist mit ihr?«, knurrte er. Allein an seiner Stimme konnte ich die Abneigung ihr gegenüber ablesen.

»Sie hat einen Artikel über mich verfasst.«

»Was?!«, stieß Hamilton aus, richtete sich halb auf und ich verlor das Gleichgewicht, fiel neben ihn. Er beugte sich über mich, sah mich intensiv an.

»Was hat sie geschrieben?« In seinem Gesicht las ich Furcht und brennende Wut.

»Nichts Schlimmes. Nur über mein Outfit von dem Abend bei deiner Mutter.« Erleichtert atmete er aus und fiel zurück auf die Matratze. Ich hatte doch gewusst, dass da was im Busch war.

»Gut«, brummte er und entspannte sich wieder.

»Ist das nicht komisch, dass sie nach so langer Zeit einen Artikel verfasst?« Ich beobachtete ihn, keine Gesichtsregung würde mir entgehen. Von Tag zu Tag verstand ich es besser, ihn zu lesen.

Hamilton zucke jedoch nur mit den Schultern und zog mich zu sich heran. »Was meinst du?«, säuselte er und gab mir einen Kuss.

»Na ja, ich habe ihr damals von …« Ich stockte. »Also, ich habe ihr von der Entführung erzählt.«

»Ich weiß«, erwiderte Hamilton.

»Wieso schreibt sie also über meine Narben und nicht über das?«

»Ist das nicht egal?« Seine Lippen wanderten an meinem Hals hinab, die Haut darunter prickelte und meine Härchen stellten sich auf.

»Ich finde es nur komisch«, murmelte ich mit geschlossenen Augen. Er wickelte mich ein, vernebelte meinen Verstand, um mich von dem Thema abzulenken. Aber das Schlimmste war, es funktionierte!

»Charlie, bitte!« Ich presste meine Hände auf seine Brust, um etwas Abstand zu gewinnen. Er ließ von mir ab und sah mich aus seinen wunderschönen Augen kritisch an.

»Ich habe mich darum gekümmert. Mach dir keine Sorgen.«

»Was heißt *gekümmert*?« Ein Schauer lief mir über den Rücken. Wenn der gefährlichste Mann der Stadt sich um jemanden ›kümmerte‹, konnte das nichts Gutes bedeuten.

»Ich habe ihr ein bisschen gedroht, aber ihr kein Haar gekrümmt«, rückte er endlich mit der Sprache raus.

»Ist das die Wahrheit?«, fragte ich und starrte ihn böse an.

»Ich würde mein Baby niemals anlügen«, wisperte er, zog mich im nächsten Moment wieder zu sich heran.

»Nenn mich nicht so«, brummte ich an seinen Lippen und schob ihn erneut von mir. Das ging mir alles etwas zu schnell. Er überfiel mich regelrecht und ließ mir kaum Luft zum Reden.

»Wie denn?«, neckte er mich und legte sich mit den Armen hinterm Kopf verschränkt neben mich.

Ich rammte ihm daraufhin einen Ellenbogen in die Seite. »Baby!«

Daraufhin entkam ihm ein Lachen und ich kuschelte mich an ihn. Ich genoss es regelrecht, so gelassen und locker neben ihm liegen zu können, ohne Angst haben zu müssen, was als Nächstes kam. Ich hätte niemals erwartet, dass ich so schnell Vertrauen zu einem Mann wie ihm fassen konnte. Aber so war es. Ich fühlte mich mittlerweile pudelwohl in seiner Nähe und genoss regelrecht seine lüsternen

Blicke auf mir. Manchmal war es vielleicht noch ungewohnt und die Erinnerung an die Peitsche auf meiner Haut und die Schmerzen dazu rückten in den Vordergrund. Aber ich drängte sie immer wieder zurück und war auf dem besten Weg, ihm zu verzeihen.

32

HAMILTON

Jch hörte Knochen brechen, Blut spritzte auf den Boden und eine Vibration schoss meinen Arm hinauf.

»Wo finde ich Steve Metol?«, brüllte ich den Kerl an. Sein Gesicht war schon nicht mehr zu erkennen, die Lippe aufgeplatzt, sein rechtes Auge angeschwollen und Blut strömte ihm über die Stirn. Ich packte ihn am Kragen und schüttelte ihn kräftig durch.

»Rede, wenn du leben willst!«, zischte ich meine letzte Warnung. Sein gesundes Auge fixierte mich und er öffnete den Mund.

»Ich weiß es nicht«, keuchte er.

»Aber du bist doch sein Chauffeur! Wieso weißt du nicht, wo er ist?«, fauchte ich ihn an. Er spuckte Blut und Zähne aus.

»Er ist untergetaucht nach der Sache im *Lucinda*.« Das hätte ich wohl auch gemacht, schließlich hatte er sich mit einem der mächtigsten Männer unter der Kuppel angelegt.

»Wo könnte er sich verstecken? Hat er einen Bunker? Einen geheimen Keller? Eine Immobilie mit einem Panikraum?«, quetschte ich den Kerl weiter aus. Der Kopf des Chauffeurs sackte zur Seite, er war ohnmächtig geworden. Mit meinem Handrücken verpasste ich ihm eine, der Schlag hatte gesessen und er kam wieder zu sich.

»Spuck es aus! Wo könnte er sich aufhalten!« Meine Faust pochte und die Haut an den Knöcheln war aufgeplatzt. Mein Blut mischte sich zu seinem auf der schmutzigen Erde. Ich stand inmitten einer alten Lagerhalle, die ich als Umschlagplatz für Waren von außerhalb der Kuppel nutzte. Sie lag abseits im Schlammviertel, nahe der Mauer, und war damit ein perfekter Ort, um meinen illegalen Machenschaften ungesehen nachzugehen.

»Ich weiß es nicht«, stammelte er. Ich schlug ihm erneut ins Gesicht. Wären seine Hände nicht auf dem Rücken gefesselt, wäre er vom Stuhl gekippt. So hing sein Kopf schlaff auf seiner Schulter, doch er blieb aufrecht.

Mehrmals bewegte ich meine Finger, sie waren taub geworden. Ich wandte mich von dem Typen ab und rief meinen Jungs zu: »Entsorgt den Müll.« Ich war gerade einmal zwei Schritte gekommen, da hielt er mich zurück.

»Halt! Bitte, ich habe Familie!«, winselte der Chauffeur und ich blieb stehen.

Ohne mich umzusehen, erwiderte ich: »Dann rede! Was weißt du?«

»Ich, ich weiß nicht viel«, stammelte er. »Ich habe ihn einmal zu einer Wohnung im Künstlerviertel gefahren, im Nordwesten der Stadt. Er hatte mir nicht gesagt, was wir da wollten. Er war vorher sehr angespannt und als er zwanzig Minuten später wieder rauskam, wirkte er erleichtert. Mehr weiß ich nicht! Bitte! Lassen Sie mich gehen!«

Ich liebte es, wenn sie um ihr Leben flehten. Ein Mundwinkel hob sich zu einem schiefen Grinsen. Ich drehte mich auf den Absätzen zu ihm herum.

Das schummerige Licht der Lampe fiel direkt auf ihn, doch der Rest der Lagerhalle befand sich im Schatten.

»Wie lautet die Adresse?« Ich ging zwei Schritte auf ihn zu.

»Es müsste die Gardner Street gewesen sein. Hausnummer 163. Aber ich weiß nicht, welches Stockwerk.«

»Das reicht mir schon. Warum nicht gleich so?« Ich trat zu ihm heran und packte sein Kinn. Zwang ihn dazu, mir in die Augen zu sehen. »Schade, dass ich keine Verwendung mehr für dich habe.« Die Pupille seines gesunden Auges weitete sich, Panik flammte in ihr auf.

»Nein, Sie haben gesagt ... Sie wollten mich gehen lassen«, stotterte er. Ich ließ ihn ruckartig los, trat einen Schritt zurück.

»Ich habe nichts der Gleichen behauptet«, erwiderte ich kalt, drehte mich um. »Erledigt das«, befahl ich meinen Männern. Gelassen ging ich Richtung Ausgang, Ron schloss sich mir an und die restlichen vier Jungs traten aus dem Schatten auf den Chauffeur zu.

»Nein! Bitte! Ich habe eine Frau, eine kleine Tochter! Das können Sie doch nicht tun!«, schrie er mir hinterher, doch ich lief ungerührt weiter. »Bitte!«, kreischte er und im nächsten Moment donnerte ein Schuss durch die Halle, ging mir durch Mark und Bein. Zufrieden lächelte ich. Das, was ich wissen wollte, hatte ich erfahren. Nun galt es den Dreck wegzuräumen und den Letzten der Arschlöcher aufzusuchen, die sich mit mir angelegt hatten.

Eigentlich müsste mir doch mein Ruf vorauseilen und jeder sollte wissen, dass man sich lieber nicht mit mir anlegte. Aber immer wieder taten genau dies solche Vollidioten und mussten dafür den Preis bezahlen. Ich ließ mir ungern auf der Nase herumtanzen.

»Was machen wir jetzt, Hamilton?« Rons tiefer Bariton drang an mein Ohr.

»Wir wissen jetzt, wo er sich versteckt. Lass uns für heute Schluss machen und uns die nächsten Tage darum kümmern. Ich will es genießen, wenn ich ihm das Gesicht zertrümmere!« Aus dem Augenwinkel konnte ich ihn nicken sehen.

Wir durchschritten das weite Gelände, stiegen in den Wagen und machten uns auf den Rückweg zurück zum *Pentagramm*.

Zu Hause angekommen fuhr ich den Fahrstuhl hinauf und betrat mein Appartement. Bob schien schon im Bett zu sein, zumindest stand er nicht vor der Tür. Seit Mary sich mit ihrer Lage und den Vorzügen eines luxuriösen Lebens angefreundet hatte, war es nicht mehr nötig, dass Bob sie vierundzwanzigsieben bewachte. Auf die Dauer war es kaum möglich gewesen.

Ich verabschiedete mich von Ron und betrat meine dunkle Wohnung. *Dunkel?* Ich warf einen Blick auf die Uhr. *Shit!* Ich hatte die Zeit aus den Augen verloren, es war bereits nach Mitternacht. Mary schlief sicher schon.

Meine Melone und den Gehstock hing ich an die Garderobe. Das Jackett zog ich mir im Gehen aus, warf es auf die Lehne des Sofas und knöpfte mein Hemd auf. An dem Eingang ins Schlafzimmer blieb ich stehen und beobachtete die Gestalt auf meinem Bett. Der Mond und das Licht der Stadt beschienen ihre weichen Gesichtszüge. Sie sah so friedlich aus, wenn sie schlief. Am Tag brannte ein loderndes Feuer in ihrem Inneren, doch bei Nacht glomm bloß noch eine kleine Glut.

Ich streifte mir Hemd und Hose ab, stellte mich so vor das Bett und musterte sie. Mary trug wie jede Nacht eines meiner grauen Shirts und eine Boxershorts. Die Nachthemden, die ich ihr geschenkt hatte, verschmähte sie. Dabei würde der feine Satinstoff so gut zu ihr passen, ihren Körper verstecken und sich trotzdem alles unter dem dünnen Stoff abzeichnen.

Mit den Armen voran krabbelte ich aufs Bett und Mary bewegte sich im Schlaf. Ich schob ihre Beine auseinander, zog ihr mit einem Ruck die störende Hose aus. Sie murmelte etwas Unverständliches, drehte ihren Kopf und schlief weiter. Ich legte meinen Mund auf ihre Schamlippen, drückte sie zur Seite und leckte über ihre Perle. Erneut murmelte sie, wälzte sich leicht herum.

Ich schob meine Hände unter ihren Hintern und zog sie näher zu mir heran. Meine Zunge erforschte, kitzelte ihre Klitoris und liebkoste sie. Mit jeder Bewegung wurde sie feuchter und wacher. Ihre Atmung beschleunigte sich, ich konnte ihren pochenden Puls an meiner Zungenspitze spüren. Mit einmal war sie hellwach und eine Hand legte sich auf meinen Hinterkopf. Sie presste mein Gesicht fester auf ihre Mitte und ich steigerte das Tempo.

Sie stöhnte unter mir, drückte ihre Hüfte entgegen. Ich sah es als Anlass, ihre Klit zu penetrieren, bis ihre Beine anfingen zu zucken. Sie spannte den Bauch an und kam. Ihr Stöhnen machte mich unglaublich scharf. Mein Schwanz war lattenhart und tropfte bereits vor Lust. Ich leckte ihr noch ein, zweimal über ihre Pussy und ließ dann von ihr ab.

Ein schiefes Grinsen legte sich auf meine Lippen, während ich zu ihr hinaufkletterte. Aus müden Augen starrte sie mich an und ich küsste sie. Ihr Geschmack lag mir noch auf der Zunge und sie kostete gierig davon. Ich drückte sie mit meinem Gewicht nieder, trieb mich tief in sie hinein, und ein seliges Seufzen drang aus ihrer Kehle.

Scheiße, war sie scharf auf mich!

Immer heftiger stieß ich zu. Sie war eng, heiß und feucht. Mein Schwanz zuckte vor Verlangen. Ihr Atem traf meine Haut und sie biss in meine Schulter. Der Schmerz trieb mich weiter an. Ich liebte mein kleines Biest! Sie durfte sich gern etwas wehren, mich kratzen und beißen, darauf stand ich. Solange ich das Tempo vorgab. Ich fickte sie hart, so hart, dass mir mein Schwanz wehtat. Doch ihr Stöhnen zeigte mir, dass sie es brutal mochte.

Ich hielt es nur wenige Minuten aus. Keuchend kam ich in ihr, zuckte genau wie sie. Ihr Innerstes zog sich zusammen, ließ mich knurren. Sie fühlte sich einfach zu gut an.

Erschöpft ließ ich mich neben sie fallen, mein Saft tropfte von meinem Schwanz auf meinen Oberschenkel und ich kramte aus meiner Nachttischschublade ein Tuch heraus. Ich wischte damit über meine feuchte Haut und warf es daraufhin achtlos zu Boden. Darum würde ich mich morgen kümmern.

Mary kuschelte sich an meine Brust und ich legte einen Arm um sie. »Du riechst nach Schweiß und Blut«, wisperte sie mir zu.

»Es war ein harter Tag«, erwiderte ich. Mit einer Hand fuhr ich durch ihr Haar. Sie roch wie immer nach Rosen, dabei besaßen wir nicht einmal Seife, die diesen Duft trug.

Ihre Atmung normalisierte sich und wurde tiefer. Sie war kurz vorm Einschlafen.

»Ich habe ihn gefunden.« Meine Worte holten sie zurück. Sie atmete tief ein und fragte: »Das ist gut, oder?«

»Ja, das ist es.«

»Gut«, murmelte Mary, schon halb im Land der Träume. »Wie geht es Cassy?«

»Sie ist noch zu Hause. Sie erholt sich. Aber es geht ihr besser.«

»Gut«, brummte sie erneut und war im nächsten Moment eingeschlafen. Ich ließ sie gewähren. Steve Metol war mein Problem.

Du hast dich mit dem Falschen angelegt, Arschloch! Sobald ich dich gefunden habe, werde ich dir Schmerzen zufügen und jede Sekunde davon genießen. Du wirst schreien, du wirst winseln, aber ich werde dir keine Gnade gewähren. Denn ich bin das Monster und du nur ein Opfer von vielen.

33

MARIYANE

*I*ch strich mir eine entflohene Strähne hinter das Ohr und legte die Stirn in Falten. Die Buchstaben waberten wie dunkler
Nebel auf dem Papier, erschwerten mir das Lesen.

»Es war einmal ein junges Mä-ädchen«, las ich vor und stolperte
über das ›Ä‹. Beim zweiten Mal gelang es mir, das Wort richtig vorzulesen, und ich fuhr motiviert fort. »Das lebte in einem kleinen Haus
am Rande der Stadt. Jeden Morgen sah sie sehnsüchtig zur Kuppel
hinauf und wünschte sich, einmal die Luft dort draußen atmen zu
können, den Wind in ihren Haaren und die Sonne auf ihrer Haut zu
spüren.« Je weiter ich kam, umso besser wurde ich. Waren die ersten
Worte noch zögerlich und ungeschickt über meine Lippe gekommen,
so klangen sie nun fest und sicher.

»Sie fragte ihre Mutter: Mama, warum kann ich nicht nach
draußen? Ihre Mutter trat aus der kleinen Hütte und sah sie e...« Ich
stockte. »E-R-N-S-T. Was heißt das?« Ich sah kurz zu Pierre auf, der
mich liebevoll anlächelte.

Ich war dankbar, dass er mir Unterricht gab, und ich machte jeden
Tag Fortschritte. Die Bücher in Hamiltons Wohnung enthielten nun
nicht mehr schwarze Flecken. Sie formten sich vor meinen Augen zu
Buchstaben und dann zu Worten. In meinem Kopf reihten sie sich
aneinander, ergaben endlich einen Sinn.

Außerdem hatte ich das Gefühl: Je mehr ich lernte, desto besser verstand ich Hamilton. Keine Ahnung. Ich konnte es nicht genau in Worte
fassen, vielleicht war es nur Einbildung... Jedoch lag nun das Buch seines

Wesens aufgeschlagen vor mir und Buchstaben tauchten auf den Seiten auf, bildeten Wörter und dann ganze Sätze. Ich musste es nur noch ergreifen und darin blättern. Er war kein Geheimnis mehr, er öffnete sich mir.

»Das heißt *ernst*, Liebes«, antwortete er mir geduldig, während er Stoff um eine Schneiderpuppe legte. Mit Nadeln befestigte er ihn, bis er zufrieden seufzte.

»Danke«, erwiderte ich und war im nächsten Moment schon wieder in der Geschichte versunken. »Ihre Mutter trat aus der kleinen Hütte und sah sie ernst an. Es ist zu gefährlich für dich da draußen. Überall sind die schmutzigen Unreinen und nicht zu vergessen auch die Infizierten, erklärte sie ihrer Tochter geduldig.« Mit einem Finger fuhr ich über das Bild eines braunhaarigen jungen Mädchens. Sie trug ein grünes Kleid und hatte ihre Haare zu zwei Zöpfen geflochten. Ihre verträumten Augen waren gen Himmel gerichtet.

Es war ein Kinderbuch, das wusste ich. Aber Pierre hatte mir erklärt, dass es zum Üben besonders gut geeignet sei. Also hatte ich das Bücherregal von Hamilton durchforstet, bis ich es in der hintersten Ecke des obersten Regals entdeckte.

»Trotz der Warnungen ihrer Mutter schlüpfte das kleine Mädchen durch den Schu…« Ich stolperte über die nächsten Buchstaben und brauchte etwas, um sie in meinem Kopf zusammenzusetzen. »Schutzwall«, platzte es aus mir heraus. »Trotz der Warnungen ihrer Mutter schlüpfte das kleine Mädchen durch den Schutzwall und betrat die Außenwelt. Doch entgegen ihren Erwartungen wehte hier kein Wind, die Sonne schien kaum und dichter Nebel verhüllte ihre Umgebung. Hallo?, rief das kleine Mädchen und bekam doch keine Antwort.« Ich blätterte um, um weiterzulesen. Erschrocken zuckte ich zurück. Entsetzen machte sich in meinem Herzen breit. Das Bild eines scheußlichen Wesens prangte auf der linken Seite und sah mich aus einem triefenden Auge an. Seine knochigen Finger griffen nach dem Kind, die Haut löste sich in Streifen vom Körper und offenbarte die Muskeln, Sehnen und Knochen darunter. Der blanke Schädel glänzte unter den wenigen Haaren, die ihm noch geblieben waren.

Ich schluckte, befeuchtete meinen Mund, um fortzufahren. »Plötzlich drang aus dem Nebel ein unmenschliches Stöhnen und sie fuhr zusammen. Aus dem Dunst traten mehrere gruselige Gestalten hervor und hoben ihre Arme. Ihre blutigen Finger streckten sie nach dem Mädchen aus, das einen ohrenbetäubenden Schrei ausstieß.« Ich stockte. »Was ist das denn bloß für eine Kindergeschichte?«, schimpfte ich und klappte das Buch lautstark zu.

»Damit will man den Kindern doch nur Angst einjagen, damit sie sich vom Schutzwall fernhalten«, erklärte mir Pierre. Er schnippelte mit seiner Schere an der Puppe herum und Stofffetzen segelten wie Schneeflocken zur Erde.

»Es ist trotzdem eine furchtbare Geschichte. Ich bin zwar noch nie außerhalb der Kuppel gewesen, aber ich weiß von anderen, dass die Infizierten nicht so aussehen.«

»Das stimmt wohl, aber wie will man dann den Kindern erklären, dass sie drinnen zu bleiben haben? Angst ist die beste Motivation.«

Ich brummte zustimmend. »Trotzdem ist sie schrecklich.«

Pierre atmete hörbar aus und drehte sich zu mir. »Du bist manchmal schlimmer als Mister Hardington.«

»Das nehme ich als Kompliment!« Ich grinste ihn an, ein Lachen unterdrückend.

»Hat man euch keine Gruselgeschichten über die Außenwelt erzählt?«, lenkte Pierre das Thema wieder auf das Buch.

»Schon, aber sie wurden nie als Zombies oder Kinderfresser dargestellt«, erklärte ich und zuckte mit den Schultern.

»Du hast es ja nicht einmal zu Ende gelesen«, zog er mich auf.

»Vielleicht will ich das auch gar nicht«, erwiderte ich eine Spur zu zickig.

»Ich könnte es dir erzählen!«

»Lieber nicht!«

»Ach, komm schon. Das Ende ist echt nett.« Er warf mir einen Hundeblick zu, der mich weich werden ließ.

»Okay, wie endet es?«

Pierres Augen flammten auf und er grinste mich an. Schwungvoll nahm er auf dem Stuhl neben mir Platz. »Also, sie geht raus und die ganzen Infizierten kommen auf sie zu. Sie schreit um Hilfe, doch keiner hört sie. Kurz, bevor einer der Unreinen die Hand nach ihr ausstrecken kann, kommt ein Ritter in goldener Rüstung.«

»Das ist nicht dein Ernst?«, erwiderte ich kichernd. Er klang viel zu euphorisch und die Geschichte zu erfunden.

»Na gut, vielleicht war es kein Ritter, sondern ein Soldat mit Gasmaske, Uniform und Waffe.« Er schüttelte den Kopf, als wäre ich diejenige, die spinnen würde. »Jedenfalls ist da dieser Kerl. Er schießt die Infizierten nieder, sie fallen um wie die Fliegen und er rettet sich und das kleine Mädchen hinter die Mauern. Dort bringt er sie zurück zu ihrer Mutter und sie verlieben sich.«

»Wer? Das Mädchen und der Typ?«

»Nein!«, stieß Pierre erschrocken aus. »Der Soldat und ihre Mutter natürlich!«

»Natürlich!«, wiederholte ich mit zynischem Unterton.

»Hach, wie gern würde ich einmal von einem Helden gerettet werden«, schwärmte Pierre.

»Ist nicht so toll, wie du es dir vielleicht vorstellst«, sagte ich mit ausdrucksloser Stimme. Er sah mich verdutzt an, ich erwiderte seinen Blick. Nach ein paar Sekunden schlug er eine Hand vor den Mund und stieß ein »Oh« aus.

»Das habe ich ganz vergessen, tut mir leid«, stammelte er.

Innerlich musste ich grinsen. Die Entführung durch Hamilton sah ich schon seit ein paar Wochen mit anderen Augen. Er war vielleicht nicht der strahlende Ritter in goldener Rüstung, um es mit Pierres Worten zu sagen, aber wenn ich ehrlich zu mir war, hatte er mich gerettet. Ben hatte sich als zwielichtiger Kumpane herausgestellt, der nur an meine *Wachtel* wollte. Wer weiß, wie lange das noch alles gut gegangen wäre?

»Also, ich meine. Was Mister Hardington dir angetan hat, ... Und was er noch, also ...«, stammelte Pierre. Ich ließ ihn einen Moment

schmoren, bevor ich mein Grinsen nicht mehr unterdrücken konnte. Unsicherheit huschte über sein Gesicht und er sah sich verhalten um. Zaghaft kicherte er.

»Das war ein Scherz«, zog ich ihn auf. Pierre setzte ein Lächeln auf, das seine Augen nicht erreichte. Anscheinend teilte er einen anderen Humor als ich. Pierre rutschte unruhig auf seinem Stuhl hin und her. Ich konnte mir denken, was in ihm vorging: Er hielt mich für verrückt.

»Hallo? Mister Forres?« Eine honigsüße Stimme drang aus dem Kundenraum zu uns hinüber und wir wandten beide unsere Köpfe in die Richtung.

Die Stimme kenne ich doch? Ich grub in meinem Gedächtnis.

»Ich komme!«, antwortete Pierre und erhob sich schon in der nächsten Sekunde. Er schob den dicken Vorhang zur Seite und gab den Blick auf eine atemberaubende Schönheit preis.

»Wie kann ich Ihnen helfen?«, fragte er ganz wie der Geschäftsmann, der er war.

»Penny«, flüsterte ich und trat an Pierres Seite. Penelopes Blick fiel auf mich und ihr Gesicht erstrahlte.

»Oh, Mary! Wie schön dich zu sehen!« Sie zog mich in eine feste Umarmung. Überrascht ließ ich es geschehen. Es war lange her, dass wir uns gesehen hatten. Ich war hin und her gerissen zwischen Freude und Argwohn. Immer noch verspürte ich diese gewisse Anziehung zu ihr.

»Sie sind Penelope Garcia?«, hörte ich meinen Freund fragen.

»Wie geht es dir? Was machst du hier?« Ich überging Pierres Verwirrung und hakte mich bei Penny unter. So führte ich sie in das Hinterzimmer zu dem alten Holztisch.

»Ich wollte mich etwas umsehen. Für ein neues Kleid«, erklärte sie. »Und danke, mir geht es wirklich wunderbar, kann nicht klagen.« Dabei ließ sie ein glockenklares Lachen erklingen, das mir die Haare auf den Armen aufstellte. »Und dir?«, hakte sie nach und warf mir einen bedeutungsschweren Blick zu.

Ich grinste. »Mir geht es hervorragend. Hamilton hat mir meinen üblen Scherz bei dir verziehen und nun sind wir glücklicher denn je.« Die Lüge ging mir weich wie Butter über die Lippen und ich war selbst erstaunt, wie glatt ich klang.

Penelope zog ihre Augenbrauen noch oben und ihr Mund klappte auf. »Das war ein Scherz? Also alles gelogen?«, stammelte sie.

»O ja, tut mir leid, dass ich dich das habe glauben lassen«, flunkerte ich weiter. »Hamilton fand ihn leider auch nicht lustig und hat mir nicht mehr die Möglichkeit gegeben, dich aufzuklären.«

»Ach was.« Penelope wirkte überrascht und auch wortkarg.

Ich schob sie zu einer Tischgruppe und wir setzten uns. »Ich habe übrigens deinen Artikel gelesen«, fuhr ich unbeirrt fort. Mir erschien es als sinnvoll, sie nicht zu Wort kommen zu lassen, das machte es schwieriger für sie, Nachfragen zu stellen. »Pierre war ganz aus dem Häuschen.« Ich sah über meine Schulter und erwischte ihn dabei, wie er uns mit großen Augen musterte. Er knetete seine Hände, als wäre er unentschlossen, ob er zu uns kommen sollte oder nicht.

»Es war mir eine große Freude. Aber das ist alles dein Verdienst.«

Ihre Worte ließen mich aufhorchen. »Wie meinst du das?«, fragte ich nach.

Sie lächelte freundlich. »Na, wärst du an dem Abend mit dem Look nicht aufgekreuzt, gäbe es diesen Trend nicht. Nach deinem Auftritt gab es nur wenige Nachahmer, aber spätestens nach meinem Artikel verbreitete er sich wie ein Lauffeuer.«

Erstaunt öffnete ich den Mund, um etwas zu sagen, nur blieben mir die Worte im Hals stecken.

Penelope nutzte mein Zögern, rutschte mit ihrem Stuhl etwas heran und beugte sich zu mir. »Vielleicht könnte ich dich mal interviewen? So als Trendsetterin?«, flüsterte sie und zwinkerte mir am Ende zu.

»Ich ... äh.«

»Mary?« Die Stimme durchschnitt mein Gestammel und ließ meine Adern gefrieren.

Ich warf einen Blick zur Seite und da stand er. Seinen Hut hatte er heute zu Hause gelassen, die dunkle Mähne war ordentlich nach hinten gekämmt, das Gesicht zeigte eine Strenge, die mir einen Schauer

über den Rücken jagte. Aber sie galt nicht mir, sondern Penelope. Ich sah zu ihr und erschrak.

Ihr sonst gebräuntes Gesicht war aschfahl, das Blut war ihr aus den Wangen gewichen und die Augen waren tellergroß.

»Guten Tag, Miss Garcia«, begrüßte Hamilton sie kalt, ohne sich von der Stelle zu bewegen. Er hatte die Hände in seiner Anzughose vergraben und stand lässig im Eingang. Nur seine angespannte Kiefermuskulatur verriet seine wahren Gefühle.

»Guten Tag, Mister Hardington«, erwiderte sie seinen Gruß. Ihre Stimme zitterte dabei nicht einmal.

»Kommst du, Mary?«, richtete er seine Worte an mich und streckte mir die Hand entgegen.

Um meine Worte nicht Lügen zu strafen, reagierte ich sofort auf ihn und stand auf. Penelope sollte keine Schwäche sehen. Bevor ich aber seine Hand ergriff, warf ich Penny noch einen letzten Blick zu. Sie sah nun wahrlich wie eine Kalkwand aus. Fassungslosigkeit zeichnete sich auf ihren weichen Gesichtszügen ab.

»Es hat mich wirklich gefreut, dich wiederzusehen«, presste ich mit einem Lächeln heraus. Hamiltons Anspannung spiegelte sich in seiner Hand wider, mit der er meine fast zerquetschte. Es musste schwer für ihn gewesen sein, mich mit ihr zu sehen. Ich hatte schon einmal sein Vertrauen – oder wohl eher seine Regeln – gebrochen. Er sollte nicht denken, dass ich denselben Fehler erneut begann.

»Was macht sie hier?«, zischte er mir zu, kaum dass wir im Auto saßen. Noch immer waren seine Kiefermuskeln angespannt und in seinen Augen herrschte Schwärze.

»Sie war auf der Suche nach einem neuen Kleid.«

»Schwachsinn! Wusstest du, dass sie kommen würde?« Kälte hielt in seiner Stimme Einzug. Er vertraute mir nicht.

»Aua, du tust mir weh!«, stieß ich aus und versuchte meine Hand aus seiner zu lösen. Es dauerte ein paar Sekunden, dann reagierte er endlich und ließ mich los. Er rutschte von mir weg, fuhr sich durch die Haare und atmete hörbar aus.

Derweil rieb ich mir mein schmerzendes Handgelenk und sah ihn mit zusammengekniffenen Augenbrauen an. »Das war echt nicht nötig.«

»Was hast du ihr dieses Mal erzählt?«, fiel er direkt mit der Tür ins Haus.

Ich wusste es! »Du vertraust mir nicht«, platzte es aus mir heraus.

Kurz sah er mich an, schaute dann zur Fahrerkabine und rief Joseph zu: »Fahr uns ins *Pentagramm*.«

»Sehr wohl, Mister Hardington«, drang seine Antwort zu uns durch. Daraufhin startete er den Motor und fuhr los.

Stille breitete sich zwischen uns aus und mit jeder Sekunde wurde ich wütender. *Ich* hatte alles Recht dazu, ihm nicht zu vertrauen, ihn zu hassen. *Er* nicht!

»Ich hätte es ahnen müssen, dass das ein Fehler war«, brummte er kaum hörbar.

Ich schnappte nach Luft. Seine Worte trafen mich härter, als ich gedacht hätte. »Jetzt hör mir mal zu, Arschloch!«

»Arschloch?«, tönte er. Ich hatte ihn lange nicht mehr so genannt.

»Du könntest ruhig etwas Dankbarkeit zeigen, weil ich uns gerade den Arsch gerettet habe!« Ich brüllte ihn an, ließ all die angesammelte Wut in mir freien Lauf. »Denn, ob du es glaubst oder nicht, habe ich ihr heute erzählt, dass alles ein schlechter Scherz war. Dass alles gelogen und nichts davon wahr war. Also, anstatt mich nun wegen irgendwelchen Dingen zu bezichtigen, die ich nie getan habe, solltest du mir wohl lieber die Füße küssen!« Ich redete mich in Rage und mein Puls rauschte mir in den Ohren.

Kritisch kniff er die Augen zusammen und musterte mich.

Ich warf frustriert meine Haare zurück, verschränkte die Arme vor der Brust und lehnte mich in den Sitz. Sollte er doch denken, was er wollte.

Als er endlich das Wort ergriff, waren schon ein paar Minuten vergangen. »Du hast ihr erzählt, alles wäre ein Scherz gewesen?« Seine Stimme klang rauchig und war nicht mehr als ein Flüstern.

»Ja! Denn, ganz ehrlich«, ich sah ihn dabei an, »du bedeutest mir etwas! Diese ... Verbindung zwischen uns bedeutet mir was. Und das will ich nicht kaputtmachen.« Ich starrte ihm fest in die Augen, suchte darin etwas, das mir Aufschlüsse darüber gab, was er dachte. Aber erneut waren die Seiten seines Buchs mit unsichtbarer Tinte gefüllt.

Ich stöhnte und sah stattdessen aus dem Fenster. Es war schon spät am Abend und die Sonne stand tief. Sie warf ihr oranges Licht auf die Häuser der Umgebung und spiegelte sich in den Fensterfronten.

»Ich bedeute dir etwas?«, flüsterte er und erregte somit meine Aufmerksamkeit.

»Natürlich, du Dummkopf!« Ich fuhr zu ihm herum. »Was glaubst du, warum ich sonst noch immer bei dir bin, obwohl ich Zugang zu deinen Konten und deinem Geld habe?«

Er zog eine Augenbraue hoch und ich hielt seinem Blick stand. Plötzlich kam er auf mich zu, packte mich am Nacken und zog mich zu einem Kuss heran. Er schmeckte rauchig, wie nach Whiskey. Mit seiner Zunge drängte er in meinen Mund und sein Kuss ließ mich meinen Zorn vergessen.

»Sag es noch einmal«, murmelte er an meinen Lippen.

Im ersten Moment wusste ich nicht, was er meinte, dann machte es klick. Ein Mundwinkel hob sich und ich zögerte. Er sollte etwas schmoren. Als ein Knurren aus seiner Brust drang, tat ich ihm den Gefallen.

»Du bedeutest mir etwas«, wisperte ich und mein Herz spürte die Wahrheit.

34

HAMILTON

Die Nacht war ruhig. Nur wenige Menschen waren auf den Straßen unterwegs. Einzelne Gesprächsfetzen drangen an mein Ohr, jemand lachte, doch sonst rührte sich nichts.

Ich hatte heute auf Anzug und Hut verzichtet, sie waren zu auffällig. Stattdessen hatte ich mich für eine abgetragene Jeans, einen grauen Pullover und einen dunklen Mantel entschieden. Den Kragen hatte ich mir ins Gesicht gezogen, um mich vor neugierigen Blicken zu schützen. Es war eine reine Vorsichtsmaßnahme. Niemand sollte wissen, dass ich hier war.

Es war bereits nach Mitternacht. Die Lichter hinter den Fenstern waren größtenteils erloschen, die Straßenlaternen erhellten die Umgebung und der Mond schimmerte durch die Kuppel. Die Nacht war perfekt.

Mary lag schlafend im Bett und würde von dieser ganzen Sache nichts mitbekommen, dass sollte sie auch nicht. Ich würde sie beschützen, aus meinen Geschäften heraushalten, so lange es eben ging.

Ein Auto bog um die Straßenecke. Ich drückte mich tiefer in die Häuserschlucht, um vom Scheinwerfer nicht erfasst zu werden. Meine Position gab mir den perfekten Blick auf das Hochhaus vor mir preis.

Drei lachende Frauen stiegen aus dem Fahrzeug und hielten auf das Gebäude zu. Der Wagen fuhr weg, die Damen warteten vor dem Eingang. Eine Stimme ertönte aus dem Lautsprecher, sie klang blechern und panisch. Doch kaum ergriff eine von ihnen das Wort, veränderte sich die Tonlage. Aufgrund ihres Looks und den offensichtlich falschen Haaren tippte ich auf Prostituierte.

Ich sah meine Chance gekommen, löste mich aus dem Schatten und eilte über die Straße. Dabei checkte ich noch einmal, ob sich meine Glock immer noch im Halfter befand. Das kühle Metall beruhigte mich. Ich erreichte die Damen genau in dem Moment, als die Tür entriegelt wurde. Sie drückten sie, immer noch kichernd, auf.

Wie selbstverständlich schob ich mich an dem Trio vorbei, murmelte eine Entschuldigung und hatte es geschafft. Ich stand im Foyer des Wohnblockes, in dem sich Steve versteckte. Es musste sich dabei um eines der Günstigeren handeln, denn hier arbeitete nachts kein Portier. Nur ein Sicherheitsbeamter schlief auf einem Drehstuhl, hatte die Kameras nicht im Blick. Alles lief perfekt.

»Wer bist du denn, Hübscher?«, sprach mich eine der Damen an. Ich warf ihr einen flüchtigen Blick zu und erwiderte: »Kein Interesse!«

»Ach, komm schon. Willst du nicht etwas Spaß haben? Ich könnte noch ein paar meiner Freundinnen Bescheid geben.« Ihre Hand landete auf meiner Brust und ihre Finger fuhren unter meinen Mantel. Ich packte zu und hielt ihr Handgelenk umklammert. Unsere Gesichter waren nur wenige Zentimeter voneinander entfernt und ich sah Angst in ihren Augen aufflammen.

»Ich sagte, kein Interesse!«, knurrte ich nachdrücklich und ließ sie im selben Augenblick los. Sie sammelte sich, trat einen Schritt zurück und murmelte: »Arsch!«

Statt etwas zu erwidern, hielt ich auf den Fahrstuhl zu und drückte den Knopf. Das Trio folgte mir, lachte nun aber verhaltener. Die Türen öffneten sich und wir betraten ihn. Ich quetschte mich in die rechte Ecke, weit weg vom Bedienfeld. Die Frauen drückten den Knopf des oberen Stockwerkes und wir fuhren hoch.

»Was ist das denn für ein komischer Typ?«, flüsterte gerade die Blonde zu ihrer Freundin. Ich tat so, als hätte ich es nicht gehört. Beide warfen mir einen Seitenblick zu, den ich kalt erwiderte. Sie zuckten zusammen und sahen lieber wieder nach vorn.

Kurz bevor der Fahrstuhl stoppte, quetschte ich mich an ihnen vorbei. Die Türen glitten zur Seite und ich war der Erste, der ihn verließ.

Ich drehte mich zu den Damen herum und stemmte mich in den Tür-rahmen. Das Trio schrie überrascht auf und drei Augenpaare sahen ängstlich zu mir auf.

»An eurer Stelle würde ich den Fahrstuhl lieber nicht verlassen und wieder nach unten fahren. Das könnte hier gleich verdammt hässlich werden.« Um meine Worte zu unterstreichen, griff ich unter meinen Mantel, zückte die Waffe. Kaum erblickten sie die Glock, stießen sie ein Keuchen aus und pressten sich an die Wände. Ich verdrehte die Augen und drückte den Knopf für das Erdgeschoss. Als sich der Fahrstuhl schloss, entstand im inneren ein Stimmengewirr.

Hoffentlich rufen sie nicht die Stadtgarde. Das würde mir nur Zeit, Ärger und Geld kosten.

Ich wandte mich nach links zu der einzigen Tür, die von diesem Flur abging. Anscheinend hatte sich Steve das teuerste der Appartements gegönnt, das sich über die gesamte oberste Etage erstreckte. Typisch versnobte Schnösel. Die konnten nichts anderes, als Geld ausgeben.

Lässig lief ich hinüber und klopfte. Ich musste nicht lange warten, da wurde mir die Tür geöffnet.

»Da seid ihr ja endlich, ich habe …«, rief eine dunkle Stimme erbost, doch bei meinem Anblick verstummte er. »Was zum Teufel?«, mur-melte er und starrte mich entgeisterten an.

»Hallo, Steve«, begrüßte ich ihn kalt. Bevor er reagieren konnte, schoss ich ihm ins Bein. Steve schrie laut auf und sackte in sich zusammen.

Schweigend trat ich an ihm vorbei in die Wohnung und schloss die Tür. Der Wichser kroch rückwärts von mir fort, sein verletztes Bein hinter sich herziehend. Eine dunkle Blutspur verteilte sich auf dem Parkett.

»Wer zum Teufel sind Sie? Was wollen Sie?«, brüllte er mir zu. Er hatte gut fünf Meter zwischen uns gebracht, aber die würden ihn auch nicht retten.

»Erinnerst du dich nicht mehr?«, fragte ich ihn und richtete den Kragen. Seine Wohnung war hell erleuchtet und spätestens jetzt müsste er wissen, wer ich war.

Erkennen huschte über seine Augen und wurde von Panik abgelöst. Er krabbelte weiter zurück und stieß mit der Wand zusammen.

»Wie haben Sie mich gefunden?«, japste er.

Ich überging seine Frage, um mich eingehend umzusehen. Die Wohnung war luxuriös eingerichtet, zeigte aber keinerlei persönlichen Touch. Keine Familienfotos, keine Zeitschriften, keine privaten Gegenstände. Es wirkte wie das Versteck eines reichen Mannes vor seiner Frau und den Kindern. Eine Männerhöhle.

Nachdem ich sicher war, dass sich außer mir und Steve niemand sonst hier aufhielt, wandte ich mich wieder ihm zu. Dazu kniete ich mich hin, um ihm auf Augenhöhe zu begegnen.

»Wie geht es deinem Bauch, ist die Wunde gut verheilt?«, fragte ich ihn. Alle Farbe wich aus Steves Gesicht und er machte der Wand hinter sich Konkurrenz.

»Sie wurde genäht«, kam die Antwort tonlos aus seinem Mund.

»Gut.« Ich ließ meinen Blick schweifen, entdeckte dunkle Ringe unter seinen Augen, einen Bartschatten auf dem Kinn. Einige Flecken zierten seinen Morgenmantel, die von Kaffee und Essensresten herzurühren schienen. Er machte einen allgemein schlechten Eindruck auf mich. Als hätte er sich seit unserem Zusammentreffen nicht mehr auf die Straße getraut.

»Hast du gehofft, ich würde die Sache mit meinen Mädchen vergessen? Dachtest du, hier könntest du die Situation einfach aussitzen und wieder auftauchen, wenn Gras über die ganze Sache gewachsen ist?« Sein Adamsapfel hüpfte nervös auf und ab, doch er blieb mir eine Antwort schuldig. »Was denkst du denn, wie das am Ende für mich aussieht? Dann nimmt mich doch keiner mehr als Geschäftsmann ernst.« Mit dem Lauf der Pistole fuhr ich unter seinen Mantel, öffnete ihn und schob das dreckige Shirt hoch. Nur noch eine kleine, feine Linie zeugte von der Wunde, die ich ihm vor ein paar Wochen zugefügt hatte.

»E-es tut mir leid«, stammelte er.

Ich schnalzte mit der Zunge. »Weißt du, genau da liegt das Problem. Ich vergebe nicht! Niemals! Und vergesse erst recht nicht!« Ich erhob mich, sah bedrohlich auf ihn hinunter. Die Blutlache unter ihm breitete sich mehr und mehr aus.

»Hast du noch irgendetwas zu sagen, Steve?«, fragte ich ihn gelangweilt. Egal, was er sagen würde, er könnte sein Schicksal nicht mehr abwenden.

»Bitte nicht! I-ich habe Familie«, stotterte er mit bebender Unterlippe.

»Haben wir das nicht alle?«, fragte ich ihn mit kalter Stimme. Ich lud die Waffe neu, das Klicken klang wie Musik in meinen Ohren. Den Lauf der Glock richtete ich auf seine Stirn.

»Sag gute Nacht, Steve.«

»Bitte, nicht!«, bettelte er.

Ich drückte ab. Blut und Gehirnmasse spritzten und verteilten sich an der Wand hinter ihm. Der Rückstoß zog meinen Arm hinauf, schmerzte an meiner Schulter. Doch das war es mir wert.

Ich sah auf das Kunstwerk hinab, das ich erschaffen hatte. Steves Gesicht zierte nun ein rundes Loch, aus dem Blut sickerte. Sein Kopf hing zur Seite, der Körper war erschlafft. Ich gab mir einen Moment, um das Bild in mich aufzusaugen. Dann machte ich mich daran, meine Spuren zu verwischen. Am Ende würden sich nur drei Frauen an einen gruseligen Stricher erinnern, der sie bedroht hatte. Die Videokameras gäben nur ein unscharfes Bild des Mörders her, dass niemals vor Gericht standhalten würde. Und falls es sie doch zu mir führte, hätte ich genug Aufnahmen, die belegten, dass ich mit Joseph und Bob im Auto gesessen hatte. Alles lief wie geschmiert.

Bevor ich die Tür hinter mir zuzog, sah ich ein letztes Mal zurück. Steve lag regungslos auf dem Fußboden, sein Blick ins Leere gerichtet.

Habe ich dir nicht gesagt, dass du dich nicht mit mir anlegen sollst?
Nun siehst du, was du davon hast. Keiner entkommt mir!

»Wie meinst du das, du willst mich begleiten?« Fassungslosigkeit machte sich in mir breit. Ich konnte meinen Ohren nicht trauen.

»Ich will wissen, was du so den ganzen Tag treibst. Du kommst nach Hause, manchmal blutbespritzt und erzählst nichts. Wenn ich die Frau an deiner Seite sein soll, will ich wissen, womit du dein täglich Brot verdienst.« Mary reckte ihr Kinn und stemmte die Hände in die Hüften. In ihrem schwarzen, bodenlangen Kleid sah sie bezaubernd aus und eigentlich hätte ich es ihr gern wieder vom Leib gerissen. Aber sie hatte das Sofa zwischen uns gebracht und immer, wenn ich mich ihr einen Schritt näherte, rückte sie von mir ab.

»Warum ist dir das so wichtig? Reicht dir das Geld nicht, das ich dir gewähre, um dich zu beschäftigen?« Ich klang wütender, als ich war. Mich würde es nicht stören, wenn ich sie ab und an mitnähme. Vielleicht ergäben sich dadurch sogar einige Vorteile. Doch die Idee barg eine große Gefahr. Ich war ein gefragter und gefürchteter Mann. Auch wenn ich es nur ungern zugab, aber Mary war neben meiner Mutter meine einzige Schwäche. Beatrice war einfach zu kontrollieren. Sie verließ ihre Wohnung nie und zu ihren Partys lud sie nur Leute ein, die zur High Society gehörten. Und keiner von denen würde es wagen, eine öffentliche Auseinandersetzung zu starten.

»Ich habe nie darum gebeten! Ich wollte das hier alles nicht!«, brüllte sie mich an und hob die Arme. »Aber wenn ich mich hier voll und ganz einlassen soll, will ich wissen, wohin du tagtäglich verschwindest. Ich will Cassy und Patrice und Jess kennenlernen, von denen du immer erzählst! Warum lässt du mich nicht?«

War das unser erster richtiger Streit? Sie war nun schon seit vier Monaten bei mir und etwa die Hälfte davon freiwillig. Bisher hatte sie alles still ertragen. Der Sex war der *fucking* Hammer und, zu

meinem eigenen Erstaunen, zu keinem Zeitpunkt langweilig. Üblicherweise ließ ich die Frauen nach dem dritten Treffen fallen und suchte mir die Nächste – abgesehen von meinen Mädchen. Aber Mary machte es spannend und ich entdeckte jeden Tag neue, aufregende Facetten an ihr.

»Weil ich dich da raushalten will!« Langsam wurde ich wirklich wütend. Diese Frau war so störrisch, sturer als ein Bock. Wenn sie sich in eine Sache verbiss, ließ sie nicht los, bis sie ihren Willen bekam.

»Was wäre denn so schlimm daran? Dann würde ich eben sehen, wie du das Dreckszeug Seratos herstellst und an die Leute in der Unterstadt vertickst. Na und? Ich wusste doch schon vorher, dass du dafür verantwortlich bist!«

»Das ist es nicht. Und ich verticke kein Seratos in der Unterstadt«, korrigierte ich sie. Aus irgendeinem Grund störte es mich, wie sie darüber sprach.

»Ach, nein? Und an welchem Zeug ist dann meine Mutter verreckt?«

Ich stutzte. »Was?«, fragte ich überrascht nach und trat einen Schritt auf sie zu. Endlich blieb sie stehen, sah mich mit Tränen in den Augen an. Noch immer brannte die Wut in ihrem Gesicht, doch Trauer hatte sich darunter gemischt.

»Ja, sie ist an deinem schmutzigen Zeug gestorben, Hamilton! Sie ist elendig krepiert!« Mary unterdrückte ein Schluchzen.

»Opus.«

»Was?«, fragte sie und wischte die Tränen fort. Ich war nah genug an sie herangetreten, um sie in den Arm nehmen zu können. Sie ließ mich gewähren, aber starrte immer noch sauer zu mir hinauf.

»Ich verkaufe Opus in der Unterstadt. Das ist ein Abfallprodukt von Seratos. Ist unreiner und hat mehr Nebenwirkungen.« Ich klang kleinlaut. *Hast du etwa ein schlechtes Gewissen?*

»Das ist ja noch schlimmer«, keuchte sie und zog ihre Augenbrauen zusammen. »Warum tust du das?«

Ich zuckte mit den Schultern. »Es ist zu schade, um es wegzu-schmeißen. So kann ich noch etwas daran verdienen und die Arbeiter unter Kontrolle halten. Es macht abhängiger als richtiges Seratos.«

»Hamilton, das ist grausam.« Ihre Stimme war zu einem Flüstern verkommen. Ich traute mich schon kaum mehr, sie anzublicken. Auf eine Art fühlte ich mich schuldig. War ich für den Tod ihrer Mutter verantwortlich? »Wann ist sie gestorben?«

Mary zögerte und überlegte. »Ich müsste da acht gewesen sein, also etwa vor zehn Jahren.«

Shit! Damals hatte ich bereits das Geschäft geführt. Also war es wirk-lich meine Schuld. Ein Ziehen machte sich in meiner Brust bemerkbar. Fühlte sich so Reue an? Konnte ich so etwas überhaupt empfinden?

»Es tut mir leid«, brummte ich, ohne sie anzusehen. Sie umklam-merte mein Kinn und zwang mich dazu, sie anzublicken. In ihren braunen Augen brannte der Schmerz einer verlorenen Kindheit. Ihr Verlust musste ihr genauso sehr zusetzen, wie der meines Bruders.

»Das bringt sie mir auch nicht mehr zurück.« Ihre Worte trafen mich hart. Ich nickte stoisch, mir fiel keine Erwiderung ein. »Aber du kannst es wieder gut machen.« Ich sah sie an.

»Wie?«, fragte ich. Eine Vorahnung meldete sich bei mir und ich ahnte, was sie von mir verlangen würde.

»Gewähre mir Einblicke in dein Leben, deine Geschäfte. Unter-binde den Verkauf von Sera..., ich meine, Opus in der Unterstadt. Lass mich dir dabei helfen.« Sie legte eine Hand an meine Wange und ich drückte sie fest an mich.

»Aber dann kann ich dich nicht mehr beschützen«, flüsterte ich. *Verdammt!* Diese Frau bedeutete mir alles! Und ich würde es mir nie-mals verzeihen, wenn ihr etwas geschah.

»Das ist schon okay. Du wirst sehen, ich kann ganz gut allein auf mich aufpassen.« Ein zartes Lächeln legte sich auf ihre Lippen.

»Ich weiß«, murmelte ich und dachte zurück an unser erstes Auf-einandertreffen. Ich hatte nur von ihr gehört, wie sturköpfig und wild sie sein sollte. Doch sie in Natura zu erleben, war etwas ganz anderes.

Sie stellte sich auf die Zehenspitzen, um mir einen sanften Kuss auf den Mund zu drücken. »Siehst du! Um mich brauchst du dir keine Sorgen zu machen.« Sie legte ihren Kopf an meine Brust und ich vergrub mein Gesicht in ihren schwarzen Haaren.

Die Schlingen ziehen sich immer fester. Selbst ich habe keine Kontrolle mehr darüber. Du bist freiwillig in mein Spinnennetz getreten, aus dem es kein Entkommen gibt. Und nun müssen wir wohl beide da durch, Schneewittchen.

Nach einer langen Pause, die ich zum Nachdenken nutzte, erhob ich erneut die Stimme: »In Ordnung. Ich nehme dich morgen mit.«

»Wirklich?«, quietschte sie aufgeregt und löste sich von mir. Ihre Augen waren leicht rot umrändert, aber trotzdem strahlte sie über das ganze Gesicht.

»Wirklich.«

»Oh, Hamilton! Ich danke dir!« Sie packte den Kragen meines Jacketts und zog mich zu sich hinunter. Ihr Kuss war heiß und voller Leidenschaft. Mit ihrer Zunge drang sie in meinen Mund und sie schmeckte nach Erdbeeren. Mit einem Seufzen ließ sie sich in meine Arme fallen.

Morgen werde ich dir meine Welt zeigen
und du wirst erschrocken sein. Du wirst dich vor mir fürchten.
Doch es wird kein Entkommen geben.
Du gehörst mir!

35

MARIYANE

$\mathcal{E}$s war so weit. Heute war der Tag gekommen, an dem ich in seine dunkle Welt eintauchte. Was würde mich erwarten? Welche tiefen Geheimnisse würden aufgedeckt werden?

Sicher malte er sich schon aus, wie ich zitternd und bibbern vor ihm stand, weil mir sein Leben zu viel wäre. Doch er kannte mich kaum, wusste nichts von meinen tiefsten Abgründen, meiner Vergangenheit und meinen Taten. Ich war nicht die, für die er mich hielt.

Seine Hand legte sich auf meinen Oberschenkel und fuhr an ihm hinauf. Er schob den Schlitz des mitternachtsblauen Kleides zur Seite und berührte die darunterliegende nackte Haut. Die Finger hinterließen ein Ziehen, es brannte wie Feuer in den Adern.

»Sicher, dass du hierfür bereit bist?« Sein Atem kitzelte mich an der Wange und kurz darauf legten sich seine Lippen auf meinen Hals. Ich schloss die Augen, genoss das Gefühl, das er mir schenkte. Ich konnte nicht leugnen, dass mich dieses Abenteuer erregte. Hamilton erregte mich, alles an ihm.

»Ich bin mir sicher«, flüsterte ich zurück, darauf bedacht, nicht zu stöhnen. Seine Finger waren an meinem Slip angelangt und er fuhr sanft über den Stoff. Die Hitze breitete sich in meinem Inneren aus.

»Wir können immer noch umdrehen und das hier in einer angenehmeren Umgebung zu Ende bringen.« Seine Worte entlockten mir ein Keuchen. Ein Finger berührte meine Schamlippen, spreizte sie und kostete von meiner Nässe.

»O Baby«, knurrte er, vergrub sein Gesicht in meiner Halsbeuge. Dieses Wort holte mich zurück in die Gegenwart. Ich packte seine Hand, zog sie aus meinem Schritt und drückte Hamilton von mir. So brachte ich wenige Zentimeter zwischen uns. Ich holte tief Luft und der Nebel in meinem Kopf lichtete sich etwas.

»Du weißt, du sollst mich nicht so nennen!«, fuhr ich ihn halbherzig an. Ich strich mir über die Wangen, sie glühten wie Feuer.

Um keine Antwort verlegen strich er sich das schwarze Haar zurück und grinste mich schief an. »Ich weiß gar nicht, was du hast. Andere Frauen würden dafür töten, so von mir genannt zu werden.«

»Aber ich gehöre zu einer anderen Sorte Frau. Ich töte aus anderen Gründen«, erwiderte ich mit einem schiefen Grinsen.

Er hob eine Augenbraue. »Oh, Mary. Weißt du eigentlich, wie perfekt du bist?« Er drückte mir einen sanften Kuss auf den Mund und strich mir danach eine Strähne hinters Ohr. Seine Nähe löste bei mir immer noch ein Kribbeln aus.

Ich hatte mich am Anfang gegen ihn gewehrt. Wollte meine Freiheit nicht aufgeben und das war noch immer so. Doch etwas zwischen uns hatte sich verändert. Etwas wie Vertrauen war zwischen uns gewachsen. Nicht nur ich vertraute ihm, sondern er endlich auch mir. Ich würde es mit einer Knospe vergleichen. Noch klein und empfindlich, doch schon bald würde sie zu etwas Großem und Wunderschönem heranwachsen. Ich wollte nicht behaupten, dass es sich dabei um Liebe handelte. Aber eines Tages vielleicht?

Der Wagen stoppte und Hamilton stieg aus. Er reichte eine Hand in das Innere und ich ergriff sie dankbar. Pierre hatte meinem Flehen nachgegeben und für mich ordentliche Stiefel hergestellt. Das klobige Design passte zwar null zu dem eleganten Kleid, das sich um meine Kurven schmiegte. Aber sie waren für das Schlammviertel besser geeignet als die Stöckelschuhe, die ich sonst trug.

»Danke«, wisperte ich und sah lüstern zu ihm auf. Wir waren wie zwei Frischverheiratete: Wir konnten die Finger nicht voneinander lassen. Aber wer konnte mir das auch verübeln? Er fickte verdammt gut!

Ich richtete meinen schwarzen Mantel und sah mich neugierig um. In diesem Teil des Viertels war ich noch nie gewesen. Die *Wachtel* musste mindestens vier Häuserblocks entfernt liegen. Die meisten Läden waren mit Sperrholz verrammelt. Nur wenige Menschen trauten sich auf die Straße und kaum fiel ein Blick auf uns, machten sie auf dem Absatz kehrt.

Nur ein einziger Laden hatte geöffnet. Die Fenster waren noch allesamt heil, was hier unten eine Seltenheit war. Das Glas war schmutzig und man konnte nur erahnen, was sich dahinter abspielte. Vor der Tür stand bereits Bob und wartete geduldig auf uns. Über seinem Kopf war ein großes Neonschild angebracht, ein Buchstabe flackerte unkontrolliert. Ich konzentrierte mich auf das Schild, bewegte unbewusst die Lippen. Ich schaffte es bereits, zu lesen, ohne die Worte laut auszusprechen. Doch die Lippenbewegung hatte ich mir bisher noch nicht abgewöhnen können.

»Suppenküche!«, stieß ich überrascht aus und hätte mir am liebsten auf die Zunge gebissen. So laut, wie ich gerade geschrien hatte, musste mich Hamilton für verrückt halten.

Skeptisch sah er mich an, kommentierte meinen Ausruf aber nicht weiter.

Mein Blick wanderte über die bröckelnden Häuserfassaden. Mich faszinierte es, dass die Oberstadt wortwörtlich auf der Unterstadt erbaut worden war. All ihr Reichtum und ihr Luxus basierten auf dem Abschaum der Stadt und sie sahen es nicht einmal. Ich war nun ein Teil davon, brauchte keine Angst mehr zu haben, am nächsten Tag nicht zu wissen, wo ich schlief oder was ich aß. Wenn ich es richtig anstellte, hatte ich für mein Leben ausgesorgt und könnte nebenbei etwas Gutes für die Menschen in der Unterstadt tun – angefangen mit dem Verkaufsstopp von Opus.

Wir hatten die andere Straßenseite beinahe erreicht, da sprang mir ein bunter Farbklecks ins Auge. Das war für das Schlammviertel ungewöhnlich, daher hatte es schließlich seinen Namen. Ich wandte meinen Kopf der Gestalt zu, die gerade den Gehweg entlang schlenderte. Mir stockte der Atem und ich blieb abrupt stehen.

Hamilton löste sich von mir und drehte sich verwirrt zu mir um.

»Alles okay?«, fragte er mich, doch ich hörte ihn kaum. Zu sehr nahm mich der Anblick der Person gefangen.

Ich konnte es nicht glauben. Benjamin. Er sah besser aus als noch vor ein paar Wochen. Aber wen würde das wundern? Mit zehntausend Coins würde ich es mir auch gutgehen lassen.

Sein blondes Haar war nach hinten gegelt, er trug einen senfgelben Anzug, der einen Brechreiz in mir auslöste. An seinem Hals hing eine goldene Kette mit Anhänger, der die Form eines ›C‹s mit zwei durchgehenden Strichen hatte.

Ich hasste ihn dafür, dass er mit *meinem* Geld nichts Besseres angefangen hatte, als sich irgendwelchen Schnickschnack zu kaufen. Streng genommen war es Hamiltons Geld, aber das spielte jetzt keine Rolle.

»Benjamin!«, brüllte ich. Es widerstrebte mir, seinen Spitznamen zu verwenden, wir waren keine Freunde mehr.

Der gelbe Mann blieb abrupt stehen und sah zu mir auf. Verwirrung zeichnete sich auf seinen markanten Gesichtszügen ab, wurde von Erkenntnis abgelöst.

»Mariyane«, rief er mir fröhlich entgegen und kam mit einer Gelassenheit auf uns zu geschlendert, die meine Wut nur noch mehr anfachte. *Was denkt er, wer er ist? Gott höchstpersönlich?*

Hamilton griff nach meiner Hand und umklammerte sie. Ich konnte seine Anspannung spüren, er wusste, wer vor uns stand. Ich hatte ihm davon erzählt. Nicht in allen Einzelheiten, aber so viel, wie eben nötig war.

»Mariyane, wie schön dich zu sehen. Ich habe mich schon gefragt, was aus dir geworden ist.« Seine Stimme triefte vor Zynismus. Ein selbstgefälliges Grinsen hob seine Mundwinkel an und ich hätte ihm am liebsten ins Gesicht geschlagen.

»Wie du siehst, lebe ich noch, aber das habe ich nicht dir zu verdanken!«, fauchte ich ihn an. Ich wollte ihm wehtun, ihn verletzten, aber meine Worte trafen ins Leere. Sein Blick blieb erheitert, wanderte über meine Brüste, zu meinen Schenkeln und ich bereute es, ein freizügiges Kleid angezogen zu haben. Instinktiv zog ich meinen Mantel enger.

»Ich sehe schon. Hast dir wohl einen reichen Macker geangelt. Nicht schlecht, hätte ich dir nie zugetraut, dass du mal irgendwann deine Muschi verkaufst.« Meine Finger schmerzten, da Hamilton sie beinahe zerquetschte. Er trat an ihn heran und hob drohend einen Finger. »Pass lieber auf, was du sagst«, knurrte er ihn an. Ich zog ihn zurück, legte eine Hand beruhigend auf seine Brust.

»Ist schon gut«, flüsterte ich. Er schaute mich mit zusammenge-kniffenen Augen an, nickte dann und ließ mich los. Erleichtert knetete ich meine Finger durch, die Spitzen waren bereits taub geworden.

»Ja, halt deinen Schoßhund ruhig zurück, hätte doch eh keine Chance gegen mich«, provozierte Benjamin ihn weiter und ich konnte eine Sicherung bei Hamilton durchbrennen sehen. Sein Blick wurde kalt und seine Pupillen weiteten sich.

»Das reicht«, rief er, schob mich zur Seite und holte ihm nächsten Moment aus. Die Faust traf Benjamin unerwartet und er stolperte nach hinten. Er berührte sich an der Wange, wischte sich das Blut von der Lippe und sah wütend zu uns hinauf.

»Das wirst du noch bereuen!«, murmelte er und holte seinerseits zum Schlag aus. Doch Hamilton war schneller, duckte sich unter seinem Arm hinweg und rammte ihm die Faust in den Magen. Die Luft wich aus Benjamins Lunge und sein Gesicht lief rot an. Er stolperte ein paar Schritte rückwärts, rang um Atem. Hamilton richtete sein Jackett und trat zurück an meine Seite.

»Das sollte ihm eine Lehre sein«, flüsterte er mir ins Ohr und legte eine Hand an meinen Rücken. Die Wärme drang durch den dünnen Stoff und vertrieb die Kälte in meinem Herzen. Es hatte sich zusammengezogen, unfähig weiter zu schlagen. Doch nun pochte es umso heftiger und kalter Schweiß brach mir aus.

»Das hättest du nicht tun müssen«, erwiderte ich, immer noch den Blick auf den japsenden Benjamin gerichtet.

»Ich denke, er hat genug. Lauf zurück nach Hause, Benjamin, hier hast du nichts mehr verloren«, rief Hamilton ihm zu. Der Druck auf mein Steißbein verstärkte sich und er drehte mich herum. Wir entfernten uns von meinem ehemaligen Freund, ich hatte immer noch sein Schnaufen in den Ohren.

»Das lasse ich mir nicht gefallen! Stirb, Arschloch«, hörte ich ihn brüllen.

Hamilton stieß mich zur Seite. Ich prallte mit der Schulter an die Wand. Bob kam auf uns zu, aber er war zu langsam. Hamilton wirbelte herum und stellte sich Benjamin entgegen. Ein Messer blitzte in seiner Hand auf, das direkt auf Hamiltons Bauch zielte.

Mit einer leichten Umdrehung konnte er den Hieb größtenteils abwenden, trotzdem zerschnitt sie Stoff und Haut. Ich schrie laut auf, schlug die Hände vor dem Gesicht zusammen. Es war keine Angst, nur Überraschung, die mich dazu trieb.

Hamilton grunzte, schlug den Arm von sich fort und Benjamin verlor das Messer. Es fiel klirrend zu Boden, keine zehn Zentimeter von meinen Füßen entfernt. Aus einem Instinkt heraus hechtete ich darauf zu und hob es schnell auf. Als ich mich wieder aufrichtete, musste ich mit ansehen, wie Benjamin Hamilton ins Gesicht schlug. Ein Knirschen zeugte von der Gewalt, mit der er ihm die Nase brach.

Einen erneuten Aufschrei unterdrückend lief ich auf Benjamin zu, hielt das Messer fest in einer Hand. Ich wollte ihn mitten ins Herz treffen, ihn verletzten, vielleicht sogar töten. Etwas traf mich hart an der Wange und mein Sichtfeld verschwamm. Ich wurde zurückgeschleudert, legte eine Hand auf die pochende Gesichtshälfte. Er hatte mich geschlagen. Benjamin hatte mich geschlagen!

»Wichser!«, brüllte ich, wechselte die Hand, bereit noch einen Versuch zu starten.

Aus dem Augenwinkel nahm ich wahr, wie Hamilton in sein Jackett griff und etwas schwarz Glänzendes herausholte. Es klickte und ein ohrenbetäubender Lärm erscholl, brachte mein Trommelfell zum Klingeln.

Erschrocken sah ich zu Hamilton, der eine Waffe in der Hand hielt. Aus dem Lauf quoll Rauch hervor und ich konnte Schießpulver riechen. Bob trat endlich an seine Seite, nur war alles schon vorbei.

Mein Blick zuckte zu Benjamin zurück, auf dessen Gesicht sich ein geschockter Ausdruck niederlegte. Er presste eine Hand auf seine Seite und ich konnte Blut an den Fingerspitzen glänzen sehen.

»Was zum Teufel«, murmelte er, stolperte blind ein paar Schritte rückwärts. Er prallte mit der Backsteinmauer zusammen, sackte an ihr zu Boden. Das Senfgelb färbte sich in Sekundenschnelle feuerrot und aus seinem Gesicht wich die Farbe.

»Wer bist du?«, fragte er mit zitternder Stimme. Seine Augen waren auf Hamilton gerichtet, der die Waffe neu lud. Bevor er erneut abdrücken konnte, überfiel ich ihn und schnappte mir seine Pistole.

»Nicht, Mary«, hörte ich ihn sagen, doch es war mir egal. Ich trat auf Benjamin zu, mein Schatten fiel auf sein Gesicht und er musste sich anstrengen, zu mir hochzusehen.

»Er ist Hamilton *fucking* Hardington und ich bin seine Bitch«, spie ich ihm entgegen und bemerkte befriedigt, wie sich seine Augen panisch weiteten.

Er hob eine Hand, doch die Kraft verließ ihn. »Bitte«, flüsterte er.

Ich richtete die Waffe auf seine Stirn und drückte ab. Sein Kopf ruckte zur Seite, Blut und Hirn bespritzte mein Gesicht. Der Rückstoß überraschte mich und beinahe hätte ich die Waffe fallen lassen.

Benjamins Augen waren ins Leere gerichtet. Dunkle Rinnsale liefen ihm aus Kopf und Bauch. Sein Anblick sollte etwas in mir auslösen, vielleicht Trauer oder Schuld? Ich hatte ihn getötet, ihm den Gnadenschuss verpasst. Aber da war nichts, bloß Leere.

Er hat es nicht anders verdient, flüsterte mir eine innere Stimme zu. *Er hat dich verraten, benutzt und wie Dreck weggeworfen. Dabei war er von Anfang an Abschaum.*

Ein hysterisches Lachen drang aus meiner Brust. Meine Gedanken spielten verrückt und mir wurde schwindelig.

Jemand nahm mir sanft die Waffe ab und drehte mich herum. Benjamin verschwand aus meinem Blickfeld und ich starrte in das besorgte Gesicht von Hamilton. Mit dem Dreitagebart und den Schatten unter den Augen sah er älter als dreißig aus.

»Mary? Was ist los, was soll das Gelächter?«, fragte er mich, rüttelte an meinen Schultern. Erst jetzt bemerkte ich, dass ich noch immer lachte und verstummte.

Adrenalin rauschte mir durch die Adern, es prickelte in meinem Körper und löste eine Sehnsucht aus, die ich zuvor nicht gekannt hatte. Ruckartig stürzte ich auf ihn zu, presste meine Lippen auf seine. Er zögerte kurz, erwiderter dann den Kuss und gewährte meiner Zunge Einlass.

Er schmeckte nach Schwarzpulver und Gefahr. Ich wollte mehr! Meine Kleidung engte mich ein und ich entledigte mich meines Mantels. Ich warf ihn achtlos in den Dreck, zu abgelenkt von dem Pochen in meiner Mitte. Meine Finger glitten unter sein Hemd, fummelten an den Knöpfen herum, hungrig auf mehr.

Plötzlich umfasste er meine Hände, schob sie von sich weg und unsere Lippen lösten sich unter meinen Protesten.

»Scheiße, Mary«, brummte er und warf mir einen sehnsüchtigen Blick zu. »Diese Seite kenne ich gar nicht an dir.«

»Oh, du weißt so einiges nicht über mich«, murmelte ich und stürzte mich wieder auf ihn. Erneut blockte er meine Versuche ab und ich knurrte entrüstet.

Ich wusste selbst nicht, was mit mir los war. Doch da war dieses Brennen in mir, das schon immer da gewesen war. Endlich hatte es Nährboden gefunden und sich zu einem lodernden Feuer entwickelt. Fast erschrak ich vor mir selbst, die blutrünstig jemanden ermordet hatte.

Hamilton erforschte mein Gesicht, während in mir die Flamme der Leidenschaft brodelte. Ich zappelte unruhig hin und her. Es war nicht genug, was er mir gab. Ich brauchte mehr! Ich brauchte ihn!

»Fick mich«, zischte ich. Diese zwei kleinen Worte hatten am Anfang wahre Wunder gewirkt. Sie waren meine Erlösung gewesen, hatten mir süße Befriedigung geschenkte, die ich nun so sehr brauchte.

Seine Augen weiteten sich ein Stück und er hob einen Mundwinkel. Dann packte er mich am Handgelenk und zog mich zurück zum Wagen.

»Ich weiß, wo wir hinkönnen«, murmelte er.

36

HAMILTON

Mary kam mir wie ein anderer Mensch vor. So ausgewechselt, erfüllt von Dunkelheit. War sie immer schon so gewesen oder hatte ich sie dazu gemacht?

Kaum betraten wir das Lucinda, lagen ihre Hände auf mir. Es fiel mir schwer, sie von mir fernzuhalten, damit wir wenigstens in den ersten Stock zu meinem Séparée kamen.

Wir rannten regelrecht die Treppen hinauf, ignorierten die umstehenden Gäste. Als Mary das Zimmer betrat, nahm sie sich einen Moment und sah sich um. Ich war stolz auf mein Spielzimmer, ich hatte es großzügig eingerichtet und genug Gelegenheiten geschaffen, sich zu vergnügen.

Mary stürmte los, direkt auf das Kingsizebett zu. Sie wirbelte zu mir herum, ihr Mund stand offen und ihre Augen glänzten vor Verlangen.

Zuerst verstand ich nicht, was sie meinte. Dann fiel mein Blick auf die Fessel und ich begriff. »Nein! O nein!«

»Doch! O doch!«, erwiderte sie, kam auf mich zu und küsste mich erneut. Dabei fuhren ihre Hände wild über meinen Körper und ich verlor ein Kleidungsstück nach dem anderen. Sie schob mich in Richtung Bett und ich stoppte sie.

»Vergiss es«, murmelte ich an ihren Lippen und spürte, wie sich ihre Mundwinkel zu einem Grinsen hoben.

»Halt die Klappe! Heute bestimme ich!«

Ich schnaubte, fand es amüsant, wie sie glaubte, Macht über mich zu haben.

»Außerdem bist du mir noch etwas schuldig.«

Ihre Worte ließen mich stutzen und ich löste mich von ihr, sah auf sie hinab.

Sie zog bloß eine Augenbraue hoch. Ohne ein Wort verstand ich, was sie meinte. Das war ihre Rache für das Paddel, die Peitsche und wohl auch ihre Entführung.

Mit einem Knurren ließ ich zu, dass sie meine Arme an dem Bett festmachte. Das Leder fühlte sich im ersten Moment kalt auf meiner Haut an, dann spürte ich es kaum noch.

Bewegungsunfähig lag ich auf der Matratze in meinem Séparée. Mary stand vor mir, zog sich quälend langsam aus, wollte mich damit auf die Folter spannen. Das war also meine Strafe?

Mary schob sich einen Träger von der Schulter und der zweite folgte sogleich. Das Samtkleid rutschte, ohne ein Geräusch zu verursachen, an ihrem Körper hinab und plötzlich stand sie splitterfasernackt vor mir. Ich verfolgte mit meinen Augen die Linie ihrer Taille, verfing mich an ihrer Mitte. Sie trug keinen String mehr – den hatte ich ihr schon im Auto vom Leib gerissen.

Sie fuhr mit den Händen über ihren flachen Bauch, hinauf zu ihren festen Brüsten. Ich zog an meinen Fesseln, bäumte mich auf. Doch es nützte nichts, ich war noch immer gefangen. Ein Knurren drang aus meiner Brust, es zauberte ein Lächeln auf ihr Gesicht. Ihre Finger wanderten weiter ihren Hals hinauf, vergruben sich im schwarzen, langen Haaren.

Sie machte mich verrückt, sie wollte, dass ich durchdrehte vor Verlangen. Und es gelang ihr! Mein Schwanz pochte so hart, dass es schmerzte.

»Komm her!«, brummte ich. Meine Stimme hatte nichts Menschliches mehr an sich.

»Nein«, erwiderte Mary kühl und hielt inne. Sie öffnete den Mund, schob einen Finger hinein und saugte daran. Mit derselben Hand fuhr sie an ihrem Körper hinab, hinterließ eine feuchte Spur auf ihrer Haut, der ich am liebsten mit meiner Zunge gefolgt wäre.

Sie gelangte an ihrem Schritt an und schob einen Finger in ihre Spalte. Das entlockte ihr ein Stöhnen. Ich riss an den Seilen, wollte mich befreien, sie packen und ficken, bis sie schrie. Aber die Fesseln bewegten sich keinen Zentimeter.

Mary knickte leicht in sich zusammen, konnte sich kaum noch auf den Beinen halten. Ihre Hand glitt an ihrem Bauch hinauf, verteilte köstliche Feuchtigkeit, die ich probieren wollte.

Wo kam bloß all diese sexuelle Energie von Mary her?

Mein Schwanz tropfte vor Verlangen, zuckte und meine Eier fühlten sich taub an, zu sehr waren sie unter Spannung. Ich zog erneut an den Fesseln, spannte meine Arme an, doch sie gaben noch immer nicht nach.

»Her. Kommen«, presste ich zwischen meinen Zähnen hervor.

Marys Augen glänzten hungrig und endlich kam sie meiner Aufforderung nach. Doch statt mich von den Fesseln zu befreien, kletterte sie auf mich, bis sie über mir saß. Ich konnte sie riechen, wie sie keine fünf Zentimeter vor mir schwebte. Langsam ließ sie sich auf mir nieder und ich kostete gierig von ihr. Ein Stöhnen entkam ihr, was mich nur wilder werden ließ.

Langsam bewegte sie ihre Hüfte vor und zurück, schien jede Sekunde auszukosten. Ich spielte mit ihrer Klitoris, leckte immer heftiger, um sie zum Kommen zu bringen.

Habe ich dich verdorben oder schlummerte diese Finsternis schon immer in dir? Wie konnte ich damals nur so dumm sein und glauben, es würde mich befriedigen, dich zu brechen? Als hätte ich dich dadurch besitzen oder kontrollieren können. Dabei warst du von Anfang an perfekt für mich!

Abrupt erhob sie sich und rutschte an mir hinunter. Sie setzte sich rittlings auf meinen Schoß und ich spürte ihre Nässe. Mein Schwanz frohlockte, als er endlich der herbeigesehnten Erlösung näherkam. Augenblicklich begann ich mich unter ihr zu bewegen, wollte in sie eindringen, sie nehmen, doch sie spannte die Pobacken an und entzog

sich mir. Ein missbilligendes Zischen drang aus meiner Kehle und ich funkelte sie wütend an.

In ihren dunklen, fast schwarzen Augen glänzte der Schalk. Genoss sie es etwa, mich so zu foltern? *Was für ein Miststück!* Aber noch schlimmer, es gefiel mir!

Sie beugte sich zu mir hinunter, ihre Haare strichen über meine Brust, kitzelten an meiner Wange. Ihr Atem streichelte mein Ohr und ich hörte sie flüstern: »Erinnerst du dich noch an unser erstes Treffen? Weißt du noch, was du zu mir gesagt hast?«

Sie spielte ein teuflisches Spiel und schien es zu gewinnen.

Ich knirschte mit den Zähnen und nickte.

»Sehr gut. Du weißt also, was du zu tun hast?« Sie setzte sich wieder auf meinen Schwanz, fing langsam an sich vor und zurückzubewegen. Mary verteilte ihre Nässe, machte mir das Denken schwer, doch gewährte mir keinen Einlass. Ich konnte ihre Mitte spüren, meine Eichel rutschte immer knapp daran vorbei, ohne die Möglichkeit einzudringen.

»Du machst mich wahnsinnig, Baby«, murmelte ich heiser. Sie kniff daraufhin in meine Brustwarze und ich zog überrascht die Luft durch die Zähne ein. Es war mehr Überraschung denn Schmerz.

»Du sollst mich nicht so nennen«, schalt sie mich. Ihr Finger zeichnete Kreise um meine Brustwarze. Die Berührung stellte mir die Haare an den Armen auf und mir wurde heiß und kalt zugleich.

»Was meinst du? Baby?«, provozierte ich sie. Daraufhin zwickte Mary in meinen anderen Nippel und ich schloss die Augen. Warum konnte sich Schmerz so gut anfühlen?

»Ja, genau das«, wisperte sie. Hinter meinen Lidern verdunkelte es sich und eine Sekunde später berührten sich unsere Lippen sanft. Ich reckte ihr mein Gesicht entgegen, wollte den Kuss vertiefen, meine Zunge in ihren Mund tauchen, doch sie entzog sich mir auch hier.

Ihre Bewegungen wurden immer schneller und sie biss sich auf die Unterlippe. Ich konnte ihren Puls an meiner Spitze spüren, wie er immer hektischer pochte. Ein Keuchen entrang ihrer Kehle; sie stand kurz vorm Orgasmus.

»Sag es doch einfach«, flüsterte mir Mary zu und biss mir ins Ohrläppchen.

»Fuck!«, stöhnte ich. Die ganze Nummer war einfach zu hot.

»Sag es!«, wiederholte Mary die Worte mit fester Stimme. Ihr Blick ruhte halb lüstern halb wahnsinnig auf mir. Mein Schwanz hielt es kaum noch aus, er wollte sie sofort! Und auf der Stelle.

Ich stemmte mich erneut gegen die Fessel, spannte meine Muskeln an, bis sie schmerzten. Und endlich gab die linke nach und mit einem melodischen Klirren konnte ich meine Hand befreien. Überrascht sah mich Mary an, doch bevor sie etwas unternehmen konnte, hatte ich ihren Hinterkopf gepackt und presste meine Lippen auf ihre.

Meine Zunge drang gierig in ihren Mund ein. Sie wehrte sich im ersten Moment, doch ihr Widerstand brach schnell. Das nächste Klirren kündigte meine endgültige Freilassung an. Ohne Zeit zu verschwenden, drehte ich mich zur Seite und Mary kreischte auf. Sie lag endlich unter mir und würde sich nun nicht mehr wehren können.

Mit meinen Knien presste ich ihre Schenkel auseinander. Ich verschränkte meine Finger mit ihren und presste ihre Hände in die Matratze. Damit war sie mir ausgeliefert, konnte sich nicht mehr gegen mich wehren. Ihre Atmung war beschleunigt und ihre Wangen gerötet.

Ich tastete mich mit meiner Schwanzspitze vor, schob mich langsam in ihre Spalte. Mary biss sich auf die Unterlippe, verdrehte leicht die Augen. Ich spürte ihre Feuchtigkeit, ihre Lust. Langsam schob ich mich in sie hinein, aber nie weit genug. Nun war ich am Zug und würde sie in den Wahnsinn treiben.

Sie schob mir ihre Hüfte entgegen, lechzte nach mehr, doch ich tat ihr nicht den Gefallen. Ich biss in ihre Halsbeuge, übersäte ihre Brust mit Küssen, bis sie sich vor Lust unter mir wand.

»Hamilton!«, stöhnte sie und ich wusste, ich hatte sie so weit.

»Sag es!«, knurrte ich und tat es ihr damit gleich. Ich bewegte mich leicht vor und zurück. Drang nur mit der Spitze in sie ein. Es bedurfte meiner gesamten Selbstkontrolle, um nicht augenblicklich meinen Schwanz in ihr zu versenken und sie zur Besinnungslosigkeit zu ficken.

»Sag. Es!«, wiederholte ich meine Worte. Ein Seufzen drang aus ihrer Kehle. Sie bäumte sich kurz auf, schlang ihre Beine um mich. Doch es brachte nichts, ich zog mich nur weiter zurück. Sie hatte keine Kontrolle über mich, zumindest nicht in diesem Moment.

Sie hob ihren Kopf zu mir hinauf. In ihren Augen brannte ein Feuer, das auch in mir loderte. »Fick mich!«, flüsterte sie kaum hörbar.

Endlich!

Ich trieb mich in sie. Ihre Pussy legte sich um meinen Schwanz und brachte sie zum Schreien. Brutal stieß ich in sie, zog mich wieder zurück, nur um mit der nächsten Bewegung noch härter in sie zu stoßen. Vor Lust biss ich ihr in den Hals, die Brüste. Sie zerkratzte meinen Rücken, krallte sich mit ihren Nägeln in meinen Hintern. Es war purer Sex, so wie ich ihn mir vorstellte!

Ein Druck baute sich in meinen Lenden auf, breitete sich in Wellen in meinem gesamten Körper aus. Meine Atmung war zu einem Schnaufen verkommen, während ich Mary noch immer hemmungslos fickte. Sie stöhnte meinen Namen, zuckte unter mir.

»Fick mich, Hamilton!«, schrie sie, kurz bevor ich kam. Mein Körper vibrierte, war außer Kontrolle. Sie war immer noch feucht und eng, so eng. Ein Orgasmus rollte ihr über den Rücken, spannte ihre Muskulatur an und presste mich bis auf den letzten Tropfen aus.

Als der Orgasmus abgeklungen war, ließ ich mich erschöpft auf ihr nieder. Unsere Körper waren verschwitzt, strahlten Hitze aus. Unsere Atmung war noch stockend und wir brauchten einige Momente, um wieder Luft zu bekommen.

Ich vergrub meine Nase in ihrem Haar und flüsterte: »Du gehörst mir, Mary! Ich lasse dich nie wieder gehen, denn nur mit dir bin ich stark. Ich liebe dich.«

Baby, du bist perfekt!
Wie hatte ich auf nur für eine Sekunde geglaubt,
dich besitzen zu können? Du bist genauso wild und
unbeugsam wie ich. Die Dunkelheit ist ein Teil von dir
und zusammen können wir die gesamte verfickte Stadt
unter unsere Kontrolle bringen!
Du gehörst mir, Baby!
Und ich gehöre dir!
Hamilton und Mary, Mary und Hamilton,
das teuflische Duo.

EPILOG

Ein Jahr später...

»Oh, Liebes, du siehst wunderschön aus«, hauchte Pierre, schlug seine Hände vor dem Mund zusammen. Ich lächelte ihn schief an, er war so eine Dramaqueen, aber dafür liebte ich ihn.

»Ich weiß«, erwiderte ich und drehte mich zu dem mannshohen Spiegel herum. Was hatte ich doch in den letzten Monaten für eine Verwandlung durchgemacht? Vor über einem Jahr war ich Mariyane, die mittellose Barkeeperin aus dem Schlammviertel. Heute war ich Mary Jane – zukünftige Frau von Hamilton Hardington und Besitzerin eines erfolgreichen Modegeschäftes zusammen mit Pierre.

Ich strich mir über das voluminöse Kleid. Es war selbstverständlich von Pierre, Nalla und Rubin genäht worden. Es besaß seine spezielle Note – Extravaganz. Der Rückenausschnitt war dieses Mal sehr hochgeschlossen. Dafür ging der Ausschnitt fast bis zum Bauchnabel. Meine Brüste wurden nur durch zwei Streifen an der Seite an Ort und Stelle gehalten.

»Lass dich ansehen, dreh dich im Kreis, Schätzchen.« Er reichte mir seine Hand, half mir so vom Podest herunterzusteigen. Ich würde mich wohl nie an hohe Schuhe gewöhnen. Am liebsten hätte ich sie durch meine schwarzen Stiefel ersetzt, aber dann wäre mir wahrscheinlich Pierre an die Kehle gesprungen.

Wie befohlen drehte ich mich um die eigene Achse, konzentrierte mich dabei, nicht über meine eigenen Füße zu stolpern. Der Stoff des schweren Kleides raschelte über den Fußboden. Ich zog die Schleppe hinter mir her, damit ich nicht darauf trat.

»Perfekt«, flüsterte er und verdrückte eine Träne. »Einfach nur perfekt.« Seine Stimme versagte und er zupfte sich ein Taschentuch aus der Brusttasche, um sich damit die Augen trocken zu tupfen. »Sieh nur, was du angerichtet hast«, scherzte er und zeigte mir das schmutzige Tuch. Ich lächelte ihn breit an, strich über seinen Arm.

»Du solltest weniger Schminke verschwenden. Pêre schätzt deine Natürlichkeit«, zog ich ihn auf. Pierre schnaubte und sah mich entrüstet an.

»Das glaubst du wohl selbst kaum! Was denkst du denn, wer mich so stark geschminkt hat?« Mir entkam ein herzliches Lachen, denn ich stellte mir vor, wie Pêre Pierre eine halbe Tonne Make-up, Puder und sonst für Zeug auf Gesicht und Haare verteilte.

»Das glaube ich dir gern«, erwiderte ich immer noch lachend. Pierre lächelte mich warm an und ich löste meine Hand von seiner Schulter. Er schob mich Richtung Spiegel und ich betrachtete mich erneut. Meine Hände legten sich wie automatisch auf meinen Bauch nieder, ich spürte die leichte Rundung unter der Spitze.

»Sieht man es? Ich meine, sehe ich dick aus?«, fragte ich ihn. Ich hatte ordentlich zugenommen, aber das war kein Wunder. Ich war halb verhungert und abgemagert zu Hamilton gekommen und war dort auf das Paradies gestoßen. Das Essen schmeckte nicht nur besser, es gab es auch noch in Hülle und Fülle. Ich würde nicht behaupten, dass ich fett geworden war. Aber mein Gesicht und meine Brüste waren runder, meine Hüfte breiter und allgemein sah ich gesünder aus.

»Ganz ehrlich, Schätzchen. Du siehst dick aus.«

Empört öffnete ich den Mund und boxte ihm auf den Oberarm. »Hey! Sowas sagt man zu einer Lady nicht!«, beschwerte ich mich. Doch Pierre hatte dafür nur ein Kichern über.

»Aber das darfst du auch sein. Schließlich wächst etwas Wunderbares und Einzigartiges in dir. Das brauchst du nicht zu verstecken.« Er lächelte mich an und streichelte sanft über meinen Bauch. Ich drückte seine Hand, war froh, ihn als Freund gewonnen zu haben.

Eine angenehme Melodie drang an mein Ohr. Es war ein uraltes Lied, dass schon vor dem großen Krieg zu einer Hochzeit gespielt worden war. Pierre reichte mir über das ganze Gesicht strahlend seinen Arm.

»Bist du bereit?«, fragte er mich. Ich hakte mich bei ihm unter und warf noch einen letzten prüfenden Blick in den Spiegel. Das Kleid saß perfekt, meine Haare waren hochgesteckt, kleine goldene Rosen glitzerten aus ihnen hervor und das Make-up war tadellos. Alles sprach dafür, heute einen perfekten Tag zu erleben.

»So bereit war ich noch nie in meinem ganzen Leben.«

Die Flügeltüren öffneten sich und die Musik wurde lauter. Hunderte Menschen standen rechts und links vom Gang, sahen mich voller Freude an. Ich erkannte Cassy, Beatrice, Nalla, Rubin und einige mehr. Sie waren alle da, lächelten mich an und begleiteten mich bei diesem bedeutenden Ereignis.

Ich reckte das Kinn, konzentrierte mich auf die Schritte. Der Takt war langsam, machte das Laufen leichter. Dabei fiel mein Blick auf meinen Zukünftigen. Er sah so traumhaft in seinem dunkelblauen fast schwarzen Anzug aus. Ein breites Lächeln verlief von einem zum anderen Ohr. Sein Kinn war nackt, ich hatte ihn endlich dazu überreden können, den Dreitagebart aufzugeben. Doch ich bereute es schon. Er hatte optisch nichts Gefährliches mehr an sich und weder ich noch seine Männer konnten ihn so ernst nehmen.

Am Ende des langen Ganges angelangt, wandte ich mich Pierre zu. Ich sah zu ihm hinauf und flüsterte: »Danke.«

»Nicht dafür, Schätzchen«, erwiderte er und küsste mich auf den Scheitel. Er reichte meine Hand zu Hamilton hinauf, der sie daraufhin ergriff.

»Ich danke dir, Pierre«, sagte dieser mit fester Stimme. Die ganze Stimmung war feierlich, bis auf die Musik war kein Ton zu hören. Alle waren aufs Äußerste angespannt und konnten es genauso wenig erwarten wie ich.

Knapp nickte Pierre ihm zu, dann gesellte er sich zu Nalla und Rubin, die als Brautjungfern neben dem Altar standen. Bob und Ron reihten sich neben Hamilton ein und fungierten als seine Trauzeugen. Ich hatte beide in mein Herz geschlossen, sie gehörten zur Familie.

»Wir haben uns hier versammelt, um diese zwei sich liebenden Menschen in den Bund der Ehe zu übergeben.« Seine Stimme riss mich aus meinen träumerischen Gedanken. Ich war überhaupt nicht bei der Sache, in meinem Bauch kribbelte es und mein Herz schlug ein paar Takte schneller, als es sollte. Doch kaum sah ich in Hamiltons grüne Augen, beruhigte es sich und Ruhe kehrte ein.

»Möchten Sie, Mary Jane, den hier anwesenden Hamilton Hardington zu ihrem angetrauten Ehemann nehmen?« Die Worte sickerten nur langsam durch den Nebel meines Verstandes. So kam es, dass ich fast meinen Einsatz verpasste.

Daher keuchte ich »Ja, ich will« viel zu schnell und heiteres Gelächter breitete sich unter den Gästen aus. Auch Hamiltons Mundwinkel hoben sich und er drückte meine Hände beruhigend.

»Und möchten Sie, Hamilton Hardington, die hier anwesende Mary Jane zu ihrer angetrauten Ehefrau ne...«

»Ja, ich will.« Erneut ging ein Kichern durch die Menge.

Da kann es aber einer kaum abwarten, mich zu heiraten, dachte ich vergnügt.

»Hiermit erkläre ich Sie zu Mann und Frau. Sie dürfen die Braut nun küssen«, fuhr der Mann in cremeweißer Robe fort. Das ließ Hamilton sich nicht zweimal sagen, zog mich mit einem Ruck an sich und legte seine Lippen auf meine. Der Kuss war heiß, innig und zugleich sanft. Simultanes Seufzen hallte durch den großen Saal und die ersten Gäste begannen zu klatschen.

Meine Zunge fuhr über seine Lippen und versank in seinem Mund. Die Knie gaben unter mir nach, Schwindel suchte mich heim und Hamilton musste mich stützen. Ob es an der Schwangerschaft lag, oder den aufkochenden Emotionen, wusste ich nicht zu sagen.

Nach einer halben Ewigkeit lösten wir uns voneinander, doch unsere Hände blieben weiterhin verschränkt. Ich sah in seine Augen, erkannte dort Liebe und Wärme. Ich entdeckte mein Spiegelbild, auf dessen Gesichtszüge sich die gleichen Gefühlsregungen abspielten.

Du bist mein, auf ewig.

Er beugte sich vor, streifte mein Ohr mit den Lippen und löste ein Schaudern in mir aus.

Mit rauer Stimme flüsterte er mir zu: »Willkommen in meiner Welt, Misses Hardington!«

ENDE

Dir hat die Geschichte gefallen?
Dann hinterlasse doch gern eine Rezension.

DANKSAGUNG

Nun ist es wieder so weit. Ein weiteres Buch ist fertigstellt und durch einige Menschen wäre dies gar nicht möglich gewesen.

Bevor ich mit der Aufzählung beginne, vielleicht noch ein paar kleine Fakten zu diesem Buch. Ich habe es 2020 für den NaNoWriMo geschrieben und auch beendet. Zu Anfang war es bloß ein Traum, ein paar verrückte Stunden im Schlaf. Ich hatte mich nach dem Aufwachen so gut und detailliert an diese Geschichte, diese eine Szene erinnern können, dass ich wusste, ich musste sie aufschreiben. Aus dem Traum ist dann Realität geworden: Dieses Buch, das du gerade in den Händen hältst.

Sicher fragst du dich, warum es in einer dystopischen Zukunft spielt? Das wirst du wohl erst später genau herausfinden. Hab dafür etwas Geduld.

Nun beginnen wir aber.

Zuallererst will ich meiner Lektorin Sarah danken, ohne dich, wäre die Geschichte nur halb so spannend.

Dann folgen auch schon meine fleißigen Korrekturleser. Danke an Resa, dass ich dir das Korrektorat aufs Auge drücken durfte. Und natürlich geht auch ein großer Dank an Simone, die tatsächlich noch den ein oder anderen Fehler gefunden hat.

Dank geht auch an meine Coverdesignerin, die aus einer Idee einen unglaublich schönen Umschlag gestaltete. Der war so schön, dass ich mich dazu entschied, das Cover nicht nur für das EBook sondern auch für das Taschenbuch zu verwenden.

Auch Julia spreche ich meinen Dank aus, die den wundervollen Buchsatz für mich gezaubert hat. Ich allein wäre damit haltlos überfordert gewesen und es sähe nicht halb so gut aus.

Großer Dank geht auch an meine Blogger, die für mich Testleser waren. Aaliyah, die mich darauf aufmerksam gemacht hat, dass die letzte Szene too much war. Meine Sophie, die mir bereits ihre Seele verkauft hat. Und Maddi, die mein Buch als Dark Romance für Einsteiger deklariert hat. Danke euch Dreien!

Aber zum Schluss darfst du nicht vergessen werden. Ja, genau du! Danke, dass du dir dieses Buch gekauft hast. Damit erhältst du nicht nur ein paar schöne Lesestunden, sondern unterstützt auch mich als Autorin. Dir bin ich am meisten zu Dank verpflichtet!

In diesem Sinne schließe ich mit dem Buch ab. Es war eine große Freude und zugleich auch große Qual.

Hoffentlich lesen wir uns bald wieder.

Eure chaotische Autorin

Julia

Über die Autorin

Julia Weimer ist in Kiel/Deutschland geboren, aber in einer Kleinstadt nahe Hamburg aufgewachsen. Schon in Kindertagen zeigte sie eine blühende Fantasie und brachte einige Kurzgeschichten zu Papier. Ihr erstes Buch schreib sie in ihrem Elternhaus, in dem sie mit ihrem Vater, ihrem Freund und ihrer Katze wohnte. Anfang 2021 brachte sie mit anderen talentierten Autoren eine Anthologie heraus. Später zog sie mit ihrem Freund in eine Wohnung nach Hamburg und adoptierte zwei Schmusetiger. Dort lebt und arbeitet sie jetzt.

KLAPPENTEXT
Write My Story Anthologie

Träume, die wahr werden ...

Zum zweiten Mal in Folge bringt J. M. Weimer eine Anthologie zusammen mit talentierten Autorinnen und Autoren heraus. Dieses Jahr stellte sie allen die Herausforderung, einen Song ihrer Wahl neu zu schreiben, neu zu interpretieren. Dabei durften sich die Talente in allen Genres bewegen und ihrer Fantasie freien Lauf lassen. Das Ergebnis ist eine einzigartige Playlist und fast vierzig wundervolle Geschichten.

Jetzt heißt es: Kopfhörer rein, Buch auf und Welt aus. Lass dich von den Liedern und ihren Geschichten davontragen.

ISBN: 979-8422972685
Seiten: 488

KLAPPENTEXT
Federstaub Anthologie

Träume, die wahr werden ...Mithilfe der Federstaub-Anthologie hat
sich die Autorin und Herausgeberin J. M. Weimer das Ziel gesetzt,
den größten Traum von Autoren und Autorinnen wahr werden zu
lassen: die Veröffentlichung der eigenen Geschichte. In dieser Anthologie haben sich mehrere Talente zusammengetan, um mit der
Welt ihre Freude am Schreiben zu teilen. Ob Fantasy, aktuelle Lite-
ratur oder Krimi - für jeden Geschmack ist etwas dabei. Lasst euch
in wunderschöne Geschichten entführen und erfahrt den Zauber
des Federstaubs!

ISBN: 979-8594032514
Seiten: 310

Besuch mich gern auf Instagram:
j.m.weimer_autorin

Oder auf meiner Website:
www.lesefieber-1.jimdosite.com/

CPSIA information can be obtained
at www.ICGtesting.com
Printed in the USA
LVHW031458261022
731612LV00005B/72